EL JURAMENTO DEL CABALLERO DE LAS CRUZADAS

CLAIRE DELACROIX

Traducido por
LAUREN IZQUIERDO

DEBORAH A. COOKE

LOS CAMPEONES DE SANTA EUFEMIA

Los Campeones de Santa Eufemia sigue a un grupo de caballeros a quienes se les ha confiado un tesoro en Jerusalén que ellos deben entregar de manera segura a París. En el camino encuentran aventuras y peligros, además de romance. Dado que las historias se superponen y se construyen unas sobre otras, deben leerse en orden.

1. La novia del caballero de las Cruzadas

2. El corazón del caballero de las Cruzadas

3. El beso del caballero de las Cruzadas

4. El juramento del caballero de las Cruzadas

5. El compromiso del caballero de las Cruzadas

EL JURAMENTO DEL CABALLERO DE LAS CRUZADAS

SÁBADO 23 DE ABRIL DE 1188

DÍA DE SAN GEORGE

PRÓLOGO

Haynesdale

Parecía que todo iba bien con sus compañeros. Fergus nunca había anticipado una conclusión tan feliz de los acontecimientos cuando salieron de Jerusalén el verano anterior. Pero en esa hermosa tarde de primavera, Bartolomé y Anna habían regresado, el anillo de sello de Haynesdale colocado en el dedo de Bartolomé por el propio rey Henry y el sello en el bolso de Bartolomé. La nueva pareja tenía licencia para celebrar una feria anual y, gracias a los esfuerzos dirigidos por Fergus, había regresado para encontrar que la antigua fortaleza de Haynesdale estaba tomando forma una vez más. Bartolomé había traído grano de York y ahora incluso el molino estaba girando, moliendo harina con parte del grano mientras el resto se sembraba en los campos que ya habían sido arados.

Fergus se alegraba de que su amigo y camarada hubiera encontrado la felicidad, y también de haber podido ayudar mientras Bartolomé y Anna buscaban el favor del rey.

Sus pensamientos se volvieron inevitablemente hacia su propio futuro. Ahora, Fergus podría regresar a casa con Isobel. Habían pasado cuatro años desde su partida y él estaba ansioso por volver a ver a su amada. Él dejó las festividades en el gran salón cuando comenzó el baile y salió a la noche. La luna estaba llena y el cielo despejado.

Fergus sonrió mientras miraba las estrellas. Killairic, su hogar, estaba tan cerca, y allí, todos los brillantes sueños que anhelaba cumplir. Él deseó, no por primera vez, que su don de previsión incluyera su propio futuro. Él había visto la felicidad para Bartolomé y Anna, tal como la había visto para Wulfe y Christina, y Gaston e Ysmaine. Él había visto bebés en el futuro de cada una de las parejas, varios niños, con los ojos llenos de alegría y picardía. Él incluso podía ver a su compañero Duncan acunando a un niño de cabello oscuro. ¿Pero para él? No había ningúna pista de lo que le deparaba el futuro.

Solo existía esa persistente sensación de aprensión, la que lo había atormentado desde su partida de Jerusalén. Hasta el momento había asumido que la sombra había sido sobre el futuro de sus compañeros o el destino del relicario que llevaban en secreto, pero esa noche, Fergus se preguntó qué encontraría cuando llegara a casa. Él esperaba que su padre estuviera bien todavía, porque quería tener varios días junto al fuego para contarle al hombre mayor todo lo que había visto. Él no podía imaginar la bienvenida de Isobel, quien seguramente había estado tan impaciente por su regreso como él. Él se preguntó cómo había cambiado el propio Killairic, si es que había cambiado en absoluto. Habría habido nacimientos y muertes en el pueblo durante tanto tiempo, pero él esperaba que aquellos a los que más deseaba ver estuvieran sanos. ¿Había habido batallas? Él se imaginaba que sí, ya que a menudo había conflictos en Galloway, y esperaba que a Killairic le hubiera ido bien.

Sin embargo, la sensación de miedo persistía. Fergus decidió que era impaciencia, nada más, y se dirigió hacia el pueblo. Si caminaba, podría dormir. Quizás cabalgaría a la mañana siguiente, ya que Bartolomé había regresado.

Su corazón palpitó ante la promesa de eso, y decidió que así sería. Él volvería a ver a sus compañeros en sus propias nupcias, sin duda, porque se habían comprometido a ir a Escocia. No pasaría mucho tiempo antes de que él e Isobel intercambiaran sus votos.

Un ligero movimiento llamó su atención y Fergus se dio cuenta de que no era el único que había abandonado la celebración. Leila estaba sentada junto al río, mirando al cielo. Aún le sorprendía verla con atuendo de mujer, aunque esa noche no llevaba velo. Su cabello oscuro brillaba a la luz de la luna. Su rostro estaba inclinado hacia la luna y su luz tocaba sus facciones con plata. Su corazón se contrajo al verla, porque la había extrañado tanto como a cualquiera de los que habían viajado a Francia. Ella no parecía darse cuenta de su presencia, por lo que él se aclaró la garganta mientras se acercaba.

"Te estás perdiendo el baile", dijo él cuando ella miró en su dirección.

Leila sonrió y se movió a lo largo del tronco donde estaba sentada, dejando espacio para él. "No conozco sus bailes."

"Podrías aprender. Yo podría enseñarte. "

Ella se rió entre dientes. "¿Y qué pensará tu prometida si llegas a casa no solo con una mujer sarracena en tu compañía sino con una a la que has enseñado a bailar?"

Fergus se asustó. "No lo había pensado."

"Ella creerá que has llevado a casa a tu puta", dijo Leila con convicción. "No es necesario reforzar esa conclusión."

Fergus se inclinó hacia delante, apoyó los codos en las rodillas y la miró. "Has estado pensando en eso."

"He estado pensando en muchas cosas." Ella hizo un gesto hacia la luna. "Está llena, la décima luna llena desde que salimos de Jerusalén."

"Supongo que lo es."

"Sé que lo es. Las he contado."

Él la miró, escuchando la tristeza en su tono. "¿Qué significa eso, Leila?"

"Significa que el hijo de mi prima tiene un año." Entonces guardó silencio.

"¿Extrañas a tu prima?"

"¡Por supuesto! Crecimos juntas. Ella fue con quien aprendí a trenzar y arreglar el cabello." Leila suspiró. "Crecí en la casa de mi tío después de la muerte de mis padres. Podríamos haber sido hermanas, casi hermanas gemelas, porque nacimos el mismo mes."

Mientras escuchaba, Fergus se dio cuenta de lo poco que sabía sobre la mujer que se había unido a su compañía en Jerusalén. "¿Cuándo murieron tus padres?"

"Cuando yo era un bebé."

Él vio la lágrima brillar en su mejilla y deseó tener el derecho de apartarla. "Te llevaría de regreso a Ultramar, si lo deseas", se encontró diciendo él. La oferta fue impulsiva, pero tan pronto como las palabras fueron pronunciadas, Fergus supo que era verdad. ¿Y si Leila regresara al este? Sin duda, él lamentaría la oportunidad perdida de aprender más sobre ella. Él no podía imaginar un futuro en el que nunca la volviera a ver, pero se dio cuenta en este momento de que eso podría pasar.

Fergus había asumido que ella se quedaría, pero nunca había pensado en lo que haría.

Leila se secó las lágrimas y le tocó el dorso de la mano con las yemas de los dedos. "Te agradezco por eso, porque sabes el precio de lo que ofreces. Pero no puedo volver."

"¿Ni siquiera para ver a tu prima?"

"Especialmente no por eso. Fue mi tío quien arregló mi matrimonio."

Fergus se atrevió a reconocer su propio alivio, incluso cuando se dio cuenta de que era egoísta. ¿Cómo se sentiría él cuando ella se casara con otro hombre? Era extraño admitir que una posesividad acechaba dentro de él, ya que no tenía derecho a reclamarla. Quizás era solo que deseaba verla feliz, y dudaba que un partido del que Leila había huido tuviera algún poder para hacerlo.

La idea de que otros la verían como su puta era a la vez inquietante y excitante. Era demasiado fácil imaginar una noche explorando los encantos de Leila. A él le gustaba su risa gutural y descubrió que su sonrisa era tímida y cómplice.

Claramente, había pasado demasiado tiempo sin el toque dulce de Isobel.

Él se aclaró la garganta de nuevo. "Bartolomé dijo que ibas a casarte en contra de tu voluntad, y por eso querías salir de Jerusalén."

Leila asintió y habló con suavidad. "Se había arreglado un matrimonio."

"Eso les pasa a muchas."

Así es, y si no hubiera sabido nada del hombre, habría aceptado la palabra de mi tío. Pero había escuchado rumores de su violencia."

Que pudiera haber estado casada con un hombre que la tratara con menos que adoración hizo que Fergus se enfureciera. "Deberías habérselo dicho a tu tío", dijo al escuchar su indignación.

"¡Lo hice! Pero la alianza del matrimonio era buena para ambas familias. Como buen camarada, mi tío no creyó los rumores que creía mentiras."

"No lo hiciste."

Ella se volvió hacia él, sus ojos oscuros llenos de convicción. "Las mujeres no se mienten entre sí sobre esos asuntos. De todos modos, no pude probar lo que había escuchado."

Esto era intrigante. Leila había fingido ser un muchacho para cuidar caballos en los establos templarios. Parecía que ella había desafiado las expectativas de otras formas. Fergus quería saber más. "¿Quién te lo dijo?"

"No importa ahora. Yo le creí, así que huí."

"¿Tu prima conocía tu plan?"

Leila sonrió. "Aziza lo sugirió. Ella sabía que yo iba al Temple para ayudar con los caballos, porque mi tío no lo habría aprobado y ella me ayudaba a disimular mis ausencias. Ella me dijo que buscara un caballero allí para ayudarme, preferiblemente uno que saliera pronto de Jerusalén." Ella observaba sus propios dedos mientras doblaba la tela de su kirtle, y él supo que estaba reviviendo sus miedos en ese momento. Él quería acercarla y consolarla, pero luchó contra el impulso, ya que era inapropiado. "Pero yo solo conocía a Bartolomé. Él no estaba dispuesto a ayudarme."

"Pero afortunadamente, yo te escuché."

"Lo hiciste." Leila lo miró a los ojos una vez más. "Gracias." Ella le sonrió y se sonrojó un poco, sus ojos parecían brillar. Sus labios se separaron y él se encontró deseando un beso.

Solo uno.

Aunque no era suyo.

Leila no apartó la mirada y el aire pareció calentarse entre ellos. Fergus se sintió profundamente consciente de Leila como mujer. Él notó la curva madura de sus labios, las espesas ondas de su cabello oscuro, la luminosidad de sus ojos, la dulce curva de su garganta. Ella era diminuta en comparación con él y delicadamente hecha, pero dolorosamente femenina. Él sentía el impulso de protegerla, incluso cuando era consciente de su fuerza y resolución. Era una maravilla los fuertes lazos que se establecían entre compañeros de viaje en un viaje como el de ellos.

Fergus reconoció que no había sido solo un impulso, o incluso la necesidad de hacer lo correcto, lo que había impulsado su oferta en Jerusalén de ocultar a Leila en su grupo. Ella era a la vez resistente y vulnerable, hermosa y fuerte, misteriosa pero franca. Él se había sentido intrigado por ella cuando escuchó esa conversación, y más aún cuando la vio por primera vez. Ella había demostrado ser una ventaja para el grupo más de una vez, daba mucho y pedía poco, pero mientras su cabello se levantaba con la brisa, él quería más para ella.

Mucho más.

No era suficiente para ella ser considerada la puta de ningún hombre.

Ella debería ser una reina.

"¿Te arrepientes?" Preguntó Fergus, su propia voz ronca.

"Solo por lo que nunca puede ser", admitió Leila en voz baja. "Yo quisiera volver a ver a mi prima, pero no quisiera regresar a Palestina. Yo jugaría con su hijo, pero no arriesgaría mi propio futuro. Me casaría, con la bendición de mi tío, pero no con el hombre que él eligió." Ella parpadeó rápidamente y negó con la cabeza una vez más. "Quiero lo imposible, por eso me temo que solo me espera una decepción."

"No, eso no." Fergus le rodeó la cintura con el brazo antes de darse cuenta de lo que hacía, y una vez que su suave calor estuvo contra él, no pudo apartarse.

"¿Qué ves en mis días futuros?" preguntó ella. "Duncan dice que puedes ver lo que vendrá."

"No lo controlo. Solo en sueños y visones."

Ella le dedicó una rápida sonrisa. "¿Mientes porque has visto tristeza en mi futuro, o está mi futuro velado?"

"Yo nunca te mentiría, Leila." Él hablaba con convicción, porque era verdad.

"¿Ni siquiera por bondad?"

"Ni siquiera entonces." Fergus respiró hondo y confesó la verdad. "No he vislumbrado tu futuro." Él no admitió que creía que eso podría deberse a que ella regresaría al este.

Él no consideraría que ella no tenía futuro, solo que no estaba dentro de su mundo.

"No hay futuro para mí", repitió ella, con un poco de tristeza en su voz.

"El hecho de que yo no pueda verlo no significa eso. Yo nunca veo el mío."

"Entonces quizás nuestros días futuros estén unidos", susurró ella, haciendo la conclusión opuesta a la suya.

Fergus no supo qué decir.

Leila lo miró, entonces, y su mirada se detuvo en su boca. Ella se pasó la punta de la lengua por el labio inferior, como si ansiara más de lo que él tenía derecho a dar, luego respiró hondo y bajó la mirada, escondiendo sus pensamientos de él.

Fergus se sintió inmediatamente despojado. "¿Qué vas a hacer?" Él levantó una mano cuando ella no respondió. ¿Te quedarás aquí en Haynesdale con Bartolomé y Anna? Sé que te darían la bienvenida."

Leila negó con la cabeza.

"¿Continuarás a Killairic con Duncan y conmigo?"

"¿Y enfrentar la ira de tu prometida?" sugirió ella, una sonrisa en su voz.

Es posible que Isobel no llegue a la conclusión que esperabas.

"Entonces ella es una tonta", dijo ella con vehemencia y se enderezó junto a él. "Porque cualquier mujer con sangre en las venas desearía a un hombre tan leal de corazón como tú, incluso si no fuera tan alto y fino, ni tuviera tal valor."

"¡Leila!" protestó Fergus, sorprendido por su respaldo. "Tú sabes poco de mí..."

"Después de once meses en la compañía del otro, sé mucho de ti y todo tiene mérito." Ella lo miró, sus ojos brillaban. Te admiro, Fergus. Eres el tipo de hombre a quien me gustaría dar mi fe. "Su mirada se aferró a la de él, su deseo se leía con tanta facilidad que Fergus se sorprendió.

De hecho, su confesión hizo que su corazón diera un vuelco, y deseaba que no fuera así.

Leila debió haber visto cambiar su expresión, porque sonrió con pesar. "No tienes por qué temer que actuaré sobre esto, o que seré más que tu fiel compañera", continuó con más tranquilidad. "Pero si la dama Isobel no ve tu valor, o se atreve a dudar de tu integridad, responderá ante mí."

La sonrisa de respuesta de Fergus se desvaneció cuando la mano de Leila aterrizó en su muslo y las palabras murieron en sus labios. Todo su cuerpo se tensó mientras un deseo rebelde lo recorría.

Él había sido casto durante demasiado tiempo, sin duda.

Los ojos de Leila eran tan oscuros que parecían profundos. Fergus no podía apartar la mirada de ella. Cuando ella habló, bajó la voz con intención. "Y si alguna vez deseas algo de mí, Fergus, solo tienes que preguntar."

Fergus se sintió honrado y podría haberlo admitido, pero no tuvo ninguna posibilidad. Porque Leila contuvo el aliento, luego se estiró y tocó sus labios con los de él. Él sabía que tenía la intención de ser un beso casto, quizás el único que intercambiarían, pero su caricia alimentó ese fuego recién descubierto dentro de él.

Él se encontró inclinándose más cerca, incapaz de resistir lo que ella le ofrecía tan libremente. Él tomó su nuca en su mano y profundizó su beso, saboreando su dulzura y deseando más.

Cuando ella le abrió la boca, rindiéndose a su abrazo, Fergus se dio cuenta de que Leila no era la única que deseaba lo imposible.

MIÉRCOLES 27 DE ABRIL DE 1188

DÍA DE SAN ANASTASIO

CAPÍTULO 1

Dumfries, Escocia

Leila lamentaba ese beso impulsivo.

Ella nunca debería haber tocado a Fergus. Ella nunca debería haberlo besado. Ella nunca debería haber complacido su anhelo secreto. Ahora, su deseo por él ardía como una llama. Era una distracción. Era inapropiado. Y lo que era peor, ese beso había cambiado la forma en que Fergus la miraba, para siempre.

Ella había sacrificado su amistad por un solo beso, y aunque no podía lamentar el maravilloso sabor del placer en sí, lamentaba la pérdida de su compañía. Él la había dejado esa noche y la había evitado desde entonces. Ya él no le hablaba directamente y ni siquiera la miraba a los ojos.

Fergus estaba claramente disgustado con ella. ¿Él pensaba que se había comportado como una puta?

Leila se dio cuenta rápidamente de que el beso que había deseado más allá de todo lo demás había tenido un precio muy alto.

Ella se sentía sola como resultado de su compañía perdida. Hamish, el escudero de Fergus, ni siquiera había podido mirarla a los ojos desde la revelación en Haynesdale de que ella no era un muchacho. Los dos templarios que los habían acompañado desde Châmont-sur-Maine y desde allí desde Haynesdale rara vez se dirigían a ella cuando creían que era un escudero. La miraban con algo parecido al horror ahora que sabían la verdad. Ella era una infiel para ellos en más de un sentido. Leila no pudo evitar pensar que sus hermanos en Palestina no habrían estado tan distantes. Gaston siempre le había hablado, por ejemplo, al igual que Fergus, hasta ese beso.

Los escuderos de los templarios se contentaban con susurrar como muchachas jóvenes, y Leila no se dignaba ni siquiera mirarlos. El guerrero Duncan era la única persona que había hablado con ella desde que se fueron de Haynesdale la mañana siguiente a ese fatídico beso. Él le hablaba sobre todo de su amada Radegunde. Él quería saber cada detalle de lo que Leila había observado de Radegunde mientras estaba en Châmont-sur-Maine, y reconociendo que su curiosidad nacía del afecto, ella lo complacía. Repetidamente.

Duncan no era el único que extrañaba a Radegunde y su naturaleza alegre. Leila extrañaba tanto a su amiga como a la compañía de mujeres, incluso a las que estaban muy por encima de su posición. Ella salió de Haynesdale en un grupo completamente masculino, excepto ella misma. Ella decidió no volver a disfrazarse de muchacho, porque no quería entrar en la casa de Fergus con un pretexto. Al mismo tiempo, ella sabía que se supondría que era una puta.

Algunas ideas no tenían fronteras.

¿Qué iba a hacer ella? Su plan había sido escapar del matrimonio arreglado para ella por su tío, y poco más que eso. El grupo de caballeros que salían de Jerusalén había ofrecido la cobertura perfecta, especialmente cuando le asignaron el papel de tercer escudero de Fergus. Pero ahora la misión había llegado a su fin. Todos los caballeros estaban en casa, excepto Fergus, y su casa estaba justo delante.

Ella podría haberse quedado en Châmont-sur-Maine o incluso en Haynesdale, pero no podía soportar la posibilidad de separarse para siempre de Fergus. Ella no le había mentido a Fergus antes de ese beso; de hecho, no le había dicho toda la verdad. Leila sabía que ella amaba a Fergus y que él era el único hombre con el que deseaba casarse. Ella no tenía ninguna expectativa de que su amor fuera correspondido, pero ella no podía abandonar su compañía tan fácilmente.

¿Qué haría ella una vez que llegara a Killairic? Ella tenía curiosidad por ver su casa, por supuesto, y le gustaría conocer a sus seres queridos. Ella incluso quería echar un vistazo a Isobel, pero ¿y luego qué?

Su esperanza de poder hacer un futuro allí, tal vez incluso con el propio Fergus, era un sueño tonto. Él adoraba a Isobel. Ella no amaría a nadie más que a él. Sin embargo, en ese país, ella no podía desaparecer entre la multitud. Cada día que cabalgaban hacia el norte, era más obvio que Leila era una extranjera y las miradas curiosas eran más abiertas. Sin embargo, ella estaba decidida a no regresar al este.

¿Ella se vería obligada a convertirse en puta? Sin un hombre que la defendiera, Leila no veía otras opciones. Además, ella estaba resuelta a casarse solo por amor, ya que su partida había sido una protesta contra un matrimonio arreglado. No tenía sentido llegar tan lejos y comprometer sus esperanzas para el futuro.

¿Había alguna posibilidad de que ella pudiera ganarse el corazón de Fergus? Leila no podría estar segura hasta que Fergus e Isobel intercambiaran sus votos. Ella decidiría qué hacer cuando se celebrara ese matrimonio y no antes.

Cuando partieron de Haynesdale, Leila se negó a retrasar al grupo y rechazó cualquier concesión que los hombres le hubieran hecho a su género. Ella cabalgaba rápido y duro, tal como lo hacían ellos, y dormía en el suelo, tal como lo hacían ellos, y se lavaba rápidamente en ríos fríos, tal como lo hacían ellos. En cierto modo, ella admiraba la prisa de Fergus por llegar a casa y a su amada.

Ella sabía que llegaría a amar Escocia tanto como su lugar de nacimiento. El invierno había sido más largo y frío que cualquier estación que Leila hubiera soportado, pero eso hizo que la llegada de la primavera pareciera aún más dulce. Ella observó el verdor que coronaba los cerros, la actividad de los pájaros, la aparición de flores en el camino. El aire se calentaba todas las tardes, oliendo rico con nuevos brotes y posibilidades, aunque todavía hacía frío por la mañana y por la noche. La tierra era fértil y exuberante, el viento soplaba fuerte y los arroyos estaban claros.

La tierra era un verdadero paraíso.

Leila sabía que no era la única que se sintió aliviada cuando Fergus decidió detenerse en Lincluden Abbey en lo que sería su última noche antes de llegar a Killairic. Los monjes y monjas los recibieron amablemente, aunque con muchas miradas a Leila. Los Templarios, Engue-rrand e Yvan, se alegraron visiblemente por la elección, aunque Duncan estaba menos impresionado con su alojamiento. Él se quejó de que tenía suficientes monjes, pero Fergus solo le sonrió. Leila agradeció la oportunidad de bañarse y dormir en un colchón de paja. Ella fingió que no entendía cuando le hicieron algunas preguntas y se alegró de la imposición de los votos de silencio del establecimiento.

Ella se despertó en un día soleado, llena de anticipación por ver la casa de Fergus.

Ellos cabalgaron por Dumfries temprano en la mañana, cuando los pescadores estaban vendiendo sus mercancías, y el ruido del comercio les resultaba profundamente familiar. Leila podría haber pasado un día allí fácilmente, examinando las mercancías, pero Fergus tenía la inten-ción de llegar a Killairic al mediodía. No pasó mucho tiempo antes de que tomaran un camino que conducía al oeste. La tierra se volvió aún más hermosa, aunque Leila no lo hubiera creído posible. El viento era fresco y olía a sal del mar, y el sol les calentaba los hombros. El grupo cabalgaba en un verdadero silencio, pero ella sentía la anticipación tanto de Fergus como de Duncan.

Cuando llegaron a la cima de una colina, Leila contuvo el aliento ante la extensión montañosa de tierra que se extendía ante ella con el mar brillando más allá. El bosque era tan verde que pensó que sus ojos la engañaban. El agua, comenzando en la base de la colina y extendién-dose en la distancia, brillaba plateada a la luz de la mañana. La niebla se acumulaba cerca del agua y oscurecía la vista a la izquierda y en la distancia. Sin embargo, el viento le levantaba el pelo y se imaginó que la niebla pronto se dispersaría.

Levantado en una colina varias millas delante de ellos había un torreón rodeado de paredes. La torre cuadrada estaba construida de piedra, aunque era mucho más pequeña que las que había visto más al sur. La torre estaba rodeada por una cerca de madera con un foso, y había un pueblo dentro de las murallas. Un banderín ondeaba desde la alta torre de la fortaleza, aunque Leila no podía distinguir su insignia a esa distancia.

Ella vio un exceso de blanco dentro de las paredes en el lado sur, moviéndose con la brisa, y razonó que había un huerto en flor protegido allí. El humo se elevaba en el aire de la mañana de las hogueras tanto dentro de las murallas como en el pueblo. Dos hombres trabajaban surcos en un campo en el extremo derecho, empujando un arado, pájaros volando a su alrededor mientras trabajaban. Un arroyo centelleaba cuando pasaba junto a la torre del homenaje, parte de él se desviaba para llenar el foso y luego continuaba hacia la izquierda. Río arriba del torreón también había un molino y un estanque. Parte del estanque del molino parecía estar dividido del resto con redes y ella se preguntó qué tipo de peces criaban.

¡Qué propiedad más próspera y pacífica!

"A casa", dijo Fergus a su lado, su satisfacción era clara. Leila miró hacia él rápidamente, su corazón latía con fuerza porque él le hablaba de nuevo. Ella aprovechó la oportunidad para admirar su fuerte apariencia. Su cabello era castaño rojizo y rizado en el cuello. Sus ojos eran de un verde tentador, y era alto y de hombros anchos. Él había cambiado de atuendo cuando salieron de Haynesdale, empacando su cota de mallas y vistiéndose como Duncan lo había hecho durante meses. Un trozo de tela escocesa estaba envuelto alrededor de su cintura, sus tonos hacían eco a los de la tierra salvaje que la rodeaba. Llevaba una camisola blanca, abierta por la garganta, una camisa de cuero hervido[1] y botas oscuras. Su capa era de lana, como la de ella, pero forrada de piel. Él se veía vital y masculino, tan atractivo que sus labios ardieron en memoria de ese beso.

Él había venido a montar a su lado, lo que era un cambio bienvenido, pero aun así él evitaba su mirada. Leila aceptaría todas las mejoras, por pequeñas que fueran. Ella culpaba a su propio beso impetuoso por el cambio y estaba ansiosa por más de él que incluso eso.

"Hermoso", dijo ella, asegurándose de que mostrara su admiración.

Fergus sonrió, obviamente complacido. "Quizás puedas ver cómo la promesa de regresar aquí me dio fuerzas y esperanza."

"Puedo, de hecho. Qué sueño volver a una tierra de abundancia, un buen hogar y una amorosa prometida." Leila tragó. "Estoy segura de que Isobel y tú tendrán muchos años felices juntos."

Fergus abrió la boca como si fuera a hablar y luego la volvió a cerrar. Después de un momento, señaló el agua. "Este es el Solway Firth. La orilla lejana es Cumbria, juramentada al rey inglés, pero esta orilla es

Galloway y Escocia. Puedes ver el reino de Enrique II en un día despejado." Su tono era frío, como si fuera un conocido visitante, y Leila supuso que sí.

Ella también supuso que no debería haber mencionado a Isobel. Pero, ¿no era la perspectiva de ver a su amada la principal razón de su placer? ¡Cómo ella deseaba que un hombre la esperara con tanto ardor!

No, ella quería que Fergus hablara de ella con tanto ardor.

Ella era una tonta, sin duda.

"Y el que sigue adelante es Killairic", continuó él.

Leila asintió con la cabeza en comprensión. "Debería haberlo adivinado."

"¿Cómo es eso?"

Los caballos han acelerado el paso, al menos el tuyo y el de Duncan lo han hecho. Ellos reconocieron el camino cuando salimos de Dumfries." Ella sonrió. "El paso de cada criatura se aligera ante la perspectiva de regresar a casa. Después de cuatro años fuera, debes alegrarte de volver a ver este lugar."

"Me alegro" Fergus le dedicó otra mirada intensa pero rápida. "¿Eso significa que tu paso nunca volverá a ser calmado?"

Leila negó con la cabeza. "No. Significa que me haré un nuevo hogar." Ella dejó que Fergus viera su determinación.

"¿No te importaba tanto el tuyo?"

"Me encantaba muchísimo. Nunca me habría ido, salvo que estaba en peligro una cosa de mayor importancia para mí."

"¿Tu oportunidad de elegir a tu cónyuge?"

"Y de ahí mi felicidad. No pensé que tuviera que elegir a mi esposo antes de que me eligieran uno malo. No me condenaría a una vida de penas, ni siquiera para complacer a mi tío." Ella se encogió de hombros. "Tuve que elegir."

"Extrañas Ultramar."

"Por supuesto. Pero la elección está hecha, y ahora mi futuro debe hacerse."

Fergus la estudió, su curiosidad clara. "¿Dónde?"

"Aquí, si puedo quedarme," dijo ella, sosteniendo su mirada por un largo momento.

"¡Pero es tan diferente!"

Leila notó que él no la tranquilizaba, pero se negó a ser insultada. La elección de dar la bienvenida a un invitado podría no ser suya. Fergus era honesto y ella admiraba ese rasgo. Él nunca prometía lo que no podía asegurarse de que se le diera.

Y todos los votos que hacía se cumplían.

"Lo es, y me gusta esa diferencia", dijo ella en respuesta. "La tierra es fértil y tan verde que desafía la creencia. Me gusta la niebla y la lluvia, y la confianza en que no solo habrá agua, sino suficiente." Leila sonrió. "Y me gusta la naturaleza salvaje de las colinas. Parece que podría alejarme del grupo y estar completamente sola en unos momentos."

"Tu podrías hacerlo."

"Qué idea tan seductora." Ella negó con la cabeza, mirando a su alrededor con asombro. "He vivido en ciudades toda mi vida. He conocido el polvo y el sol y los mercados abarrotados. Me gusta que haya esta tranquilidad y que, sin embargo, la ciudad esté tan cerca." Ella le sonrió de nuevo. "Este podría ser un paraíso terrenal. ¿Conoces a alguien llamado Adán o Eva? "

Fergus se rió. "Ten cuidado, Leila. Escocia es mucho más fría que tu casa, sin aceitunas ni tantas frutas."

"Cada tierra tiene su propio fruto. Veo ese huerto dentro de los muros de Killairic. ¿Qué tipo de árboles son los que florecen? "

"Manzanas, en su mayoría, aunque hay algunas otras".

"Una fruta fina y versátil." Ella asintió con aprobación. "Y entonces debe haber abejas, y entonces debe haber miel."

"Buscas familiaridad en las diferencias", señaló él.

"He tomado mi decisión, Fergus, y debo asegurarme de que tenga éxito", respondió Leila. "Hay mucho que dejé atrás, sin duda, pero es mejor admirar el camino por delante. Anhelar el pasado no tiene ningún sentido."

Su mirada era pensativa y se quedó en silencio por un momento.

"¿No puedes imaginar ninguna situación que te obligue a entregar Killairic?" preguntó ella, sabiendo muy bien que era diferente para un hombre y un heredero, pero queriendo que él entendiera.

"No", dijo sin dudarlo.

"¿Verdaderamente?"

Fergus frunció el ceño pero no respondió. "Te resultará más fácil permanecer en Escocia si encuentras marido."

"Sin duda", asintió Leila, sus palabras apretadas. Supuso que casarse con otro hombre era una forma de darse algo de seguridad. Era una idea de utilidad. Quizás ella encontraría el amor en un matrimonio concertado, como habían hecho Gaston e Ysmaine. Podría ser un compromiso que la condujera a la felicidad que buscaba.

En esta tierra, sin embargo, Leila estaba en desventaja en cuanto al idioma, las costumbres y el conocimiento de la reputación de los hombres. Ella se preguntó si Fergus le concedería su consejo sobre los candidatos adecuados. ¿Había más hombres como él en esta tierra? Leila solo podía esperar eso. Un hombre de honor alto y guapo con una naturaleza valiente le iría bien, incluso si ese hombre no podía ser Fergus.

Sin embargo, él no dijo nada, así que ella decidió preguntar. Fergus sería un buen juez, particularmente de sus compañeros.

Ella se aclaró la garganta. Tal vez seas tan amable de sugerirme hombres de valor. Después de todo, no tendré a mi disposición mis viejas fuentes de chismes y preferiría no ponerme en una situación similar a la que dejé."

Fergus pareció sorprendido, luego asintió. "Por supuesto." Volvió a señalar él y cambió de tema, aunque Leila no se imaginaba por qué. Quizás nunca antes había sido casamentero. Quizás no era la ocupación de los hombres en esta tierra. "Hay un jardín de hierbas más allá del huerto, también dentro de las paredes, que es donde se guardan las abejas."

"Estaré encantada de verlo todo."

"Mi padre estará encantado de mostrártelo. Él se enorgullece de Killairic. Él ha supervisado gran parte de su construcción, ya que era un simple torreón de madera cuando él tomó el mando."

Leila hizo un gesto hacia el agua que brillaba en la distancia. "¿Y qué hay fuera de la vista? ¿Es el océano mismo? "A ella le asombraba que pudiera cabalgar más hacia el oeste, luego navegar hacia el sur y, finalmente, regresar al Mediterráneo nuevamente, y luego continuar hacia Palestina. ¿Tardaría más mar o no? Sería mucho más lejos, sin duda.

"Eventualmente, pero primero un viajero debe navegar alrededor de los Rhinns de Galloway, luego entre Irlanda y las islas occidentales." Su confusión debió mostrarse porque él sonrió. "Las islas occidentales son el reino de los reyes de las islas, desnudas tanto al viento como al mar."

Leila quiso verlas de inmediato. El afecto de Fergus por su tierra natal era más que claro y ella podía entender sus sentimientos. Este viaje había despertado su gusto por ver aún más mundo que ella. "Pensé que había un rey de Escocia. Duncan mencionó eso cuando salimos de Haynesdale."

"Y así es, pero las islas siempre han sido rebeldes a inclinarse ante la autoridad desde lejos. Fueron reclamadas por los irlandeses del otro lado del mar, y desde allí por los vikingos, cruzando otro mar. Los montañeses las reclamarían y los ingleses los reclamarían, y los reyes escoceses también intentan contenerlas. En las islas del norte, el rey noruego hace afirmaciones. Las alianzas son incómodas en estas partes y siempre están cambiando."

"Eso suena familiar", dijo Leila con ironía y Fergus sonrió.

"Me imagino que esa situación es familiar para la mayoría de las personas."

"¿Y tu casa?"

"Es una propiedad pequeña, como puedes ver, pero se encuentra en una especie de cruce. Ese río es una frontera entre Galloway y Escocia, aunque a veces este lado del río está comprometido con Inglaterra. Desde el suroeste y noroeste, los reyes de las islas tienen sus tierras y, a menudo, disputan quién tiene qué. Hasta Solway Firth y en esta orilla, viajan muchas noticias y muchos guerreros. Se confía en mi padre para asegurar una alianza cuidadosa entre reyes y señores, y Killairic ha prosperado como resultado de sus esfuerzos." Él le dio a Leila una sonrisa fugaz. "Mi matrimonio asegurará su compromiso en el futuro."

Leila no preguntó por Isobel esta vez. "Háblame de Galloway", invitó en su lugar.

"Al oeste inmediato de Killairic están las tierras de los Señores de Galloway, mis primos. Ellos están muy inclinados a la guerra. Me pusieron el nombre de Fergus, señor de Galloway, que murió justo antes de que yo naciera. Sus hijos, Uchtred y Gille Brigte, lucharon por sus territorios hasta que Gille Brigte mató a su propio hermano y reclamó sus tierras." Los labios de Fergus se tensaron en una línea sombría. "Fue un final bárbaro para un guerrero salvaje." Él hizo una pausa, luego agregó con cuidado. "Son aliados impredecibles a pesar de nuestro vínculo de sangre."

"O quizás por eso", sugirió Leila. Ella observó las colinas suavemente onduladas y se maravilló de que estuvieran marcadas por la guerra.

Fergus asintió. "Quizás."

"¿Y Killairic?"

"Concedido a mi padre por el rey inglés tras la rendición de Fergus, para defender la frontera entre sus tierras al este y al sur, y las reclamadas por los hijos de Fergus al oeste. El rey escocés aceptó la subvención y el matrimonio con mi madre aseguró la alianza de mi padre con el rey escocés."

"¿Ella estaba relacionada con él?"

"Su sobrina."

"Entonces, tu padre es de Galloway y tu madre de Escocia."

"Sí."

Leila tuvo que preguntar. "¿Y la dama Isobel?"

"Sus parientes son del Reino de las Islas pero no tienen derecho a ese trono. Ella tiene sangre noruega, como muchos en las islas. Son altos y rubios, con cabello dorado y ojos azules."

Leila no pudo evitar pensar que ella, pequeña y morena, se compararía mal con una mujer de tan majestuosa estatura. Ella ya había notado que los extranjeros tenían una gran preferencia por las mujeres de cabello rubio y se preguntó si su esperanza de encontrar un marido que la cuidara estaría condenada al fracaso.

Ella se enderezó en su silla. Ella no esperaría el fracaso, no antes de haber intentado triunfar.

"Su padre luchó por Fergus y se le concedió una posesión al oeste de aquí, más cerca del mar. Dunnisbrae se llama. Nos conocimos cuando éramos niños y se decidió temprano que nuestras nupcias equilibrarían las ambiciones del rey inglés de expandirse al norte y al oeste de Carlisle."

"¿Y entonces tu matrimonio te hará dividir entre lealtades?" Preguntó Leila, tratando de mantener su tono tan desapasionado como el de él. En verdad, ella estaba ferozmente interesada en esta Isobel que había reclamado el corazón de Fergus con tanta seguridad y esperaba que la dama mereciera la consideración de Fergus. Ella ya había adivinado que Duncan no creía que Isobel fuera digna de confianza, lo que la hacía doblemente decidida a hacer su propia evaluación.

Ella supuso que pronto tendría esa oportunidad.

Quizás Isobel esperaba el regreso de Fergus en Killairic. Leila nunca había preguntado el paradero de su prometida. Sus entrañas se apretaron ante la perspectiva de ver a Fergus casarse con su amada en los próximos días. Sin duda, la celebración no se retrasaría más después de su regreso.

¿Isobel toleraría la presencia de Leila en Killairic?

Mientras sus pensamientos daban vueltas, Fergus se rió. "Es una forma establecida de garantizar que un hombre cumpla mejor con sus obligaciones."

"Supongo que sí", tuvo que admitir Leila. "Pensé que el tuyo era un matrimonio por amor."

"Lo es, pero es una afortunada coincidencia. Incluso si Isobel y yo no estuviéramos enamorados, podríamos estar destinados a casarnos de todos modos. La alianza es buena tanto para las familias como para los dos reyes."

Y si Isobel no hubiera poseído un linaje que ofreciera una alianza estratégica, entonces a Fergus no se le habría permitido casarse con su amada. Los labios de Leila se afinaron porque algunos asuntos seguían igual en todos los países.

Ese fue el momento en que ella se dio cuenta de la poca ventaja que podía tener un hombre casándose con ella. Ella no tenía conexiones familiares, fortuna o alianza poderosa que ofrecer. Y ella no era rubia. Bien podría ser que ningún hombre la encontrara atractiva en esa tierra donde las mujeres eran mucho más justas y mucho menos llegarían a amarla. La perspectiva era aleccionadora. ¿Sería ella capaz de asegurar su supervivencia como puta?

Quizás eso explicara el silencio de Fergus. Quizás él entendía el desafío que ella enfrentaba mejor que Leila.

No, ella no perdería la esperanza. Ahora no. De alguna manera, Leila tenía que encontrar un futuro para sí misma y estaba decidida a que debería ser en Escocia. La aventura, se recordó a sí misma, acababa de comenzar.

El bosque se cerraba alrededor del camino que tenía delante mientras se adentraba en un río, y Fergus detuvo su caballo.

"Enguerrand, ¿tomarás la iniciativa?" le preguntó al templario más veterano. Fergus fue más cauteloso de lo que Leila habría esperado al entrar en un bosquecillo tan cerca de su casa. E Yvan, te tendría en la retaguardia. Yo seguiré a Enguerrand con Duncan detrás de mí, luego a Leila, los escuderos y el equipaje."

"¿Sospechas de un ataque?" Preguntó Enguerrand.

Los ojos de Fergus se entrecerraron. "Quizás me he vuelto demasiado cauteloso."

—Más vale prevenir que curar, muchacho —dijo Duncan con entusiasmo, y Leila recordó su afirmación de que Fergus podía vislumbrar el futuro. ¿Fergus no había dicho que veía una sombra más adelante? ¿Sería él decepcionado de su regreso a casa en el mismo umbral de Killairic? Su corazón latía un poco más rápido y ella miró a su alrededor.

Ellos se organizaron según las instrucciones y avanzaron a un ritmo constante, todos explorando el bosque a ambos lados a medida que avanzaban. Leila pensó en el asalto a su grupo en Haynesdale y escuchaba con atención cualquier indicio de que los estuvieran observando. No escuchó ninguno, pero eso no significaba que no los observaran.

No era una gran distancia a través del bosque, pero parecía más largo debido a su preocupación. Los árboles se separaron abruptamente, lo que les permitió ver más de cerca el torreón que habían visto antes y parecía aún más próspero en las proximidades. La insignia era de un ciervo dorado saltando sobre un campo verde. Leila sintió que la tensión se relajaba tanto en Duncan como en Fergus.

—Él vive —susurró Fergus, y luego le dio con los talones a su caballo.

Leila comprendió de inmediato. Él temía que su padre hubiera fallecido en su ausencia. Su corazón se apretó porque su preocupación había sido infundada.

Mientras tanto, Fergus corrió a su caballo hacia las puertas, gritando de alegría mientras cabalgaba. Tempest sacudió la cabeza y corrió con desánimo, claramente compartiendo la alegría de su caballero. También estaba claro que Fergus se sentía seguro a la vista de la fortaleza. Las puertas estaban abiertas, aunque Leila tenía que creer que estaban aseguradas por la noche. Algunos aldeanos dejaron sus tareas para ver quién se acercaba, y Leila los escuchó gritar a modo de saludo. Duncan le había estado enseñando gaélico por las tardes y ella estaba contenta de poder entender algo de lo que se decía.

Ayudó que dijeran lo que ella anticipó que dirían.

¡Es mi señor Fergus! ¡Él está en casa!"

"¡El hijo del señor ha vuelto!"

¡Salve, el regreso de mi señor Fergus!

La gente salió de las cabañas, el molino y el propio torreón, rodeando a Fergus. Su felicidad era tan evidente como la de él. Él saltó de la silla y les dio la mano, aceptó besos, lo abrazaron y le dieron palmadas en la espalda repetidamente. Él podría haber estado saludando a la familia en lugar de a los comprometidos con el servicio de su padre. Leila aprobó esa cálida relación entre señor y pueblerinos. Los niños corrían entre la multitud encantada, los gansos graznaban, los perros ladraban y las cabras balaban. Leila escuchó la risa de Fergus y sonrió ante tanta alegría.

El resto del grupo estuvo igualmente rodeado una vez que Fergus fue recibido. Los Templarios fueron admirados. Un hombre con barba, ojos oscuros y un delantal de cuero se adelantó para pasar las manos por los flancos de los caballos, y Leila supuso que era el herrero del pueblo. Hamish fue sacado de su silla y abrazado por un gran oso con un entusiasmo que hizo sonrojar al niño.

"Tío Rodney", protestó el muchacho pero sin mucho vigor.

"Y un beso para tu tía Mhairi, por favor", dijo una mujer rolliza, agarrando a Hamish para besarle las mejillas. Hamish estaba rodeado por esta pareja, que le hablaba rápidamente. Leila vio a la mujer despeinar el cabello del muchacho y supuso que estaban hablando de lo mucho que había crecido.

"Tienes uno menos que antes", señaló el herrero, con la mirada fija en el grupo. Tenía una voz baja y resonante que llamaba la atención y los aldeanos guardaron silencio después de sus palabras. Leila vio a varios contar el grupo, señalando con el dedo mientras lo hacían, y la palabra "Kerr" se elevó como un susurro entre sus filas.

Fergus asintió e inclinó la cabeza. "Por desgracia, Kerr fue asesinado a nuestro regreso a casa. Está enterrado en las montañas al oeste de Venecia." Esto Leila no entendió completamente, pero escuchó "Kerr" y "Venecia" y adivinó qué noticias había compartido Fergus.

Los murmullos se deslizaron por la multitud ante esas tristes noticias y la mayoría de la gente se persignó. Uno que era claramente un sacerdote, porque llevaba un crucifijo en un cordón alrededor de su cuello y su cabello estaba rapado, dijo algo e hizo un gesto hacia un pequeño edificio río abajo. Había una cruz en el techo, lo que indicaba que se trataba de una capilla. Leila supuso que había invitado a los demás a asistir a una misa por Kerr. Fergus le habló y el sacerdote asintió con la cabeza y se apresuró a ir a la capilla.

Leila dudaba que fuera bienvenida allí. En algunas partes de Palestina, los lugares santos se comparten entre religiones, pero parece poco probable que haya una tolerancia similar ahí. Probablemente ella era el primer sarraceno que estas personas habían visto.

Duncan fue recibido cálidamente y abrazó con fuerza a otro guerrero alto. Ese hombre parecía tener la misma edad que Duncan o incluso más, y su largo cabello estaba mezclado con oro y plata. Él llevaba un parche en un ojo y solo él en el grupo llevaba una cota de malla. Su mirada se dirigió rápidamente a ella y sonrió. Leila bajó la mirada, su corazón se aceleró ante su obvio agradecimiento. ¿Era un hombre cuya atención debería cultivar? Ella había pasado tanto tiempo en compañía de hombres pero disfrazada de muchacho que se había olvidado de cualquier arte y atractivo femenino.

Podría ser oportuno recordarlos.

Ella se dio cuenta de que Duncan se cargó la alforja al hombro cuando desmontó, manteniendo la preciosa reliquia cerca de su lado cuando se llevaron su caballo. Él vino a ayudarla a bajar de la silla y ella supo que los aldeanos, y ese guerrero, la estaban observando de cerca.

"Y así llegamos a nuestro destino", le murmuró Duncan en francés mientras le ofrecía la mano. Había comprensión en sus ojos mientras sostenía su mirada.

—Debo encontrar un marido, Duncan —susurró Leila. "¿Tienes algún consejo?"

"Ese pícaro no servirá", dijo Duncan. "No tiene una moneda a su nombre, aunque no dudo que intentará encantarte."

Leila sonrió. "Gracias, Duncan."

"Puedes hacerlo mejor." Duncan le guiñó un ojo y la condujo hacia la puerta abierta. "Ven y conoce a Calum, Señor de Killairic."

"Y tu patrón", dijo Leila, recordando la promesa de Duncan de servir al hombre que una vez le había salvado la vida.

"Por supuesto."

"Espero que te libere de tu servicio, ahora que Fergus ha regresado sano y salvo."

"Veremos, veremos."

"¿Qué hay de tu amigo?"

"Murdoch Olafson." Duncan asintió con aprobación. "Es un guerrero para tener a la espalda, pero nadie que hable por alguien como tú. Me alegro de que él permaneciera con Calum mientras estábamos fuera y no dudo que me exigirá una rendición de cuentas completa lo antes posible." Duncan la miró. "Le diré que te deje en paz, porque eres una dama, no una puta."

Leila asintió, consciente de que Murdoch todavía la miraba.

Un hombre mayor de pelo blanco había llegado a la puerta y se quedó allí, apoyado en un bastón, con los ojos encendidos mientras miraba a Fergus. Iba vestido al estilo de los nobles franceses, con una túnica larga de tela gruesa pero con un trozo de tela a cuadros que le colgaba del hombro como una capa. El alfiler que sostenía la tela brillaba al sol, porque estaba engarzado con una piedra púrpura. Él abrazó a Fergus con un afecto y un placer tan evidentes que los ojos de Leila se llenaron de lágrimas. Padre e hijo hablaron rápido, tan rápido que Leila encontró incomprensibles sus palabras.

Duncan apretó los dedos de Leila, evidentemente notando su reacción. "Te va bien con el gaélico. Pronto hablarás tan rápido como ellos."

"Eso espero."

Duncan se puso serio, su mirada evaluativa. "No te cases en contra de tus instintos, Leila, simplemente para ver el asunto resuelto."

Sabes que no lo haré, Duncan. Después de todo, por eso huí."

"Sí, eso es bastante cierto." Él sostuvo su mirada, la suya llena de convicción. "Tienes que saber esto, muchacha. Si alguna vez tengo un hogar, eres bienvenida dentro de él, estés casada o no, durante el tiempo que decidas quedarte."

Leila sintió un nudo en la garganta ante su inesperada oferta y el alivio la inundó. Gracias, Duncan. No sé cuál será mi destino, por lo que tu generosa oferta es muy bienvenida."

"Ninguno de nosotros conoce nuestro destino, muchacha, ninguno de nosotros." Duncan respiró hondo. "Pero haré todo lo que pueda para hacer un hogar para Radegunde. Sé que ella agradecería tu compañía tanto como para mí sería un honor tenerte como invitada"

Leila parpadeó para contener las lágrimas inesperadas. "Gracias. Eres un buen amigo, Duncan."

"Para un extranjero", bromeó él, con un brillo alegre en sus ojos.

Leila se rió. "Para un extranjero", cedió ella, porque había aprendido que había mucha más diversidad en los cristianos del oeste de lo que ella alguna vez había creído. "Espero ser una buena amigoa, para ser un sarracena."

"La mejor que he conocido", asintió él de inmediato.

"¿Y a cuántos sarracenos llamas amigos?" bromeó Leila, su humor aliviado por su oferta.

"Solo una, pero ella vale mil más." Duncan sonrió. "Vaya, atravesamos la cristiandad para encontrar un amigo así."

"Esa no fue la única razón por la que viajaste tan lejos."

"Suficientemente cierto." Duncan bajó la mirada rápidamente a su alforja. "Pero pocos necesitan saber la verdad."

Leila asintió sin mirar la bolsa. ¿Qué pasaría con el relicario ahora que habían llegado a su destino? ¿Podría realmente estar escondido en esta fortaleza para siempre? ¿O los Templarios lo llevarían a otro santuario?

¿Se le confiaría a ella la verdad?

Si nada más, ella haría su parte para que se defendiera el tesoro, como lo había hecho antes.

EL CAMBIO en la apariencia de Leila era sumamente preocupante.

Fergus había sabido que ella era una doncella todo el tiempo, por supuesto, desde ese primer día en Jerusalén. Él había visto su verdad con ella oculta en su viaje. Una sonrisa rápida que era descaradamente femenina. Un destello de una muñeca demasiado delicada para ser la de un muchacho. Pero verla vestida de mujer había sido una revelación.

Ella era una belleza.

Y ese beso.

Ese beso.

Había sido completamente inesperado, pero no desagradable. Su poderosa reacción había sido una sorpresa. El recuerdo atormentaba a Fergus. Sus labios ardían al recordarlo en medio de la noche. Se le aceleraba el pulso al verla. Sus sueños estaban llenos de las posibilidades de lo que habría venido después, si él no se hubiera alejado y regresado a las festividades en el nuevo salón de Bartolomé. Él habría jurado que cada vez que se pasaba la lengua por los labios, saboreaba la dulzura de Leila, aunque era imposible.

Habían pasado quince días y todavía pensaba en ese beso a todas horas.

Él incluso había soñado con Leila, sosteniendo a un bebé de piel dorada y ojos azules. El cabello de la niña era oscuro y húmedo, como si acabara de nacer, y Leila parecía estar cansada pero radiante de todos modos. Curiosamente, Fergus sabía que era un niño.

El niño tenía que tener un padre del oeste para que sus ojos fueran de ese tono. Eso debería haberle asegurado a Fergus que Leila cumpliría su deseo, pero la visión lo había preocupado mucho. Él se había despertado la noche que había soñado con eso y se preguntaba por su futuro. ¿Sería ella feliz en Escocia? ¿Quién era el padre? ¿Ese hombre la trataría con honor? Leila parecía feliz en su visión.

Esa vista seductora, junto con el recuerdo de ese beso y sus preguntas, significaba que Fergus encontraba a Leila dominando sus pensamientos más de lo que él pensaba que debería.

Estaba claro que él había sido casto durante demasiado tiempo. Su matrimonio con Isobel no podía celebrarse lo suficientemente pronto.

¿Y qué hay de Leila? Él tenía que encontrarle un buen marido, a toda prisa.

Cuando Fergus se acercó a la fortaleza de su padre por primera vez en cuatro largos años, se sorprendió al preguntarse qué pensaría Leila de su hogar. No, él había querido su aprobación. Era imposible evitar cabalgar junto a ella, contárselo y observar su reacción. La admiración de Leila por Killairic le proporcionó un enorme placer, más placer del que era razonable. Él debería preocuparse de qué tan pronto vería a Isobel o incluso qué pensaría ella de sus regalos.

Pero era Leila quien reclamaba su atención.

Dada la duración de su ausencia y su castidad, Fergus supuso que era inevitable que hubiera comenzado a fijarse en otras mujeres, particularmente en una en cuya compañía había viajado hasta ahora. Cuatro años era mucho tiempo, casi una eternidad. ¿No era razonable que sus recuerdos de Isobel se desvanecieran?

Fergus se alegró de estar en casa. Él se dijo a sí mismo que estaba contento de sus nupcias pendientes y de la promesa de volver a ver pronto a Isobel.

Pero la verdad era que temía la inevitable partida de Leila.

O peor aún, su necesidad de convertirse en puta para sobrevivir. Él no podía permitir que eso sucediera. Él debía encontrarle un esposo, un hombre de honor que la tratara bien. Él le debía eso, sin duda, pero tendría que decidir rápidamente.

Mientras Fergus atravesaba la aldea, su pecho estaba apretado por la familiaridad de todo. Él se había alegrado cuando los aldeanos acudieron para darle la bienvenida a casa y saludarlos a todos y cada uno. Ver a su padre en la puerta de la fortaleza había sido un alivio más profundo de lo que Fergus hubiera creído posible.

Él había temido que la sombra que sentía pudiera haber sido la muerte de su padre. Ver a Calum sano y riendo, aunque un poco más canoso que plateado, si apoyado un poco más en su bastón que antes, era la vista más bienvenida en todo el mundo.

"¡Padre!" Fergus abrazó a su padre, sintiendo una nueva fragilidad en el hombre mayor. Le hizo sentirse protector con su padre y doblemente decidido a no volver a salir de casa nunca más.

"Mi muchacho", dijo Calum con obvio placer. "Mi hijo, vuelve a casa, tal como lo prometió." Él sacudió la cabeza y luego miró a Fergus con placer. "Ya no es un niño, pero sigue cumpliendo todas sus promesas." Le revolvió el pelo a Fergus como si fuera un niño pequeño, aunque tuvo que estirarse hacia arriba para hacerlo.

"¡Por supuesto!" estuvo de acuerdo Fergus. "Y les he traído regalos..."

"El único regalo que necesito es que estés a mi lado", declaró su padre. Sus ojos se iluminaron cuando miró a la multitud. Y con una escolta tan noble. Calum saludó a los templarios en un cuidadoso francés mientras se inclinaban profundamente ante él.

"Fue orden de nuestro gran maestre que nuestro camarada Fergus fuera escoltado a su casa, después de su servicio ejemplar", dijo Enguerrand, utilizando la historia que habían acordado.

"¿De verdad?" Calum arqueó una ceja. "Tendrás que contarme tus hazañas, hijo mío."

"Por supuesto, padre".

"¿Escuché correctamente sobre Kerr?" preguntó su padre en un murmullo.

—Lo hiciste —asintió Fergus, contando otra historia en la que habían acordado. "Fuimos acosados por ladrones fuera de Venecia y Kerr pagó el precio." A él no le gustaba mentirle a su padre, pero él y Duncan habían acordado que no ganarían nada revelando la naturaleza engañosa de Kerr después de la muerte del niño.

Los labios de Calum se tensaron. "Alguien tendrá que dar esa noticia", dijo entre dientes y Fergus asintió.

"Yo se lo diré a Isobel, por supuesto." En verdad, Fergus estaba más preocupado por la vista que tenía ante él. Duncan se acercaba con Leila y Fergus no podía apartar la mirada de ella. Su corazón dio un brinco al ver sus ojos brillar mientras bromeaba con Duncan y su risa era alegre. Ella llevaba la túnica verde oscuro que le había regalado Radegunde y un manto de lana de un tono dorado intenso. Sus botas eran sencillas y resistentes, y no usaba una joya, pero estaba radiante de todos modos.

Seguramente, ¿ella podría encontrar un marido que la tratara con el honor que se merecía?

Y Duncan también volvió contigo. Calum abrazó a Duncan como un hijo más y no como el hombre de armas contratado que era.

"Me comprometí a devolvérselo sano y salvo, mi señor, y así está hecho", dijo Duncan.

"Y así lo hiciste, y así lo hiciste. Nunca un señor tuvo un guerrero más honorable juramentado por su causa. Gracias, Duncan."

La parte de atrás del cuello de Duncan se ruborizó con ese elogio, pero Calum no le dio oportunidad de responder. El hombre mayor le dio su bastón a Fergus y tomó los hombros de Duncan en sus manos. —

Te doy la bienvenida a Killairic como invitado en esta ocasión, Duncan, porque no dudo que nuestra deuda haya sido pagada una y otra vez entre aquí y Ultramar. Calum sonrió. "De hecho, ahora yo estoy en deuda contigo. Te debo mucho, Duncan, por tomar a este rufián bajo tu custodia y traerlo a casa de nuevo.

"El honor es mío, mi señor", dijo Duncan, aparentemente incapaz de evitar hacer una reverencia. "Estoy tan complacido como tú de verlo regresar sano y salvo a casa."

Fergus era consciente de que Leila no podía entender lo que decían su padre y Duncan, pero no sabía cómo traducirle con gracia sin llamar la atención sobre el hecho de que era sarracena.

Pero claro, él supuso que no era ningún secreto, con su piel dorada y cabello oscuro. Ella parecía exótica y había sido cada vez más el centro de atención desde su salida de París. Los aldeanos la miraban con asombro y él supuso que había especulación en sus susurros.

¿Era su inevitable partida la raíz de su presagio?

Su padre estaba sano, lo que era un alivio, pero la sombra no se había disipado.

"¿Y quién es esta flor del este?" Preguntó Calum, cambiando del gaélico al francés. Él hizo un gesto a Leila. ¿Es esta tu compañera, Duncan? ¿Me atrevo a esperar que hayas perdido el corazón y tengas la intención de planificar un futuro como hombre casado?

Leila se sonrojó y bajó la mirada, sus oscuras pestañas recorrieron sus mejillas en un gesto tan femenino que dejó sin aliento a Fergus.

"No soy un hombre tan afortunado como para haber ganado esta belleza", dijo Duncan con una rara dulzura. "Esta es Leila..."

Leila lo interrumpió suavemente. "Soy Leila binte Qadir lufti al-Ramm, señor", dijo, inclinándose ella ante el padre de Fergus. "Tengo el honor de conocerte."

Fergus sabía que no era el único asombrado por su nombre completo. ¿Por qué nunca le había preguntado qué era antes? Murdoch Olafson dio un paso adelante, tal vez para asegurarse de tener una mejor vista de Leila, y Fergus le dirigió a ese viejo guerrero una mirada dura.

Murdoch parecía divertirse, pero si tenía alguna idea sobre Leila,

Fergus se aseguraría de que fueran eliminadas junto con esa sonrisa depredadora.

"Y estoy encantado de darte la bienvenida a mi casa", le dijo Calum a Leila. "¿Cómo llegaste a estar en este grupo?"

"Busqué la protección de este grupo en Jerusalén y mi señor Fergus tuvo la amabilidad de cumplir con mi solicitud." El francés de Leila era rápido y suave, mucho mejor que el de Calum, por lo que el hombre mayor tardó un momento en comprender lo que ella quería decir.

"Una damisela en apuros", dijo entonces su padre con satisfacción.

Leila sonrió y miró a Fergus. "Se podría decir eso, señor," Ella era cautivadora cuando sus ojos brillaban tanto. Debido a que eran tan oscuros, Fergus pensó en estrellas en el cielo de medianoche cuando centelleaban.

"¿Y quién mejor para defenderte que los Caballeros del Temple?" continuó Calum. Enguerrand e Yvan no dijeron nada, pero se enderezaron un poco más. "Es un honor para mí que su presencia adorne mi hogar, Señorita Leila, mientras elija ser mi invitada." Él hizo un gesto hacia el pasillo incluso cuando sus palabras le recordaron a Fergus que Leila estaría de visita solo por un corto tiempo. "Por favor, ven y narra tu viaje. Te advierto que te molestaré con historias de tierras lejanas."

"Le agradezco, señor, la amabilidad de su hospitalidad." Leila volvió a hacer una reverencia.

"El honor será todo mío, porque me ayudarás con mi francés. Lo olvido en estas colinas y la práctica será bienvenida." Calum se rió entre dientes y recuperó su bastón. Él le guiñó un ojo a Fergus y luego le ofreció el brazo a Leila. "¿Has viajado al oeste antes, mi señora?"

"Este es mi primer viaje de este tipo, señor." Ella tomó el brazo de Calum como si necesitara su apoyo. Fergus vio la forma en que ella deslizó su mano por debajo del codo de su padre, dejándolo apoyarse un poco sobre ella sin que nadie se diera cuenta. Ella era amable y eso le gustó mucho.

"¿Entonces sólo conocías Ultramar antes de la partida de Jerusalén?"

"Así es, señor."

"Debes encontrar Escocia muy diferente a tu hogar."

"El clima es considerablemente diferente, señor, y también lo es la comida, pero la gente, parece ser muy parecida a donde quiera que viaje."

"Y eso también ha sido mi pensamiento durante mucho tiempo", coincidió Calum, llevando a Leila al gran salón. Fergus y Duncan los siguieron, los Templarios detrás de ellos. Los fuegos se habían avivado hasta arder y la mesa alta ya estaba preparada. Iain, el mayordomo de su padre, estaba enderezando un trozo de lino bordado encima y dirigiendo la colocación de las velas. Él le dedicó a Fergus una cálida sonrisa y le dio la bienvenida a casa antes de decirle al cocinero que sería mejor que hubiera suficiente pan para la cena.

Eso inició una típica y amistosa disputa entre Iain y Xavier el cocinero, ambos defendiendo sus habilidades y dominios, y ofendiéndose por la intromisión del otro. En verdad, ambos eran de naturaleza similar, ya que eran hombres mayores y solteros dedicados al servicio y la comodidad del padre de Fergus. Él se encontró sonriendo ante la familiaridad de todo mientras discutían.

—Será mejor que te ocupes de tu trabajo en lugar del mío —concluyó Xavier, indicando al grupo que llegaba. "No has colocado suficientes bancos en el salón para todo el grupo."

"Yo sé mejor cómo preparar el salón." Iain olisqueó el aire con delicadeza. "¿Es ese venado quemado que huelo?"

Xavier maldijo con entusiasmo y regresó a la cocina. Iain negó con la cabeza, luego se volvió hacia el hombre que hacía rodar un barril de vino en el salón.

"No aquí, no aquí", se quejó el mayordomo. "Debe estar caliente, porque es lo último del vino. Llévalo a la cocina y ve si ese demonio te deja un lugar en su fuego para asegurar el placer de su señor."

"Si quieres reflexionar sobre el vino, he traído algunas especias para las cocinas", Fergus levantó la voz para intervenir y los ojos de Iain se iluminaron de placer.

"¿De verdad, señor? Serían muy bienvenidas. El hombre mayor se acercó, inclinándose ante Fergus. "¿Tiene una lista de ellas, señor? Yo las agregaría al inventario de la caja de especias antes de que puedan ser distribuidos sin tener en cuenta sus gastos, como suele hacer algunas personas."

Fergus reprimió una sonrisa, porque era fácil adivinar quién pensaba Iain que podría ser culpable de ese crimen. "Lamento no haberlas enumerado completamente, Iain, pero Hamish ha estado aprendiendo sus sumas." Él hizo una seña a su escudero, dándole a ese muchacho los medios para escapar de la afectuosa bienvenida de su tía y su tío. Hamish puede anotarlas en el libro de contabilidad con precisión, si le prestas una escala. Será una buena práctica para él y para ti, lo sé, debes estar demasiado ocupado para esas tareas hoy."

"Una idea excelente, señor." Iain asintió a Hamish. "Puedes usar mi sala de conteo."

Hamish hizo una reverencia y siguió al hombre mayor, de pie mucho más alto que él cuando se fueron. Por supuesto, él tenía cuatro años más y había crecido mucho.

Su tía y su tío sonrieron orgullosos cuando Hamish salió del salón. El muchacho los volvería a ver en la mesa esa noche, porque Fergus se aseguraría de eso.

Fergus supuso que debería consultar con Hamish sobre su deseo para el futuro. ¿El muchacho deseaba continuar su entrenamiento y ser nombrado caballero? Él había rogado acompañarlo a la aventura y Fergus se los había llevado a él ya Kerr, ya que no tenía escuderos antes de su partida. Quizás Hamish podría entrenar en Haynesdale.

"Necesitaré granos de pimienta y clavo de olor primero", le dijo Iain a Hamish. "¿Me atrevo a esperar que haya canela? Porque eso también sería una buena adición."

"Hay, Iain, así como anís estrellado", respondió Hamish y el deleite de Iain fue claro. "Lo negocié yo mismo."

"¿Lo hiciste? Apenas recuerdo el sabor de esa especia porque ha pasado tanto tiempo. Qué aventura debiste haber tenido... "

Mientras tanto, los muchachos fueron enviados desde el salón para traer el equipaje y Calum se dirigió a un asiento cerca del fuego. Leila lo ayudó a tomar asiento y él le dedicó una sonrisa de gratitud. Ella se sentó a su lado ante su invitación y se estremeció visiblemente. "Necesitarás un hombre que te caliente en nuestras noches aquí, mi señora", bromeó Calum y Leila se sonrojó de nuevo. "¿Has elegido uno ya?"

"Yo no, señor. No sería tan audaz."

"Entonces te encontraremos uno", dijo Calum, dándole una palmadita en la mano. "Un guerrero robusto con un corazón tierno, uno que te defenderá y te honrará, como todos los hombres de mérito deberían hacer con sus esposas. ¿Le gusta una canción, mi señora?

"De hecho, me gusta."

"Has venido a la tierra adecuada para encontrar un marido. Tenemos poetas en abundancia en estos lugares, y hombres cuyos cantos encantan a los pájaros de los árboles."

Leila parecía estar luchando contra una sonrisa. "¿De verdad, señor?"

"Suena escéptica, mi señora."

—Me ha oído cantar a mí, señor —intervino Duncan.

Calum se echó a reír, su mirada se movió entre Duncan y Leila con tal deleite que sus conclusiones fueron claras. "Quizás tengamos una boda en Killairic, después de todo", dijo con placer, luego se contuvo. Su mirada se dirigió a Fergus y todo el grupo guardó un silencio inquietante.

El corazón de Fergus se detuvo.

Estaba claro que algo andaba mal.

CAPÍTULO 2

"¿*Después* de todo?" repitió Fergus, sabiendo que todas las miradas estaban fijadas en él. Se le erizaba el pelo en la nuca y le pareció sorprendente que nadie le explicara el comentario de su padre. De hecho, el salón se llenó de un terrible silencio. "Seguramente, Isobel y yo nos casaremos en Killairic, padre." Las palabras eran como polvo en su boca, porque él estaba mirando a Leila. Su interés en la conversación era muy claro.

Tan claro como el interés de Murdoch en ella.

Su padre hizo una mueca. "Seguramente no", dijo en voz baja. "Lo siento, Fergus."

Fergus pensó que debía haber entendido mal. "¿Isobel se ha enfermado?"

"No", dijo Calum, su ceño se profundizó.

Iain se había detenido en la puerta de las cocinas y miró hacia atrás. Estaba pálido e inmóvil, como si lo hubieran golpeado contra una piedra. Hamish frunció el ceño confundido mientras miraba entre todos. Duncan estaba sombrío. Murdoch había cruzado los brazos sobre el pecho y observaba el intercambio como entretenido. Los ojos de Leila estaban muy abiertos y ella claramente se esforzaba por seguir la conversación.

Fergus hizo la pregunta obligatoria. "¿Está ella muerta?"

Su padre hizo una mueca. "Isobel está casada, Fergus".

¿Casada?

Fergus estaba indignado y se sentía traicionado. ¿Cómo podría casarse su amada con otro? ¡No puede ser verdad! "¿Pero cómo puede ser esto? Isobel es mi prometida."

"Ya no", señaló Murdoch con su voz grave.

Fergus se giró para encarar a ese hombre. "¡Se comprometió a esperarme!"

"Parece que la dama cambió su forma de pensar", señaló Duncan.

"Pero nos amamos", protestó Fergus.

"Apuesto a que tu admiración no era correspondida en igual medida, muchacho", dijo Duncan en voz baja.

Fergus se dio cuenta por el tono de Duncan de que él, de todos los que acababan de regresar, no estaba sorprendido. Duncan se encogió de hombros y luego bajó la mirada a sus botas. Leila inhaló bruscamente, sus ojos brillando en su defensa.

Aun así, Fergus no podía creerlo.

"¡Pero estamos comprometidos!" protestó él de nuevo. "Estamos comprometidos el uno con el otro…"

Su padre negó con la cabeza. "De todos modos, ella intercambió votos con Stewart MacEwan…"

"¿Stewart MacEwan?" Fergus se paseó por el salón, asombrado dos veces en rápida sucesión. Él sabía que había experimentado dudas, pero no había roto su promesa. Isobel tampoco debería haber hecho eso. Ella lo había prometido. ¿Y Stewart? ¿Cómo podía ella amar a Stewart? "¡Pero él es veinte años mayor que ella!"

Calum se encogió de hombros. "Eso no parece ser un problema. Ella le ha dado un hijo en tu ausencia. Ella se embarazó con un segundo hijo, pero escuché que algo salió mal." Calum negó con la cabeza y la mayoría de la gente se persignó.

¿Dos embarazos? ¿Tan rápido? Fergus se había ido hacía casi exactamente cuatro años. Él sintió que sus ojos se estrechaban cuando se volvió para mirar a su padre de nuevo. Él encontró los ojos de Leila brillando, sus brazos cruzados sobre su pecho, y apreció que ella se insultara en su nombre.

Algo en él se agitó al ver su furia, algo que no deseaba considerar en ese momento.

Tenía que haber una explicación, e inmediatamente pensó en una.

"¿Su padre la obligó a su elección?" Fergus preguntó con fuerza.

Su padre negó con la cabeza. "No es lo que escuché."

Fergus exhaló. Caminó. Él estaba lívido de que una promesa significara tan poco para Isobel, que su confianza se había perdido tanto, que su amor por él había sido tan fugaz. Él estaba devastado porque su lealtad había sido recompensada así. ¿Cómo pudo ella haber hecho esto? ¿Qué sería de su vida sin Isobel a su lado? Fergus se pasó una mano por el pelo y no quiso considerarlo.

"¿Cuándo se casaron?" preguntó, sin gustarle que su padre hiciera una mueca y bajó la mirada a sus manos.

"Tres meses después de que te fuiste", agregó Murdoch.

¿Tres meses? ¿Solo tres meses? ¿Ella había pensado tan poco en Fergus? Su orgullo estaba lastimado, sin duda, lo que no aumentaba su compostura. Si Isobel hubiera esperado un año o dos, él podría haber entendido su elección, al menos hasta cierto punto. Ella podría haberlo creído muerto, o que probablemente no regresaría.

Tres meses le hacían preguntarse si ella alguna vez tuvo la intención de casarse con él.

Eso lo sacudió hasta la médula. Él amaba a Isobel y le había sido fiel, pero ella lo había olvidado tan rápidamente. Él se sintió enfermo y vacío.

Fergus no podía mirar a Leila, por temor a que ella adivinara la profundidad de su desesperación.

Los muchachos estaban trayendo las muchas cajas de regalos que él había traído para Isobel y verlas lo hizo sentir como un tonto. Todo el tiempo que él había estado comprándole cosas, ella había estado casada con Stewart. Todo ese dinero lo había desperdiciado, comprando regalos que nunca serían otorgados al destinatario. Él había sido casto. Él había sido sincero. Él había mantenido su promesa. ¿No tenía eso ningún mérito para la mujer que le había dicho que lo amaba y que le había prometido esperarlo?

Y Stewart MacEwan. Ser dejado de lado por un hombre así —un guerrero rudo, de poco escrúpulo y mucho mayor que él— era irritante.

¿Podría Isobel haberse visto obligada a casarse con Stewart, a pesar de la opinión de su propio padre?

La posibilidad tenía perfecto sentido. La fortaleza de Dunnisbrae de su padre era moderadamente próspera e Isobel era la única hija superviviente de su padre y una belleza. Él podía comprender fácilmente que Stewart podría sentirse atraído tanto por la mujer como por la propiedad, y que un hombre de la naturaleza de Stewart podría no haber aceptado la negativa de la dama como respuesta.

Él podía creer que el padre de Isobel podría haberla obligado a casarse y que ella, por lealtad a su padre, no habría hecho evidente ese hecho. Su padre podría haber estado bajo la presión de Stewart. ¡Sí, eso tenía sentido!

Fergus tenía que saberlo con certeza. Él tenía que ver a Isobel y escuchar la verdad de sus propios labios. Él tenía que escucharla decir que no lo amaba o que se había visto obligada a casarse contra su propia voluntad.

Él tenía que visitar Dunnisbrae lo antes posible.

Fergus echó una mirada al grupo que lo observaba con tanta avidez y supo que no podía irse de inmediato, aunque podría ser su impulso. Isobel estaba casada. No despertaría sospechas sobre ella ni lanzaría rumores. Su caballo merecía un descanso, y no volvería a montar en otro cuando se dirigiera a Dunnisbrae. Tampoco insultaría a su padre abandonando la comida que se estaba preparando para celebrar su regreso.

Él partiría al amanecer.

A pesar de que estaba ansioso por salir de inmediato.

"Fergus, ella no vio tu mérito y por eso no merece tu consideración", dijo su padre con alegría forzada. Él dio unas palmaditas en el asiento del otro lado. "Ven y déjame contarte todas las novedades, porque hay más que esto para compartir."

"Por supuesto", dijo Fergus, al escuchar el calor que aún persistía en sus palabras. Él estaba herido por la traición de Isobel y la destrucción de sus propias esperanzas, incluso si el matrimonio no había sido su elección. Él pensó en eso y se giró para mirar a su padre. "¿Fue un intercambio de votos?"

"No, no", dijo su padre. "El propio obispo vino a presenciar el intercambio de votos. No fue un evento pequeño."

La mirada de Fergus chocó con la de Leila, quien lo miró con evidente preocupación. ¿Fue la elección de Isobel la razón por la que él había sentido un presagio de fatalidad?

¿O vendrían más malas noticias?

Él no podía negar que aún perduraba la sensación de que algo saldría mal.

"Ven, Fergus, y cuéntame cómo llegaste a ayudar a esta damisela en apuros", volvió a animar Calum. "Yo quiero oír todo, y si ella me lo cuenta en su maravilloso francés, bien podría perderme un detalle."

—Primero quisiera darle las especias a Iain y Hamish, padre —dijo Fergus, inclinándose profundamente. Él necesitaba un momento para ordenar sus pensamientos y aceptar la decepción. "Y luego, mi caballo debe ser atendido. Debo ver que Tempest se establezca antes de tomar mi tiempo libre contigo, si así lo permites.

"Por supuesto, por supuesto. ¿No fui yo quien te enseñó a atender tus responsabilidades antes de disfrutar tu placer? Calum se rió entre dientes cuando los que estaban en el salón volvieron a sus deberes y charlaron. Ahora, señorita Leila, háblame de tu hogar en Ultramar. Lentamente, por favor. "

"Yo estaría encantada de hacerlo. Viví en Jerusalén, aunque nací en un pequeño pueblo fuera de sus muros", comenzó Leila.

"Al-Ramm", contribuyó Calum y sus ojos se iluminaron.

"¡Sabes algo de Ultramar!"

"Sí, lo sé, aunque hace muchos años que estuve allí. Continúa, por favor, mi señora.

"Mi tío es herrero..."

Fergus caminó a zancadas desde el salón hasta el patio, sintiéndose desgarrado. Él quería escuchar la historia de Leila tanto como quería un momento para sí mismo. Duncan lo siguió, trayendo la alforja con su preciosa carga, y Fergus recordó que también tenía que estar asegurada.

¡Parecía que él solo tenía obligaciones en Killairic, en lugar de la alegría que había esperado durante tanto tiempo!

~

A DUNCAN no le sorprendió la elección de Isobel.

Él estaba más preocupado por la reacción de Fergus a la noticia de su infidelidad. El joven estaba angustiado, y con razón, pero Duncan estaba preocupado por él. Él esperaba que Fergus no actuara por impulso y se pusiera en peligro.

Duncan estaba contento de que Calum lo hubiera liberado del servicio a Killairic y anhelaba cabalgar hacia el norte de inmediato. El asunto de su familia tenía que resolverse antes de que él pudiera ofrecerle un futuro a Radegunde. Él hablaría con su padre y pondría fin a su disputa de alguna manera, en lugar de arriesgarse a que su padre enviara a otro asesino tras él. Al mismo tiempo, Duncan no quería dejar a Fergus de ese humor. Ellos habían sido compañeros durante demasiado tiempo para que él descartara la preocupación por el hombre que se había convertido en su amigo.

Para sorpresa de Duncan, apenas habían salido a la sombra de los establos cuando Fergus se volvió hacia él. "¿Dónde lo aseguraremos?" preguntó en voz baja.

Duncan echó un vistazo a lo largo de los establos. El mozo de cuadra estaba en el otro extremo, varios muchachos lo ayudaban a quitar las sillas de los caballos recién llegados. Ese hombre daba instrucciones con una voz atronadora que disimularía el sonido de su propia conversación.

Duncan mantuvo la voz baja. "¿Sería demasiado obvio el tesoro de tu padre?"

"Tiene la cerradura más resistente, aunque también es el primer lugar donde cualquier alma lo buscaría", reconoció Fergus. "Necesitaré encontrar un santuario mejor para él a tiempo, pero el tesoro tendrá que ser suficiente por el momento."

Duncan asintió con la cabeza. "Quizás los Templarios exijan su regreso en breve."

"Solo puedo esperar eso", asintió Fergus. "Me temo que será difícil mantenerlo a salvo durante un largo período de tiempo."

"Y tu reputación corre peligro si desaparece."

Fergus asintió y frunció el ceño. "Podría trasladarse fácilmente al tesoro hoy junto con los obsequios destinados a Isobel. Diré que me preocupa la tela, porque es cara."

"¿Le dirás a tu padre?"

"Preferiría no contárselo a nadie", admitió Fergus con una mueca. "Supongo que en algún momento confiaré en él. Pero no todavía. Asegurémoslo primero."

"Una buena idea".

"Quizás supervisarías la entrega de los regalos al solar", sugirió Fergus.

"Por supuesto." Duncan vaciló antes de seguir la sugerencia, queriendo decir algo de aliento al joven sobre su compromiso roto. "Cada final es un comienzo, muchacho. Recuérdalo."

Fergus sonrió, pero no había alegría en sus ojos. Ésa es una forma de considerar el asunto, Duncan. No puedo encontrarle sentido." Él sacudió la cabeza. "Debo verla y pronto."

"¿Por qué tan pronto? Si te apresuras, otros pensarán que estás enamorado."

"¡No me importa lo que piensen los demás!"

"Pero deberías. Suenas enamorado todavía. Dale tiempo, muchacho."

—No lo entiendes, Duncan. Debo saber por qué lo hizo."

Duncan resopló. ¿Y crees que una mujer que no cumplió su palabra confesará la verdad de su elección? Será mejor que te quedes en Killairic y encuentres un nuevo comienzo primero."

"¡Importa!"

"No es así. Ahora está casada — ¡por el obispo, nada menos! - sean cuales sean sus razones para hacerlo. Ella permanecerá así mientras Stewart tome aliento." Duncan tocó a Fergus en el hombro. "Ni siquiera pienses en acortar los días de ese hombre, muchacho".

"¡No, no, yo nunca haría eso!" Fergus estaba horrorizado, como esperaba Duncan. El joven frunció el ceño. Pero debo verla y escuchar su explicación. Debo irme mañana." Duncan intentó discutir, pero Fergus levantó una mano. "No me importa lo que piensen los demás, Duncan."

"Puede que te importe lo que piensa Stewart MacEwan", replicó. "Yo no me apresuraría a convencerlo de que codiciabas a su esposa."

"Y así no lo haré", La expresión de Fergus se endureció. "Pero debo mirarla a los ojos." suspiró él. "Y debo darle las nuevas de Kerr, por supuesto."

Duncan hizo una mueca, porque reconocía una excusa cuando la escuchaba. "Puedes aprovechar el momento y comenzar antes de partir", dijo, sin sorprenderse de que sus palabras llamaran la atención de Fergus tan rápidamente.

"¿Cómo?"

"Tu padre flaquea en su fuerza y otro invierno puede verlo tropezar. No lo desearía, pero te vería prepararte para el momento que nos llega a todos."

Fergus se apoyó en un establo, con expresión sombría. También notaste su fragilidad. Esperaba ser el único."

"Es mucho menos vigoroso que cuando partimos", dijo Duncan y Fergus asintió con la cabeza. Él se sintió aliviado de que Fergus hubiera notado el cambio en Calum para que pudieran discutirlo. "Sospecho que él temía por ti, porque él de todos los hombres conocía el desafío que teníamos ante nosotros, y eso puede haberlo envejecido más rápidamente. En cualquier caso, existe la posibilidad de hacer lo correcto por su situación."

"¿Cómo es eso?"

Duncan respiró hondo, preguntándose cómo respondería el joven a su sugerencia. "Si yo fuera Stewart MacEwan, sería mucho más acogedor con otro hombre casado en mi puerta que con un pretendiente despreciado, incluso si ambos vinieran a darle la noticia a mi esposa."

Fergus negó con la cabeza. "Pero no estoy casado y no lo estaré mañana."

"Podrías estarlo", dijo Duncan. "Esta es una oportunidad para ver a tu padre tranquilizado y cómo mejora a la situación de Leila."

"¿Leila?" parpadeó Fergus. "¿Qué tiene que ver Leila con esto?"

"Ella necesita un marido para permanecer en Escocia. Tú necesitas una esposa, porque Killairic necesita un hijo. Tu padre se alegraría mucho de verte asentado y ver nacer el próximo heredero, y está claro que él ya admira a Leila. Stewart, como señalé, probablemente sería más hospitalario si fueras a Isobel como un hombre casado."

"¡Leila!" repitió Fergus y se volvió para caminar a lo ancho de los establos.

"Hay amistad entre ustedes", señaló Duncan. "Los matrimonios exitosos han comenzado con menos promesas que esta."

"Pero ella desea casarse por amor. Un matrimonio de conveniencia sería demasiado parecido al matrimonio arreglado que abandonó."

"¿De verdad? Entendí que el hombre elegido era violento, tú no lo eres."

Fergus negó con la cabeza. "Ella debe tener la oportunidad de encontrar el amor que busca por encima de todo. Yo defenderé su derecho a elegir. Un matrimonio no servirá."

—Entonces un intercambio de votos —sugirió Duncan. "Un año y un día juntos. Eso le dará seguridad y compañía, tal vez incluso un hijo. Tu padre también estará complacido."

—Un intercambio de votos —repitió Fergus. "Es una idea excelente y un buen compromiso." Él se enderezó con determinación. "Pero ella debe saber toda la verdad. Puede ser un partido de conveniencia y nada más."

Duncan ocultó su aprobación, adivinando que su preferencia por Leila como esposa de Fergus no sería bienvenida. "Entonces cásate con ella en este día, sin demora, para asegurarte de que tus motivos no sean puestos en duda cuando vayas a Dunnisbrae, y que Leila misma esté a salvo de aquellos que podrían atacarla."

Los ojos de Fergus se entrecerraron. "Murdoch", dijo con una amargura que Duncan encontró alentadora.

"Él la mira, sin duda, y tú sabes tan bien como yo que Murdoch se acostará con una mujer pero no se casará con ella. Si ella no está casada en esta propiedad, él podría aprovecharse de ella".

Fergus gruñó ante esa idea, una señal muy bienvenida para Duncan.

Él continuó. Sin embargo, si Leila es tu esposa, él la defenderá hasta su último aliento. Siempre he dicho que Murdoch era mejor aliado que enemigo."

Sin embargo, debe ser hoy. Fergus miró hacia el mozo y sus muchachos. "Pero primero necesito hablar con Leila a solas, en caso de que la sugerencia no sea agradable." Él señaló al mozo de cuadra y sus ayudantes, luego arqueó una ceja, invitando a Duncan a crear un cuento.

Duncan se aclaró la garganta y levantó un poco la voz, sabiendo que esos hombres habían tomado nota de su llegada. "De todos modos, señor, lamento que haya llegado a casa con tales noticias de su prometida."

"Si ella no quería esperar, quizás sea mejor que se case con otra", dijo Fergus con un suspiro. "De hecho, le enviaré felicitaciones y un regalo nupcial."

"Por supuesto señor."

¿Verás todas mis compras y pertenencias colocadas en el solar, Duncan? Vendré a tomar una decisión en breve." Fergus bajó la voz a un susurro, su mirada se cruzó con la de Duncan. Envíame a Leila, por favor. No me importa qué excusa uses."

"Por supuesto", Duncan tuvo tiempo de decir antes de que Fergus recorriera los establos. Él admiraba, como siempre, que una vez que el joven se había decidido por un rumbo, no se demoraba en cumplirlo.

"Tienes un don con los caballos, Stephen, está muy claro", dijo Fergus y ese hombre sonrió ante ese elogio. "Y tanta velocidad al cepillarlos. Debe ser porque tiene una asistencia tan entusiasta."

"Sí, señor, a los muchachos les va muy bien".

"Yo mismo completaré el arreglo de Tempest, Stephen." Fergus palmeó la grupa de su oscuro caballo. "Nos hemos acostumbrado bastante el uno al otro estos últimos años."

"Sí, señor."

"Veo que la montura de Duncan, Caledon, ya está arreglada, lo cual es admirable..." Stephen hizo una reverencia y Fergus continuó. "También quería hablarte sobre el establo."

"¿Señor?"

Fergus negó con la cabeza con aparente consternación. "Hemos descubierto que los sementales están más enamorados en los últimos días."

El mozo se rió entre dientes. "La primavera está en el aire, mi señor."

"Por supuesto. Tal vez los caballos podrían estar en un establo en el pueblo y así poner a distancia la tentación."

Duncan estaba intrigado por esta historia, porque no había notado ningún cambio en el comportamiento de los caballos. Él se demoró para escuchar.

"Por supuesto señor."

¿Podrías encontrar alojamiento para los caballos templarios en otro lugar también? Últimamente nos ha parecido mejor dividir los sementales entre sí y de las yeguas, aunque espero que su inclinación desaparezca pronto."

"Por supuesto señor. Tempest puede tener el puesto más distante de Caledon, y los caballos pueden establecerse en el establo del herrero. Me imagino que uno de los caballos templarios podría estar en un establo en el pequeño granero del labrador y el otro en la morada del molinero."

"Eso sería excelente, Stephen. Duncan partirá por la mañana y espero que los Templarios también se vayan pronto.

—Entonces todo volverá a la normalidad pronto, señor. No es ningún problema hacer uno o dos cambios para dar cabida a invitados como estos excelentes caballos."

Duncan observó mientras el mozo de cuadra y sus muchachos sacaban a los caballos de los establos, dejando al caballero solo con los dos caballos. Duncan entró en el patio para hacer su parte y darle a Fergus la oportunidad que necesitaba para hablar a solas con Leila.

El guerrero sonrió mientras se acercaba al salón, convencido como estaba de que Fergus encontraría precisamente a la compañera que necesitaba si tomaba la mano de Leila entre la suya. Era todo el estímulo que Duncan necesitaba para cabalgar hacia el norte con toda prisa y asegurarse de poder invitar a Radegunde a unirse a él en la celebración de su casamiento.

Solo le faltaban cuatro meses para ver asegurado su propio futuro.

Había sido doloroso presenciar la conmoción y la consternación de Fergus.

Leila deseaba poder consolarlo, pero temía que cualquier gesto de su parte restaurara el tenso silencio de los últimos días. Ella observó, furiosa, como los muchachos traían baúl tras baúl, cada uno cargado de regalos para Isobel. ¿Qué tipo de mujer rompería su promesa pocos meses después de la partida de su prometido? Ciertamente no una que mereciera la consideración de este hombre.

A ella le pareció que Fergus ni siquiera podía soportar mirar los baúles. Eso solo se sumó al sentido de injusticia de Leila. Ella recordaba muy bien lo encantado que él había estado después de visitar los mercados de Venecia, cómo había anticipado claramente ver sus regalos adornar a su amada.

¡Musaraña infiel! ¿Isobel se había olvidado del hombre que la tenía al frente de sus pensamientos? El hogar era de la mayor importancia para Fergus y él mismo había admitido que era la perspectiva de su regreso lo que le había dado fuerzas frente a la adversidad. Parecía que Isobel se había preocupado poco por él. Leila podría no haber seguido toda la conversación, pero lo había entendido.

¿Isobel alguna vez consideró que la anticipación de su futuro, que su amor por ella, podría haber ayudado a Fergus a sobrevivir? Él y Duncan nunca hablaban de las batallas a las que se habían unido en Palestina, pero Fergus había servido con los Templarios y esos caballeros iban a la batalla con regularidad. Leila no dudaba de que los dos hombres fueran cercanos porque se habían salvado la vida del otro, y probablemente más de una vez.

¿Isobel había pensado en eso? No, parecía que la bella Isobel solo se preocupaba por su propia comodidad y satisfacción. ¡Un hijo! Su matrimonio no fue una mera formalidad, sin duda.

Las manos de Leila se cerraron en puños en su regazo mientras estaba sentada al lado de Calum, y ella esperaba que nadie notara su indignación. El hombre mayor era encantador y hacía preguntas sobre Ultramar que mostraban que él había viajado allí. Su francés era lento, pero se mostraba tranquilo al respecto, y Leila descubrió que le agradaba mucho. Ella podía ver que Calum también había sido un guerrero, porque mantenía los modales alerta y la mirada rápida de Duncan, y había cicatrices en sus manos y una en su mejilla. Sin duda, había más cicatrices que ella no podía ver. Ella admiraba que la guerra no lo hubiera amargado y sospechaba que era más tolerante que muchos que había conocido.

Ella era muy consciente de que Murdoch la miraba, pero evitaba la mirada del guerrero. Su interés era claro pero sin conocer su naturaleza precisa, Leila no lo alentaría.

Aun así, sus pensamientos estaban con Fergus.

Cuando Duncan regresó al salón solo, la mirada de Leila voló hacia él. Para su alivio, él se acercó a ella.

"Te ruego que me disculpes, Leila, pero Fergus te pregunta si puedes mirar el casco de su caballo", dijo Duncan. "Él teme que Tempest haya pisado algo esta mañana, porque la bestia padece de un pie".

Leila se puso de pie de inmediato, consciente del valor del caballo y de la importancia de una atención inmediata. "¡Por supuesto!"

"¿Lo entiendo mal?" preguntó Calum, mirando entre ellos. "¿Conoce mucho de caballos, señorita Leila?"

"Ella desafiaría el conocimiento del mejor mozo, mi señor", dijo Duncan. "Hemos llegado a depender en gran medida de su consejo."

"Qué maravilla", dijo Calum. "Los sarracenos tienen mucho conocimiento sobre asuntos médicos, lo sé, y tiene sentido que esa experiencia se extienda a los caballos. Y mencionaste que tu tío era herrero. No hagas esperar a un caballo herido, mucho menos a su devoto caballero, señorita Leila. No por mi cuenta." Él le guiñó un ojo. "Hay hombres que no vale la pena molestar, pero yo ya no soy uno de ellos."

"Te agradezco tu cortesía", dijo Leila con una sonrisa y se inclinó ante él. Ella salió apresuradamente del salón, preocupada por el caballo y feliz por la oportunidad de volver a ver a Fergus.

Duncan la acompañó hasta el patio y luego indicó la entrada a los establos. "Creo que mi señor Fergus hablará contigo a solas", dijo ante la confusión de Leila.

¿Sobre su caballo?

Leila se recogió las faldas y se apresuró a ir a los establos. Tan pronto como entró y parpadeó ante la relativa oscuridad, la puerta se cerró detrás de ella. Ella se giró para encontrar a Fergus apoyado en ella, con los brazos cruzados sobre el pecho y los ojos brillantes. "Cásate conmigo, Leila", dijo.

Leila parpadeó. Ella dio un paso atrás. Ella estaba segura de que sus oídos la habían engañado.

Pero ella no pudo haberlo entendido mal porque él había hablado en francés. "¿Cómo dices?" preguntó ella de todos modos.

"Te estoy pidiendo que te cases conmigo", repitió Fergus, su manera muy decidida. "Tú necesitas un marido. Yo necesito una esposa, ya que la mujer con la que pensaba casarme se ha casado con otro. Si solo consideras la opción, estoy seguro de que verás que ofrece mucho mérito."

Leila miró a lo largo de los establos, solo para ver al oscuro caballo de Fergus pastando satisfecho en su cubo de alimento. El caballo de Duncan estaba en un puesto cercano, masticando mientras la miraba.

"Tu caballo no está herido", dijo ella con alivio.

"Para nada. Solo quería hablar contigo y pronto." Fergus se pasó una mano por el pelo y de repente pareció arrepentido. "Incluso he inventado una historia sobre los sementales que se enamoraron esta primavera para asegurarme de que pudiera estar a solas contigo aquí".

Leila se sentó en un banco entre los puestos del establo. Ella no podía entender la oferta de Fergus, por mucho que anhelara aceptarla. Ella quería saber por qué él propondría semejante arreglo.

Él no podía amarla, no tan repentinamente.

¿Qué detalle no sabía ella?

"¿Por qué es urgente el asunto?"

"Porque debes casarte para quedarte aquí, y no quiero que piensen de ti como una puta." Fergus se encogió de hombros. "De hecho, yo detendría esa especulación antes de que comience."

Leila no le dijo que probablemente era demasiado tarde.

Él inspeccionó el establo, como si estuviera muy preocupado por sus pensamientos. "Como me recuerda Duncan, mi padre envejece. De hecho, estoy un poco sorprendido por el cambio en él en solo cuatro años. Sé que le alegraría ver la sucesión asegurada antes de su propio fallecimiento. Él tiene un solo hijo, por lo que me queda casarme y tener un hijo yo mismo, para el futuro de Killairic."

Leila asintió entendiendo. No era una confesión romántica, pero sí veraz. Dada la opción, ella prefería la honestidad a las dulces mentiras.

Killairic, su hogar, era de gran importancia para Fergus. Él lo vería asegurado, y se ofrecía a garantizar su seguridad con su plan.

Leila estaría encantada de formar parte de ese acuerdo.

Y, como señala Duncan, es menos probable que Stewart se oponga a que visite a Isobel mañana si yo mismo llego como un hombre casado.

Leila decidió no comentar sobre eso, porque no sabía nada de Stewart.

Fergus evidentemente tomó su silencio como una indicación de que podría negarse. "Tendrías la protección que necesitas para permanecer en Escocia", le recordó él. "Y mi defensa por si hay quienes sean intolerantes."

Parecía una oferta demasiado buena para ser verdad.

¿Seguramente existía la posibilidad de que su matrimonio se convirtiera en uno de amor y pasión?

Aun así, Leila vaciló. Ella deseó que él pudiera haberle hecho una dulce confesión, incluso expresar algo de admiración.

O darle un beso. Eso podría haberla asegurado que su futura esperanza se haría realidad.

Ella temía que un matrimonio propuesto tan a la ligera pudiera dejarse de lado con la misma ligereza, pero su virginidad desaparecería de todos modos.

Fergus se sentó a su lado, su actitud era intensa. "No esperaba que estuvieras tan sorprendida. No después de nuestro beso el sábado pasado en Haynesdale."

"Después de lo cual me ignoraste, como si fuera una ramera que llega a tu casa", se sintió obligada a notar Leila.

Fergus sonrió. Como si fueras una tentación, no me atreví a permitirme eso. Me temo que he sido casto demasiado tiempo."

¿Fue solo eso? Leila esperaba desesperadamente que así fuera. Sus miradas se cruzaron por un momento y ella no pudo respirar por completo cuando él la observó tan de cerca. "Buscas un matrimonio de conveniencia."

"Quizás sería así al principio. Quizás llegará más. ¿Quién puede decir? Piensa en Gaston e Ysmaine." Él sonrió pero ella supuso que no tenía ninguna expectativa de volver a entregarse al amor. Su tristeza desgarró su propio corazón y ella puso su mano sobre la suya.

"Lo hago."

"Como señala Duncan, un matrimonio nos serviría a los dos en este momento." Su implicación era clara. Quizás no llegaría más. Quizás vivirían como amigos y compañeros, pero no como verdaderos amantes.

La comodidad nunca le había parecido tan desagradable a Leila como ahora, y eso sólo porque deseaba más.

Ella se reprendió en silencio por ser codiciosa. La sugerencia tenía mucho mérito.

"Asumirán que te casarás con tu puta", señaló ella.

Fergus se mostró despectivo. "Que crean lo que quieran. Cásate conmigo, Leila, por el bien de ambos objetivos."

Ella sacudió su cabeza. "No es tan simple. Nuestras creencias son diferentes... "

"No tan diferente. Hay puntos en común entre ellas, como vimos en Ultramar."

"Pero las diferencias son importantes y tienen implicaciones inmediatas. No me refiero a poner obstáculos, pero ¿cómo debemos casarnos? ¿Quién oficiará, un sacerdote de tu fe? No dudo que cualquiera de ellos insistiría en que me bautizara primero, y no estoy preparada para hacerlo."

Fergus la observó con curiosidad. "¿Jamás?"

"Todavía no, si es que alguna vez. No conozco lo suficiente de tu doctrina para tomar una decisión informada." Ella le sonrió. "Cuando se habla del alma inmortal, solo una elección informada será suficiente."

"Suficientemente cierto." Él miró el suelo con el ceño fruncido. "Pero te sugeriría un intercambio de votos, no un matrimonio."

Leila respiró hondo. "¿Una promesa de un año y un día, como han hecho Radegunde y Duncan?" Instintivamente le disgustaba la naturaleza casual de ese vínculo, pero era una costumbre en esta tierra y no sería la primera que tendría que abrazar. Parecía un arreglo que atraería a los hombres, especialmente a aquellos a los que les gustaba tener parejas diferentes, pero quizás ella era demasiado crítica.

Radegunde lo había elegido con Duncan y lo había hecho de todo corazón. Quizás Leila debería dejar que su amiga fuera su guía.

Fergus asintió. "Viviríamos como marido y mujer durante ese período y luego decidiríamos la mejor manera de proceder. Te daría la oportunidad de encontrar un hombre que reclame tu corazón de verdad y hagas el tipo de matrimonio que deseas." Él asintió con satisfacción. "Podría ser un buen compromiso."

Leila sabía que era injusto estar molesta. ¿Ella iba a ser simplemente su consuelo?

¿Y eso solo por un año? ¡Ella quería mucho más!

"¿Isobel está casada o hizo un intercambio de votos?" preguntó ella, manteniendo su tono ligero.

"Mi padre dijo que el obispo la casó con Stewart." Él encontró su mirada. "¿Qué diferencia?"

Leila decidió en ese momento que sería completamente honesta con él, en todos los asuntos. En su opinión, esa era la única posibilidad de obtener el futuro que deseaba. "Pensé que podrías esperar su regreso."

Su mirada se endureció entonces, y ella comprendió que Isobel había herido su orgullo y también su corazón. "Si es así, no tiene importancia. Isobel ha elegido ser mi pasado. Yo te pido que seas mi futuro."

Sus palabras la emocionaron, a pesar de que no había pasión en su tono. Ella aún tenía preguntas. "¿Y si hay un niño?"

"Asumiré toda la responsabilidad por él o ella", prometió Fergus. "En eso puedes confiar."

Leila cruzó los brazos sobre el pecho. "¿Aunque debería verme obligada a dejarte a ti, a tu hogar ya nuestro hijo como una mujer impía sin parientes ni aliados? ¡Eso me dejará sin perspectivas! "Ella sacudió su cabeza. " No, eso no servirá."

"No es tan diferente a tu situación ahora."

"Soy una doncella. Eso siempre es importante. ¿No lo es así aquí?

"No tanto como podrías pensar", dijo él con tanta seriedad que ella le creyó. "Un intercambio de votos es un arreglo honorable, y si soy yo quien te presenta a tu futuro matrimonio, no habrá mancha en tu naturaleza. Es como un matrimonio, pero en las tierras altas y no en la iglesia."

"¿Es eso lo que todos los hombres que ofrecen un apretón de manos dicen a su prometida?" preguntó ella con una sonrisa.

Fergus le devolvió la sonrisa. "Quizás sea así, pero el hecho es que la castidad tiene menos importancia aquí que más al sur."

"Fuiste casto."

"Lo sentí apropiado. Está claro que Isobel no compartió mi punto de vista." Él se puso serio y ella deseó que su honorable elección hubiera sido correspondida. "¿Qué harías de otra manera? Si no te casas conmigo, ¿cómo puedo protegerte? ¿Cómo vivirás en esta tierra? "

Su preocupación hizo que a Leila se le encogiera el corazón. "¿Y cómo le darás un heredero a tu padre si no tomas una mujer por esposa?"

"Exactamente. Sé que él vería asegurada la sucesión, y creo que antes sería mejor." Fergus sostuvo su mirada, con esperanza en sus ojos. El calor de su muslo estaba cerca del suyo, haciendo que Leila se preguntara si ella aceptaba una apuesta tonta. Ella sabía que solo se enamoraría más profundamente de Fergus durante ese año y ese día. De hecho, podría destruirla que él la dejara a un lado, especialmente si ella le había dado un hijo.

Fergus le tomó la mano y apeló con voz ronca. "Le daría a mi padre este regalo, Leila, incluso si el matrimonio es solo por conveniencia."

Ella no podía resistirse a que él le rogara por el bien de la satisfacción de su padre. El miedo era como una piedra en sus entrañas, pero Leila sabía que nunca se ganaba nada sin correr un riesgo. Ese beso le había insinuado a Leila que podrían encontrar el amor en ese matrimonio, independientemente de las expectativas de Fergus. Ella no dudaba de que la intimidad física podría conducir a un vínculo emocional; de hecho, si ella se negaba a encontrarse con Fergus en la cama, él podría buscar placer en otra parte y ella podría perder la oportunidad de ganarse su corazón. ¿Podría ella ayudarlo a recuperarse de la traición de Isobel?

Leila decidió correr el riesgo.

"¿Crees que tu padre aceptaría a un niño con sangre sarracena como su heredero?" preguntó ella, ya adivinando la respuesta.

"Sí", dijo Fergus asintiendo. "Viste su saludo hacia ti. Él cabalgó hacia el este cuando yo era joven, aunque dejaré que él te lo cuente. Como puedes ver, él no alberga mala voluntad como resultado de su experiencia."

Leila asintió. "Espero con ansias esa historia." Ella se atrevió a poner su mano sobre la de él. Fergus giró su mano, capturando sus dedos con la calidez de los suyos, y su corazón dio un brinco por su garganta. Su mirada se calentó y su pulgar se deslizó por el dorso de su mano en una suave caricia. El deseo se desplegó dentro de ella, una necesidad tan poderosa que no podía creer que él fuera inmune al hechizo que lanzaba. El pulso de Leila se aceleró y ella vio a Fergus tragar. Él fijó una mirada ardiente en ella, una tan ardiente que ella se sonrojó hasta los dedos de los pies.

¡Él la deseaba! Eso era un comienzo.

"Un año y un día será entonces", murmuró Fergus, su voz tan baja que la sangre de Leila casi hirvió. Él se llevó su mano a los labios y la besó, su dulce caricia envió un fuego de bienvenida a través de ella. "Les diremos ahora y celebraremos la promesa en la fiesta de esta noche".

Y ella comenzaría su conquista de inmediato.

"Seguramente tal acuerdo exige más que un beso en la mano", susurró Leila con valentía. Ella vio como Fergus se detuvo, luego sonrió cuando sus ojos se oscurecieron. Su mirada descendió a sus labios, luego ella vio su pulso en su garganta. Leila tomó la oportunidad dónde la encontró.

Ella apostaría a que su reacción no se debí exclusivamente a que hubiera sido casto.

Pero ella tendría que demostrárselo.

Una noche a la vez, ELLA conquistaría su corazón.

Leila se atrevió a creer que se podía hacer. Ella extendió la mano para tocar sus labios con los de él, tal como lo había hecho antes, y sintió satisfacción cuando Fergus inclinó su boca sobre la de ella y la atrajo hacia sí.

Como lo había hecho antes.

No, ÉL la besó aún más profundamente, lo que hizo que su corazón latiera con satisfacción.

Ella tenía un año y un día para reclamar a Fergus por completo.

Que comience su misión.

PODRÍA HABER SIDO un bálsamo para el orgullo de Fergus que Leila hubiera aceptado su oferta, pero él admiraba que ella tuviera preocupaciones sensatas y que deseara conocer sus respuestas antes de tomar una decisión. Él había hecho un compromiso de forma impulsiva, siguiendo su corazón y la sugerencia oportuna de su padre, y tenía que creer que una decisión bien pensada podría ser mejor.

A decir verdad, no podría ser peor.

Lo que él no podía explicar por completo fue su sensación de triunfo en su acuerdo final. Debía ser una cuestión de orgullo. Y su reacción acalorada a su beso seguramente había sido alimentada por su largo ataque de castidad. Por la mañana, esas distracciones físicas serían descartadas. Entonces sería mejor para él confrontar a Isobel, porque su pensamiento sería claro.

Mientras conducía a Leila de regreso al salón, Fergus ya se preguntaba dónde podría encontrar un marido adecuado para ella. No en el salón de su padre, sin duda, porque solo estaban Iain, Xavier y Murdoch. Él tendría que encontrar la ocasión de llevarla a otro torreón o a una reunión. Él tenía tiempo para buscarle una buena pareja, y eso no era poca cosa.

Él estaba seguro de que no volvería a amar, y sabía que ella quería un matrimonio amorosa. El suyo podría convertirse en afecto, pero Fergus estaba decidido a hacer realidad el sueño de Leila. Después de todo, ella había dejado todo para empezar de nuevo.

Él tenía un año y un día para encontrarle el marido que se merecía.

Su padre miró hacia arriba, con los ojos brillantes de curiosidad, cuando entraron en el pasillo y Fergus lo llamó "¡Padre! En verdad soy un hombre afortunado."

"¿Lo eres?" Calum preguntó con una sonrisa de complicidad.

"Leila ha aceptado intercambiar votos conmigo."

Los que estaban en el salón se volvieron para escuchar, luego murmuraron entre ellos.

Fergus le sonrió a Leila, quien lo miró como si el suyo fuera un matrimonio por amor. La vista hizo que su corazón latiera con fuerza. "Nos comprometeremos el uno al otro este mismo día, antes de la fiesta."

"¡Esas son noticias excelentes!" declaró Calum, luego se levantó para cruzar el salón hacia ellos. Él tomó las manos de Leila entre las suyas y la besó en las mejillas, evidencia de que ya la admiraba. "Estoy encantado, señorita Leila, de darle la bienvenida a nuestra familia".

"Y me complace unirme a ella, mi señor", dijo Leila, inclinándose para besar su mano.

Calum se rió entre dientes con satisfacción, luego levantó la voz. ¡Iain! Tengo más trabajo para ti, pero es una tarea feliz. Fergus y Leila van a intercambiar votos este mismo día, y el solar debe estar listo para la novia."

"Pero padre, no es necesario que entregue el solar", protestó Fergus. "Eres señor de Killairic."

"¡Por supuesto que sí! He pensado durante mucho tiempo que debería cederte el puesto de señor a tu regreso, y este día será el momento perfecto para hacerlo". Su padre bajó la voz: "Deja que tu nueva esposa sea la dueña de su propio salón, Fergus. Killairic ha estado sin la guía de una mujer durante demasiado tiempo, y doy la bienvenida a la entrega de mis responsabilidades".

—Pero, señor, no quisiera expulsarlo de la comodidad de su habitación —protestó Leila.

—Pero debe hacerlo, señorita Leila —insistió Calum. "El heredero de Killairic debería ser concebido en el gran lecho del solar, si me perdonan mi franco discurso, tal como lo fue Fergus." Él guiñó un ojo. "De hecho, no puede comenzar demasiado pronto con ese esfuerzo."

Leila se sonrojó y sonrió, incluso cuando Calum se volvió hacia Iain. "Mueve mis pertenencias a la cámara en el lado sur de la torre. A menudo he pensado en cómo el sol de la mañana calienta esa pequeña cámara más de lo que puede calentar el sol. Hay espacio suficiente para una buena cama y varios braseros. Solo tengo los dos baúles que necesitarán mover."

"Por supuesto, mi señor", dijo Iain, con un hilo de consternación en su tono. Fergus adivinó la razón de inmediato. Esta nueva tarea se sumaría a su programa ya completo del día.

"Todos ayudaremos", dijo Fergus y el alivio de Iain fue visible. Los muchachos pueden llevar mi equipaje al solar y Duncan y yo ayudaremos a mover los baúles de papá. Todos los hombres en el salón ya están ocupados con los preparativos para la fiesta, así que deje que los recién llegados asuman esta tarea."

"De hecho, señor", dijo Iain.

"De hecho, déjame el asunto a mí, Iain", continuó Fergus. "Tienes mucho que manejar este día, y mi novia y yo podemos decidir cómo arreglar mejor la habitación para sus gustos."

"¡Gracias mi Señor!" declaró Iain, mirando el estado del salón.

"Cuando Hamish haya terminado con el inventario de especias, envíalo a mí", dijo Fergus. Preguntaré a los Templarios si sus escuderos podrían compartir la tarea.

"Necesitarás esto", dijo Calum en voz baja, revelando un par de llaves que colgaban de un cordón alrededor de su cuello. Estaban escondidas debajo de su camisola, cuando una vez habían colgado del cinturón de Calum. Él se quitó el cordón y se lo dio a Fergus. Cuanto más grande era la llave del solar, que rara vez estaba cerrada con llave, y más pequeña era la del tesoro, a la que se accedía desde el solar. "Hay un inventario en un libro mayor justo al lado de la puerta. Asegúrate de que todo sea como debe ser."

"Gracias Padre. Lo haré." Fergus le ofreció el brazo a Leila. "Y ahora, vamos a ocuparnos del solar."

CAPÍTULO 3

"¿Qué vas a hacer con los regalos?" preguntó Leila en voz baja cuando estuvieron en las escaleras. Varios muchachos ya se habían adelantado a ellos con pequeños baúles de compras destinados a Isobel y muchos más los seguían. "Sería una lástima desperdiciar bienes tan finos."

"Cierto. Deberías elegir lo que te guste de ellos", sugirió Fergus. " Me gustaría enviar un artículo a Isobel como regalo de bodas, pero no un artículo en particular." Él la miró. "Debe haber un trozo de tela que no se adapte a tu color."

Ella lo miró de reojo, pero no dijo nada. Él la encontraba misteriosa cuando estaba en silencio, porque era difícil adivinar sus pensamientos. Eso lo intrigaba.

"Dime", instó.

"En privado, quizás", asintió ella en voz baja, luego entró en el ajetreado solar. "Después de todo, tendrás que enviar un mensaje de que tu matrimonio no se celebrará", continuó ella con suavidad. Creo que el señor Gaston se sentirá aliviado de quedarse en casa con Ysmaine tan cerca de su fecha de parto. Aunque, por supuesto, se sentirán decepcionados al escuchar sus noticias."

Fergus se preguntó si ellos estarían tan desilusionados. Él sabía que a ambos les gustaba Leila.

"Enviaré una misiva a Bartolomé", dijo él, contento de que Leila pensara con tanta sensatez. "Creo que él tenía la intención de escribirle a Gaston con cierta regularidad." Se detuvo para admirar la habitación, tratando de verla a través de los ojos de Leila.

El solar llenaba el piso superior de la torre de Killairic y las ventanas ofrecían vistas en todas direcciones. El solar era de buen tamaño, con un gran lecho con pilares en medio. Gruesas cortinas colgaban alrededor de la cama y el colchón estaba lleno de plumón de ganso. Había pieles de lobo sobre la cama, así como mantas de lana tejida y un gran brasero en el lado sur de la cama. En la pared del este había un pequeño altar con una vela de cera de abejas sobre él, y había un crucifijo colgado en la pared por encima de él. La mirada de Leila se detuvo en él por un momento, pero ella no pareció preocuparse por eso, para alivio de él. Fergus no estaba entusiasmado con sus oraciones, pero tenía buenos recuerdos del rezo de su madre allí. Las contraventanas de las ventanas norte y oeste estaban cerradas contra el viento, pero Fergus las abrió para mostrarle a Leila la vista.

"Hermoso", dijo ella, acercándose a él y tomando una respiración profunda. "Y un viento tan fresco".

"No lo encontrarás tan admirable en invierno", señaló él y Leila se rió.

Ella lo miró de reojo. "Te tendré para que me mantengas caliente, ¿no es así?"

Sus miradas se encontraron por un momento embriagador y Fergus no pudo poner una palabra a sus labios. Él pensó en los besos de Leila y no podía esperar para abrazarla contra él, explorar su delicada figura, acostarse con ella. Ella sostuvo su mirada sin pestañear, sus labios se curvaron en una sonrisa de bienvenida que lo hizo anticipar la noche que se avecinaba.

—Mantén esto a salvo para mí, por favor, señorita Leila —dijo Duncan a su lado, sorprendiéndolos a ambos. Él le ofreció a Leila su alforja y ella se puso la correa al hombro.

"Por supuesto", asintió ella fácilmente, luego tocó con la punta de un dedo la trenza del cabello de Radegunde atado alrededor de su muñeca. "¿Cuánto tiempo te quedarás?" preguntó ella.

"Cabalgaré hacia el norte por la mañana, muchacha, ahora que te cuidan."

"¿Entonces no viajarás conmigo?" preguntó Fergus sorprendido.

Duncan le dedicó una mirada. "Ya tienes mi opinión sobre ese plan."

Leila dirigió una mirada interrogante a Fergus y sintió que su cuello se calentaba. Duncan le concedió una sonrisa brusca y luego se volvió para dirigir a los muchachos. Incluso cuando volvieron a estar solos, Fergus no se atrevió a explicarle a Leila su deseo de ver a Isobel. Él pensó que era obvio y se sintió incómodo incluso de considerar expresar su intención de visitar a su ex prometida con la mujer con la que se casaría esta noche.

"El piso está frío incluso en esta temporada", señaló Leila después de un largo silencio.

"Traje algunas alfombras", dijo Fergus, aprovechando el cambio de tema. "Quizás deberíamos ponerlas a ambos lados de la cama, para que el piso no sea un shock por la mañana."

Leila se rió con tanta facilidad que él se sintió aliviado. "Esa es una buena idea." Ella inspeccionó la cámara con ojo crítico. "Me recuerda la limpieza que hizo Radegunde en la habitación de Châmont-sur-Maine."

"Está un poco polvorienta", asintió Fergus, al ver las telarañas en las esquinas. "Me pregunto si habrá tenido una limpieza a fondo desde la muerte de mi madre."

Leila arqueó una ceja.

"Hace ocho años", agregó Fergus.

Un destello de propósito se iluminó en sus ojos oscuros. "Si ese es el caso, tendrá una este día. ¿Hay una sirvienta o dos que puedan ayudarme?

"¡No tienes que hacer el trabajo tú misma!"

"Sí", insistió Leila. "Deben saber que no me pongo por encima de ellas y que estoy dispuesto a hacer mi parte." Cuando él pudo haber protestado, ella colocó las yemas de los dedos en su brazo. "Soy de lejos, Fergus, y ellos lo saben bien. Deben aprender que tenemos más puntos en común que diferencias, y debo comenzar de inmediato a construir alianzas en tu hogar."

Fergus apenas podía discutir con tan buen sentido común.

Iain entró en el solar entonces, sin duda comprobando todas las actividades en lo que veía como su dominio.

"Pídele que me recomiende una sirvienta", aconsejó Leila. "Sería apropiado buscar su consejo en tal asunto. Asegúrate de que no se sienta insultado por mi deseo de limpiar la habitación, por favor".

Fergus asintió con la cabeza. Iain, la señorita Leila necesitará una doncella. ¿Hay alguna mujer joven en el salón o pueblo que recomendarías para ese servicio?

Iain consideró el asunto solo por un momento. "Tenemos una joven ayudando en las cocinas, mi señor, pero tiene buen ojo para el atuendo de mujer. Sus habilidades podrían utilizarse mejor al servicio de la señorita Leila."

Fergus sonrió, porque Leila tenía razón. A él le divertía que ella ya le diera buenos consejos en su propia casa. "Sabía que tendrías una recomendación. No hay nadie que comprenda mejor la naturaleza de cada alma en Killairic, Iain."

El mayordomo se inclinó. "Le agradezco, mi señor, aunque en verdad, esta es simplemente mi responsabilidad."

Fergus hizo una mueca y bajó la voz, lanzando una mirada a Leila, que estaba parada en la ventana, aparentemente ajena a la conversación. Mi intención es la más fastidiosa, Iain, como se sabe que son muchos sarracenos.

"De hecho, señor." El mayordomo miró con desaprobación al solar. —Entonces tal vez ella esté más inclinada a ver limpiada la habitación de lo que lo estuvo tu padre. Está atrasada para una limpieza, pero no he querido perturbar la comodidad de tu padre." El mayordomo resopló. "Él insiste en que le gustan los juncos viejos."

Fergus supuso que su padre había estado intentando salvar al mayordomo de un trabajo extra. "Te aseguro que la señorita Leila no comparte esa opinión."

"Excelente, mi señor." Iain se inclinó ante Leila, su aprobación era clara. Le enviaré a Agnes inmediatamente, aunque ella es la única que se puede salvar de las cocinas en este día. Quizás algo de la limpieza podría esperar hasta mañana."

"Quizás. Sugeriré eso." Fergus se aclaró la garganta "Ella puede insistir en ayudar con la tarea ella misma para que se haga más rápidamente".

"No quisiera ofender..."

"No, Iain", protestó Fergus. "Es mi señora la que no quiere ofender. Ella ya me dijo que debes estar casi abrumado con los deberes este día, y que ella busca contribuir."

Iain consideró a Leila, quien le sonrió cálidamente.

Él se sonrojó y se inclinó, tan claramente complacido por su atención que Fergus encontró su propia sonrisa. "Por supuesto señor. Por favor, dale a la señora mi pesar por tener tan poco personal para cumplir su voluntad."

"Por supuesto."

Dile que espero con ansias la mano administradora de una mujer. Y por favor dile, señor, que yo, como tu padre, estaré encantado de tener la oportunidad de mejorar mi francés."

"Entonces, hagámoslo ahora", dijo Fergus, recordando el deseo de Leila de hacer alianzas. El mayordomo sería un buen lugar para comenzar. Él le hizo una seña y les presentó a la pareja, retrocediendo para mirar mientras Iain saludaba en un francés cuidadoso. Leila fue paciente y lo escuchó completamente antes de responder, sin dar señales de haber notado dos errores.

Ella era diplomática y cortés, como debería ser la esposa de un señor feudal, y él observó con orgullo cómo ella tranquilizaba rápidamente al hombre mayor. Estuvieron de acuerdo en que los servicios de una criada serían suficientes ese día y discreparon cortésmente en la determinación de Leila de ayudar en la limpieza. Leila se rió de las protestas de Iain y se burló de él solo un poco, lo suficiente para encantar al mayordomo por completo.

"Has hecho una conquista rápida", comentó Fergus cuando Iain dejó el solar, su paso lleno de propósito.

"Supongo que extraña tener a una señora a quien consultar sobre la administración de la casa", dijo Leila. Una sonrisa se dibujó en sus labios. "Él me gusta mucho. Me recuerda a un hombre que pasó la mayor parte de su vida al servicio de mi tío. Karayan podría haber sido uno de la familia después de una asociación tan larga."

Fergus miró a su alrededor y notó que estaban solos en el solar. "¿Y qué estabas pensando antes, que dijiste que solo confiarías en privado?"

Leila se puso seria. "No me corresponde a mí darte un consejo..."

"Pero te corresponde, porque vas a ser mi esposa."

"Entonces, ¿se percibe que el rol es el mismo?"

Fergus asintió. "En estas tierras, sí".

Entonces, debes pensar en la apariencia de todo lo que haces, Fergus. Habrá quienes asuman que te casaste con tu puta por una cuestión de simplicidad porque tu prometida ha elegido a otro. Esa gente pensará que soy una segunda opción, y no injustamente. Pero si quieres que me traten como esposa y no como cortesana, entonces tu consideración por mí debe ser clara. Incluso si no soy la primera en tu estima, deberías hacer que parezca así."

"Esto parece razonable."

"Tus únicos regalos para mí no pueden ser lo que se pretendía primero para Isobel", dijo Leila con calidez silenciosa. "Esto no es codicia de mi parte ni ninguna crítica de lo que has traído, pero otorgarle a tu nueva esposa los restos de tu prometida es..."

"Una mala elección", concluyó Fergus. Él extendió las manos y levantó la voz, justo cuando Duncan y los chicos regresaban. "Dime, Leila, ¿qué regalo nupcial haría feliz a tu corazón?"

Ella sonrió, tan complacida que su corazón tronó. "Dos parejas de palomas", dijo ella, para su sorpresa, pero hablando con tal determinación que no pudo dudar de la honestidad de su respuesta.

Quizás eran un manjar que se comía a menudo en el este. Fergus recordaba haberlas visto a la venta en los mercados, pero nunca las había probado. Por supuesto, si fueran una indulgencia, no los habrían servido en el Templo, donde la austeridad era la regla.

"Y un medio para mantenerlas", agregó ella.

"¿Una jaula?" Sugirió Fergus.

Su sonrisa se volvió traviesa. "Se reproducirán, y rápidamente, Fergus. Una jaula no contendrá sus números por mucho tiempo."

Él pensó en el jardín y asintió. "Quizás es hora de que agreguemos un palomar al jardín."

Los rasgos de Leila se iluminaron de alegría. "Ese sería un regalo muy bienvenido, de hecho".

"Entonces se hará." Fergus se volvió hacia los demás y cambió al gaélico, descubriendo rápidamente que a menudo había palomas a la venta en Carlisle, y que en Dumfries se podía encontrar a un hombre que supiera mejor cómo construir un palomar. Él se aseguró de que se entendiera que ese sería el regalo de bodas de Leila y luego dividió las llaves de su padre. La llave del solar, la guardó en su bolso, pero la más pequeña la mantuvo en su mano, el cordón colgando de ella.

"Antes de partir hacia Dunnisbrae, veamos los objetos de valor asegurados", le dijo a Leila. "Cuando regrese, le pediré al joyero que copie las llaves para que tanto tú como yo tengamos un juego."

"Sin embargo, no hagas más copias que esa", dijo Leila sombríamente.

Fergus asintió con la cabeza, sabiendo que ella estaba pensando en Châmont-sur-Maine y la gran cantidad de llaves del solar que había allí. Él abrió el tesoro y miró en su interior, notando el pequeño cofre donde su padre siempre había guardado su dinero y el segundo más grande que contenía escrituras y documentos legales. Él cogió su baúl que tenía gemas dentro y lo colocó en la pequeña habitación. Leila estaba colocando la alforja en la tesorería cuando alguien llamó a la puerta del solar. Resultó ser Iain.

Fergus cerró la puerta una vez que el tesoro estuvo asegurado, luego le dio la llave a Leila, todavía en su cordón. Ella se la puso alrededor del cuello y dejó caer la llave en su camisola, tal como había hecho su padre, pero esta vez, Fergus miró el camino con mayor interés.

Cuando Leila sonrió, él se dio cuenta de lo que había hecho y se aclaró la garganta. "Le preguntaré a Iain cuándo podemos arreglar tu regalo", dijo él, luego se volvió para encontrar a una joven esperando en el umbral. Ella era joven y sería considerada bonita, pero él mismo no estaba interesado en sus encantos.

Ella hizo una reverencia. "Soy Agnes, mi señor, enviada para ser la doncella de su dama."

Fergus presentó a la pareja y dejó a Leila a cargo de Agnes.

Al salir del solar, él pensaba en la piel dorada y los ojos oscuros, en una sonrisa misteriosa y en una mujer fuerte y fina. Él pensaba en el sentido común y la lealtad, y en el mérito de tener una compañera en cuya palabra se pudiera confiar.

Y Fergus estaba pensando, con mucha más anticipación de la que hubiera esperado una hora antes, en la noche de bodas que tenía por delante.

~

AGNES NO ERA TONTA.

Cada alma que conocía comentaba sobre su capacidad para ver la verdad de una situación y su don para calcular la mejor manera de utilizar esa información en su propio beneficio. Ella había sido comparada con un gato en muchos lugares, dado su talento para aterrizar de pie. Agnes sabía que se trataba menos del aterrizaje que de evaluar cuándo saltar.

Ella tomaba buenas decisiones. Ir a Stewart MacEwan había sido una buena elección, porque su hermano había encontrado trabajo allí. Aceptar la solicitud del señor Stewart de que fuera a Killairic y esperara el regreso de Fergus también había sido una buena idea. El señor Stewart quería saber cuándo regresara el hijo de Killairic a casa, lo cual era razonable, en opinión de Agnes, dado que su esposa se había comprometido primero con el señor Fergus.

Ella le gustaba al viejo señor de Killairic, lo que significaba que ganaba favores especiales. Los del pueblo eran tontos en su confianza, un rasgo que Agnes esperaba aprovechar cuando fuera necesario. Stephen, el mozo de cuadra, era un amante competente pero, lo que es más importante, un coleccionista de chismes y rumores. La gente confiaba en él, lo que le daba a Agnes elementos para recolectar en anticipación de una generosa recompensa, del terrateniente adecuado en el momento adecuado.

Tanto a Stephen como a Agnes les servía que nadie supiera lo que hacían juntos en los establos por la noche, lo cual era otra ventaja. Su infeliz matrimonio, en verdad, era la razón por la que Agnes lo había elegido. Ella había aprendido de joven que los hombres casados con musarañas eran los amantes más discretos y, a menudo, los mejor entrenados.

Sin embargo, el día del regreso del señor Fergus, Agnes se vio obstaculizada por sus opciones.

Por supuesto, ella le debía un informe al señor Stewart sobre el regreso del hijo de Killairic. Las deudas antiguas debían pagarse primero.

Pero luego, estaba la cuestión de cómo proceder para aprovechar mejor su propia ventaja.

Al principio, Agnes pensó que podría ser beneficioso encantar a uno de los caballeros templarios. Sin duda, ambos eran altos y apuestos, con cabello oscuro y ojos oscuros. Sus modales eran severos, pero Agnes estaba segura de que ella podría tentar al menos a uno de ellos a sonreír, si no más. Quizás su destino estaba en Londres o incluso en París, ciudades más grandes con mayores oportunidades para los ambiciosos, e incluso acceso a cortes reales. Su primer esfuerzo, sin embargo, le valió una mirada de uno que era lo suficientemente frío como para congelar su médula y también arrogante.

Como si ella fuera una simple puta.

Ella no se deshonraría con un hombre que no la apreciara.

El sacerdote del pueblo luego le dijo que los templarios habían jurado pobreza, castidad y obediencia, como otros monjes. Agnes no se había dado cuenta de ese detalle, ya que Fergus se había unido a sus filas. Aparentemente, había distinciones entre los que se unían por un período específico de servicio y los que se unían de por vida, así como entre hermanos laicos y caballeros, pero Agnes se aburrió rápidamente con los detalles.

Ella tenía más interés en su propio destino.

Agnes no conocía a ninguno de los que habían regresado, porque ella no había estado en Killairic antes de su partida. Ella reconoció a este Duncan por su amistad con Murdoch. Eran iguales, sin duda. Duncan sería honorable y se sentiría obligado a informar de cualquier fechoría que presenciara, al igual que Murdoch. Lo mejor para Agnes era evitarlos a ambos.

El hijo del señor, Fergus, era tan guapo y encantador como Agnes había oído a lo largo de los años. Era su mérito que ella no pudiera encontrar nada de él que la decepcionara, y se preguntó si él realmente podría ver el futuro. Aunque él podría brindarle una excelente oportunidad para sus ambiciones, ella desconfiaba de sus supuestos talentos.

Sería prudente evitarlo hasta que ella conociera mejor el alcance de sus habilidades.

Ellos trajeron consigo a una puta, una infiel tan desvergonzada que cabalgaba abiertamente en el grupo, como si fuera una dama. Su piel era tan oscura que parecía estar sucia, y Agnes pensó que toda la indicación de su naturaleza era necesaria.

Ella pelaba cebollas en la cocina, pensando el valor del muchacho Hamish, el escudero del señor Fergus que había viajado hasta Ultramar y había vuelto. Él era un poco más joven que los quince años de ella, pero mucho más inocente en las costumbres del mundo, ¡y eso, a pesar de sus viajes! Agnes pensó que podría resultar divertido presentarle los placeres de la carne. Él también podría tener secretos de su señor para compartir. De hecho, ella estaba segura de que podría convencerle de cualquier historia, dadas sus miradas de reojo de interés, pero eso sería en ambos sentidos.

Hamish probablemente era incapaz de guardar ningún secreto, y Agnes no podía permitirse tal responsabilidad.

¿Y los escuderos de los templarios? Ellos se veían tan sombríos como sus caballeros.

Ella sentía curiosidad por los baúles de regalos traídos para la señora Isobel y ella se preguntó si podría evaluar su contenido en algún momento. Quizás el robo sería la suma de las oportunidades disponibles para ella. El señor Stewart sentiría curiosidad por la generosidad del señor Fergus, ella estaba segura. El salón estaba demasiado ocupado para que ella pudiera echar un vistazo todavía, y Agnes no quería robar alguna baratija que se perdería demasiado pronto. Impaciente con las perspectivas que ofrecía la compañía que llegaba, Agnes los observaba de cerca, con la intención de recopilar noticias para el señor Stewart. Su única recompensa podría estar ahí.

Y fue entonces cuando notó cómo los Templarios miraban a Duncan.

¿Por qué?

Quizás desconfiaban de él, pero sus expresiones no eran críticas. Cuanto más miraba, más se preguntaba Agnes. ¿Por qué había dos templarios en el grupo en primer lugar? Si siempre acompañaban a los que dejaban su servicio para regresar a casa, ¿por qué nunca antes ella había visto uno? ¿Ni hubo oído hablar de alguien que se hubiera aventurado tan al norte y al oeste antes? Agnes estaba segura de que al menos uno de los hijos del clan Campbell había tomado la cruz y regresado de Ultramar. Incluso el viejo señor parecía sorprendido por su presencia.

¿Podría haber otra razón para que acompañaran al hijo del señor?

¿Por qué Duncan se había aferrado tan rápido a esa alforja? Él no parecía ser un hombre que tuviera muchas posesiones mundanas, y mucho menos las que temiera ver robadas en la casa de su compañero.

Los Templarios también vigilaban esa alforja, al igual que la puta infiel.

Agnes tenía muchas ganas de ver qué había en esa bolsa.

No pasó mucho tiempo antes de que Fergus anunciara a todos que haría un intercambio de votos con su puta. Agnes no se sorprendió. Si él quería seguir saboreando los encantos del infiel, él necesitaría un cuento para su padre. El anciano tenía un código moral firme y Agnes se había cuidado de hacerle creer que ella compartía sus puntos de vista.

Ella había pensado todo el tiempo que podría resultar ventajoso hacerlo, y ese día lo fue. El mayordomo se acercó directamente a ella después de visitar el solar con la pareja.

"¿Conoces mucho de las tareas de una doncella?" Preguntó Iain, su intención clara para cualquiera que mirara.

Agnes sonrió. "Sé cómo se viste y se lava una mujer", dijo ella, adoptando una actitud modesta. "Y creo que sé cómo seguir órdenes, señor".

"De hecho, lo haces", reconoció Iain. "La señorita Leila necesita una sirvienta, y creo que le quedarás bien."

Señorita Leila. Agnes ocultó su burla con una dócil sonrisa. "¿Estás seguro de que puedo irme de las cocinas, Iain?" preguntó ella, fingiendo preocupación. Quizá debería empezar mañana, después de la fiesta.

Xavier resopló y centró su atención en su salsa cuando Iain lo miró.

"Eso es considerado de tu parte, Agnes, pero estoy seguro de que Xavier puede arreglárselas sin ti."

El cocinero carraspeó. "Llévatela", lo invitó él. "Ella no contribuye mucho al esfuerzo. Quizás lo hagamos mejor sin ella en el camino."

Los labios de Iain se tensaron. La señorita Leila te necesita ahora, porque el intercambio de votos será antes de la cena. Ven, Agnes, y te la presentaré.

"Por supuesto." Agnes volvió su sonrisa hacia Xavier. "Lo siento, pero las cebollas están listas."

"La mitad de ellas en el mejor de los casos", señaló el cocinero con desaprobación. "No temas que me desafiarán a reemplazar a alguien tan perezosa como tú. ¡Vamos! ¡Y bienvenido sea! "

El mayordomo y el cocinero se miraron el uno al otro, en desacuerdo en su opinión de Agnes como en tantas otras cosas, y Agnes consideró que este cambio en su situación solo podía ser una mejora.

Quizás la puta podría enseñarle algunas habilidades exóticas, cortesía de su experiencia en Oriente. Quizás ella podría hablar dormida. Seguramente, solo podría ser ventajoso obtener acceso al solar, incluso si se tratara simplemente de la calidad de la información que podría proporcionar al señor Stewart.

Agnes tuvo tiempo de sentirse orgullosa de su situación antes de que llegaran al solar. Iain llamó una vez a la puerta, que estaba parcialmente cerrada.

Eso era interesante. El viejo siempre la había dejado abierta de par en par.

El guerrero, Duncan, abrió más la puerta, sus modales no eran acogedores. Ya no tenía su alforja, un hecho del que Agnes no se habría dado cuenta si no hubiera sentido tanta curiosidad por su contenido. Agnes miró más allá de Duncan a tiempo para ver a la puta ponerlo en la tesorería, luego el señor Fergus la cerró y bloqueó la puerta. Él le dio la llave a la infiel, quien se puso el cordón alrededor del cuello. Luego él pasó a Agnes cuando salía del solar, con Duncan detrás de él.

Iain le presentó a la puta y Agnes hizo una profunda reverencia, tan sumisa y humilde como siempre había fingido ser, incluso mientras sus pensamientos volaban.

A Duncan se le había confiado algo de valor suficiente para colocarlo en la tesorería.

Y la puta tenía la llave.

Agnes iba a averiguar qué había en esa alforja, aunque fuera lo último que hiciera.

A Leila inmediatamente le disgustó la muchacha.

La mirada de la doncella era demasiado rápida, sus modales demasiado furtivos, su sonrisa demasiado presumida. Había una satisfacción en Agnes que a Leila le recordaba a un gato, contenta con su situación, segura de su futuro. Era una muchacha bonita, sin duda, con una larga trenza tan oscura como el ébano, ojos de un azul claro y la piel tan clara como la leche. Ella era delgada y tenía la tendencia a abrir mucho los ojos, como si fuera inocente o estuviera atemorizada, pero Leila sintió que Agnes era astuta.

La suya era una reacción instintiva y poderosa, lo que significaba que Leila confiaría en ella. No hizo daño que no la hubieran visto cuando la muchacha llegó a la puerta. Fergus le había quitado la alforja de Duncan a Leila y ella se había vuelto un poco cuando dio un paso atrás. Ella se había fijado en la muchacha después de haber dejado la alforja en la tesorería, cuando se dio la vuelta mientras Fergus cerraba la tesorería. La expresión maliciosa de Agnes desapareció tan rápidamente que tal vez nunca lo hubiera sido, pero Leila la había visto y lo tomó como una advertencia.

Leila podría tener que ser atendida por una persona de poca confianza, pero ella no tenía que dejar que la muchacha adivinara sus sospechas.

A ella no le gustaba que hubiera una alianza en Killairic que ella no pudiera hacer, pero no había nada que hacer. Leila recordó la costumbre de Radegunde de dormir en la habitación con Ysmaine, a menos que Gaston e Ysmaine tuvieran la intención de tener intimidad. Radegunde a menudo se unía a ellos en la habitación una vez que se completaba su encuentro, y ella misma se había unido a Bartolomé y Anna en su cámara cuando se habían hecho pasar por una pareja casada en Haynesdale. Para una sirvienta era una ventaja dormir en el solar, que a menudo era más cálido y ofrecía mayor comodidad que la cocina o el salón. Leila no quería ofender al desafiar la costumbre, pero no iba a dormir con esa víbora despierta en el solar.

Lo que sólo significaba que Agnes tendría que estar tan agotada cada noche que no tendría más remedio que dormir y dormir profundamente.

Leila dudaba que la muchacha se diera cuenta de cuán a fondo iban a limpiar el solar, o cuánto del trabajo se vería obligada a hacer.

∼

FERGUS SE SENTÓ en el salón con su padre, escuchando un resumen de los eventos desde su partida. Él estaba pensando, para su propia sorpresa, en Leila.

Primero había estado pensando en Isobel, pero parecía que cada consideración de Isobel lo llevaba a Leila. Él supuso que era natural, porque había estado comprometido con una y se casaría con la otra.

¿Qué sabía él realmente sobre Isobel? Ella era hermosa, sonreía ante sus bromas, obedecía la voluntad de su padre. Ambos lo hacían, supuso, porque habían acordado casarse por sugerencia de sus padres. Ellos habían pasado tiempo juntos, pero sobre todo en compañía de otros, en celebraciones y cuando iban a cazar. Una vez habían tenido intimidad, pero eso había sido tan furtivo que él apenas recordaba los detalles.

Él no pudo reprimir la convicción de que sabía más sobre alguno de sus compañeros de viaje que sobre su prometida.

Quizás incluso más sobre Leila.

Era una idea interesante. Él no sabía si Isobel se quedaba en la cama por la mañana o se levantaba temprano. No sabía cuál habría sido su estado de ánimo después de un largo día cabalgando bajo la lluvia, y mucho menos cómo habría respondido a la necesidad de dormir en un establo. O en un campo. Era cierto que los viajes y sus penurias desvelaban todos los secretos.

Fergus sabía mucho más sobre Leila que sobre Isobel, sin duda. Él sabía que Leila mantendría su palabra a cualquier precio y cumpliría cualquier promesa que hiciera. Él y ella tenían el mérito de una promesa en la misma alta estima. Él sabía que ella era valiente, porque había dejado su hogar por una cuestión de principios. Él sabía que ella era inteligente e ingeniosa, y que aceptaba los desafíos de viajar con una tolerancia que se hacía eco de la suya.

Y sabía que ella lo besaba con un dulce calor que lo perseguía de verdad.

Sí, y el segundo había sido más abrasador que el primero.

Leila. Incluso pensar en ella en el salón de su padre, sabiendo que estaba arreglando el solar, sabiendo que intercambiarían votos en cuestión de horas, lo calentó hasta los dedos de los pies. ¿Era simplemente el precio de la castidad?

¿O su deseo por Leila duraría más de una noche?

Fergus no podía imaginar eso. Era la castidad de raíz, y algo de admiración por Leila era natural. Él dudaba que su corazón pudiera volver a entregarse tan pronto, ciertamente no si su amada se hubiera visto obligada a casarse con Stewart. ¡Su afecto era más firme que eso! El intercambio de votos era un compromiso, un arreglo de buen sentido, y él usaría el tiempo para encontrar a Leila el marido al que podría amar para siempre.

El que le daría un hijo de ojos azules.

Fergus vio como la doncella Agnes aparecía al pie de las escaleras con un paquete de sábanas. Ella entró a grandes zancadas en el patio y regresó momentos después, evidentemente había asignado su lavado a una mujer del pueblo.

Las cortinas de la cama se llevaron al patio trasero. Fergus podía ver el polvo en la tela oscura incluso desde el otro lado del salón. Una vez más, Agnes parecía haber encontrado un aliado en el pueblo, o uno más dispuesto a asegurarse de que se hiciera la voluntad de la nueva dama. Ella desapareció en las cocinas una vez que se deshizo de las cortinas, donde se escucharon risas.

La propia Leila apareció, claramente buscando a la muchacha, y fue a la cocina en su persecución. No fueron necesarias palabras para explicar su expresión severa, o su dedo apuntando hacia las escaleras. Agnes caminó penosamente de regreso al solar y Fergus luchó contra una sonrisa.

Parecía que el plan de Leila para ganar alianzas en Killairic tenía algunas limitaciones.

Agnes descendió a continuación con los colchones de plumas de la gran cama y los llevó al patio. Ella regresó rápidamente una vez más, y Fergus supuso que había vuelto a encontrar a alguien que hiciera el trabajo que se le había asignado. Ella subió al solar, luciendo orgullosa de sí misma, luego reapareció rápidamente, cargada con palets[1] de paja y con el ceño fruncido. Las llevó afuera, murmurando en voz baja con disgusto. Agnes debe haber tenido menos éxito en encontrar ayuda con esta tarea, porque estuvo fuera más tiempo y estaba sonrojada cuando entró de nuevo al salón. Fergus sabía que los palets se habrían dejado al sol después de haber sido golpeados.

Luego, la muchacha tomó una escoba de las cocinas y la subió por las escaleras hasta el solar. Fergus escuchó mover muebles. Sin duda, todos los rincones de la habitación estaban siendo barridos.

Agnes, descontenta, bajó cubos de ceniza de los braseros y Calum se aclaró la garganta.

"Los sarracenos tenían una afición por la limpieza que excedía con creces la de la mayoría en occidente", comentó él. "Lo recuerdo bien. Sus casas eran una maravilla".

"Así es", estuvo de acuerdo Duncan.

"Killairic se beneficiará de las inclinaciones de la señorita Leila", dijo el padre de Fergus con aprobación. "Ya lo veo."

Cuando apareció Agnes, la línea de sus labios estaba alzada y su trenza se estaba deshaciendo. Ella respiraba con más dificultad mientras subía las escaleras con un cubo lleno de agua y un cepillo.

Su padre miró a la muchacha. "Ella no ha trabajado tan duro desde su llegada aquí", dijo en voz baja, luego se rió entre dientes. "No le hará daño."

"Me pregunto la capacidad de Leila para comunicarse con ella", dijo Fergus. "Habla poco gaélico y dudo que Agnes hable francés."

"Sospecho que tu prometida es una mujer ingeniosa", dijo Calum. "Ella tiene ese aspecto en ella."

"Como vimos, algunas órdenes se pueden dar mediante gestos", contribuyó Duncan.

"De cualquier manera debo asegurarme de que todo esté bien", dijo Fergus, disculpándose. "La muchacha parece estar molesta."

A su padre claramente le divirtió su partida. "¿No puede soportar que ella se pierda de vista?" ese hombre le preguntó a Duncan mientras Fergus los dejaba juntos. "No puedo culparlo. Ella es una belleza, sin duda. Estoy bastante encantado con la promesa de seguir conversando con ella. ¿Sabías que su tío era herrero?

Fergus subió las escaleras, moviéndose rápida y silenciosamente, y se asomó al solar. Él quería ver qué estaba pasando antes de anunciar su presencia. Ya podía ver la diferencia en el solar. El polvo y las telarañas habían desaparecido de las esquinas, y los juncos se habían apilado fuera de la puerta. También olía más limpio.

Agnes estaba de rodillas, fregando el suelo y lanzando miradas venenosas a Leila a intervalos regulares. Leila la ignoraba, pero él dudaba que ella no se diera cuenta. La cama había sido despojada de las cuerdas que sujetaban el colchón y el propio marco de madera. Leila estaba desempacando los baúles de regalos que él había traído para Isobel, ordenando los artículos en la mesa debajo de una ventana.

Había una buena pila de tela de varios pesos y largos, y Leila la había ordenado por colores. Había cinturones y carteras de cuero, zapatos de seda bordados y medias tan finas que parecían gasas. Fergus se sorprendió un poco al verlo todo ensamblado, porque se había olvidado de parte de la tela.

Leila trabajaba sin expresión, deteniéndose sólo una vez en su tarea para mirar a Agnes y luego señalar imperiosamente una esquina que la muchacha había pasado por alto.

"Parece una habitación diferente", dijo Fergus en francés, anunciándose. Agnes se apresuró a ponerse de pie, se secó las manos en la falda y le hizo una reverencia mientras sonreía. Él asintió con la cabeza hacia el cubo, indicando que debería continuar. Ella apretó los labios y cayó de rodillas una vez más, sin poder ocultar su resentimiento.

"¿Debes hacerlo todo en una tarde?" le preguntó él a Leila. Agnes te despreciará.

La muchacha miró hacia arriba al oír su nombre, su expresión revelaba que no entendía lo que se decía. Claramente ella pensaba que podría tener un respiro. Pero Leila se volvió hacia ella y señaló el suelo. Agnes recogió el cepillo una vez más y Fergus vio que sus ojos brillaban antes de bajar la mirada.

"Creo que hay poco que perder allí", dijo Leila con calma. "No habrá cariño entre nosotros, no importa lo que haga."

"Pensé que tenías la intención de ganar aliados."

"Ella nunca será una de esos. No me preocuparé por lo que no se puede cambiar."

"Yo podría encontrar otra muchacha para que sea tu sirvienta."

"No seré la infiel que encuentre esta deficiente. Hay un proverbio, después de todo, acerca de mantener cerca a aquellos en quienes confías y aún más cerca a aquellos en quienes no confías." Ella lanzó una mirada evaluadora a Agnes. "Sin embargo, me aseguraré de que duerma bien todas las noches".

"No lo entiendo", dijo Fergus.

Leila evitó su mirada. "Seguro que sabes que es costumbre que una sirvienta duerma en el solar, como uno de los beneficios de su puesto. Ella debe dormir o yo no lo haré."

Fergus pensó que la sospecha de Leila hacia Agnes era inmerecida, porque no imaginaba que su padre tendría en su salón ningún sirviente en el que no se pudiera confiar. Aun así, no la culpó por sentirse sola en su casa y no estar segura de su seguridad hasta cierto punto. ¿Quién no se sentiría vulnerable en un país extranjero si no habla bien el idioma?

Con el tiempo, ella llegaría a confiar en la muchacha, esperaba él, o encontrarían otra doncella.

Él sabía que con el tiempo ella aprendería gaélico y su confianza aumentaría.

"Dormirá en el salón esta noche", dijo Fergus. "No estoy tan interesado en tener compañía adicional en la noche de nuestras nupcias." Él saboreó la rápida sonrisa de Leila, pero sus palabras revelaron que no había cambiado su forma de pensar.

"De todos modos, el solar debe limpiarse, y lo haré este día."

"Mañana, más manos podrían ayudar."

Leila se volvió para enfrentarlo, con las manos en las caderas y un brillo de resolución en sus ojos. "En la noche de mis nupcias, me encontraré con mi esposo en una cama limpia, en una habitación limpia", dijo Leila con firmeza. "No habrá suciedad, ni sudor ni alimañas."

Fergus tuvo que reconocer que eso era razonable.

"Además, creo que es más prudente tener menos personas en el solar en cualquier momento, y que la puerta debería estar cerrada con llave en nuestra ausencia." Ella lo miró a los ojos brevemente y él supo que ella estaba protegiendo el relicario que les había sido confiado.

De todos modos, esto estaba mal.

Fergus se aclaró la garganta. "Aprecio que este no es el hogar que conoces y que seas cautelosa, pero si deseas que se confíe en ti, Leila, debes confiar primero."

Ella sostuvo su mirada, sin pestañear. "Confiaré en aquellos que se ganen mi confianza." Cuando él frunció el ceño, ella bajó la voz a un murmullo. "Creo que es razonable ser cauteloso cuando se trata de un tesoro de este tipo. Que me echen la culpa a mí desde lejos. Será más seguro de esa manera."

Fergus respetó el pensamiento de Leila, aunque sabía que solo había una llave para la tesorería y dudaba que la cerradura se comprometiera fácilmente. Él también vio que su pensamiento no cambiaría en este momento. A ella le tomaría tiempo confiar en todos en Killairic, tal vez después de que el relicario hubiera encontrado un refugio.

Él no quería descauerdos entre ellos el día en que harían sus votos, así que cambió de tema.

"No me di cuenta de que había comprado tanto", dijo él, examinando las pilas de tela.

Leila le dedicó una cálida sonrisa mientras abría otro baúl, revelando una tela aún más fina. "Eres un amante generoso, sin duda."

"¿Eso es una crítica?"

"¡Por supuesto no! Es un buen rasgo ser generoso. Simplemente desearía que la dama te hubiera devuelto su estima."

Fergus se apoyó contra la pared, queriendo ver su expresión. Ella le parecía muy misteriosa en ese momento, y quería conocer sus pensamientos. "Pero entonces no haríamos un intercambio de votos este día."

La oscura mirada de Leila se posó en la suya. "No lo haríamos."

"¿Te arrepentirías de eso?"

Ella dejó la tela que sostenía, prestándole toda su atención. "Por supuesto. Hace unos días te dije que eres el tipo de hombre con el que me gustaría casarme. Eso no fue mentira y no ha cambiado. También aprecio que tu oferta garantice mi seguridad en esta tierra."

"Me aseguraré de que tengamos tiempo para que encuentres una pareja duradera, para conocer a un hombre al que puedas amar por completo", dijo Fergus.

La mirada de Leila se apartó de la suya. Eres un buen hombre,

Fergus. Y como resultado, lamento que tuvieras tanto afecto por una mujer que rompió su promesa hacia ti y que tu generosidad parece haber estado fuera de lugar." Él observó cómo sus cejas se juntaban mientras pasaba una mano admirada por la tela.

—Entonces hagámoslo con un buen propósito —dijo, y le gustó que sus palabras borraran su ceño fruncido. "Primero, elije tú misma. ¿Qué tela usarás primero en un kirtle?

"El rojo, creo", dijo Leila, tocando un trozo de lana carmesí mezclada con seda. "Es un color alegre." Ella sacudió su cabeza. Sin embargo, necesitaré ayuda. Confieso que tengo poco talento con la aguja, y ni siquiera sé hacer los kirtles que usan las mujeres en esta tierra." Ella hizo una mueca. "Mi tío pensaba que era un fracaso que yo no me esforzara más en coser."

"Mi madre también despreciaba la costura", confesó Fergus. "Ella estaba mucho más feliz yendo a cazar."

"¿Verdaderamente?" Los ojos de Leila se iluminaron.

"Verdaderamente."

"Me hubiera gustado haberla conocido."

No había nada que se pudiera decir a eso. "Le pediremos a Margaret en el pueblo que cosa para ti. No dudo que ella todavía tiene la aguja más hábil por aquí y mi madre siempre elogió su talento." Fergus asintió con la cabeza al conjunto de telas. "Elige una segunda tela. La dama de Killairic debe tener al menos dos prendas propias." Leila tocó el kirtle que llevaba y él negó con la cabeza antes de que pudiera hablar. "Además del que te dio Radegunde", dijo él con firmeza. "Es una buena prenda útil, pero no el atuendo de una dama."

Leila sonrió y dio un paso atrás. "Entonces tú eliges."

Fergus seleccionó dos trozos de algodón fino para las camisas y otro trozo de lana en dorado intenso. Él escogió telas transparentes para combinar con los velos y las agregó a la pila. Un aro dorado reemplazaría al de peltre sencillo que Leila había usado desde Haynesdale, y dos cinturones de cuero finamente elaborados con herramientas detalladas también le quedarían bien. Él añadió las medias, un bolso de terciopelo, una pesada lana negra a modo de capa. "Encontraremos un poco de piel para cubrirla", dijo él, luego frunció el ceño ante los zapatos y las zapatillas. "Todos serán demasiado grandes para ti. Preguntémosle a Margaret qué se puede hacer."

"Eres un amante generoso", dijo Leila.

"Es todo tuyo, si lo deseas."

"Lo que has elegido es más que suficiente." Leila señaló un trozo de lana verde oscuro finamente tejida. "Tu padre podría estar contento de tener una nueva túnica, y esta será cálida para él."

"Una excelente sugerencia. Por eso, ganas un tercer kirtle, hecho de lana en el tono de las rosas."

"¡Fergus!"

Él le sonrió, complacido de que ella estuviera complacida. "Y ahora, el regalo." Fergus eligió un trozo de mezcla de lana y seda en un azul brillante. Él lo había comprado porque era del tono exacto de los ojos de Isobel y quería deshacerse de él. El color no le sentaría bien a Leila y era demasiado fino para dárselo a otra persona.

En su interior había un salterio enrollado para el viaje, un pequeño volumen con delicadas imágenes que había comprado para Isobel en Venecia. Era el volumen de una dama, pero Isobel no era devota en sus oraciones. Fergus lo había comprado porque era muy hermoso, pero ahora se mostraba determinado a no regalarle un tesoro así.

Él lo guardaría, porque otra mujer podría apreciarlo algún día. Quizás Leila se convertiría, o él podría ser tan afortunado como para volver a amar en el futuro.

¿Era esa la nube oscura que había visto? ¿Su propio futuro sin amor?

Fergus se negó a pensar en eso. Él dejó el salterio a un lado, recordando otra baratija. Había finas agujas de acero en el fondo de un baúl, como nunca había visto antes de vislumbrarlas en Ultramar. Las había comprado para Isobel y algunos trozos de hilo de seda que serían bienvenidos para su bordado.

Una vez más, las fichas habían sido costosas e Isobel tampoco era diligente con su costura, pero Leila nunca se sentaba a bordar. Ella cazaría, vendría y cabalgaría con él, todos las cuales eran perspectivas bienvenidas. Él la había visto limpiar los establos de los caballos y no dudaba de que ella emprendería cualquier trabajo que considerara práctico y necesario. Él dudaba que el bordado contara alguna vez. Fergus agregó la mitad de las agujas y el hilo a la tela azul, pensando que el regalo era adecuado. Él dejó el resto de las agujas y el hilo a un lado para Margaret.

"Démosle esto a Margaret", sugirió él. "Te convertirán en una aliada, sin duda, y ella hará un buen uso de ellas."

"Esa es una buena idea."

Contento con su elección de Isobel, Fergus tomó uno de los pequeños baúles y los metió en él.

Leila le dirigió una mirada desafiante pero no dijo nada.

Fergus comprendió que ella tenía algo que decir, pero temía expresar sus pensamientos. Él le enseñaría a hacerlo y lo haría sin demora.

La honestidad, después de todo, era la base de todo buen matrimonio. Él tendría eso, incluso si no pudiera tener a Isobel.

CAPÍTULO 4

"¿Qué está mal?" Preguntó Fergus.

Leila vaciló y luego habló en voz baja. "¿No crees que es un regalo demasiado bueno para ofrecer a la esposa de otro hombre?"

"Es un regalo demasiado fino para dejarlo empaquetado", respondió él. "El tono de esta tela no te favorece y es poco probable que alguna vez bordes."

"Es cierto, pero sería más prudente enviar menos. Ella está casada con otro hombre."

"Y ella estaba comprometida conmigo", dijo Fergus tercamente. Cada vez que él veía esa tela pensaba en su traición y no deseaba insistir en ello. "Creo que es razonable que le envíe un regalo con mis buenos deseos de felicidad." Cuando ella no respondió, él continuó. Yo mismo llegaré como un hombre casado, Leila. ¿Seguramente eso mejorará la visión de Stewart de mi gesto?

Leila arqueó una ceja pero no dijo más.

Fergus tuvo un pensamiento. "¿Deseas alguna de estas cosas?"

"Por supuesto no. Y ya que compraste los regalos, son tuyos para otorgarlos."

Él ignoró su sensación de que ella no le había contado todos sus pensamientos. "Viajaré a Dunnisbrae mañana para saludar a Isobel", continuó él. "Enguerrand e Yvan permanecerán aquí..."

"¿Quieres visitar Isobel tú mismo?" Preguntó Leila, su asombro era claro. "¿Y mañana?"

"No puedo dejar que otra persona dé la noticia de la muerte de Kerr", dijo Fergus, molesto porque otra persona cuestionaba su decisión. "Y no es un mensaje que deba retrasarse."

Leila negó con la cabeza y se apartó de él, recogiendo el resto de la tela con rápidos gestos. Fergus podía sentir que Agnes asistía a su discusión, pero Leila no dijo más.

Él echaba de menos su franco consejo y el destello de sus ojos. Esta recatada Leila era mucho menos seductora.

"Lo desapruebas", dijo él, invitándola a decir más.

"No me corresponde aprobar o desaprobar, claramente." Leila le hizo una reverencia. "Tu voluntad es la mía, mi señor. ¿No es así como debería ser entre marido y mujer? Ella pasó junto a él para apilar un baúl contra la pared, solo la rapidez de sus gestos revelaba su enfado.

"¡No! Yo escucharé tus pensamientos."

"No escucharás mis pensamientos, así que los guardaré para mí."

¡Leila! Dime qué te preocupa." Fergus la persiguió y le tocó el codo cuando ella no se volvió para mirarlo. "Leila", dijo él, bajando la voz. "Tengamos siempre honestidad entre nosotros. Yo escucharía la verdad de tu pensamiento, incluso si esperas que me desagrade."

Ella se quedó quieta bajo su toque. "¿De verdad?"

"De verdad."

"¿Incluso si no te agrada?"

"Aun así."

Leila se volvió hacia él, miró a Agnes y luego habló en voz baja. "Una cosa es que la ames todavía. Otra es que me desposes por gracia y bondad. Pero no seas tan tonto como para provocar al guerrero que es su esposo mostrando tan claramente tu admiración por su esposa. Ella lo eligió y no es tu lugar ofrecer la tentación."

Como había esperado Fergus, sus preocupaciones eran desarraigadas.

"Haces mucho de poco", respondió él con una sonrisa. "Y suposiciones de gente que no conoces. ¡Isobel era mi prometida! Su sobrino nos acompañó a su pedido, ¡y el niño murió! Yo mismo debo contarle su destino."

"Pones excusas", respondió Leila con ojos brillantes. "La amas todavía, y si puedo ver eso, también lo hará su esposo. ¿Qué más pensaría él, si corres a su lado el día inmediatamente después de tu regreso? ¡Él no se dejará engañar por este intercambio de votos, no si tiene algo de ingenio! "

"Exageras", dijo Fergus, sabiendo que su tono era despectivo.

"¿Sí? ¿Qué sabes de este Stewart MacEwan?

Fergus se dio cuenta de que Agnes había vuelto a levantar la cabeza. Él le dirigió una mirada sofocante y ella volvió a fregar. Que es un guerrero, quizás veinte años mayor que Isobel. No dudo que la defiende bien. Ella es hermosa."

Leila se enderezó. "En mi experiencia, los hombres que luchan por obtener sus deseos se apresuran a asumir que otros codician sus premios."

Fergus negó con la cabeza. "Conozco a Stewart desde hace mucho tiempo. Se alegrará de cualquier obsequio que muestre la belleza de su esposa en beneficio. También se alegrará de las noticias del este. Ya verás. Seré recibido calurosamente."

"Aunque les cuentes la muerte de Kerr."

Fergus hizo una mueca. "Espero que Isobel se sienta consternada. Su hermano fue asesinado, ya sabes, y su esposa se casó con otra. Kerr era su único sobrino y un recordatorio de su hermano." Ella sabía que Isobel estaría devastada por la pérdida de Kerr y decidió de nuevo ocultarle la verdad sobre la naturaleza del muchacho.

Leila lo observó durante un largo momento, sus ojos parecían incluso más oscuros de lo habitual. "No seas tan tonto como para consolarla, al menos no cuando su esposo podría verte."

¡Leila! Haces mucho de la nada."

"¿Yo?"

"No es más que la visita de un vecino y la entrega de noticias."

Ella lo miró con expresión inescrutable. Fergus estaba seguro de que ella percibía su esperanza de que Isobel se hubiera visto obligada a casarse con Stewart contra su propia voluntad.

Cuando los labios de Leila se tensaron y ella se apartó de él, él sintió su decepción profundamente. Pero habían aceptado ser honestos y él no la engañaría acerca de su corazón rendido.

"Confío en que tiene razón, mi señor", dijo ella, su tono templado una vez más. Ella trabajó de manera constante y en silencio, la línea de sus hombros le decía que aún estaba molesta.

El día siguiente le demostraría que él tenía razón sobre Stewart y Fergus lo sabía.

Pero en ese momento, él tenía que recuperar la buena voluntad de Leila. Después de todo, iban a intercambiar votos. Él se volvió para inspeccionar la habitación y el ángulo del sol. "Cuando tú y Agnes hayan restaurado el solar, ¿te gustaría bañarte antes de la ceremonia?"

Leila se giró para mirarlo y sus labios se separaron. "Yo debería, de hecho."

"Hay una tina de madera en las cocinas", dijo Fergus, saboreando la vista de su placer. "La traeré aquí y me aseguraré de que todos sepan que la nueva dama se bañará a diario con agua caliente."

"Pero Iain tiene mucho que manejar este día."

Fergus le sonrió porque podía leer claramente su esperanza. "Creo que podría estar convencido de garantizar el placer de la nueva señora. De lo contrario, ayudaré a asegurar que la novia tenga su deseo."

Los ojos de Leila brillaron mientras sonreía y Fergus se sintió triunfante. "Eres un hombre reflexivo. Te doy las gracias por esto, Fergus." Ella lanzó una mirada a la muchacha y luego se humedeció los labios. "Espero que tenga razón sobre esta visita", susurró ella. "Rezaré por tu regreso sano y salvo."

Fergus la miró, conmovido por su preocupación, y tuvo que burlarse de ella un poco. "No sabía que la oración era tu inclinación."

La esquina de la boca de Leila se levantó en una sonrisa. "Me enseñaron que Alá ayuda a quienes se ayudan a sí mismos, y prefiero hacer lo que pueda para asegurar la meta que deseo. En este caso, sin embargo, mi consejo ha sido rechazado. Rezaré, porque ese es el único camino que me queda, ya que preferiría no perder a un cónyuge inmediatamente después de ganar uno."

"Te prometo que regresaré a tiempo para la cena, y que todo será como digo."

"Y rezaré para que tengas razón, mi señor." Antes de que Fergus pudiera responder, Leila acortó la distancia entre ellos con un paso y se estiró para besarle la mejilla. Entonces él contuvo el aliento, incapaz de negar la tentación, giró ligeramente la cara para que sus labios se encontraran.

Leila se apoyó contra él, sus manos aterrizaron sobre sus hombros, y Fergus se encontró agarrándola por la cintura para acercarla. Ella era tan tentadora y su beso se hacía más potente cada vez. El calor corrió a través de Fergus mientras se rendía a su beso y él se alegró de que su ataque de castidad terminara esa noche.

La satisfacción aclararía sus pensamientos y se aseguraría de que fuera moderado cuando volviera a encontrarse con Isobel.

Aunque Fergus fue lo suficientemente honesto para admitir que no era Isobel quien reinaba en sus pensamientos cuando Leila deslizó sus dedos en su cabello y lo atrajo hacia sí.

"REGALOS, REGALOS", declaró Calum desde la puerta, y Leila se sonrojó cuando Fergus terminó de mala gana su beso. El hombre mayor sonrió cuando entró al solar y ella vio que había un trozo de tela sobre su brazo. "Para ti, señorita Leila, como mi esposa siempre decía, una novia necesita un vestido nuevo para sus nupcias."

La prenda era de un púrpura intenso y brillaba con el lustre de la seda. Había bordados dorados en el dobladillo y los puños de las mangas, así como en el escote.

Leila se sorprendió de que le ofrecieran una prenda tan espléndida. "Señor, no podría aceptar un regalo así..."

"Por supuesto que puedes", dijo Calum, interrumpiéndola. "Lo traje del este, hace casi veinte años, como regalo para mi esposa. El tono no era adecuado para ella, o eso insistió ella, y desde entonces se ha guardado." Él se encogió de hombros. "Me gustaba el morado con su cabello, pero a ella no le gustó y las mujeres siempre tienen razón en esos asuntos".

Leila le sonrió a Fergus. "Veo que vienes honestamente de su generosidad."

Fergus se rió. "Mi padre siempre prodigó regalos a mi madre. A los dos nos gustaba verla complacida."

Leila tomó la prenda y luego la levantó para admirarla. Le quedaría un poco largo, pero no había tiempo para acortarlo. Ella razonó que el pasillo había sido barrido y que no se dañaría demasiado en una noche de uso.

"Hay más en el baúl, por supuesto", dijo Calum. "Una camisola de seda, junto con un cinturón y zapatos a juego, pero no me pareció apropiado regalar tales prendas a una dama. Envía a la muchacha por ellos."

"Lo haré. Muchas gracias." Leila besó las mejillas de Calum y él le sonrió. "Me has hecho sentir muy bienvenida en Killairic. También te agradezco por eso."

El hombre mayor le sonrió a su hijo. "Veo la inclinación del corazón de Fergus y confío en su juicio en esto." Leila pensó que sería una falta de tacto notar que la primera elección de novia de Fergus no había demostrado su buen juicio tan bien. El propio Fergus se estaba mirando las botas. "Todo lo que te pido, señorita Leila, es que tengas un hijo pronto."

"Haré mi mejor esfuerzo, señor." Leila hizo una reverencia.

"Y eso es todo lo que cualquier hombre puede pedir. Ven, Fergus, dejemos a la novia con sus preparativos. Calum llamó a Agnes y dijo algo rápido en gaélico. La muchacha se puso de pie con evidente alivio y lo siguió desde el solar.

"Las cortinas, el colchón, la ropa de cama y el baño", dijo Fergus. "Haré lo que pueda para ayudar, porque todo debe hacerse antes de la cena."

"Gracias, Fergus", dijo Leila, deseando no tener tanto miedo de su visita a Isobel al día siguiente. Ella no podía ver cómo ese viaje podría terminar bien, pero trató de tener fe en la decisión de Fergus. Cómo deseaba ella poder protegerlo de una repetición de las desagradables noticias de este día.

En cierto modo, ella quería presenciar su encuentro con Isobel, por otro lado, ella no estaba segura de poder confiar en sí misma para ser educada en presencia de la otra mujer.

Ella le sonrió, agradecida por todo lo que había hecho y decidida a creer en su futuro compartido. "Gracias por todo esto".

Sus miradas se aferraron por un momento emocionante, luego

Fergus se inclinó y abandonó el solar, pidiendo ayuda para ver su voluntad hecha.

Leila sería una buena esposa.

Ella sería la mejor esposa posible.

E incluso si él no la amaba completamente en un año y un día, Leila se aseguraría de que Fergus no pudiera imaginar su vida sin ella.

No le importaba lo que se requiriera de ella para hacerlo así.

FERGUS SE ASOMBRÓ cuando Leila bajó al vestíbulo a última hora de la tarde.

El torreón se había puesto patas arriba ese día, como si un nuevo viento hubiera soplado a través de Killairic. El solar estaba más limpio que cuando era nuevo, y Fergus sintió un nuevo orgullo por el lugar. Su padre claramente estaba bastante satisfecho. Se habían cambiado los juncos del suelo del vestíbulo y se habían puesto las mesas. Habían llegado los aldeanos y el olor de las cocinas le hizo gruñir el estómago. Se habían encendido velas y antorchas y había que servir vino caliente.

Todos esperaban a la propia dama.

Cuando Leila apareció al pie de las escaleras, hubo un jadeo colectivo. Ella se veía exótica y hermosa, tan hermosa que Fergus contuvo el aliento. Él se sintió honrado de que esta mujer lo tomara por su esposo y sintió un nudo en la garganta cuando ella cruzó la habitación hacia él. El tono púrpura le sentaba bien, haciéndola parecer de la realeza, y el kirtle resaltaba su delicada figura. El bordado dorado brillaba a la luz, al igual que la diadema en su cabello. El velo de seda relucía detrás de ella, parecía flotar mientras caminaba. Los aldeanos parecieron quedarse mudos de asombro, pero Leila sonrió y se detuvo ante Fergus, echando la cabeza hacia atrás para encontrar su mirada.

Él le sonrió y tomó su mano derecha en la suya. El ligero peso de su pequeña mano hizo que él se sintiera protector con ella de la manera más bienvenida. Fergus tomó la mano izquierda de Leila en la suya, sus manos se cruzaron entre ellos. Ella lo miró con ojos brillantes.

"¿Estás seguro?" murmuró él en francés.

Su sonrisa era brillante. "Sí. ¿Lo estás tú?"

"Sí."

"Entonces no nos demoremos", dijo él.

Su padre dio la bienvenida a los aldeanos al salón y habló cálidamente de la inclinación de su hijo por casarse. Todos fueron invitados a ser testigos de la unión y se reunieron en círculo alrededor de Fergus y Leila.

Cuando llegó el momento de comprometerse el uno al otro, Fergus habló lentamente, deteniéndose a intervalos. Leila tendría que repetir los votos en gaélico para que todos entendieran y él quería asegurarse de que ella no cometiera errores involuntarios. "Por eso te juro, Leila binte Qadir lufti al-Ramm, que te trataré con honor desde este día en adelante, durante un año y un día."

"Por eso te juro, Fergus de Killairic, que te trataré con honor a partir de este día, durante un año y un día", dijo Leila.

"Que te sostendré en mi corazón cuando estemos separados y te trataré bien cuando estemos juntos", continuó Fergus.

Leila sostuvo su mirada. "Que te sostendré en mi corazón cuando estemos separados y te trataré bien cuando estemos juntos."

Varias de las mujeres del pueblo suspiraron de alegría y Fergus escuchó a una sollozar.

"Asumiré la responsabilidad de cualquier hijo de nuestra unión, ya sea que nuestros votos se renueven o no", prometió él.

"Asumiré la responsabilidad de cualquier hijo de nuestra unión, ya sea que nuestros votos se renueven o no", repitió Leila.

Fergus le sonrió. "Los defenderé y seré fiel a ustedes, y haré todo lo posible para asegurar que a nuestro matrimonio le vaya bien."

"Los defenderé y seré fiel a ustedes, y haré todo lo posible para asegurar que a nuestro matrimonio le vaya bien", dijo Leila.

Fergus se inclinó y la besó dulcemente, sin sorprenderse en lo más mínimo por el fuego que despertó ese toque fugaz. Cuando rompió el beso, los ojos de Leila brillaban y sus mejillas estaban sonrojadas. Por un momento embriagador, ella le sonrió y podrían haber estado solos, luego su padre vino a felicitarlos.

Calum les obsequió un par de anillos, hechos de oro. "Tu madre y yo los usamos", dijo él. "Es la tradición de los romanos."

"Por supuesto", dijo Leila y tomó el más grande.

"¿Conoces a los romanos?" Preguntó Fergus.

"Conocemos a muchos de los descendientes del Imperio Romano de Oriente, los cristianos de Constantinopla."

"¿Más franceses?" bromeó él.

Ella sacudió su cabeza. Los franceses son del oeste. Los Rūm son de Constantinopla." Ella empujó el círculo de oro en el dedo anular de Fergus. "Ellos enseñaban que la vena de este dedo iba directamente al corazón", dijo.

"¿Y lo hace?" preguntó Fergus, intrigado.

Leila sonrió. "Creo que todas las venas conducen al mismo destino."

¿Todos los caminos a Roma, entonces? ¿O tal vez Rūm?

Ella se rió y Fergus se alegró de sus palabras porque el anillo de su madre solo cabía en el dedo medio de Leila. Se besaron de nuevo, un poco menos castamente que antes, luego fueron rodeados por aquellos que estaban decididos a desearles lo mejor. Los hombres le dieron la mano y las mujeres lo besaron en las mejillas, hasta que una impulsivamente besó a Leila también. Fergus se sorprendió al ver su deleite, luego besó a esa aldeana a cambio. Su risa posterior hizo que los demás también se rieran.

"¡Una fiesta!" gritó Calum. "¡Divirtámonos todos, porque hay mucho que celebrar en esta noche!"

La multitud rugió de aprobación y Fergus llevó a Leila a la mesa alta. Los aldeanos aplaudieron y gritaron cuando él la tomó en sus brazos y la hizo girar. Ella se rió de nuevo, luciendo joven y muy atractiva, luego su padre golpeó la mesa.

Leila estaba sentada entre Fergus y su padre. Duncan estaba sentado al otro lado de Fergus y los Templarios los flanqueaban a todos. Los escuderos estaban parados detrás de los caballeros y ayudaban en el servicio, una situación que claramente agradaba a la tía y al tío de Hamish. Se sirvió vino caliente y cerveza, y las copas se elevaron en un brindis por la nueva pareja. Aplaudieron, bebieron, luego el venado asado fue traído de la cocina con los aplausos. Incluso Xavier e Iain parecían haber encontrado un feliz acuerdo esa noche.

Fergus tuvo que considerar que aunque su regreso a casa no fue lo que había esperado, era mejor de lo que podría haber sido. Él tenía una dama a su lado en quien confiaba y no ignoraría el mérito de eso.

Por esta noche, él ignoraría esa persistente sombra de miedo y esperaría que no significara nada en absoluto.

Esa noche, él y Leila harían su primer esfuerzo para crear un hijo, y él tenía que asegurarse de que fuera un evento alegre.

~

"Me veré obligado a contar la noticia en francés", declaró Calum cuando la sopa estaba siendo sacada de la cocina. "Para que la señorita Leila pueda aprender más de su nuevo hogar."

Leila era, nuevamente, la única mujer en la mesa principal. Ella era consciente de que los aldeanos debajo la miraban. Ella sabía que Fergus había resuelto algún detalle en sus pensamientos y se preguntó qué podría ser. Él estaba más a gusto con el compromiso de su matrimonio, aunque ella sabía que su consideración por Isobel no había disminuido tan rápidamente.

No, el hombre tenía un plan y ella dudaba que se lo confiara.

El senescal[1] trajo una olla de cobre con pico y le sirvió vino caliente a Calum, luego a Fergus y luego a Leila. El vino olía a canela y clavo, y de él se elevaba una ráfaga de vapor. El aroma de la especia era bienvenido después de la comida blanda que habían comido en las posadas desde que habían llegado a Inglaterra y Leila la olfateó apreciativamente.

"¿Bebes vino?" le susurró Calum repentinamente alarmado.

"Solo en una ocasión como esta, cuando es de celebración", dijo Leila.

"Pensaba que tu profeta lo había desaconsejado", dijo el hombre mayor, mostrando aún más familiaridad con su fe de lo que Leila podría haber esperado.

"Y así lo hizo, pero no es raro saborear el vino con moderación en mi tierra natal." Tampoco era raro que los guerreros y gobernantes bebieran hasta el punto de la embriaguez, aunque Leila decidió no mencionarlo.

Calum asintió. "Ah, entonces lo que se evita es la embriaguez, y este es un buen consejo."

Eso no era estrictamente así, pero Leila no deseaba discutir la doctrina en su primer día en Killairic. Ella quería integrarse, no ser diferente, lo que significaría una medida de vino caliente en una ocasión de celebración, como la que había saboreado en la casa de su tío.

Calum bajó la voz a un susurro. "Rara vez tomamos vino, y este será el último por un buen tiempo. Una boda es el mejor momento para el vino, creo."

—Yo también —asintió Leila y tomó un sorbo del suyo.

Hubo vino en la boda de Aziza.

Ella se negó a pensar en su prima, no en esa noche, ni en una ocasión que le hubiera gustado compartir con la mujer tan cercana a ella como una hermana.

Ella se dio cuenta de que a los aldeanos les servían cerveza mientras que los de la mesa alta disfrutaban del vino. Ella solo pudo concluir que el vino era caro en esta tierra, quizás porque el clima no favorecía el crecimiento de la uva. Ella tendría que averiguar más.

De hecho, era muy consciente de que rara vez había comido en la mesa alta de un señor, a pesar de que había viajado por toda la cristiandad. Mientras estaba disfrazada de escudero, había comido guiso de un cuenco. En Châmont-sur-Maine, había comido en las cocinas con los sirvientes, en una larga mesa común, de nuevo con un cuenco de madera. Solo al regresar a Haynesdale había comido en la mesa, después de abandonar su disfraz de doncella de Anna. Allí nadie le había prestado mucha atención y no dudaba de que había cometido algunos errores de etiqueta.

Con todo el grupo intrigado por ella, Leila estaba decidida a tener modales perfectos en esa cena.

La mitad de una barra de pan plano cortada horizontalmente se colocó frente a ella y Fergus, y Leila se movió para pellizcar una esquina. Ella asumió que era el primer artículo que deberían comer y estaba hambrienta.

Fergus la detuvo con un movimiento de cabeza. "Se llama trinchero y actuará como un plato, absorbiendo todas las salsas", le aconsejó él en voz baja "Irán a los perros después de la comida. No debes temer por la falta de pan. Habrá panes más pequeños."

"No usaban el pan de esta manera en Haynesdale."

"Allí tenían trincheros de madera, pero la idea es la misma. Tú y yo compartiremos."

Leila asintió comprendiendo, contenta de que él le hubiera advertido.

"Es bueno que tengas hambre", dijo Calum con una sonrisa. "Nos estábamos preparando para la fiesta del Primero de Mayo, así que la llegada de Fergus es oportuna."

"Como si él viera el futuro", dijo Leila, y su anfitrión se rió.

"Como si lo hiciera." Él le sonrió a su hijo.

"¿Todavía tienes a tu cocinero de París, mi señor?" Preguntó Duncan.

"Efectivamente. No creo que ningún alma pueda desalojar a Xavier de mi cocina, para mi propia buena suerte."

Duncan le guiñó un ojo a Leila. "En cualquier otro salón, sería estofado de cordero o anguilas asadas, pero cenaremos generosamente este día".

Leila se alegró de ello. Ella sabía que había perdido peso desde que había dejado Ultramar, debido a los largos días de montar a caballo y las comidas a menudo escasas en las tabernas. La tarifa había sido excelente en Châmont-sur-Maine, pero más modesta desde entonces.

Una secuencia de sirvientes se movió ante la mesa alta, ofreciendo cada plato de la cocina a Calum primero, y ella miró los platos con anticipación. Cada sirviente hablaba, probablemente nombrando el plato, pero su gaélico era demasiado rápido para Leila. Fue Fergus quien tradujo para ella. No había aceitunas y pocas legumbres, pero eso ya no sorprendía a Leila. Los escuderos servían a sus caballeros, pero a los demás los servían los de las cocinas de Killairic.

El venado asado era enorme, revelando que los ciervos en esta tierra eran más grandes que los que ella había conocido. La carne olía de maravilla y sabía que debería felicitar a este Xavier cuando se conocieran. Hamish susurró que era el favorito de Radegunde, lo que hizo que Leila sonriera y aceptara un poco más.

A continuación, había huevos de tal tamaño que Leila dudaba que fueran de gallinas.

"Huevos de urogallo en salsa de mostaza", añadió Fergus. "Mientras que esos son de faisanes y simplemente duros. Puede que tengan perejil."

"¿Tales pájaros se crían aquí?"

"No. Los huevos se obtienen del bosque. Hay gansos en el pueblo, pero serán sacrificados en la Yule. Esto es un tipo de conejo", dijo, señalando un plato que se estaba presentando. "Que tendrá un poco de vino en la salsa. La liebre asada que sigue no lo tendrá"

Leila escuchaba las descripciones de Fergus e indicaba lo que le gustaría probar, observando cómo se colocaban las selecciones en la bandeja para que sus salsas no se mezclaran. Había una tarta de cebolla y otra con anguilas, las cuales ella quería probar.

"¿Son las anguilas del mar?"

"Se crían en el estanque."

Ella observó cómo Fergus tomaba delicadamente trozos de comida del plato con los dedos y ella copiaba sus acciones, notando que él le dejaba las porciones más finas de carne. Eso debía ser etiqueta y Leila lo imitó fácilmente.

"Postre después", aconsejó Fergus cuando ella estuvo segura de que no podría haber más comida. "Asegúrate de que puedas probar el próximo plato para que no insultes a Xavier".

"Gracias por la advertencia", dijo Leila.

"Dijiste que tu intención era ganar aliados." Sus ojos brillaron cuando él la miró y su corazón dio un vuelco.

Y debo tener uno en la cocina, sin duda.

Se rieron juntos y continuaron comiendo. No había juglares en el salón de Calum durante la comida, como había ocurrido a menudo en el de Gaston, pero la conversación era animada. El uso de especias era generoso y la comida estaba caliente, la combinación dejaba un cálido resplandor en el vientre de Leila.

Calum fue el primero en sentarse y tomar un trago saludable de vino caliente. Él chasqueó los labios. "Y ahora te contaré todo lo que te has perdido."

Duncan se inclinó hacia adelante, sin duda para oír mejor, y Leila sintió el peso de la mano de Fergus aterrizar en la parte posterior de su cintura. Su muslo estaba presionado contra el de ella, sólido y cálido, y ella sintió un hormigueo por la anticipación de su primera noche juntos.

"Fue en abril, hace casi exactamente cuatro años, cuando ustedes dos se alejaron de Killairic", dijo Calum. "Ese año pasó bastante tranquilo..."

—Aunque Isobel se hubiera casado —murmuró Duncan.

"Una ocasión feliz", coincidió Calum. "Y un gran banquete presentado por su padre. Los campos alrededor de Dunnisbrae estaban llenos de tiendas." Él suspiró. "¿Quién hubiera anticipado que el próximo año estaría lleno de tantos conflictos?"

"¿Qué conflictos?" Preguntó Fergus.

Su padre levantó un dedo. "Gille Brigte, hijo de tu tocayo, Fergus, murió a principios de año, lo que pareció un presagio de problemas."

"Seguramente sus tierras pasaron pacíficamente a su hijo."

—No, porque ese hombre sigue siendo rehén del rey Enrique. Lochlann, el hijo de Uchtred, deseaba reclamar las tierras de su tío en Galloway, quedó claro. Deberíamos haberlo adivinado en abril, porque hubo un terremoto. Fue muy al este, pero aun así se sintió en este mismo salón. Como dijo el sacerdote, fue una advertencia para todos nosotros."

"Padre, sabes que la tierra no concede portentos..."

"Como es arriba, es abajo, Fergus", dijo Calum con severidad. "Y el primero de mayo, se nos advirtió nuevamente cuando el sol desapareció en medio del día, tragado por la luna, por lo que todo el mundo se oscureció."

"Un eclipse", dijo Leila.

Calum le lanzó una mirada. "Una advertencia de lo divino. Dos veces ese año, Lochlann devastó Galloway, con la intención de reclamar las propiedades de su tío por la fuerza." Su expresión era sombría. "Estuvimos en apuros para mantener la frontera para el rey."

"Quisiera haber estado aquí", dijo Fergus.

"Yo también quisiera que hubieses estado, muchacho. Yo también." Calum tomó otro sorbo de vino. "Pero para nuestro alivio, Lochlann se vio obligado a hacer las paces con el rey Enrique en Carlisle en 1186. Asistí al consejo y firmé el tratado yo mismo, al igual que el rey Guillermo de Escocia. Desde entonces, Lochlann ha sido el perro faldero de William. Incluso ayudó a sofocar la revuelta de los MacWilliams en Moray."

Leila vio el destello en los ojos de Duncan antes de que él bajara la mirada, pero Calum continuó sin darse cuenta. "Y me alegro de ello. Lochlann ha estado ocupado lejos de Galloway y de inclinaciones pacíficas cuando regrese. Es un cambio bienvenido de sus tendencias pasadas."

Parecía que la violencia y la guerra no tenían fronteras. Leila supuso que su nueva vida tendría algunas similitudes desagradables con la anterior.

"¿Y el marido de Isobel?" Preguntó Fergus. "¿Cuáles son sus lealtades?"

Su padre frunció los labios. "Stewart MacEwan era un fuerte aliado de Lochlann y luchó con él en ese terrible asalto a Galloway. Quizás él deseaba tener una alianza con las Islas a través de Isobel." Su padre arqueó una ceja. "Tendrás que contarles sobre Kerr, y tales noticias no pueden ser transmitidas por una misiva."

"Por supuesto, padre. Tengo la intención de ir a Dunnisbrae mañana.

Los ojos de Calum se entrecerraron. "Yo dejaría las noticias un poco, Fergus," aconsejó en voz baja. "Deberías estar tranquilo cuando te enfrentes a Stewart. Es un hombre para aprovechar cualquier provocación."

Leila se dio cuenta de que no era la única que había notado la tensión en Fergus y desaprobaba que él actuara en consecuencia. Eso se sumó a su creciente sensación de que ella y su padre podrían ser fuertes aliados.

"Estoy tranquilo", insistió Fergus, pero la tensión en su tono lo traicionaba. "Iré mañana y veré que la tarea esté terminada."

Aunque Calum parecía estar de acuerdo con Leila, él estaba menos inclinado a discutir con Fergus. Quizás su evaluación de la reacción de Stewart no había sido descabellada. Ella juntó sus manos apretadas juntas en su regazo y trató de calmarse.

Calum arqueó las cejas y luego se volvió hacia Leila con un brillo en los ojos. "Y entonces tu nueva cónyuge te dejaría tan rápido."

Ella sonrió, sabiendo que él intentaba otra táctica para hacer su punto, pero no tuvo oportunidad de responder.

"No está lejos la morada de Stewart, padre, como bien sabes", dijo Fergus con firmeza. "Yo veré las noticias entregadas sin demora."

"Y tu regalo", añadió Leila en voz baja, luego bebió un sorbo de su vino mientras Calum la estudiaba, su mirada evaluativa.

"¿Regalo?" repitió él.

"Su hijo es muy generoso", dijo Leila suavemente. "Quizás fue su padre quien le enseñó tanta gracia."

Los ojos del anciano brillaron, pero se aclaró la garganta y cambió de tema. Y hay más novedades, sin duda. Probablemente no hayas escuchado que el año pasado, Gudrodr, rey de las islas, murió en la isla de San Patricio."

Leila sintió que la atención de Fergus se agudizaba. "¿Seguramente uno de sus hijos lo ha sucedido?"

"Los isleños eligieron a Rognvaldr, probablemente porque es adulto mientras que los otros hijos son simples niños. Pero es hijo de una concubina irlandesa. Los tiempos cambian, Fergus. Ambos reyes preferirían que la corona recayera en un hijo nacido de un matrimonio legal."

Leila se puso rígida ante esa observación, porque era contraria a lo que Fergus le había dicho. Ella primero tenía que concebir un hijo, se recordó a sí misma, luego dar a luz un hijo, luego podría preocuparse por la aceptación de Calum de él. De hecho, ¡su matrimonio aún no se había consumado!

"Olafr svarti", dijo Fergus, evidentemente nombrando a uno de los hijos del rey. "Gudrodr se equivocó en tener la boda tan tarde, por lo que Olafr no puede ser más que un niño."

"Pero tiene aliados que son hombres. Rognvaldr hace su corte en Mann, mientras que le ha dado a Olafr las islas de Lewis y Harris como su parte." Calum asintió con la cabeza incluso mientras Leila se preguntaba acerca de esos lugares.

Ella también se preguntó por la preocupación de Calum.

"Es una tierra dura", contribuyó Duncan. "O roca o pantano por lo que escucho."

"Sí", coincidió Calum. "Me temo que habrá rebelión. Gudrodr será enterrado en Iona el día de Pentecostés, dentro de seis semanas. Acabo de recibir la misiva de Pascua. Alguien de nuestro salón debería asistir, pero me temo que no tengo la energía para el viaje."

"Yo iré, padre", dijo Fergus rápidamente. Y Leila puede venir conmigo. Él le apretó la mano como si quisiera estar con ella, pero sus palabras descartaron esa agradable idea. "Le dará la oportunidad de conocer más de nuestros vecinos."

Y encontrar un hombre. El corazón de Leila se hundió ante su implicación, pero ella sonrió. "De hecho, me alegrará ver más de Escocia."

"E Iona es un lugar santísimo", le dijo Calum. "Si te sientes inclinada a convertirte, sería un buen lugar para bautizarse".

"Primero debo aprender más", dijo Leila, dudando que ese fuera el último indicio de que ella cambiara su fe.

"Por supuesto, por supuesto. Estos asuntos requieren tiempo y consideración. Tengo un viejo amigo con el que podrías disfrutar de una conversación."

"¿De verdad?"

"Por supuesto. Viajamos juntos hacia el este, pero ese es un cuento para otro momento." Calum sonrió. "En esta noche, hay nupcias para celebrar."

—Quizá, Enguerrand e Yvan, puedan quedarse hasta mi regreso de ese viaje —sugirió Fergus, y los caballeros templarios asintieron con la cabeza. Leila sabía que su rápido asentimiento se debía al tesoro guardado en el solar.

"Me temo que no puedo acompañarte", dijo Duncan. "Mi propio camino se encuentra hacia el norte y partiré al día siguiente."

Leila sonrió y le gustó que él estuviera tan impaciente por hacer un hogar para Radegunde. "¿Tienes un destino?" preguntó ella.

"Busco a un hombre", dijo Duncan con determinación. "Dondequiera que se haya escondido es mi destino."

"Extrañaré tu compañía, pero entiendo que debes irte", dijo Fergus.

"¿Quién viajará contigo a Dunnisbrae en mi ausencia?" Preguntó Duncan.

"No está lejos", dijo Fergus. Saldré al amanecer y regresaré a la hora de la cena. ¿Seguramente un acuerdo tan nuevo en la tierra significa que un hombre puede hacer un viaje tan corto sin compañía?

"Ha sido pacífico, sin duda", coincidió Calum. "¿Pero no deberías llevarte a Hamish contigo?"

Fergus negó con la cabeza y luego sonrió a Leila. "No dejaría a Leila sin un traductor cuando ella se haga cargo de los recursos de la fortaleza."

Calum se rió entre dientes. "Ciertamente, ciertamente. Me inclino a dormir hasta tarde, señorita Leila, pero mañana, siéntase libre de hacer valer su autoridad en el salón. Ahora eres su dama y ambos confiamos en ti para ayudar en su administración."

"Gracias", dijo Leila, sintiendo que su entusiasmo aumentaba ante la anticipación de esa responsabilidad. Ella sabía que lo disfrutaría. "Y gracias, Fergus, por el ofrecimiento de la ayuda de Hamish." Ella pensaba que era una mala idea que Fergus viajara solo, pero no dijo eso todavía. Ella tenía una sugerencia que hacer, pero decidió hacerlo en privado, para que no pareciera que estaba desafiando a Fergus ante todo el pueblo.

"Y así está resuelto", dijo Fergus.

Entonces Calum levantó un dedo. "Pero la partida planeada de Duncan me recuerda mi deuda", dijo, luego se puso de pie.

"No me debes nada..." Duncan comenzó a protestar, pero Calum lo ignoró.

Él levantó la voz. "Baldwin, tráeme el premio del que hablamos, por favor".

Un hombre robusto se acercó a la mesa alta. Había una hermosa ballesta en equilibrio sobre sus palmas, la madera con incrustaciones en un estilo familiar para Leila.

"Está bien, ¿no?" Calum le preguntó con orgullo.

"Lo está, de hecho", dijo Leila, sabiendo que su admiración era clara. "¿Fue hecha en el este?"

"En Constantinopla. Es un arma noble, que ha esperado al guerrero adecuado." Calum le guiñó un ojo. "Él ha sido encontrado."

Leila sonrió y le gustó él que fuera tan generoso como su hijo. Ese rasgo era la razón por la que la gente era tan leal a Calum y lo sería también a su hijo.

Calum levantó la ballesta en sus manos mientras la multitud miraba, luego giró para entregársela a Duncan. "Un regalo apropiado para un guerrero que me ha servido tan valientemente durante tanto tiempo. Esto es para ti, Duncan, y si lo aceptas, este regalo equilibrará la deuda entre nosotros."

"Yo diría que me deja nuevamente obligado contigo", dijo Duncan, pero Calum solo se rió.

"Acéptala, porque quiero ver que encuentres tu felicidad futura más temprano que tarde." Él le dio a Duncan una mirada severa. Y puede que necesites un arma tan fina si viajas a donde sospecho que lo harás.

"Lo haré y lo sabes bien."

"Así como sé, que no te apartarás de tu objetivo." Calum asintió. "Tómala. Déjame verte bien armado en esta búsqueda."

Duncan sonrió, luego aceptó la ballesta, admirándola tan abiertamente que Leila se sintió complacida por él. "Me siento honrado, como bien sabes." Él cayó sobre una rodilla ante Calum. "Sepa, señor, que siempre puedes confiar en mi alianza y amistad."

"Ningún hombre podría pedir más", dijo Calum, agarrando los hombros de Duncan y levantándolo para que se pusiera de pie. Él besó las mejillas de Duncan, luego la multitud aplaudió la generosidad de su regalo. Brindaron a la salud de ambos hombres y luego volvieron a sus conversaciones cuando Calum volvió a tomar asiento.

Algunos de los aldeanos dejaron sus lugares y fueron a buscar instrumentos. Platicaban juntos mientras sonaban notas perdidas, y evidentemente habría música esta noche.

Leila acarició la rica prenda que Calum le había regalado. "¿Me contarás más sobre tu viaje hacia el este?"

El hombre mayor le dio unas palmaditas en la mano. "Lo haré, pero en otro momento. Esta es una noche para bailar, no para cuentos contados alrededor del fuego. Puedes estar segura de que habrá muchas noches en las que un cuento será más bienvenido que otros hechos." Luego le guiñó un ojo y Leila sintió que se sonrojaba, porque entendía bien lo que quería decir.

Él anticipaba que ella pronto estaría embarazada y más inclinada a sentarse y hablar.

Ella se encontró ruborizándose… y esperando lo mismo.

También le aseguraba que sus palabras implicaban que él veía un intercambio de votos como equivalente al matrimonio.

Calum se rió entre dientes de ella, luego comenzó la música y Fergus la instó a ponerse de pie.

ergus estaba fascinado.

Leila bailaba con vigor, sus ojos brillaban y sus pies volaban, su ágil figura atraía la atención de más de un hombre en el salón. Aunque ella no conocía los pasos de sus bailes habituales cuando empezó la música, los aprendió rápidamente. Ella se reía y sus ojos brillaban de tal manera que Fergus se negó a entregarla a otro compañero.

Bailaron hasta quedarse sin aliento y luego bailaron aún más. Su padre aplaudió, tan claramente complacido con la unión que Fergus nunca le diría la verdad. Incluso Duncan bailó con Leila y el sonido de su alegría hizo sonreír a más de una persona en el pasillo.

Cuando las velas se hubieron apagado, él envió a la doncella Agnes al solar para prepararlo, aumentando su propia anticipación. Cuando Leila se volvió hacia él, la tomó en sus brazos para un último baile. "¿Nos retiramos?" preguntó él, consciente de la rápida mirada que ella le dirigió.

"Supongo que nuestras tradiciones son las mismas y que la unión debería consumarse esta noche."

"Yo lo aconsejaría. ¿Temes la aproximación?

"No", dijo Leila sin dudarlo. Soy una doncella, por supuesto, pero tú eres un hombre de gran bondad. Espero que ambos estemos muy satisfechos."

Su confianza calentó a Fergus hasta los dedos de los pies. "He enviado a Agnes a encender las velas", confió él.

Los ojos de Leila brillaron, pero bajó la mirada. En lugar de apreciar su tacto, Fergus volvió a desear su honestidad. "Alguien tenía que hacerlo", susurró él.

"Creo que no es prudente permitir que un alma esté sola en esa habitación."

"Aún tienes la llave del tesoro", le recordó él.

Ella le dedicó una mirada sombría. "Y cada cerradura se puede romper. En la morada de Gaston, había muchas llaves... "

"No sospeches esta noche", suplicó Fergus. "Todos nos acompañarán al solar. Es tradición que las mujeres lleven a la novia a la cama y luego los hombres traigan al marido. El sacerdote bendecirá la cama, luego se esperará que presentemos prueba de la unión por la mañana."

Leila suspiró y obviamente se abstuvo de hacer comentarios cuando Fergus le susurró. "Recuerda que nos prometimos honestidad el uno al otro", dijo él y ella asintió. "Dime."

"Debes saber que esto me suena bárbaro. ¿Somos realmente una yegua y un semental, que nos encontramos en la cama solo para la concepción de un niño?

"A los ojos de muchos, sí, lo somos." Fergus arqueó las cejas y le susurró. "Pero nadie necesita saber que tenemos la intención de disfrutar el pago de la deuda matrimonial."

Leila se rió cuando terminó la música. Fergus hizo que se detuviera sin aliento, luego se inclinó y le besó las yemas de los dedos. Él dijo algo en gaélico, con muchos aplausos, y Leila comprendió que tenía que marcharse. Ella encontró a la tía de Hamish a un lado y a otra mujer rechoncha del pueblo al otro. Esa mujer tocó la tela de su kirtle con la admiración de quien sabe de textiles.

"¿Margaret?" adivinó Leila y la mujer le sonrió. Ella imitó el gesto de coser mientras subían las escaleras, y Margaret asintió con entusiasmo. Cuando entraron en el solar, Leila se apresuró a coger la tela que ella y Fergus le habían reservado. Ella tocó el algodón puro, luego la camisola que llevaba, luego los dos trozos de tela más gruesa y se levantó la kirtle. Ella hizo el movimiento de coser de nuevo y luego se señaló a sí misma.

Margaret asintió con la cabeza, sosteniendo la tela roja hasta la barbilla de Leila y comentando. Leila captó solo unas pocas palabras, pero entendió que Margaret aprobaba ese color para ella.

Ella le mostró las agujas a Margaret e indicó que eran un regalo, y después de mucho saludar y reír, Leila estaba segura de que la habían entendido. Luego levantó el dobladillo de la falda que vestía e hizo una mueca al ver la suciedad que había arrastrado. Margaret chasqueó la lengua y cayó de rodillas. Ella dobló el dobladillo una vez y lo sostuvo para que Leila pudiera ver el resultado de subirlo tanto. Ambas asintieron con la cabeza en que eso sería una mejora.

Margaret comenzó a deshacer los cordones de la falda púrpura, pellizcando y metiendo la tela mientras lo hacía. Murmuró para sí misma, como si memorizara los cambios. Leila se volvió cuando la mujer se lo pidió, comprendiendo que conocía su oficio. Cuando se hubo quitado el vestido, Margaret se echó la prenda por encima del hombro.

Ella señaló a Leila, hizo un gesto de caminar con los dedos y luego señaló la aldea por la ventana. "¿Mañana?" preguntó y Leila se alegró de reconocer la palabra.

"Mañana", asintió ella con una sonrisa, luego continuó con cuidado. "Tarde."

Margaret asintió y sonrió en señal de aprobación a esa idea. Ella y Mhairi llevaron a Leila a la cama, quitándole los zapatos y las medias cuando se sentó en el colchón. La dejaron solo con su camisola, y una de las mujeres le peinó el pelo. Leila notó que Agnes, que supuestamente era su doncella, se ocupaba de las velas y removía las brasas de los braseros.

Mhairi tocó el dobladillo de la camisola de Leila como si quisiera levantarla, luego se encontró con su mirada con una expresión interrogante. Leila entendió que la mayoría de las novias se quedaban desnudas, pero su profundo sonrojo ante la idea hizo sonreír a las dos mujeres. Ella confirieron y le permitieron a Leila su camisola, que era pura pero ofrecía algo de modestia.

Hubo un alboroto en la puerta y una gran compañía de hombres irrumpió en el solar con Fergus. Él se reía y lo habían desnudado hasta quedar en braies[1], y una vez más, Leila se sorprendió por su buena apariencia. Él tenía el pelo revuelto y los ojos brillantes, y Leila volvió a pensar que se veía mejor cuando estaba feliz.

Ella se aseguraría de que fuera así, tan a menudo como fuera posible.

Mhairi y Margaret intercambiaron una mirada y arquearon las cejas. Mhairi le guiñó un ojo y apretó su corazón. Leila se echó a reír, lo que ambas mujeres parecieron apreciar. Margaret hizo un gesto como si estuviera meciendo a un bebé y Leila asintió con entusiasmo. Mientras los hombres aún estaban en el portal, Leila se llevó el pulgar a su propia entrepierna como si fuera un pene, y luego imitó a un niño. Las dos mujeres mayores se rieron en voz alta mientras asentían con la cabeza.

Mientras tanto, los hombres instaban a Fergus a entrar en la habitación. Él se subió a la cama junto a ella y reclamó su mano entre las suyas, luego inclinó la cabeza mientras el sacerdote entonaba una oración. Leila también inclinó la cabeza y vio por el rabillo del ojo que Margaret imitaba su gesto con el pulgar. Ella contuvo la risa, sabiendo que se burlaban de ella. El grupo cantó un coro, encabezada por el sacerdote, y Leila asumió que era otra oración.

Luego Fergus rugió pidiendo privacidad y los aldeanos se marcharon, riendo y gritando lo que debió ser un consejo amistoso mientras lo hacían. Margaret tomó el kirtle púrpura, así como la tela y las agujas, y Mhairi la ayudó a cargarlo todo. Fergus salió de la cama y cerró la puerta detrás de ellos, incluso cuando la música comenzaba una vez más en el pasillo.

Él apoyó la espalda contra la puerta, sus ojos brillaban mientras miraba a Leila. "Y así estamos solos al fin."

Leila no veía ninguna razón para fingir que la situación era diferente a la que era. "Y, sin embargo, no es la noche de bodas que esperabas."

"Ni la que tú anticipabas", dijo Fergus, cruzando el piso con pasos mesurados. Él se sentó a un lado del colchón. "Esta es su última oportunidad para cambiar tu forma de pensar."

"Es muy tarde. Yo no quisiera decepcionar a tu padre."

Fergus tomó su mano entre las suyas. "¿Sabes qué esperar esta noche?"

"Lo suficientemente bien." Leila cerró la mano sobre la de él, viendo que estaba desgarrado. "No soy Isobel, y nunca lo seré. No fingiré serlo. Pero intentaré ser la mejor esposa que pueda para ti, Fergus."

"Eso es lo máximo que se puede esperar de un matrimonio de conveniencia."

"¿Lo es?" Leila se atrevió a desafiarlo un poco. "Gaston e Ysmaine se casaron por conveniencia mutua, y yo diría que encontraron mucho más que un niño en su unión."

Fergus sonrió con tristeza. "No quiero que aspires a lo que puede que no sea, Leila. Mi corazón está entregado y perdido para siempre. Aunque Isobel se haya casado con otro, siempre será mi amada. Seré el mejor esposo para ti que pueda, pero eso y un buen hogar pueden ser todo lo que pueda ofrecerte."

Leila se puso de rodillas y enmarcó su rostro entre las manos. "El corazón se cura, Fergus."

"Soy escéptico."

Ella sonrió. "Entonces tendré que ser tan seductora que te convenza de lo contrario." Ella no le dio oportunidad de discutir, no esta vez, sino que se inclinó contra él y lo besó dulcemente.

Fergus contuvo el aliento, una deliciosa señal de que estaba consciente de ella, luego la agarró por la cintura. La atrajo contra su calor con un brazo, incluso cuando inclinó su boca sobre la de ella y profundizó su beso.

Él sabía a vino caliente y Leila le abrió la boca en señal de rendición, metiendo los dedos en las espesas ondas de su cabello. Él la acomodó sobre su espalda, siguiéndola hasta el colchón, y a ella le encantó la forma en que su peso la presionaba hacia abajo en su suavidad. Su mano se elevó a su pecho y la rozó con la palma, el toque fugaz la hizo anhelar más. Leila jadeó y arqueó la espalda, rindiéndose completamente a él y a lo que él deseara de ella.

Él era su esposo y su señor.

Él era el captor de su corazón.

Y ella haría lo que fuera necesario para persuadirlo de que había demasiado mérito en ese matrimonio para dejarlo de lado.

~

FERGUS ESTABA ASOMBRADO por la confianza de Leila en él.

Él había admirado su valentía antes, pero esa noche era necesario. El hecho de que ella lo encontrara en la cama como doncella sin dudarlo era una indicación tan segura como podía imaginar de su determinación de hacerse un hogar en Escocia. Ella le había dicho que le daría un hijo y le recordó que Gaston e Ysmaine encontraron el amor en su sensible pareja.

Sin embargo, Fergus era consciente de las diferencias. Él no era tan práctico como Gaston, ni Leila estaba tan inclinada a rendirse al deber como Ysmaine. Esa pareja había encontrado el amor inesperado, mientras que Leila buscaba amar en matrimonio. De hecho, ella había dejado todo lo que conocía para buscarlo.

Pero la otra diferencia era que él también se había enamorado, como ni Gaston ni Ysmaine lo habían hecho antes de su matrimonio. Su corazón ya no era suyo para darlo.

El hecho era que él y Leila se habían besado y él estaba decidido a tratarla con toda dignidad. Él sacó a Isobel de sus pensamientos. Él se negó a comparar a las dos mujeres, no esa noche, y se concentró en cambio en aprender todo lo que podía de la dama que le había dado la mano. Fergus rompió el beso y miró a Leila, queriendo saborear cada momento de su primera noche juntos.

Leila era tan pequeña en comparación con él. Ella era considerablemente más baja que él y pesaba mucho menos. De todos modos, ella era fuerte y pensó que su poder estaba respaldado por su resolución. Ella no hacía nada a medias y se lanzaba de todo corazón a cualquier esfuerzo. Él solo tenía que pensar en cómo había defendido el relicario en su viaje para recordarlo.

Ella todavía lo defendería, lo que él respetaba.

A pesar de la diferencia de tamaño, no cabía duda de que era una mujer y no una niña. Sus curvas eran tentadoras, su cintura diminuta y sus pechos llenos. Sus labios estaban maduros y rosados, y sus ojos tan seductoramente femeninos. Cuando ella le sonrió, como lo había hecho muchas veces este día y volvía a hacer ahora, Fergus no pudo negar su deseo.

Él le abrió la camisola y dejó la carne a la vista. Ella lo miró, todavía sonriendo, contenta de dejarlo explorar, tan confiada en su confianza que él se sintió humillado. Su piel era de un oro intenso y sus pezones eran de un rosa profundo. Mientras él pasaba las yemas de los dedos sobre uno, el pezón se endureció hasta cierto punto y ella contuvo el aliento. Él se inclinó y tomó ese pico en su boca, provocándolo para que se tensara aún más, y le gustó cómo ella movía sus caderas y jadeaba. Él cogió el dobladillo de su camisola y deslizó la mano por debajo, dejando que su palma se deslizara por la seda de sus muslos. Ella se anticipó a él, separando las piernas y sus dedos se deslizaron hacia un calor resbaladizo.

Él la acarició, lentamente al principio, dejándola acostumbrarse a su toque atrevido. Ella susurró su nombre y abrió más los muslos, sus dedos se anudaron en su cabello. Él abandonó el pezón y volvió a capturar su boca, besándola a fondo mientras su caricia se hacía más exigente. Ella lo encontró toque por toque, agarrándolo mientras dejaba que él convocara la marea dentro de ella.

Confiando en él por completo. Fergus estaba más que humillado, él estaba asombrado. Él sintió la aceleración del pulso de Leila y olió su excitación. Él la provocaba sin descanso, queriendo asegurarse de que estuviera lista para su unión. Ella era tan pequeña, y él no tenía ningún deseo de lastimarla, ni mucho menos recompensar su confianza con dolor. Ella apartó los labios de los de él y susurró su nombre, pero Fergus no se rindió. Él se preparó sobre ella y la acarició con más audacia, deslizando la punta de sus dedos sobre ella mientras su agitación aumentaba.

"Pensé que el placer se podía saborear juntos", logró decir ella.

Fergus sonrió. "En esta noche, encontrarás el tuyo primero".

"No", dijo ella con un destello de sus ojos. "Juntos primero. La primera vez, como siempre debería ser."

Ella era tan feroz que él no quería decepcionarla.

"No se hace fácilmente", Fergus tuvo tiempo de protestar antes de que ella se pusiera de lado y cerrara la mano sobre su erección. La presión era perfecta, suave e inquebrantable, exactamente como la propia dama. Fergus cerró los ojos con placer, incluso mientras ella lo acariciaba a través de sus braies, y él rodó sobre su espalda.

Leila se rió entre dientes con satisfacción. Ella se puso de rodillas y se quitó la camisola. Fergus solo podía mirar fijamente su belleza, tan perfectamente iluminada a la luz de las velas. Ella le desabrochó los braies y tiró la tela a un lado, luego aterrizó sobre él con deleite. Fergus se rió entre dientes cuando la atrapó cerca y luego le pasó una mano por el cabello. Ahora era largo hasta sus hombros y él deseaba haberlo visto antes de que ella se lo cortara en Jerusalén.

"¿Cuán largo era?" preguntó él, acariciando su seda oscura.

"Hasta mis caderas. No se había cortado en años antes de ese día."

"¿Te arrepientes de la pérdida?"

Ella le dirigió una mirada atenta, sus ojos brillaban de la manera que tanto lo seducía. "Fergus, el cabello volverá a crecer. Fue un pequeño sacrificio para asegurar mi libertad."

"¿Cuánto habrías sacrificado para evitar ese matrimonio?"

"Lo que sea", dijo ella con tal fervor que él le creyó. Ella pasó una mano por su pecho y su toque le dio un escalofrío. "Me gusta esto", dijo ella, pasando sus dedos por el mechón de cabello allí. "Solo un poco, no demasiado." Sus ojos brillaron cuando cerró el dedo y el pulgar alrededor de su pezón y lo pellizcó. "Lo suficiente", susurró ella, luego imitó la forma en que él se había provocado su pezón. Cuando sus dientes rozaron el apretado pico, Fergus se encontró jadeando, luego sintió el aliento de su risa.

"Te gusta esto", dijo ella, con la otra mano acariciando su erección.

"Me gustas tú", admitió Fergus, sabiendo que era verdad, y sus ojos brillaron.

"Entonces tómame, esposo", susurró ella, levantándose para sentarse a horcajadas sobre él. Su cabello estaba despeinado, sus facciones tan brillantes que era irresistible. Fergus la agarró por la cintura y la levantó sobre sí mismo, cerrando los ojos en éxtasis cuando se deslizó dentro de su calor. Ella contuvo un poco el aliento y él se detuvo, le temblaban las manos, pero ella le sonrió.

"No es tanto una punzada", dijo ella y arqueó una ceja, luciendo traviesa y encantadora. "He montado demasiados caballos, tal vez."

Fergus sonrió, luego la colocó encima de él, el dulce poder de su unión inundó su cuerpo de calor. Leila se movió, levantándose y luego bajándose de nuevo, con la mirada fija en él. Fergus sintió que su corazón clamaba y no tenía palabras para el insoportable placer.

"Cuatro años", susurró Leila y se movió de nuevo.

"Cuatro años", estuvo él de acuerdo, al escuchar la tensión en su voz. "Me temo que voy a decepcionarte con mi prisa."

"Imposible", respondió ella, acomodándose para acostarse sobre su pecho. Ella lo besó, incluso mientras sus manos recorrían su espalda y se cerraban alrededor de su cintura una vez más. "En cualquier caso, tenemos más de trescientas noches para saborearnos lentamente."

Fergus se rió un poco. "Suficientemente cierto." Él pasó una mano por su cabeza, acercándola para besarla de nuevo. Él había esperado que el beso pudiera moderar su respuesta para que pudiera durar más, pero Leila deslizó la lengua entre sus dientes, su hambre por él enviando fuego por sus venas una vez más. Sus caderas comenzaron a moverse, y ella cerró las rodillas a su alrededor, dándole la bienvenida y atrayéndolo cada vez más profundo, su ardiente beso alimentando su deseo.

Él la hizo rodar bruscamente a su lado, desesperado por darle el placer que deseaba, y colocó su mano entre ellos. Ella podría haber protestado, pero cuando él la tocó con la yema del dedo, las palabras murieron en sus labios. Ella gimió y cerró los ojos, agarrándose a sus hombros. Fergus se sintió triunfante cuando ella encontró rápidamente su liberación.

Su calor se apretó a su alrededor de la manera más seductora. Él vio el salvaje aleteo de su pulso en su garganta y se tragó su grito de júbilo cuando ella se estremeció en sus brazos. Incapaz de resistir la tentación que le ofrecía, Fergus puso a Leila de espaldas y se enterró dentro de ella con un gemido de éxtasis.

Entonces Leila le bajó la boca para darle un beso acalorado y Fergus se perdió en el esplendor que era su nueva esposa.

La consumación fue mucho más placentera de lo que Leila había anticipado.

Ella estaba recostada en la gran cama, sosteniendo a Fergus mientras él recuperaba el aliento. Su corazón tronó y se apretó contra el de ella.

Ella tenía sus dedos en su cabello, su peso encima de ella, su aliento contra su cuello y su calor dentro de ella. Ella no podía imaginar un lugar mejor para estar.

Demasiado pronto, él exhaló un suspiro y luego apoyó su peso en los codos para mirarla. Ella sonrió ante su evidente satisfacción y le gustó el brillo de admiración en sus ojos.

"¿Encontraste tu placer?" murmuró él y ella sintió la vibración de su voz contra su pecho.

"¿Puedes dudarlo?"

"No, pero me pareció cortés confirmarlo."

Leila se rió y Fergus rodó sobre su espalda, luego suspiró de nuevo.

Ella se apoyó en su codo para mirarlo. "¿Y usted señor?" preguntó ella, trazando un círculo alrededor de su pezón con la yema del dedo. Él tomó su mano en la suya, la besó en la palma y le sonrió.

"¿Puedes dudarlo?"

"Me pareció cortés confirmarlo."

Entonces se rieron juntos y Fergus se levantó de la cama. Él fue a buscar un paño y el cubo de agua y luego ayudó a Leila a lavarse. Él quitó la ropa de cama con su mancha de sangre y se apartó, y trabajaron juntos para poner ropa de cama limpia en la cama. "Se lo daré a mi padre antes de irme por la mañana", dijo Fergus. "No es necesario que estés presente cuando se lo muestre a la casa."

Leila sonrió porque comprendió que lo encontraría grosero. "Preferiría una prueba más contundente", dijo ella a la ligera mientras se ponía la camisa de nuevo.

Fergus se pasó una camisola por la cabeza y luego la miró. "¿Cómo qué?"

"Un niño llenando mi vientre. Eso hará que todas las preocupaciones descansen."

Él apartó las mantas, invitándola a volver a la cama. Ven y cálmate. Lo intentaremos de nuevo pronto." Él bostezó. "Estoy agotado por esta noche y necesitarás uno o dos días para recuperarte."

"Soy más fuerte que eso", dijo ella y Fergus sonrió. Cuando volvieron a meterse en la cama, con mantas de piel a su alrededor y las cortinas corridas para protegerse del frío, la música del pasillo pareció más clara. Leila rodó sobre su espalda para mirar a Fergus, que aún no estaba listo para dormir. "¿Fuiste realmente casto durante cuatro años?"

Él asintió con pesar. "Y contado todos los días y todas las noches."

Leila se preguntó si él e Isobel habían tenido intimidad antes de que él se marchara, pero realmente no quería preguntar. "Pensé que sería más sencillo en una compañía de monjes."

"Jerusalén fue la parte más fácil, sin duda, aunque Wulfe no era el único en encontrar placer con las putas en Ultramar."

Ella entrelazó sus dedos con los de él, le gustaba esa nueva intimidad lo suficiente como para querer más, pero sin querer exigir demasiado para que él se alejara.

Pensando en Isobel.

"Admiro que hayas mantenido un voto de castidad", dijo ella. "No es un sacrificio que la mayoría de los hombres puedan hacer."

"Creo que sabes algo de determinación, Leila."

"Quizás ese sea un rasgo que tenemos en común."

Él le sonrió. "Quizás lo es."

"¿Es cierto que puedes ver el futuro?" Preguntó Leila.

Fergus asintió. "A Duncan le gusta aprovecharlo mucho, pero veo menos de lo que imagina."

"Dijo que naciste en el caul. ¿Qué significa eso?"

"Significa que parte del útero todavía me cubría la cara cuando nací. En estas partes se considera una señal de que el niño tendrá el don de la predicción." Él se encogió de hombros. "Además, el cabello de mi madre era rojo como una llama. En Inglaterra, eso a menudo se considera una indicación de poderes de otro mundo."

Leila vio el afecto iluminar los ojos de Fergus. Su tía había dicho que era una buena señal para un hombre querer a su madre, y que el trato de cualquier hombre hacia su madre era una buena indicación de cómo trataría a su esposa. "Ella tenía opiniones feroces y tenía mal genio, sin duda, pero no tenía poderes más allá del de una voluntad fuerte."

Leila sonrió a su vez, porque pensó que era bueno que ella y la madre de Fergus tuvieran algún rasgo en común. "Si eso fuera todo lo que hiciera falta para hacer una bruja, la mayoría de las mujeres que conozco lo serían."

Fergus se rió. "Por supuesto."

"¿Qué es exactamente lo que ves? ¿O cómo lo ves?

Él frunció los labios, eligiendo sus palabras. Leila agradeció que se tomara en serio su pregunta y que no descartara su curiosidad. Parecía que él estaría de acuerdo con su acuerdo de ser honestos el uno con el otro, y eso le gustó. "No es ver como vemos cada día, como te veo aquí y ahora. Ni siquiera es como un sueño, que se puede visualizar claramente y sigue una secuencia de eventos. Sin embargo, puede ser como un sueño, ya que rara vez tiene sentido de inmediato. Y muy a menudo, tiene sentido."

"¿Un sentido?"

"Una conciencia o una convicción. Cruzar esta avenida sería un error: retrocede y espera. Doblar esta esquina cambiará todo: elige otra ruta hacia el destino."

"Suena muy inmediato, como un mu'aqqib dándote un consejo".

"¿Un mu'aqqib?"

"Un ángel, encargado de protegerte de la muerte hasta el tiempo decretado."

"No sabía que creías en los ángeles."

"El Corán dice que cada uno de nosotros está protegido por dos ángeles, uno delante y otro detrás. Dice que están hechos de luz y pueden tomar cualquier forma." Leila sonrió ante su obvia sorpresa. "Creer en los ángeles es uno de los seis artículos de fe del Islam."

"¿Verdaderamente?" Su mirada brillaba sobre ella.

"Verdaderamente. La palabra fue entregada al Profeta por Jibril, el ángel al que llamas Gabriel." Ella arqueó las cejas. "¿Cómo se puede creer el mensaje y desacreditar al mensajero?"

Fergus se rió entre dientes. "Suficientemente cierto. ¿Cuáles son los otros cinco artículos? "

"Que Allah o Dios es un ser supremo, sin hermanos ni padres." Leila contaba los seis con los dedos mientras los recitaba. "Que él envió su mensaje a los profetas, que incluyen a Moisés, Jesús y Mahoma. Que los evangelios son Su palabra y revelación, incluida la Torá, los Evangelios y el Corán. Que habrá una resurrección y un día de juicio cuando seremos juzgados por nuestras obras, buenas y malas. Y finalmente, que Allah lo sabe todo, pasado, presente y futuro. Toda la vida terrenal es su plan divino."

Fergus arqueó las cejas. "No es tan diferente."

Leila se encogió de hombros. "Hay mucha similitud en nuestras creencias fundamentales, sin duda." Ella sabía lo que tenía que preguntar, aunque se sentía audaz al hacerlo. "¿Me dirás lo que ves del futuro?"

"¿Para ti o para mí?"

"Cualquiera o los dos."

"Nunca veo más allá del siguiente instante para mí mismo. La sensación de que debería dar un paso atrás o cambiar de dirección es la suma de mi previsión, con respecto a mi propio destino."

"Pero debe ser útil, de todos modos."

Él sonrió. "Me imagino que es el responsable de mi regreso a casa. Más de una vez supe que teníamos que tomar otra ruta o detener un asalto. Cada vez, si Duncan y yo hubiéramos continuado, habríamos muerto con los demás." Una sombra tocó sus rasgos.

"¿Te culpas a ti mismo por su pérdida?"

Él frunció el ceño. Es imposible no hacerlo, sin embargo, sería igualmente imposible detener un ejército porque yo tenía la sensación de que debía hacerse."

"¿Y qué hay de mi futuro? ¿Es de mala educación por mi parte preguntar? ¿O mala suerte?

"Inusual, al menos. Mucha gente no quiere saber." Él la miró, su mirada oscura. "Te he visto con un niño, desde que dejamos Haynesdale", admitió él. "Un bebé, que sé que es tu bebé. De hecho, pareces cansada en mi visión, como si acabaras de traer al niño al mundo."

"¡Oh! Me alegra saber que debería sobrevivir a eso."

Una sonrisa fugaz asomó a sus labios. "Y te alegrarás aún más de que el niño sea un varón." Levantó la mirada hacia ella. "Y sus ojos son azul claro."

Leila estaba asombrada. "Espero que sea tu hijo."

"Como yo lo hice."

"Qué maravillosa visión para nuestra primera noche juntos", dijo ella, aunque Fergus no respondió. "¿Cuántos hijos tendremos?"

Fergus se rió y la señaló con un dedo. "Mi don no es así. Revela lo que harás, ni más ni menos. Darás a luz un hijo sano de ojos azules. Eso es todo lo que sé."

"Y debería ser suficiente. Te agradezco por tal tranquilidad."

Estás feliz en mi visión, Leila. Riendo y muy enamorada del hombre. Parece perfecto, así que tu juicio es sólido." Él sonrió pero bajó la mirada. "Es una visión muy agradable."

Leila sintió que se le calentaban las mejillas y se le encogía la garganta. Ella esperaba fervientemente que esta visión fuera cierta y que el padre fuera Fergus. "¿Y Duncan?"

"He visto una gema en su hombro, sosteniendo su capa. Un premio y una marca de estatus. Es más alto en esa visión, como un líder de hombres, pero hay sombras en sus ojos, quizás por lo que ha hecho para lograr su objetivo."

"El triunfo puede exigir mucho de un hombre", cedió Leila, preguntándose qué hacer con esa visión. "¿No está Radegunde con él?"

"No sé. He soñado con ella corriendo por un campo de flores, con dos niños, con el pelo del mismo tono que el suyo. Se ríen juntos, pero no puedo decir el sexo de los niños." Él frunció el ceño y se frotó la frente. "Esa visión es fugaz."

"¿Puedes decir dónde están?"

Él se encogió de hombros. "Un campo en verano, bajo un cielo despejado." Su mirada se encontró con la de ella y ella sintió que él deseaba que la tranquilizara.

"Parece un don que suscita más preguntas de las que responde."

"Lo hace, de hecho."

"¿Y qué ves para tu padre y Killairic?"

Fergus giró las piernas y se levantó de la cama. Él se acercó a la ventana y abrió la contraventana, la luz de la luna tocando su silueta mientras miraba hacia la tierra. Leila vaciló solo un momento antes de seguirlo y posar su mano sobre su espalda. Su piel era cálida y suave, su fuerza reconfortante bajo su toque. Él tomó su mano en la suya y la sostuvo contra su pecho, como si fueran amigos en lugar de marido y mujer.

En lugar de amantes.

Leila le rodeó la cintura con los brazos y se alegró de que no la apartara. Él mantuvo una mano dentro de la suya, su otro brazo se deslizó alrededor de su cintura para abrazarla.

Ella podría haber estado así para siempre.

El salón se estaba quedando en silencio debajo de ellos y ella escuchaba los sonidos de los aldeanos que regresaban a sus hogares. La tierra parecía tranquila y silenciosa, diferente de su tierra natal y, sin embargo, muy bienvenida.

Fergus miró sus manos con el ceño fruncido. "He sentido una sombra desde que salimos de Jerusalén, como una nube de mala suerte que se cierne ante nosotros. He esperado que algo saliera mal desde que dejamos el Templo."

"Las cosas han salido mal", le recordó Leila. "Kerr murió, Christina fue agredida, Duncan fue perseguido y Gaston enfrentó la rebelión en su propia casa."

Fergus levantó una mano. "Sin embargo, después de cada incidente, la nube se volvió más oscura y repulsiva, no menos."

Leila tragó. "¿Y cuándo supiste que Isobel se había casado?"

"Más oscura todavía", dijo él y negó con la cabeza. "Me espera un destino terrible, Leila, pero no puedo ver más que eso. Temo su importancia."

"La advertencia es una bendición", dijo ella con una confianza que no sentía. "Porque asegurará que estemos preparados."

"No quiero vivir con sospechas."

"No lo haremos, pero seremos más lentos para confiar de lo que hubiéramos sido de otra manera. Debes decirme lo que recuerdas de cada alma de Killairic, así como lo que sabes de tus vecinos. Observaré y escucharé, e identificaremos la amenaza juntos."

Él le sonrió. "¿Eres realmente valiente?"

"No, pero me niego a sentarme y esperar un destino terrible. Yo lo cazaré, lo mataré si fuera necesario. Yo actuaría para garantizar la seguridad de aquellos a quienes aprecio y para defender mi hogar."

"¿Killairic será tu hogar?"

"Sí, porque lo haré así." Sus palabras fueron pronunciadas con más fiereza de lo que ella pretendía, pero Fergus no se ofendió.

De hecho, él respiró hondo y la abrazó con fuerza contra su costado. "Y quizás por eso, ese día en los establos del Temple, cuando te escuché a ti y a Bartolomé, supe que debía ofrecerte protección."

"¿Lo hiciste?"

Él asintió sin vacilar. "Yo podía verte aquí, en el jardín de mi padre." Él encontró su mirada. "No sé lo que nos espera con mucho detalle,

Leila, pero espero que no te arrepientas de tu elección de viajar con nosotros, y mucho menos de besarme."

"No. Y no lo haré." Ella apretó su abrazo, presionándose contra su calor. "Ahora, ven y haz tu parte para que ese niño de ojos azules salga a la luz."

Él sonrió y le besó la coronilla, como si fuera una niña. "Todavía no", dijo él en voz baja. "Debo prepararme para la mañana." Luego se dirigió a sus armas y su atuendo, eligiendo lo que usaría y lo que llevaría.

Leila se mordió el labio mientras lo miraba. Ella sentía que él había inventado una excusa. Ella se preguntó si él pensaba en Isobel, alta y rubia como ella no era. Si bien respetaba que él no hubiera llevado a esa mujer a la cama la primera vez que se comprometieron, ya estaba resentida por el control que Isobel tenía sobre su corazón y sus pensamientos. Leila no podía imaginar que la mujer fuera digna de él.

Si lo hubiera sido, no se habría casado con Stewart.

Incluso Calum lo había dicho.

Leila sabía que debía tener paciencia, pero no era su inclinación. A ella le gustaba ver las cosas arregladas, en lugar de dejar que se pudrieran.

Parecía que aprendería una nueva habilidad en ese matrimonio.

Ella pensó en decirle a Fergus que sentía miedo por su plan para visitar a Isobel y su esposo, pero temía que él pudiera interpretar eso como celos.

No era su lugar para decir más de lo que ya había dicho. Fergus había sido bueno con ella, mejor de lo que tenía motivos para ser, y Leila no era de las que ignoraban su buena suerte.

Mucho menos para ponerla en peligro.

Ella no dijo nada y regresó a la cama, feliz de pisar las alfombras en vez del frío piso. Ella corrió las cortinas alrededor de la cama por tres lados, luego removió las brasas del brasero antes de subirse al colchón.

"Déjame ir contigo", dijo ella cuando pareció que Fergus se demoraba en los preparativos. "Me gustaría ver más de Escocia."

"Supongo que te gustaría ver a Isobel", respondió él a la ligera.

"No puedes culparme por ser curiosa." Leila no iba a decirle que sentía más curiosidad por su reacción al ver a Isobel que por cualquier detalle sobre su ex prometida. Stewart podría tomar más amablemente tu visita si llevas a tu esposa.

"Entiendo y aprecio eso, pero acabas de llegar a Killairic." Él le lanzó una mirada brillante. "Quizás tu precaución sea merecida y debería tener a alguien en quien confío que se quede aquí", susurró él y miró a la puerta del tesoro antes de encontrar su mirada de nuevo.

Leila asintió comprensiva, complacida de que él le confiara esa responsabilidad y se atrevió a hacer su sugerencia. Entonces llévate a Hamish contigo. Cuando él hubiera discutido, ella levantó la mano. "Me las arreglaré con gestos durante un día, y no debes montar solo hasta que la sombra que ves se haya desvanecido." Ella le sonrió y movió un dedo de advertencia, esperando convencerlo. "Si ignoras las advertencias de tu ángel, él o ella puede dejar de mantenerte a salvo. Son obstinados de esa manera, a mi entender."

"Muy bien", dijo Fergus y se sentó para afilar su espada. Quizá Enguerrand pueda serte de ayuda mañana.

Leila asintió con la cabeza. Quizás podría serlo. Su gaélico parece ser bastante bueno e Yvan puede quedarse en el salón con tu padre, mirando las escaleras.

Fergus estaba claramente complacido. "Una idea excelente, Leila. Te lo agradezco." Entonces se quedó en silencio, concentrándose en su tarea, y Leila no lo molestó cuando él quiso pensar.

Incluso si pensaba en la hermosa Isobel.

Sintió que Fergus se alejaba de ella, con tanta seguridad como si hubiera abandonado el solar. Era como si se construyera un muro invisible entre ellos, ladrillo a ladrillo. ¿Lo perdería por completo al día siguiente? ¿Y si Isobel le confesaba que todavía lo quería?

Leila se preguntó si volvería con ella y Killairic, o si habría alguna otra razón, encontrada por Isobel o por Fergus, para que su nuevo esposo se quedara en Dunnisbrae.

Ella no era de las que se sentaban y esperaban los resultados. Ella prefería dar forma a los eventos ella misma, y esta situación le recordó una historia.

Podría ser la perfecta.

Leila se aclaró la garganta. "Si no tienes la intención de dormir, tal vez podría contarte un cuento."

Fergus le dirigió una mirada. "Pensaba que tu experiencia era con los caballos."

"Pero me gustan las historias. A mi tío le gustaba contar historias mientras trabajaba, al menos cuando estaba ocupado con tareas más tranquilas como las que atiendes esta noche."

Una chispa de curiosidad se encendió en los ojos de Fergus. "¿Qué tipo de historias contaba?"

Leila sonrió. "Historias como esta." Ella se sentó en la cama y se abrazó las rodillas contra el pecho, cerró los ojos y escuchó la voz profunda de su tío. Ella podía ver las motas de polvo bailando al sol en su herrería, oler los caballos y oírlos susurrar en su comida. "Érase una vez dos hermanos que eran hijos de un rey. Ambos eran virtuosos y apuestos. Cuando murió el padre, el hermano mayor, Shahriar, se convirtió en rey de Persia en lugar de su padre. El hermano menor, Shahzenan, se convirtió en rey de Samarcanda, una de las otras posesiones de su padre. Se separaron con mucho cariño cuando Shahzenan partió para tomar la custodia de su reino. Posteriormente, ambos hermanos se enamoraron y se casaron, teniendo cada uno una reina hermosa y amada."

Fergus sonrió pero no hizo ningún comentario.

"Después de diez años, ambos reinos eran prósperos y estaban en paz, y Shahriar deseaba volver a ver a su hermano. Él envió a su visir a Samarcanda para invitar a su hermano a visitarlo. Shahzenan estaba encantado con la llegada del visir de su hermano y con la invitación. Después de saludar al visir en su campamento y compartir una comida, así como noticias de Persia, Shahzenan accedió a acompañar al visir a Persia. Aunque había planeado quedarse en el campamento por la noche, la perspectiva de su partida le hizo añorar la compañía de la reina. Él quería compartir con ella tantos momentos como fuera posible antes de su partida, por lo que regresó al palacio, tarde esa noche, y fue directamente a su habitación. Aunque pensó en sorprenderla, Shahzenan fue el que se sorprendió: encontró a un esclavo haciendo el amor con su propia esposa."

Fergus se volvió para mirarla, pero Leila continuó, como si no supiera que había similitudes entre su historia y su situación con Isobel. "¡Shahzenan estaba indignado!" dijo ella.

"Me lo puedo imaginar", señaló Fergus.

"Shahzenan ni siquiera se había ido a Persia y su esposa traicionaba su confianza en la primera oportunidad. Él estaba tan enojado por su falta de fe que sacó su espada y mató a la esposa y al esclavo donde yacían en su cama. Amargado y enojado, abandonó el palacio y se quedó en el campamento hasta que el grupo partió hacia Persia. De hecho, se sentía tan traicionado que no confiaba en nadie. Shahzenan estaba lleno de dolor cuando llegó a Persia, aunque los preparativos que había hecho su hermano para su llegada le alegraron el corazón. Se había añadido un ala entera al palacio de Shahriar, solo para él, con vistas al jardín de recreo privado de su hermano. Fue muy hermoso y el cordial saludo de su hermano casi desestimó su decepción por su esposa. Shahriar conocía bien a su hermano y vio que algo andaba mal. Él preguntó por la historia, pero Shahzenan estaba consciente de la felicidad de su hermano en el matrimonio. Él se negó a compartir esa historia en su palacio."

Fergus asintió entendiendo.

"Shahriar pensó en disipar la tristeza de su hermano con juergas", continuó Leila. "Organizó cacerías y festivales, invitó a invitados y se aseguró de que todos los entretenimientos estuvieran disponibles para Shahzenan. Él no dejó de notar que su hermano sonreía y se unía a las festividades, pero aún había una sombra sobre él. Él creía que su hermano le confiaría a tiempo, y tenía razón. Por un día, Shahzenan se negó a ir a la caza y permaneció en el palacio de su hermano. El grupo de caza no hacía mucho que se había marchado cuando miró por la ventana y vio una puerta abierta al otro lado del palacio. La reina había entrado al jardín con sus damas. Eran veinte y Shahzenan pensó que simplemente disfrutaban, pero cuando la reina aplaudió, se quitaron los velos. Él estaba asombrado... "Leila bostezó entonces y guardó silencio.

"¿Asombrado por qué?" preguntó Fergus cuando Leila no continuó. "¿Qué es lo que vio?"

"Tendré que decírtelo mañana", dijo ella, contenta de ver que la historia estaba funcionando como pretendía. Ella bostezó de nuevo, sin tener que fingir su cansancio, luego se deslizó bajo las mantas y cerró los ojos. Hacía calor y estaba cansada.

Fergus se acercó a un lado de la cama y claramente no tenía tanto sueño como ella. "¿Pero qué pasó?" preguntó él, su interés claro. "¿Qué hicieron la reina y sus doncellas?"

"Continuaré con la historia mañana por la noche, después de tu regreso", dijo Leila. "Es una historia demasiado larga para tan tarde en la noche." Ella bostezó de nuevo. "Debemos dormir un poco antes del amanecer." Ella cerró los ojos. "Parece que Agnes no es la única cansada después de este día."

Ella sintió que Fergus se sentaba a un lado del colchón. Pero Leila, todavía no puedes irte a dormir. Tengo curiosidad por la historia."

"Tendrás que esperar para saberla", logró murmurar ella. Se dio la vuelta y se hundió en el calor de la cama. Incluso mientras dormitaba, se dio cuenta de que Fergus la miraba y pudo sentir su impaciencia. Solo podía esperar que su deseo por más de la historia fuera suficiente para animarlo a regresar rápidamente y unirse a ella en la cama la noche siguiente.

El plan había funcionado para Scheherazada. Leila se hundió más profundamente en la cama, recordando la afirmación de Calum de que necesitaría un hombre que la abrigara por la noche.

Y Fergus la había visto con un niño.

Con ojos azules.

La perspectiva dejó los labios de Leila curvados en una sonrisa cuando el sueño la reclamó por completo.

JUEVES 28 DE ABRIL DE 1188

DÍA DE LOS MÁRTIRES SAN DÍDIMO Y SANTA TEODORA

CAPÍTULO 6

Fergus sí tenía un ángel de la guarda.

Ella era su nueva esposa.

Cuando finalmente él se unió a su cama, Leila no se despertó. Se giró y se acurrucó contra él, su movimiento fue tan natural y confiado que podrían haber estado casados durante una década. Él la abrazó y reflexionó sobre su buena suerte de tener como esposa a una mujer tan sensata. Le gustaba que ella se preocupara por él y que se hablaran con tanta sinceridad. Y, sin embargo, la pasión había crecido entre ellos con una fuerza rara, y él no estaba satisfecho con un encuentro en la cama.

Fergus la deseaba de nuevo. De hecho, su deseo estaba más allá de sus expectativas, tan feroz que él no confiaba en que se saciara pronto.

Era una idea atractiva, tener un deseo duradero por el cónyuge, y una maravilla en un matrimonio forjado con sentido común. Fergus lo saboreaba cuando debería haber dormido. En su opinión, era una buena suerte que un niño fuera concebido con afecto.

Se sorprendió al sentir su propia satisfacción.

Finalmente, Fergus durmió, porque se despertó cuando las sombras empezaban a disiparse. Él dejó el calor de la gran cama con desgana, sabiendo que tenía que partir pronto para regresar a la cena, como había prometido. Estuvo tentado de despertar a Leila con un beso, o con una mayor seducción, pero temió que su partida se retrasara demasiado. Él se levantó en las sombras y se vistió apresuradamente, girando repetidas veces a la cama para mirarla.

Incluso mientras el cielo se aclaraba en el este, Leila dormía, sus pestañas oscuras contra su mejilla, el sonido de su respiración suave en el sol. Fergus vio los primeros rayos de sol tocar sus rasgos y su corazón se apretó de admiración. Ella era tan delicada pero tan feroz. A él le había gustado cuando ella creó un plan para ambos. Él admiraba su honestidad y su pensamiento claro. Él respetaba su determinación de crear un nuevo hogar para ella y el futuro que deseaba.

Y eso debía estar en la raíz de su persistente deseo. Fergus no dudaba de que ver a Isobel sería como una daga clavada en su corazón. Él se preparó para ver a su amada con otro, sabiendo muy bien que lo encontraría desgarrador, incluso más devastador de lo que habían sido las noticias.

Quizás era más prudente sentir admiración y afecto por la esposa de uno, en lugar de amor.

Fergus se inclinó y tocó con los labios la frente de Leila, saboreando la suavidad de su piel y el pequeño suspiro de satisfacción que ella dio. La envolvió con las pieles protectoramente y luego abrió la puerta del solar. Se quedó mirando la llave, luego volvió a Leila, deslizando su mano debajo de las mantas para poner la llave del solar en su mano. Ella no se despertó, pero sus dedos se cerraron alrededor de ella instintivamente. Él pudo ver el cordón de la llave del tesoro alrededor de su cuello e imaginó que las juntaría cuando despertara.

Él sabía, sin duda, que todos sus tesoros estaban a salvo bajo su cuidado.

En las cocinas, Fergus encontró a Agnes, durmiendo en un colchón frente a las brasas de la chimenea. Él tenía que despertarla después de su día de trabajo, pero se incorporó con un sobresalto cuando se dio cuenta de que era él. "¡Mi señor!"

"Shhh", dijo Fergus. "No despiertes a los demás. Simplemente te pediré que le lleves agua caliente a mi esposa cuando salga el sol."

Agnes parpadeó. "Se bañó anoche, mi señor."

"Lo hizo, pero es su costumbre bañarse dos veces al día. Un balde de agua caliente será suficiente por la mañana, luego la bañera por la noche."

Agnes arrugó la nariz pero no habló.

"Dime lo que estás pensando, Agnes", dijo Fergus.

"Pero pensarás que soy impertinente."

"La honestidad es la mejor opción, Agnes. Siempre debes decir la verdad en Killairic".

La muchacha asintió y levantó la barbilla. "Solo me sorprende que se bañe dos veces al día, mi señor. Espero que tal exceso no enferme a su dama."

Fergus sonrió, consciente de que muchos de sus compañeros pensaban que un baño semanal era excesivo. "Dudo que así sea. Ha sido su práctica durante años, y la de su pueblo durante siglos, si no más."

Al parecer, Agnes no podía ocultar sus dudas. "Si dices eso, mi señor."

Regresaré esta noche y tal vez tan feliz como ella de un baño. Asintió y se enderezó, pero antes de que pudiera dar un paso hacia los establos, Agnes se puso de pie.

"¿Es cierto, mi señor, que cabalga para visitar a Isobel en Dunnisbrae?"

"Así es. Regresaré a la hora de la cena, sin duda."

"¿Podría llevarle un mensaje a mi hermano, mi señor? Él sirve como mozo de cuadra en Dunnisbrae y no lo he visto en más de un año."

"Por supuesto", dijo Fergus.

Ella hizo una reverencia, su gratitud clara. "Su nombre es Nolan, mi señor, y se dice que nos parecemos."

"¿Y qué mensaje le enviarías?"

Agnes pensó en eso por un momento, ella frunció el ceño. "Solo que extrañé su compañía en el Yule y espero verlo pronto."

"Se hará, Agnes." Fergus asintió con la cabeza. "No trabajes demasiado este día", dijo él, con un tono burlón porque supuso que sería de otra manera. Ante la mueca de la muchacha, se dirigió hacia el pueblo donde llamaría a Hamish, luego a los establos, Tempest y a la promesa de ver a Isobel.

A Duncan no le sorprendió ver a Fergus en los establos tan temprano, pero se sintió decepcionado. Le parecía que un hombre debería quedarse en la cama por la mañana después de sus nupcias y no se molestó en ocultar su desaprobación.

"¿Seguirás cabalgando hacia el norte esta misma mañana?" preguntó Fergus, su humor claramente alegre. "¿No llevas más contigo que esto?"

"Necesito poco en este viaje, excepto mi ingenio y mi espada", respondió Duncan. Sin embargo, desayunaré en el salón de tu padre y saldré con el estómago lleno. Él le dio al joven una mirada penetrante. "¿No tienes la intención de desayunar con tu nueva esposa?"

"Leila está durmiendo todavía y yo me iré al amanecer."

Duncan negó con la cabeza y no pudo morderse la lengua. "Dejar la cama de una mujer leal para mirar a una infiel."

Fergus hizo una pausa en la preparación de su caballo para volverse hacia Duncan. "Aún lo desapruebas, pero hoy realizaré este recado"

"Creo que un hombre debería apreciar cada ventaja que se le presente. Eres más afortunado de tener a Leila como esposa de lo que podrías haber sido con la otra."

El tono de Fergus se enfrió. "Nunca te gustó Isobel."

"Nunca confié en Isobel. Rara vez he visto a una mujer tan concentrada en su propio beneficio, con exclusión de todo lo demás." Duncan cerró una alforja y tiró con fuerza de la correa. Su infidelidad te ha hecho un favor, al menos. De lo contrario, podrías haber estado casado con ella y haber pagado un precio más alto que cuatro años de castidad."

Fergus negó con la cabeza y regresó a la preparación de Tempest. "Eso es duro, Duncan."

"¿Nunca adivinaste su infidelidad?"

"¡Nunca!"

Duncan lo había sospechado, pero todavía se sorprendió al escuchar a Fergus decirlo en voz alta. —Creí que tenías ojos en la cabeza, muchacho, no te preocupes por la vista. Mi madre habría dicho que uno deseaba miel en ambos lados del pan y más."

"Quizás ella se merece tanta miel."

"¿Por qué? ¿Porque su cara es bonita? Duncan se burló. "Es su naturaleza lo que es de mayor importancia, o debería serlo." Cuando Fergus no respondió, él continuó. "Quizás la belleza tiene una forma de distraer a un hombre de la verdad del corazón de una mujer."

Fergus se volvió para mirar a Duncan. "¿Sospechaste todo el tiempo que ella no esperaría?"

"Dudaba que ella tolerara algún inconveniente para ella o sus propios deseos", admitió Duncan. "Tu ausencia durante cuatro años sin duda sería eso."

"Pero seguramente el amor debería durar toda la vida."

Duncan decidió que esta podría ser su última oportunidad para darle un poco de consejo al joven. ¿Quién sabía lo que te esperaba en el norte? Él apoyó las manos en las caderas y se enfrentó a Fergus con un tono desafiante. ¿Fue el amor lo que la impulsó a aceptar tu mano? ¿O fue una ventaja? "

La expresión de Fergus se volvió cautelosa. Habla sin rodeos, Duncan, por favor.

"Cuidado con lo que deseas, muchacho", le aconsejó Duncan con una sonrisa. Fergus no respondió ni cambió de actitud. Duncan suspiró y dijo lo que pensaba. "Isobel es una belleza y nació en una buena familia, pero no es poderosa. Su linaje será de ella para siempre, pero la belleza se desvanece. La capacidad de su padre para asegurar una alianza con su matrimonio disminuiría cada año después de que ella comenzara sus cursos."

"Cuatro años es mucho tiempo de espera, entonces", reflexionó Fergus.

Duncan optó por no añadir su otro pensamiento, a pesar de que se le había animado a hablar con claridad.

Fergus lo miró. "¿Y qué hay de tu tiempo lejos de Radegunde?"

"Es más o menos lo mismo", reconoció Duncan, su corazón se apretó un poco ante la mención de su amada. "Ella cuenta los días con más precisión que yo, porque desea una casa llena de niños. Sus años para procrearlos son limitados y no dudo que se resentirá cada día que pase sin tal esfuerzo de nuestra parte."

La mirada de Fergus se iluminó. "Ibas a decir algo más hace un momento."

"Pensarás que es cruel."

"Si es honesto, la bondad no es una medida. Confiésalo, Duncan.

Duncan frunció los labios, porque no era un diplomático. "Hay mujeres de ingenio y sabiduría cuyo mérito como esposas solo aumenta con la edad. Creo que Radegunde es una de ellas, y me alegrará casarme con ella."

Fergus, por supuesto, no pasó por alto su implicación. "Pero crees que Isobel no es una mujer así", supuso él.

Duncan hizo una mueca. "Creo que ella podría sentir el paso del tiempo con más intensidad, o su padre lo haría. No le doy excusas, una promesa incumplida sigue siendo una traición, pero debo preguntarme si hubo otros factores que ella encontró persuasivos."

Y apuesto a que piensas que Leila es de un tipo similar a Radegunde.

Duncan sonrió. Quizá veas claramente, después de todo, muchacho.

—El amor debe ser importante, Duncan —insistió Fergus, y Duncan se preguntó a quién intentaría convencer.

"El amor puede necesitar tiempo para florecer, como lo hizo con Gaston e Ysmaine."

Fergus no respondió a eso, y Duncan solo podía esperar que pensara en ello. Tempest estaba ensillado y Duncan escuchó a Hamish fuera de los establos con su caballo. El joven se le acercó y le ofreció la mano. "Te deseo buena suerte, Duncan, y todas las bendiciones en tu viaje", dijo Fergus. "Que encuentres lo que buscas y asegures un hogar para ti y Radegunde."

"Te doy las gracias, muchacho."

"Hemos hablado de esto antes, pero sabes que eres bienvenido en Killairic."

"Y sé que mi camino está hacia el norte, que mi futuro debe construirse sobre mi pasado."

Entonces se abrazaron y Duncan supo que extrañaría la compañía del joven. Cuando Fergus habló, su voz era ronca. Uno de nosotros debería estar feliz en el matrimonio, Duncan, y esa tarea ahora te corresponde a ti. Cabalga y demuéstrame que el amor puede conquistarlo todo.

"No te apresures a descartar tu oportunidad de un buen matrimonio", regañó Duncan. "Puede que no puedas ver más allá de la sombra de esta decepción, pero no creo que yo sea el único de nosotros destinado a la felicidad."

Fergus no parecía convencido.

Todavía.

Él regresó a Tempest y se subió a la silla, sacando a la bestia del establo y hablando con Hamish. Cuando Duncan se giró hacia el salón, donde desayunaría, escuchó a los caballos atravesar el pueblo a medio galope y luego correr. Él creía que Fergus ya había encontrado a la esposa que se merecía, si ese hombre abriera los ojos para ver la verdad.

Leila se despertó con la sensación de que había alguien cerca.

No era Fergus.

Sintió la llave del solar bajo sus dedos y supuso que Fergus había dejado la puerta abierta. Se le erizaba el pelo en la nuca, como si la estuvieran vigilando de cerca, y olía a paja. No había paja en esa hermosa cama. Ella también olió cebollas. Crudas. Abrió los ojos ligeramente para encontrar a Agnes examinando los baúles y dirigiéndose a la puerta del tesoro.

La muchacha dormía en un colchón de paja y probablemente había cortado cebollas en la cocina.

Leila rodó sobre su espalda con un suspiro, como si se moviera en sueños, pero mantuvo una mirada cautelosa sobre la muchacha. Agnes se sobresaltó y miró hacia la cama, luego dio un paso hacia la puerta del tesoro. Pasó la yema del dedo por el pestillo y se mordió el labio, miró hacia la cama y luego probó silenciosamente el pestillo. Los ojos de Leila se entrecerraron, su resolución de limitar el acceso de la muchacha a cualquier cosa de importancia redoblada.

Ella no culpaba a Fergus por su confianza en los recibidos en el salón de su padre, pero tampoco la compartía.

Bostezó ruidosamente y se desperezó al oír que Agnes se apresuraba a regresar a la puerta. Cuando Leila abrió los ojos y se sentó, la muchacha parecía llegar al umbral con un cubo de agua humeante. Ella sonrió e hizo una reverencia, pero Leila no se dejó engañar.

Se aseguró de que la muchacha viera el cordón alrededor de su cuello con la llave, y cómo le agregaba la segunda llave antes de volver a colocarla alrededor de su cuello y levantarse de la cama.

"Buenos días, mi señora", dijo Agnes, haciendo una reverencia de nuevo.

Leila decidió disfrazar su comprensión del gaélico. Ella podría haber respondido de la misma manera, pero en cambio inclinó la cabeza una vez y respondió en francés. Agnes no sería la única con secretos en esa fortaleza.

Ella señaló la puerta y ahuyentó a Agnes en esa dirección. Cuando la muchacha cruzó el umbral, Leila cerró y bloqueó la puerta, asegurándose de que la muchacha oyera caer la cerradura. Luego se lavó y se vistió sola. Los cordones estaban a los lados del kirtle, por lo que no necesitaba ayuda. Ella barrió el suelo y sacudió las sábanas, colgando las mantas y las pieles al aire. Dejó las contraventanas abiertas y luego abrió la puerta.

Agnes estaba sentada en el escalón, esperándola, y rápidamente ocultó su expresión rebelde. Su mirada pasó rápidamente más allá de Leila hacia el solar limpio y se mostró su sorpresa. Leila le dio el balde de agua y el de las aguas residuales, luego señaló escaleras abajo. "Hoy, limpiaremos el pasillo", le dijo a la niña en francés, quien claramente no entendía pero estaba recelosa de lo que fuera que Leila hubiera planeado.

Sus labios se tensaron cuando Leila cerró la puerta solar, y Leila sostuvo la mirada de la muchacha mientras dejaba caer la llave por la parte delantera de su camisola. Entonces hizo un gesto y la muchacha la siguió, su humor más claro.

Duncan estaba sentado solo en la mesa, la diversión iluminó sus ojos cuando vio a Agnes cruzar el pasillo con su carga. Leila se alegró de tener la oportunidad de hablar con él antes de su partida y tomó asiento a su lado. Iain le trajo un trozo de pan caliente y un poco de miel, y ella aceptó su oferta de cerveza y una manzana.

"Me alegra verte más tranquila", dijo Duncan y Leila sonrió.

—Sólo por un año y un día, Duncan. Estoy segura de que Fergus tiene la intención de encontrarme un marido."

"Y espero que tengas la intención de quedarte con el que tienes."

Ella sonrió. "Espero demostrarle que soy una buena esposa."

"Y si el muchacho es tan tonto como para desechar la gema que ha llegado tan fácilmente a su mano, entonces debes recordar mi oferta."

Leila sonrió y besó su mejilla. Lo haré, Duncan. Gracias."

Él terminó su cerveza y asintió con la cabeza, con la mirada fija en ella. "El aniversario de mi intercambio de votos con Radegunde es el seis de septiembre. Espero verte antes de esa fecha, ya sea mientras viajo a buscarla a Châmont-sur-Maine o cuando regresemos a Escocia juntos."

"Debes enviar un mensaje", dijo Leila. "Podríamos encontrarnos en Haynesdale, si es más conveniente. Estoy segura de que Bartolomé nos daría la bienvenida a todos."

"Como yo" Duncan se puso de pie e hizo una reverencia. "Hasta que nos volvamos a encontrar, señorita Leila, adiós."

"Viaja a salvo, Duncan", dijo ella, levantándose para tomar sus manos y besar sus mejillas a su vez. "Radegunde confía en ti."

Él sonrió y tocó la trenza del cabello de Radegunde en su muñeca brevemente antes de ponerse los guantes, hacer una nueva reverencia y alejarse. Leila parpadeó para contener una lágrima y esperaba que sus caminos se cruzaran nuevamente, luego se sentó a terminar su comida. Murdoch estaba en el pasillo mirándola una vez más, pero ella ignoró la forma en que él la saludó con su taza.

Iain se detuvo ante ella, inclinándose profundamente. Su francés era casi tan cuidadoso como el de Calum y ciertamente era más formal. "Mi señora, tengo instrucciones de mostrarle lo que le guste ver y ponerme a su disposición en este día."

Muchas gracias, Iain. Me gustaría ver las cocinas y las tiendas esta mañana, luego el jardín esta tarde. También debo visitar a Margaret en el pueblo después de la comida del mediodía y te preguntaré cómo llegar a su casa."

El hombre mayor asintió aprobando este plan. "Quizás deberíamos elegir un lugar para el palomar mientras estamos en el jardín", sugirió él. "He enviado un mensaje a Dumfries esta mañana para contratar al hombre que construye estas estructuras. Xavier envió a un muchacho a comprar pescado en el mercado matutino y pareció una buena oportunidad."

"Gracias, Iain. Esa fue una idea excelente. Conozco un poco los requisitos de estas aves, pero tanto el clima como la luz del sol son diferentes aquí. Recuerdo, por ejemplo, que era clave asegurarse de que tuvieran sombra durante parte del día, pero podría no ser el caso aquí, donde el aire es más frío. Quizás deberíamos elegir varias alternativas y dejar que el constructor comparta su consejo."

"Un plan excelente, mi señora."

"¿Mi señor marido envió un mensaje a Haynesdale?"

"Lo hizo, mi señora. Lo envié con el muchacho y le pedí que buscara un mensajero en Dumfries. Debe hacerse fácilmente."

"Gracias, Iain." Leila dejó a un lado su servilleta y se puso de pie. Ella hizo una seña a Agnes. Me gustaría encomendar a Agnes la tarea de barrer el salón y eliminar los juncos. Los perros pueden pasar el día en los establos y también se puede limpiar el hogar."

Iain asintió y le dio instrucciones rápidas en gaélico a Agnes.

"¿Le gustaría conocer al cocinero, mi señora? Espero que Xavier no esté de mal humor esta mañana... —continuó Iain, esforzándose mucho en advertir a Leila de los peligros del demonio que mandaba las cocinas. Ella comprendió de inmediato que los dos hombres mayores que habían competido por la aprobación de Calum durante años ahora luchaban por la suya.

La cocina, para su deleite, estaba inmaculadamente limpia. Dos muchachos fregaban las mesas de madera con gran entusiasmo, impulsados por el moreno con plata en las sienes. Él los reprendía mientras picaba cebollas, arrojándolas con perfecta puntería en un gran caldero que colgaba sobre el fuego.

Iain se aclaró la garganta intencionadamente.

Xavier se volvió, como para agitar su cuchillo hacia el intruso, entonces evidentemente vio a Leila.

"Este es Xavier", dijo Iain.

"Me complace mucho conocer al maestro de este dominio", dijo Leila, recordando que los cocineros a menudo eran orgullosos. "La comida de anoche estuvo deliciosa."

Xavier sonrió y se inclinó profundamente, luego soltó una rápida corriente de francés. "¡Mi señora! Estoy encantado y honrado por su presencia en la cocina, mi pequeño dominio, como tan amablemente reconoce, y le ofrecería mis felicitaciones por su matrimonio con el señor Fergus. Él se inclinó de nuevo. "Solo puedo disculparme porque fue imposible crear tus propios platos favoritos para el banquete de bodas de anoche, ya que no sabíamos nada de ti de antemano..."

"Por supuesto que no podrías, Xavier. Tuviste tan poca advertencia. Pensé que la carne de venado fue particularmente maravillosa."

"¡Ah!" Los ojos de Xavier se iluminaron. Pero eso se debió al regreso de su dama y su señoría, porque no tuve clavos antes del mediodía de ayer y son la clave de esa salsa en particular. Respondiste a mis sueños, mi señora, y por eso la comida se benefició enormemente de tu llegada."

Él hizo una nueva reverencia, y Leila instintivamente le agradó. Para ella estaba claro que su entusiasmo estaba ligado a las creaciones de su cocina y ese era un rasgo que podía admirar y alentar.

"Si hay un plato que pueda preparar para tentar tu paladar, mi señora, sólo tienes que decírmelo. Si hay recetas que recuerdas y servirías en el salón, solo tienes que contármelas."

Leila dudaba que Xavier tuviera acceso a muchos de los ingredientes que ella recordaba, pero agradeció la oferta. "Te lo agradezco. No me inmiscuiré en la administración de tu dominio, Xavier, pero tal vez pueda ayudarte con los inventarios.

"Pero por supuesto, mi señora. Tienes derecho a aprobar todos los gastos en la cocina." Xavier le ofreció un par de llaves, señalando un almacén. Dentro había sacos de guisantes secos y de harina. Se había construido un pequeño baúl en un estante de madera y la llave más pequeña lo abrió. Las especias se guardaban allí, y Xavier le mostró el inventario que Hamish había creado el día anterior. Una mirada rápida le demostró a Leila que todo estaba en orden y sonrió para descartar la preocupación de Xavier.

"¿Y te agradaron las especias que trajo el señor Fergus?"

"Por supuesto, mi señora. Es triste que las usemos tan rápido."

Leila asintió. "Mi señor esposo y yo viajamos desde Ultramar con una compañía de templarios."

"Entonces, lo entiendo, mi señora."

"Uno de sus amigos, un ex templario, ahora dirige la propiedad de su padre en Francia, al oeste de París. Nos detuvimos allí a nuestro regreso."

"Me han dicho que esas tierras son las más hermosas. Mi propio origen está en el norte y este de París."

"Anticipo que mi esposo puede comunicarse regularmente con su amigo en Francia, quien bien podría mantener sus conexiones con los Templarios. Por lo tanto, me parece probable que cuando una especia está disminuyendo en nuestros suministros, podríamos solicitar la ayuda de estos amigos para comprar más." Ella le sonrió a Xavier. "Y es posible que nunca más te falten los clavos de olor."

Xavier estaba claramente encantado. "Esto es muy generoso, mi señora, y muy amable." Él frunció el ceño, pensando en esto. "Me gustaría poder idear una forma de anticipar mejor una escasez o incluso el uso de nuestras últimos suministros."

"Ya tenemos un inventario hecho", señaló Leila. "Mantengamos un registro del uso de cada especia. Entonces sabremos mejor qué cantidad de cada uno consume el hogar a lo largo del tiempo, lo que puede informar para nuestras compras."

"¡Y por temporada!" Agregó Xavier. "Para las comidas de invierno deben tener más especias que las de verano, y la Yule es la que más usa." Asintió con satisfacción. "Esto es una mejora, sin duda."

Leila se volvió hacia Iain, que había estado tratando de seguir la conversación y por su expresión no había captado todos los detalles. Ella le explicó su intención más lentamente y él le sonrió de placer. — Veré que haya un libro de contabilidad preparado para esta misma tarea, mi señora. Puedo usar el inventario compilado por Hamish y puedo hacer que esa sea la primera entrada." Él bajó la voz. "Porque no quisiera ver tanta riqueza malgastada."

Xavier lo fulminó con la mirada, luego hizo un gesto hacia la cocina una vez más. Leila lo precedió, como le indicaba, y arqueó una ceja al encontrar a los dos muchachos hablando con Agnes. Evidentemente, la muchacha había traído algunos de los juncos a la cocina y consideró oportuno bromear con los muchachos en lugar de completar su tarea.

Xavier les gritó a la pareja de muchachos y se apresuraron a regresar a su trabajo. Agnes arrastró los juncos hacia el patio mientras Xavier le gritaba que usara otra puerta y mantuviera tal desorden fuera de su cocina. Él barrió el suelo furiosamente tras ella, murmurando maldiciones en voz baja mientras restauraba todo en orden.

"Él no aprecia a la muchacha", Iain resopló y fue al pasillo en busca de un libro de contabilidad.

Xavier lo fulminó con la mirada. "No ve lo que tiene ante sus ojos. Me alegro de tener a esa fuera de mi cocina, pero lamento que ahora esté asignada para servirte, mi señora." El cocinero bajó la voz a un susurro confidencial. "No confíes demasiado en ella. Ella vino de Dunnisbrae y no puedo pensar en nada bueno de esa propiedad, ya que la señora Isobel trató tan mal al señor Fergus.

Leila era consciente de que los muchachos estaban mirando, pero secretamente le gustaba un poco más el cocinero. Él no solo compartía su visión de Agnes, sino la de Isobel.

Qué curioso que Agnes hubiera llegado de Dunnisbrae. ¿Era una coincidencia o algo más?

"Te agradezco tu consejo, Xavier", dijo ella suavemente. Tengo entendido que esta mañana enviaste a Dumfries a buscar pescado. ¿Qué tipo de pescado encuentras aquí? ¿Y cómo piensas prepararlos? "

Esta mañana habrá salmón fresco en el mercado, mi señora, y el señor Calum prefiere los filetes fritos en un poco de mantequilla. Él se cansa de las anguilas del estanque, no importa cómo las prepare. Me gusta tentar su apetito, pero tal vez coma mejor ahora que el señor Fergus ha regresado. La preocupación, como estoy seguro de que usted sabe, mi señora, es una gran destructora del apetito." Leila asintió con la cabeza mientras el cocinero seguía entusiasmado y tenía la sensación de que había estado esperando un oído paciente. "Pensé que lo último del vino se podría convertir en una salsa para huevos..."

Pasado el mediodía, Fergus y Hamish llegaron a Dunnisbrae y había comenzado a caer una lluvia suave. No era un ataque fuerte, pero era persistente, y la parte trasera de la capa de Fergus estaba empapada cuando la torre apareció a la vista.

Se habían visto obligados a tomar una ruta más larga, ya que las lluvias de primavera habían arrasado algunos de los cruces y estrechos puentes en el camino más corto. Como resultado, llegaron más tarde de lo que Fergus esperaba. Las nubes eran más oscuras en el oeste y dudaba que el viaje a casa fuera agradable.

Él no se atrevía a demorarse. Una simple palabra con Isobel, un destello de su belleza, una taza de cerveza y un trozo de pan, luego él y Hamish regresarían a Killairic.

Él observó que la fortaleza parecía menos próspera de lo que recordaba, o quizás no había florecido desde la última vez que él había viajado por ese camino. Todavía era una sola torre, forjada de madera como las paredes circundantes, pero Fergus tenía una sensación de descomposición. Sin embargo, había un buen rastrillo en la puerta del patio, lo cual fue una sorpresa. ¿El padre de Isobel todavía respiraba? Su propio padre no lo había dicho.

Dunnisbrae estaba al sur y al oeste de Killairic, encaramado en el extremo más meridional de Mull of Galloway. La isla de Mann estaba al sur, Galloway y el resto del Reino de las Islas al norte, las tierras del rey inglés veladas por la niebla al sur.

Hamish había estado callado durante el viaje y Fergus había adivinado el motivo. "Habrá un fuego y una taza de cerveza muy pronto", le dijo a Hamish con alegría forzada y el muchacho asintió con una apariencia de entusiasmo.

"Sí, mi señor."

"¿Estás pensando en Kerr?"

Hamish asintió y se secó la lluvia de la cara. "Tenía buenas cualidades, mi señor, además de malas."

Era una amable concesión de quien probablemente había soportado el mayor tormento de Kerr, y Fergus lo tomó como una medida del carácter de Hamish. "Por eso ninguno de nosotros revelará la verdad de su naturaleza", le recordó Fergus. "Creo que el consejo de Duncan es el más sabio en este asunto."

"Sí, mi señor."

"Yo les contaré de su muerte, Hamish", dijo Fergus y el alivio del muchacho fue obvio. "No necesitarás responder preguntas al respecto."

"Gracias mi Señor."

Fueron claramente espiados e identificados, porque el rastrillo crujió cuando fue levantado. Un hombre entró en medio de la abertura. Cruzó los brazos sobre el pecho, apoyó los pies en el suelo y observó cómo se acercaban.

Era el mismo Stewart, su postura indicaba que anticipaba un desafío.

Fergus tomó eso como una indicación de que Isobel no había estado tan dispuesta a casarse con el otro hombre. Su corazón dio un vuelco ante la posibilidad de que ella pudiera haberle sido leal, si se le hubiera concedido la opción.

No es que importara ahora. Duncan tenía razón en eso. Sin embargo, sería un bálsamo para su orgullo y una prueba de que era un buen juez de carácter. No más que eso.

Aunque siempre había sido mayor que Fergus, Stewart parecía mucho mayor ahora, su cabello gris plateado y su expresión más dura que antes. Él llevaba una cota de malla con su tabardo y sus botas, añadiendo a Fergus la impresión de que el otro hombre estaba preparado para la batalla.

"El caballero de las cruzadas regresa", dijo Stewart a modo de saludo, con un toque de burla en su tono. Él caminó hacia Fergus cuando los recién llegados se detuvieron frente a la puerta. Su sonrisa era fría y su mirada evaluativa. "¿Confío en que los sarracenos hayan sido expulsados de Ultramar con tu ayuda?"

"Todo lo contrario", reconoció Fergus mientras desmontaba. Él se esforzó por mantener un tono ligero, incluso amistoso. "Debes haber oído que la propia Jerusalén se perdió en octubre."

"Lo hicimos", dijo Stewart. Su mozo se adelantó para tomar las riendas de Tempest y un muchacho cogió las del caballo de Hamish, pero Stewart les indicó que se fueran. "Dudo que mi vecino se demore", dijo él, sorprendiendo a Fergus con tanta falta de hospitalidad. El hombre y el muchacho se retiraron y Fergus notó que el muchacho compartía el llamativo color de Agnes. Ese debía ser su hermano, Nolan.

Stewart sonrió. "Pido disculpas por este saludo, pero no permitiré que molesten a mi esposa."

"Tengo noticias que me gustaría darle a Isobel yo mismo", dijo Fergus, porque imaginó que la noticia de Kerr podría resultarle inquietante.

"Pero es mi obligación defender a mi esposa."

"¿Seguramente no de un amigo?"

"Particularmente, cuando ese amigo regresa después de años de ausencia", respondió Stewart de manera uniforme. "Isobel está embarazada, nuevamente, y necesita calma y descanso durante ese tiempo."

"Ya veo."

"Puedes darme cualquier mensaje destinado a ella."

Fergus comprendió que no se le permitiría ver a la dama personalmente. La comprensión le molestó, pero ocultó su reacción. "Por supuesto. Ella me había pedido que llevara a su sobrino, Kerr, en nuestra compañía como escudero, y lamento que no haya regresado."

Stewart arqueó una ceja. "¿Lo vendiste en un mercado de esclavos sarracenos?"

Fergus suavizó su respuesta. "Lo mataron cuando fuimos atacados por bandidos al oeste de Venecia. Lo pusimos a descansar en un cementerio allí."

Stewart miró a Hamish. Y, sin embargo, el chico de Killairic vuelve contigo.

"Hamish hizo muy bien en defenderse."

"¿Mientras que Kerr no lo hizo?" se burló Stewart. "Sospecho que hay más en esta historia de lo que está compartiendo, pero Kerr está muerto de cualquier manera."

"Está muerto."

"Estas son noticias que preocuparán profundamente a Isobel", dijo Stewart. "Le tenía mucho cariño al muchacho y a menudo ha expresado su preocupación por su bienestar en lejanas tierras paganas. Es bueno que no te permitiera verla. ¿Eso es todo?"

Que empujara a Fergus fuera de las puertas sin ni siquiera una taza de cerveza después de un viaje tan largo bajo la lluvia era una abominación y un insulto. Pero Fergus pudo ver que Stewart estaba tratando de provocar una respuesta, así que no le dio una. "Quizás podrías darle a Isobel mis saludos, así como este regalo."

"¿Un regalo?" Preguntó Stewart, arqueando una ceja. Él se volvió hacia sus centinelas. "El caballero de las cruzadas que regresa trae un regalo para mi esposa. ¿Creen que todavía está enamorado de sus encantos? ¿Creen que tiene la intención de robármela?

Los guardias rieron entre dientes.

Fergus no lo hizo. Él pensaba que las sospechas de Leila y Duncan no se hubieran probado tan acertadas.

"Un regalo", reiteró él, soltando el pequeño baúl de su silla. Su tono se había endurecido. "Cuando lo compré, creí que Isobel era mi prometida, esperando mi regreso. No veo ninguna razón por la que ella no debería tenerlo, a pesar de que mi creencia estaba equivocada."

"Tal generosidad no debe quedar sin recompensa", dijo Stewart, aceptando el pequeño cofre de él. Parecía sopesar su peso. "¿Me atrevo a esperar que esté lleno de gemas?"

Fergus sonrió tensamente. "No lo está."

El otro hombre se colocó el baúl bajo el brazo y sostuvo la mirada de Fergus, aparentemente invitándolo a irse a toda prisa.

Fergus se mantuvo firme. "Tengo entendido que usted e Isobel ya tienen un hijo", dijo él. "Te felicito, tardíamente, por supuesto."

"Te lo agradezco." Stewart sonrió.

"¿Y el padre de ella? ¿Cómo le va a Erik?

"Muerto estos tres años, me temo." Fergus se santiguó ante la admisión de Stewart. "Nunca se encontró un hombre mejor."

"Supongo que vio tu mérito al poner la mano de su hija en la tuya."

Stewart sonrió. "Supongo que lo hizo. Él vio nacer a su nieto, al menos." Dio un paso atrás. "Te deseo buena suerte, por supuesto." Él hizo un gesto hacia el cielo. "Espero que la lluvia no se convierta en nieve antes de que llegues a casa. Sin embargo, es posible, dado el frío en el aire. Sería mejor que salieras de inmediato."

Fergus apretó los dientes, pero no le daría a Stewart la satisfacción de reaccionar mal. "Podrías ofrecerme felicitaciones también", dijo él antes de volver a subirse a la silla.

"¿Por regresar vivo contra todas las expectativas?"

"Por mi propio intercambio de votos. Yo también soy un hombre casado." Fergus ignoró el evidente interés de Stewart y asintió con la cabeza al muchacho. ¿Eres hermano de Agnes? ¿De nombre de Nolan?

"Lo soy, señor", dijo el muchacho, inclinándose ante él.

"Agnes me pidió que te entregara un mensaje, que lamenta que no estuvieran juntos en el Yule y espera verte pronto."

¿Fergus imaginó la rápida mirada que se lanzó entre Nolan y Stewart? ¿Podría ese mensaje significar más para ellos que para él?

Tonterías. No eran más que dos campesinos que se comunicaban entre sí por cualquier medio disponible.

"Gracias, señor. Espero que ella esté bien."

"A ella le va bien." Fergus miró fijamente a Stewart. "Ahora es la criada de mi esposa."

Stewart parecía escéptico. "¿Es cierto que estás casado? ¿Con quién? ¿Y cuándo?"

"Ayer intercambié votos a mi regreso a Killairic." Fergus le concedió a Stewart una leve sonrisa. "Es de esperar que ambos tengamos una felicidad similar en nuestros matrimonios."

"¿Pero con quién te casaste?" demandó Stewart, tomando las riendas de Tempest. "¿Qué alianza hiciste?"

"Ninguna. Ella es una dama que viajó en nuestro grupo desde Jerusalén."

Stewart se rió y retrocedió de nuevo. "¿Una puta, entonces? ¡Con la pérdida de tu prometida, te casaste con tu puta! "Su alegría pareció vencerlo y se golpeó los muslos mientras reía aún más fuerte.

Fergus desmontó y acortó la distancia entre ellos, agarrando a Stewart por su cota de malla y poniéndolo de puntillas. "Mi esposa no es una puta", dijo él en un gruñido bajo. Y un hombre inteligente no sería tan tonto como para sugerir eso dos veces. ¿No siempre te dijeron que eras inteligente, Stewart?

"Quizás más inteligente que tú", murmuró Stewart.

"Quizás no", respondió Fergus. "Quizás una batalla de más te haya costado el ingenio."

Las miradas de los dos hombres se encontraron y se mantuvieron durante un momento cargado.

"¿Quién es tu esposa?" exigió de nuevo Stewart.

"Leila binte Qadir lufti al-Ramm".

Stewart se rió de nuevo, un ladrido áspero que hizo que Fergus lo soltara y retrocediera. "¿Una sarracena? ¿Te casaste con una sarracena? El hombre mayor sonrió. ¿Y quién es el tonto, Fergus? Tengo una belleza en mi cama." Él bajó la voz a un susurro. "¿Piensas en la pálida perfección de Isobel mientras montas en tu asquerosa infiel?"

Fergus golpeó a Stewart entonces, su reacción nació de la furia. El hombre mayor se tambaleó hacia atrás incluso cuando su nariz comenzó a brotar sangre. Sus hombres sacaron sus espadas, pero Stewart se rió entre dientes mientras recuperaba el equilibrio. Se secó la sangre, con la mirada todavía fija en Fergus.

"Retírense", les dijo a sus guerreros. "Un hombre con sangre en las venas debería tener derecho a expresar su disgusto cuando una dama lo rechaza por otro hombre."

Fergus podría haber expresado más, pero la voz de una mujer llegó a sus oídos desde el interior del torreón. "¿Fergus? Fergus, ¿eres tú? ¿Realmente puede ser que regresaste? "

Isobel.

El estómago de Fergus se hundió incluso cuando Isobel apareció en la puerta del torreón y se apresuró a cruzar el patio. Ella era más hermosa de lo que él recordaba, su cabello rubio recogido en una larga trenza, su figura alta y esbelta. Ella era tan elegante como un sauce, incluso con la ligera redondez de su vientre. Iba vestida con un kirtle de azul descolorido, probablemente teñido con guata. Ella había envejecido un poco y había cierta cautela en su expresión, pero ella había perdido a su padre desde su partida. Fergus no podía imaginar que el matrimonio con Stewart llenara de alegría los días de una mujer.

Su garganta se apretó al verla.

Isobel.

Su amada.

El disgusto de Stewart era evidente, pero también lo era su incapacidad para detener a su esposa. "Isobel, pensé que estabas descansando."

"Stewart, ¡no puedo renunciar a la oportunidad de ver a Fergus y escuchar sus noticias!" exclamó ella.

Había algo diferente en ella, o algo que Fergus veía ahora y que se había perdido todos esos años antes. Isobel todavía era lo suficientemente hermosa como para robarle el aliento, pero notó una evaluación en sus ojos cuando lo miró. Ella miró su caballo y su alforja, su atuendo, luego el de Hamish, y él tuvo la sensación de que ella le había puesto un valor a todo en un centavo.

Y no pudo disimular el rápido destello de avaricia que iluminó sus ojos cuando vio el pequeño cofre que ahora llevaba Stewart. Ella sabía que era un regalo, y uno para ella, y la codicia iluminaba sus rasgos con tal claridad que Fergus se sorprendió.

Luego desapareció, tan rápido que tal vez nunca lo hubiera sido.

Una mujer que ve primero en su propio beneficio. Eso era lo que había dicho Duncan. Fergus temía que su camarada tuviera razón.

Fergus se sintió tan tonto como antes. Seguramente él no se había dejado engañar por un rostro encantador. Seguramente él no se había perdido la verdad de Isobel. Seguramente la vida con Stewart había convertido a su amada en esa codiciosa criatura.

Pero Fergus no estaba seguro.

"Estás en casa. ¡Y estás sano! ¡Oh, Fergus! El saludo de Isobel era exagerado, pero ahora que Fergus estaba escuchando, no parecía sincero.

Fergus se sorprendió de que sintiera tan poco cuando ella extendió la mano para besarle las mejillas y acariciarle la cara. Ella le sonrió con placer, pero él no pudo devolverle la sonrisa. Él no podía olvidar ese destello de lo que creía que era su verdad.

En lugar de la alegría que había anticipado al verla, solo sintió decepción y la sensación de que ella había tentado al destino ignorando el obvio deseo de Stewart de evitar que lo viera.

Un poco tarde, el consejo de Leila parecía muy sabio, y Fergus deseó no haber mostrado tanta prisa al dejar a su nueva esposa.

Leila nunca rompería su palabra.

Y Duncan había dicho la verdad. Al correr hacia Dunnisbrae, Fergus podría haber creado en Killairic la impresión de que no admiraba a su nueva esposa.

Él se había equivocado.

"Fergus se va", dijo Stewart con determinación.

"¡Todavía no!" Isobel gritó. "Acaba de llegar." Ella no soltaría a Fergus de su abrazo, a pesar de que Stewart miró con el ceño fruncido. "¡Debes venir a la mesa y tomar un refrigerio y contarnos todas tus novedades! Sal de esta horrible lluvia." Ella intentó tomar su mano y llevarlo hasta la puerta, pero Stewart se interpuso en su camino.

"Debe irse", dijo ese hombre con firmeza. "Antes de que el tiempo empeore. No harías que Fergus viaje de noche en peligro, ¿verdad?

"Entonces debe ser nuestro invitado y quedarse hasta mañana."

"Me imagino que su padre espera su regreso."

"Sí que lo hace. Yo no le daría motivos para preocuparse", dijo Fergus. "Stewart tiene razón."

Isobel hizo un puchero, manteniendo su mano entre las suyas mientras se inclinaba contra él. Oh, Fergus. Temí tanto por tu supervivencia. ¡Estoy tan aliviada de que estés sano! "

Una vez más, Fergus escuchó falta de sinceridad en sus palabras e intentó soltar su mano. "¿Lo hiciste?" preguntó él. Ella era la esposa de otro y Stewart estaba armado.

Leila le había advertido y él había sido demasiado tonto para seguir su consejo.

Él no pudo resistir el impulso de desafiar a Isobel. "¿Y estabas tan preocupada que olvidaste nuestro compromiso?"

Isobel tuvo la gracia de sonrojarse. "Fergus", susurró ella, apoyando una mano en su pecho. Ella agitó sus pestañas, luciendo vulnerable y encantadora. Ella había hecho eso antes y él siempre había sucumbido a sus súplicas. En ese momento, Fergus descubrió que solo podía pensar que ella no había cumplido su promesa. "No podía esperar por ti. Fue demasiado largo y había demasiada incertidumbre... "

"Entendí que tú y Stewart se habían casado dentro de los tres meses posteriores a mi partida".

Ella vaciló. "Fue tan largo", comenzó de nuevo. "No podía esperar. Fergus, solo soy una mujer y soy débil... "

Fergus se mostró escéptico al respecto.

Si su padre la hubiera obligado a tomar una decisión, seguramente ella no diría.

"Entonces no deberías haberte comprometido a hacerlo en primer lugar", respondió Fergus. "Sabías que cabalgaba hasta Ultramar. Sabías que cumpliría dos años una vez allí. No puedes haber anticipado que estaría en casa antes de esto."

"En todo caso", intervino Stewart. Isobel, debo insistir en que regreses al salón antes de que te resfríes.

Isobel miró a su marido antes de volver su atención a Fergus. "Deberíamos ir todos al salón..."

"No, no lo haré." Fergus vislumbró un movimiento y vio al muchacho en la puerta, un niño que claramente había seguido a Isobel.

No cabía duda de que era hijo de Isobel. Tenía el mismo cabello rubio y ojos azules, aunque era de complexión más robusta.

Como Stewart.

"Ah, Gavin", dijo Stewart. "Aquí está nuestro vecino, Fergus."

El niño hizo una reverencia y saludó a Fergus formalmente.

Fergus ya había notado que el vientre de Isobel era ligeramente redondeado, pero la forma en que ella ahuecaba su mano protectoramente sobre su curva en este momento indicaba que estaba embarazada con un hijo nuevamente.

Pasara lo que pasara, lo que fuera que hubiese hecho cambiar su forma de pensar, no había futuro para Fergus con Isobel. Si ella alguna vez lo había amado, ya no lo amaba.

Lo importante era que Leila ahora era su esposa.

"Stewart habla bien", continuó Fergus con firmeza, tomando las riendas de Tempest. "Deberíamos regresar a Killairic a toda prisa, antes de que el tiempo empeore. Mis mejores deseos para los dos y mi más sentido pésame por Kerr."

"¿Kerr?" repitió Isobel, entrecerrando los ojos.

"Murió, Isobel", dijo Fergus suavemente. "Fuimos atacados por bandidos al oeste de Venecia y él murió en el asalto. Está enterrado allí, en un terreno sagrado, junto a una hermosa capilla."

Los labios de Isobel se separaron, luego los apretó. Por un momento fugaz, Fergus pensó que su expresión era más fría que una noche de pleno invierno y se preguntó si tendría algo de corazón. "¿Él murió?" preguntó ella, con hielo en su voz. "¿Y lo dejaste allí?"

"Fuimos atacados por bandidos, Isobel. No era posible traerlo a casa desde tanta distancia... "

Isobel no esperó a escuchar más. Ella rompió a llorar y comenzó a lamentarse por la pérdida de su amado sobrino. Ella huyó al patio, lamentando la muerte prematura del niño, pero a Fergus le pareció que su reacción no era sincera.

Esa vista había sido escalofriante, lo suficiente como para que se alegrara de que Isobel hubiera roto su compromiso.

Stewart le dio a Fergus una mirada enojada. "No es así como yo le habría dicho", murmuró él, pero Fergus se alegró de haberle dado la noticia él mismo. "Buena fortuna", agregó, claramente queriendo decir lo contrario, y se dirigió de regreso a través de las puertas con su hijo. El rastrillo cayó con un sonido metálico y los dos centinelas lo miraron desde el otro lado.

Fergus todavía podía oír los lamentos de Isobel.

Se montó en la silla, hizo un gesto con la cabeza a Hamish y llevó a Tempest a casa. Su deber estaba cumplido. La verdad no era bienvenida, pero se entregó. Él construiría un futuro en Killairic con Leila.

La sola idea le animó a tocar los costados de Tempest con sus talones.

CAPÍTULO 7

Farquar no supo qué pensar cuando la nueva esposa del señor salió bajo la lluvia y entró en su herrería. El aire estaba cargado del humo de la fragua y la lluvia tamborileaba sobre el techo. Difícilmente parecía lugar para una dama, particularmente una tan delicada como esta, y él se sintió diferente en su propio rincón de Killairic. Ella le recordó a una hermosa potra morena, vivaz e impredecible.

¿Cómo podía saludarla si ella no hablaba gaélico? ¿Estaba él condenado a insultar? Farquar no querría enfrentarse a un ajuste de cuentas con el señor Fergus, eso era seguro, porque ese hombre tenía muchos principios.

Los dos caballos recién llegados atados en la herrería miraban con curiosidad, incluso a la vieja Nellie se le erizaban las orejas mientras miraba. El caballo del arado había mostrado poco interés en algo últimamente, por lo que Farquar tomó la visita de la dama como una buena señal en ese sentido.

Él se apartó de la fragua, se secó las manos en el delantal de cuero y se inclinó. La dama le sonrió, linda criatura que era, pero el herrero permaneció incómodo ante esta inesperada visita.

El hecho de que ella estuviera acompañada por uno de los caballeros templarios no alivió su preocupación. Ese hombre era imponente no solo por su abrigo blanco y su cota de malla, sino por su expresión feroz. Él observaba la herrería como si esperara una amenaza en cada rincón, con una mano en la empuñadura de su espada y sospecha en los ojos.

Estaba claro que la dama tenía un defensor incondicional, incluso en ausencia del señor Fergus.

Para sorpresa de Farquar, la dama se dirigió con confianza a la fragua, luego cerró los ojos y respiró hondo, como si apreciara el olor característico de la herrería. Él hacía lo mismo cada vez que regresaba, pero era un hábito que difícilmente esperaba tener en común con la novia sarracena del señor. Él estaba intrigado, más aún cuando ella volvió a sonreír y le dijo algo al templario.

"La señorita Leila fue criada por su tío, que era herrero en Ultramar", explicó el caballero en cuidadoso gaélico. "Dice que tu herrería huele a casa."

Farquar sonrió, estaba encantado a su pesar. Él la invitó con un gesto a inspeccionar su trabajo, retrocediendo mientras ella hacía precisamente eso. Ella identificó lo mejor de sus labores de inmediato, con una sonrisa y un toque de la yema de su dedo, su admiración revelaba la verdad de su afirmación.

La dama señaló a los caballos, y Farquar recordó que se decía que tenía talento para cuidarlos. Quizás Nellie se había dado cuenta de eso. Como una abeja a la miel, Leila fue directamente al caballo del arado, caminó alrededor de la yegua moteada mientras murmuraba tranquilizadoramente, luego se inclinó para levantar hábilmente el pie afectado. Farquar sintió que sus cejas se levantaban mientras la dama inspeccionaba el casco herido, la seguridad de sus movimientos alimentaba su convicción de que la historia de su habilidad era cierta.

Ella habló con el caballero, que tradujo.

"¿Ella fue impaciente?"

"Sí." Farquar comenzó a explicar que el caballo se había movido justo antes de que su martillo golpeara el clavo, pero la señora rechazó su explicación. Ella simuló levantar un martillo y luego pateó con el pie, claramente consciente de que incluso el caballo más tranquilo podría no quedarse quieto mientras lo calzaban, y que el herrero no tenía ninguna culpa en eso.

Farquar exhaló un suspiro de alivio.

Ella frunció el ceño y tocó la hinchazón en el casco de Nellie con la yema de un dedo suave. La yegua resopló y pateó otro pie.

Ella levantó su oscura mirada hacia Farquar.

Él extendió las manos, esperando que el caballero pudiera traducir sus palabras y que sus gestos comunicaran su frustración. "No puedo progresar", dijo él. "Ella no se parará sobre él, mucho menos caminará, y cada día empeora en lugar de mejorar. No me atrevo a quitarle la herradura y no tengo ninguna posibilidad de que camine, pero la inactividad también le produce dolor." Él puso una mano sobre el costado de Nellie y apoyó la oreja contra su vientre. El fuerte estruendo de su indigestión hacía que el asunto fuera más claro para él y esperaba que la dama lo entendiera.

Leila escuchó la traducción del Templario, que a Farquar le pareció demasiado breve, y luego escuchó el vientre de Nellie ella misma. Ella asintió con la cabeza y le habló enérgicamente al templario.

"La dama dice que puede ayudar", dijo el Templario. "Su tío tenía un plan que había ayudado a un caballo igualmente afectado, pero ella le pide permiso para interferir en este caso".

Farquar sabía que se mostraba aliviado, porque Nellie era importante para la aldea y el bienestar de todos los que vivían en ella. Además, él no podía soportar ver sufrir a un caballo. Él dijo todo eso, encontrándose extrañamente complaciente ante la inesperada ayuda, y el caballero le habló a la dama.

Ella asintió de nuevo, luego levantó dos dedos antes de señalar hacia el torreón.

Farquar asintió entendiendo. Ella necesitaba algo del salón, pero regresaría para ayudar a Nellie. Él sonrió y se inclinó, más animado de lo que se había sentido en días.

Leila corrió, Enguerrand pisándole los talones. Ella subió al solar, abrió la puerta y sacó un frasco de las pertenencias de Fergus. Una vez que la puerta se cerró de nuevo, bajó a la cocina, donde Xavier abrió el cofre de especias a petición suya. Ella corrió de regreso a la herrería con su selección y llegó sin aliento.

Farquar le sonrió y ella supo que él la ayudaría. Habían encontrado puntos en común en su preocupación por el caballo de arado.

Enguerrand se detuvo detrás de ella.

"Hay que barrer el puesto", le dijo al Templario. "Para que esté seco y limpio debajo de los pies de Nellie. Es la humedad y el fango lo que agrava el problema."

El caballero tradujo y Farquar asintió con la cabeza, luego hizo una seña a sus muchachos. Ellos barrieron el establo, trabajando alrededor de Nellie, quien los miraba con cierta curiosidad. Eso también era un cambio para mejor. Los dos caballos que habían regresado de Ultramar con su grupo también se inclinaron sobre sus puestos para mirar y uno acarició a Leila por detrás. Ella apartó el mordisco con un manotazo, oyó un chillido juguetón y luego la acarició de nuevo.

Farquar dijo algo y Enguerrand respondió antes de traducir. "Dice que confían en ti y yo le dije que no era de extrañar. Tú fuiste quien mejor los atendió y se anticipó a sus necesidades."

Leila y Farquar compartieron una sonrisa. Ella hizo un gesto hacia el casco de Nellie. "El zapato debe quitarse y permanecer así hasta que haya una mejora." Ella cogió la pata de Nellie y lo apoyó contra sus rodillas como le había enseñado su tío. Farquar, una vez que Enguerrand había compartido su consejo, trajo sus herramientas y soltó el zapato ofensivo. A Leila le gustó que él fuera gentil y le divirtió que ambos murmuraran sonidos tranquilizadores al caballo. Ella examinó la pezuña y extendió la mano sin pensar para que el gancho la limpiara, sorprendida cuando Farquar anticipó su pedido. Ella señaló el área hinchada y él asintió, indicando otro hematoma en el costado. Cuando ella pasó el dedo por el casco de un lado, él tomó su lima y lo recortaron un poco más.

Entonces Leila levantó un dedo a modo de advertencia. Ella hizo un gesto y uno de los muchachos le dio la bolsa de Fergus. A su indicación, él la abrió.

"Eau de vie", le dijo a Farquar, quien la olió y parpadeó. "Debemos mantener el pie firme. Esto le arderá, pero limpiará la herida." Enguerrand tradujo, luego los muchachos sujetaron el caballo y Farquar sujetó la pata de Nellie. Leila vertió con cuidado una medida del líquido sobre la pata lesionada y sintió una onda pasar a través del caballo. Nellie resopló, golpeó uno de sus otros pies y sacudió la cabeza. Leila sostuvo el casco hasta que se secó. Farquar señaló hacia un lado, donde la herida ya parecía menos hinchada, y asintió con aprobación.

"Los romanos envolvían los cascos de sus caballos en cuero", dijo Leila. "Nellie debe caminar un poco para ayudar a su digestión, así que haremos lo mismo para mantener limpio el casco. Una vez que regrese a su puesto, el aire ayudará más que el cuero."

Farquar escuchó con atención la traducción de Enguerrand, luego fue a buscar un trozo de cuero y un trozo de cuerda estrecha. Leila asintió con aprobación y cubrieron el casco, solo dejando que Nellie lo bajara una vez que el cuero estuvo asegurado. Leila se puso de pie y se sacudió la falda. Ella tenía una bolsita de raíces, jengibre y cúrcuma, y media docena de manzanas de la cocina. Ella usó su cuchillo de comer para cortarlos en trozos, compartiendo cuartos de manzana con los dos caballos hasta que Nellie se volvió con curiosidad, agitando las orejas. Ella metió el resto en un saco de pienso[1], dejó que Nellie lo oliera y luego retrocedió.

La cola de Nellie se movió. Sus orejas se erizaron. Leila le tendió un trozo de manzana y el caballo más cercano soltó un relincho, estirando el cuello sobre el establo. Leila se lo dio y Nellie resopló. Leila luego le ofreció otro al caballo de arado. Nellie exhaló, luego se acercó un paso y apoyó su peso en el pie lesionado. Al principio dudó, pero luego dio otro paso y estiró el cuello para agarrar la manzana.

Farquar sonrió y los muchachos hubieran aplaudido, pero él los hizo callar con un gesto. Leila retrocedió de nuevo, obligando a Nellie a seguirla. Tomó algo de tiempo, pero la tentación del banquete fue demasiado. Nellie la siguió a lo largo del establo y de regreso, luego su estómago retumbó y se tiró un gas con entusiasmo. Leila le dejó tener el contenido de la bolsa de alimentos después de ese esfuerzo. Nellie masticó el jengibre, la cúrcuma y las manzanas, luego soltó un fuerte eructo.

Para cuando los muchachos la llevaron de regreso al establo y le quitaron el cuero de la pezuña, ella estaba tocando el suelo con la punta como no lo había hecho antes. Eructó tres veces más antes de que Leila dejara los establos, luego soltó otro gas ruidoso. Leila y Farquar asintieron y se inclinaron el uno al otro.

"Mañana", dijo Leila en gaélico, luego levantó la bolsa de especias.

"Mañana", asintió Farquar, su satisfacción era más que clara.

"No le faltarán amigos en esta morada, Señora Leila, si cura a su único caballo del arado", dijo Enguerrand mientras regresaban al salón.

Leila le dedicó una sonrisa. Ella no estaba pensando en aliados. Estaba pensando en un caballo que podría volver a caminar, aunque fuera un poco, y en que estar en la herrería de Farquar había sido lo más parecido a estar en casa de nuevo.

Pero el Templario tenía razón. Ella podría y haría de Killairic su morada.

~

Isobel había aprendido mucho desde que se había casado con Stewart MacEwan.

Había aprendido el precio de una decisión apresurada, sin duda, y la locura del impulso. Más importante aún, había aprendido a no cultivar nunca la sospecha de su marido, y como él estaba inclinado a buscar el peligro en cada sombra, eso era difícil de lograr.

Ella estaba embarazada de nuevo y tan enferma con el niño como lo había estado con los dos últimos. Ella despreciaba la terrible experiencia del embarazo, pero Stewart se había sentido muy molesto por su fracaso en dar la luz a su segundo hijo. ¿También se atrevería ella a parir a este niño?

Isobel podría no haber hecho eso, pero Fergus había vuelto. ¡Fergus! Y se veía incluso más guapo que cuatro años antes, además de más próspero. Dunnisbrae parecía pobre y mezquino después de que él se fue, oscuro, sucio y desolado. Isobel lo odiaba y a su esposo también.

Tenía que haber una forma de mejorar su situación.

Sin embargo, ella sabía que solo un tonto le daría alguna indicación de tales pensamientos a Stewart. Ella regresó obedientemente al salón, como si se hubiera olvidado de Fergus, y reanudó su comida interrumpida.

"Estás olvidando tu regalo, Isobel", dijo su esposo detrás de ella, con tono burlón. "¿Cómo pudiste olvidar un regalo de tu ex prometido?"

Ella sentía una gran curiosidad por el regalo, pero no se lo reveló a su celoso esposo. Stewart caminó a su lado y colocó el baúl en la mesa a su lado. Isobel tenía muchas ganas de abrirlo, pero apenas lo miró.

"¿No vas a abrirlo?" Preguntó Stewart.

"No necesito un regalo de otro hombre", dijo Isobel. "Mi señor esposo satisface todos mis deseos".

—Entonces tal vez una de las mujeres del pueblo le dará la bienvenida a cualquier baratija sucia de infiel que haya traído para ti —dijo Stewart, tan obviamente tratando de provocarla que Isobel tuvo que mantener la mirada baja para que no viera el destello de sus ojos.

"Quizás", estuvo de acuerdo ella.

Los ojos de Stewart brillaron y empujó el baúl hacia ella. "Ábrelo."

Isobel conocía bastante bien esta prueba y se armó de valor para intentar tener éxito en ella. "Apesta", dijo ella, como si el cofre la repugnara. Apestaba, a especias y sal del mar, a lugares extraños y aventuras, y todas las cosas que Isobel deseaba. Olía a promesa y esperanza y mucho, mucho más de lo que había ganado en este matrimonio.

Fergus se había comprometido con una infiel.

Era el tipo de gesto galante que haría un hombre como Fergus.

Pero él debería estar casado con ella. Seguramente él podría ser convencido de que dejara a un lado a la infiel una vez que ella ya no estuviera casada.

"Ábrelo."

Ella se encogió de hombros como si su marido fuera tedioso. "¿Debe ser ahora, Stewart?"

"¡Ábrelo!" ordenó Stewart y, cuando ella no se movió, abrió el cofre él mismo.

Isobel esperaba que contuviera alguna baratija que fácilmente podría encontrar aburrida, pero en cambio, la más maravillosa pieza de tela azul se derramó sobre su regazo cuando Stewart agarró el baúl y lo tiró. Ella estaba sentada frente al fuego y esta tela estaba iluminada por la luz del fuego de tal manera que ella jadeó en voz alta. Brillaba, reluciente con hilos de seda. Era suave y flexible, tejido tan fino que era una maravilla incomparable.

Y era de un azul vibrante.

El mismo tono que sus ojos.

¡Fergus!

"Un regalo de amante", gruñó Stewart y tomó la tela de su regazo. Era una pieza ancha, lo suficientemente larga para un kirtle a pesar de que ella era alta. Tal vez incluso lo suficiente para una pelliza corta. Isobel gritó contra su voluntad cuando le arrebataron la tela y la sintió deslizarse entre sus dedos.

Stewart la hizo una bola y la hizo un nudo, con ira en sus gestos. "Un hombre que envía un regalo como este tiene una expectativa", gruñó él. "No seas tan tonta, Isobel, ni siquiera piensas en cumplirla." Y salió del pasillo con la tela, la furia y el propósito en cada paso.

Isobel sabía lo que haría. Ella se levantó y fue hacia la puerta, sujetándose el vientre mientras observaba cómo Stewart avivaba el fuego en el patio que los centinelas mantenían para calentar sus manos.

Ella cerró los ojos cuando Stewart arrojó la tela al fuego, su expresión salvaje mientras ardía. Ella se sintió enferma de que él debiera destruir su regalo en lugar de verla feliz, o elegantemente vestida, y se volvió hacia la mesa. Fue entonces cuando notó que todavía había algo en el cofre.

Agujas, muy finas y afiladas. E hilo de seda para el bordado que nunca había practicado mucho antes de su boda. Isobel los agarró a ambos y los guardó, ocultándolos de su marido.

Su estómago se revolvió y vomitó una vez más en el cubo que siempre estaba a mano. Dios del cielo, cómo odiaba el embarazo. Ella pensó en Fergus despidiéndose de ella, recordando lo hermosa que se había sentido en su presencia, y anhelaba sentirse así de nuevo.

"No seas tan tonta como para perder este también", murmuró Stewart desde la puerta. "Me casé contigo por hijos, y tendré hijos. No me contradigas en este ni en ningún otro asunto, Isobel.

"No, mi señor", logró decir. "Por supuesto que no, mi señor."

Pero la rebelión se había despertado en Isobel. Sí, porque con agujas afiladas en su poder y Fergus comprometido con una pagana, una vez más tenía los medios para asegurarse su propia ventaja.

Esta vez, ella se casaría por su propio beneficio.

Ella y Fergus se habían acostado juntos una vez, porque ella le había rogado, pero ni Fergus ni su puta sabían que Isobel no había concebido antes de que Stewart la reclamara.

Ella podía asegurarse de que Stewart no tuviera la oportunidad de compartir la verdad.

~

Aunque la lluvia fue simplemente una niebla durante la primera hora más o menos, cuando Leila fue a la herrería, estaba cayendo de manera constante. Caía con mayor vigor cuando ella visitó a Margaret y puso fin a cualquier discusión sobre su visita a los jardines. A la hora de la cena, la lluvia caía a cántaros. No cesó y esto asombró a Leila. Ella podía oírla tamborilear en el techo, olerla en el aire que entraba en el salón y ver los riachuelos serpenteando por el suelo. ¡No era de extrañar que las colinas fueran tan verdes!

Los fuegos de los braseros humeaban más y la piedra del torreón irradiaba un escalofrío que le penetraba hasta la médula. Leila se envolvió en una capa de piel de la cama y miró por la ventana del solar hacia la oscuridad, preguntándose por Fergus.

Él llegaba tarde.

Él se había perdido la cena, a pesar de que la habían retrasado, y ella sabía que él no era de los que rompían una promesa.

El sol se había ido, las nubes no permitían la luz de la luna o las estrellas. ¿Él conocía el camino lo suficientemente bien como para encontrarlo en tal oscuridad? ¿Podría él haber resbalado y haberse herido su caballo? ¿Podría haberse borrado un camino?

¿Stewart MacEwan podría haberse opuesto a la visita de Fergus?

¿Pudo Isobel haberle pedido algo a Fergus que le resultara imposible negar?

Solo un día llevaban casados y Leila tenía el pecho apretado por el miedo por su futuro juntos. Ella se agarró a la piel y miró hacia la noche, preocupándose como pocas veces lo había hecho antes. Era la impotencia de su situación. No había nada que ella pudiera hacer para ayudar a Fergus. Ni siquiera podía salir a buscarlo, porque solo tenía una vaga idea de la ubicación de Dunnisbrae.

No pudo evitar sentir que Isobel había ganado... algo. Y Leila temía la importancia de eso.

"Y entonces vives en una tierra que debes encontrar hostil", dijo Calum detrás de ella y ella saltó, sobresaltada de su ensueño. Ella se giró para encontrarlo en la entrada del solar y se preguntó cuánto tiempo había estado allí, mirándola.

"Es muy hermoso", admitió ella.

"Y muy frío, en comparación con Ultramar", dijo, acercándose a ella. "¿Alguna vez has visto tanta lluvia? Apuesto a que no."

Leila negó con la cabeza. "Nunca."

"Es difícil para las articulaciones, sin duda, pero lo extrañé en mi viaje al este."

"¿Me contarás de tu viaje hacia el este?"

Él le dirigió una mirada penetrante. "Solo si dejas la ventana y confías en que Fergus cumplirá su palabra", dijo él con suavidad.

"Sí, pero parece que podrían haber pasado tantas cosas..."

O tal vez nada más que un río crecido que les obliga a tomar una ruta más larga. Ven al fuego, Leila, y te contaré una historia.

Ella no pudo rechazar su invitación y cerró la puerta del solar detrás de ellos. Ella lo tomó del codo, asegurándose de que no se resbalara en las escaleras, y sonrió al ver que Iain los había anticipado. Dos sillas estaban juntas en una esquina, dos braseros frente a ellas con fuego ardiendo en cada uno. Leila se sintió mimada por el hecho de que se gastaran tantos recursos en su nombre y agradeció al administrador.

"Rara vez hablo de Ultramar", dijo Calum mientras se sentaba en una silla. Fergus lo sabe, por supuesto, pero dudo que le haya parecido interesante. Él dio unas palmaditas en el asiento frente a él. "Ven y déjame contarte lo que recuerdo de tu tierra natal, luego podrás contarme qué ha cambiado."

"Dudo que algunos asuntos hayan cambiado en absoluto", dijo Leila. Había una manta de piel en la silla y ella se acurrucó en ella, dándole la bienvenida a su suave grosor. El padre de Fergus hizo una seña e Iain trajo dos pieles de plata más, una para cada uno de ellos. El padre de Fergus puso las suyas sobre sus rodillas y suspiró contento. "Una copa de vino caliente y me sentiré de lo más complacido", dijo, mirando al mayordomo.

"Solo queda una pequeña medida en ese barril, mi señor."

"Y es hora de que lo disfrutemos." El padre de Fergus saludó e Iain hizo una reverencia, luego se retiró para cumplir sus órdenes.

Leila sonrió mientras se colocaba la piel sobre el regazo y se calentaba.

"¿Mejor?" preguntó y ella asintió.

"Gracias, señor."

"¿Señor? Me llamarás Calum."

"Pero..."

"Mi salón, mis reglas", dijo él con firmeza. Sus ojos azules brillaban con humor a pesar de que sus modales eran bruscos.

Leila no podía ofenderse, no cuando sus ojos brillaban tanto. "Y así será, Calum", dijo ella y él sonrió. "¿Cuándo estuviste en Palestina?"

"Hace poco más de veinte años. Respondimos a la llamada, como tantos otros."

"¿Nosotros?"

"Mi compañero más antiguo y querido, Alasdair Campbell. Nuestras madres eran hermanas y teníamos la misma edad." Sus cejas se movieron. "Encontramos problemas juntos, sin duda."

Leila sonrió. "Como mi prima y yo, pero mi madre era la hermana de su padre."

"Ah, casi lo mismo. Y así fue que cuando Alasdair escuchó la convocatoria para defender Jerusalén, estaba decidido a responder a la llamada." Calum frunció el ceño. "Ya yo estaba casado y tenía un hijo."

"Fergus".

Él asintió. Hasta ahora estaba menos inclinado a viajar, pero la prometida de Alasdair había muerto de fiebre antes de que se celebraran sus nupcias. Me temo que él se culpó a sí mismo por su muerte."

"¿Pero por qué?"

"Él pensaba que un hombre debería amar a la mujer con la que se casaría, así como yo amaba a mi Eileen."

"¿Y él no amaba a su prometida?"

Calum negó con la cabeza. "Ella era hija de un poderoso miembro del clan y su matrimonio era para hacer una alianza. Y desde luego, Nyssa no era la mujer más fácil de admirar. Ella era propensa a ataques de ira y decía mucho cuando estaba enojada. Alasdair es un hombre templado, que dice poco pero que quiere decir todo lo que dice. Su pareja podría haber sido buena para una alianza, pero sus naturalezas no podrían haber sido más diferentes. Y así fue como él se sintió culpable cuando ella enfermó y murió, y él se culpó a sí mismo por no amarla más."

"Quizás ella debería haberlo amado más", sugirió Leila. "Y aprender de sus modales."

"Quizás sea así, pero cuando llegó la llamada, Alasdair creyó que le ofrecía la oportunidad de arrepentirse. Él quería viajar al este en una Cruzada como un acto de peregrinación y pedir perdón en la Iglesia del Santo Sepulcro." Calum asintió. "Como era mi mejor amigo y porque temía el resultado si hacía ese viaje solo, acepté ir con él."

"¿Y tu esposa, Eileen?"

"Oh, ella pensó poco en la idea, sin duda. Pero ella deseaba un segundo hijo, si no un tercero, y después del nacimiento de Fergus, no había vuelto a concebir." Guiñó un ojo. "No fue por falta de esfuerzo de nuestra parte."

Leila sonrió.

"Entonces, encontré mérito en la noción de peregrinaje y penitencia, así que fuimos juntos." Calum suspiró. "Era la primavera de 1165. Fergus tenía tres veranos. Recuerdo que miré hacia atrás para ver a Eileen en lo alto de la torre, sosteniéndolo en sus brazos. El sol estaba en su cabello, era de un cobre resplandeciente, y él se agitaba con todas sus fuerzas. Sé que Eileen lloró y, de verdad, yo derramé una lágrima. No había pensado hasta ese momento que no podría volver a verlos, y casi volví."

Entonces él se quedó en silencio, perdido en sus recuerdos, y Leila se dio cuenta de lo mucho que había amado a su esposa. Ella le permitió recordar por unos momentos, contenta con beber su vino y ver las llamas como él lo hacía, escuchar el sonido de la lluvia y esperar que ella y Fergus pudieran algún día compartir un amor similar.

—Pero no te volviste atrás —le instó finalmente Leila, y suavemente atrajo a su compañero de regreso a su relato.

Calum se aclaró la garganta y negó con la cabeza. "No tenía una idea real de lo lejos que estaba Ultramar, y mucho menos de lo difícil que sería el viaje. Tardamos casi un año en llegar a Constantinopla. Finalmente encontramos un pasaje allí a Cesarea, pero ahí fue donde nos separamos."

Él se quedó en silencio, mirando al fuego, y Leila lo instó nuevamente a continuar. "¿Pero por qué? ¿Qué pasó?"

"Me enfermé con fiebre. Recuerdo poco de eso, más allá de convencer a Alasdair de que siguiera sin mí. Allí me atendieron los caballeros hospitalarios, aunque no tengo ningún recuerdo de esos meses. Cuando me recuperé, estaba tan debilitado que tuve que aprender a caminar de nuevo. Hubo muchos que me ayudaron en su amabilidad, no todos Extranjeros ni Cristianos. Aprendí más que caminar." Él le dedicó una mirada atenta y Leila asintió con la cabeza para comprender lo que quería decir. "Y, sin embargo, en todo el tiempo que me tomó sanar, Alasdair no regresó. Les pedí a los peregrinos y caballeros que iban a la Ciudad Santa que lo buscaran, pero ninguno me trajo noticias de él. Él no envió ningún mensaje. Cuando pude, fui yo mismo a Jerusalén, pero era como si Alasdair nunca hubiera existido. Quizás nunca había llegado. Quizás había sido atacado por bandidos en el camino o él mismo se había enfermado. Yo esperaba que hubiese tenido la oportunidad de hacer su penitencia. Un año después de mi llegada, había un barco que regresaba a Constantinopla. A instancias de un compatriota que había conocido, tomé el viaje, temiendo, incluso mientras lo hacía, haber dejado atrás a mi camarada y amigo." Calum frunció el ceño y se quedó en silencio una vez más.

Pero antes hablaste de él como si aún viviera.

"¡Lo hace!" dijo el hombre mayor. "De hecho, sí, pero cuando pienso en esos días y esa elección, creo que le fallé como amigo."

"¿Él cree eso?"

"No, pero déjame continuar. Fue un largo viaje a casa y en mi estado debilitado, no habría sobrevivido sin la ayuda de ese compatriota. Su nombre era Murdoch Olafson."

"¿El guerrero en tu salón?"

"El mismo, pero te contaré más de eso más tarde. Regresé aquí a Killairic, casi seis años después de mi partida, solo para descubrir que muchos creían que estaba muerto. Mi hermano iba a obligar a Eileen a casarse con otro. Solo su naturaleza obstinada y un poco de suerte habían asegurado que permaneciera al mando de Killairic con Fergus. Mi regreso fue recibido con mucha alegría."

"¿Incluso por tu hermano?"

Calum se rió entre dientes. "Creo que se alegró de que su disputa con Eileen terminara. Era Gille Brigte quien deseaba asegurar la defensa de Killairic, y realmente, si hubiera sido más importante, la determinación de Eileen no habría marcado la diferencia. Mi hermano se aseguró de que la propiedad fuera segura, pero Gille Brigte deseaba una mayor garantía. Con mi regreso, lo tuvo y todo estuvo bien."

"¿Tuviste más hijos?"

Calum negó con la cabeza. "Nada cambió en ese asunto, al menos no para mejor. Me dijeron en Caesaria que la fiebre afectaría mi capacidad para engendrar hijos y, de hecho, se sintieron visiblemente aliviados al saber que ya tenía un hijo. Yo no creía su pronóstico, pero a medida que pasaban los años, quedó claro que tenían razón." Él se encogió de hombros. "Conocimientos médicos sarracenos".

Leila se sintió conmovida por su tristeza. "Tu esposa debe haber estado decepcionada."

Calum asintió lentamente. "Fue la única discusión que tuvimos, y solo la tuvimos una vez. Ella no me culpó por elegir viajar al este, pero estaba amargada por los resultados. Ella lo llamó mi fiebre sarracena y creía que los sarracenos le habían robado más hijos." Él sonrió un poco. "Sin embargo, si hubiera podido ver más allá de tu fe, creo que le habrías gustado."

"Eso podría haber sido un desafío considerable."

"Pero uno que hubiera sido bueno para ella." Calum frunció los labios. "Es demasiado fácil odiar a quienes nunca nos hemos encontrado, ver las diferencias entre nosotros en lugar de las similitudes. ¿Por qué derramamos tanta sangre en Ultramar? Porque todos creemos que Jerusalén es una ciudad santa. Todos podríamos adorar allí, pero en lugar de tolerar las necesidades de los demás, luchamos por la soberanía sobre un lugar que debería estar por encima de tales batallas. Fui testigo de tanta bondad allí, al mismo tiempo que hubo una masacre despiadada."

"Mi tío dice que lo mejor y lo peor se revelan allí."

"Y él tiene razón en eso, sin duda." Calum levantó un dedo. "Pero para continuar con la historia, Murdoch se fue a casa desde aquí solo para descubrir que su padre y su hermano habían muerto en la batalla y que ya no tenía casa. Ha vivido aquí desde entonces, y por invitación mía."

"Duncan dijo que era un buen guerrero y leal."

"Lo es, y su presencia hace que extrañe un poco menos a Duncan." Calum sonrió. "Fergus tenía doce veranos cuando tuvimos otro invitado en las puertas. No era otro que mi camarada Alasdair, que finalmente regresaba de Ultramar. Fue bienvenido, por supuesto, aunque vi una nueva tristeza en él."

"¿Qué le había pasado?"

"Había ido a Jerusalén y había rezado en la Iglesia del Santo Sepulcro. Rezó allí todos los días durante muchos meses, tanto por su propio perdón como por mi recuperación. Así fue como llegó a conocer a varios de los Caballeros Templarios que vivían allí. Él llegó a confiar en ellos y a admirarlos. Cuando envió un mensaje a Caesaria y le dijeron que yo ya no estaba allí, se comprometió con la causa de los templarios en lugar de regresar solo a casa. Era un excelente espadachín y un luchador valiente, pero lo más importante, era un hombre que podía encontrar una solución en cualquier problema. No tengo ninguna duda de que se alegraron de sus habilidades en aquellos tiempos. Con el tiempo ayudó a administrar justicia en los pueblos que dejó el rey Godofredo a la Iglesia del Santo Sepulcro."

Leila asintió entendiendo. Ella había nacido en uno de esos pueblos y vio por la rápida mirada de Calum que él lo había adivinado.

Alasdair sirvió varios años, hasta que tres de las aldeas fueron asaltadas y arrasadas. Él dijo que sentía que había trabajado para nada en absoluto, porque vio que la guerra regresaba a la región, una marea de furia tan implacable como siempre. Amalarico de Jerusalén había dirigido cinco campañas a Egipto, pero en 1169 Saladino reclamó esa tierra. Alasdair sabía que el líder sarraceno no se detendría hasta que tomara posesión de Jerusalén. Era el final del compromiso jurado de Alasdair con los Templarios, por lo que regresó a casa, solo. Vino aquí primero."

"Saladino conquistó Jerusalén en octubre pasado."

"Y entonces pedirán otra cruzada", dijo Calum con cansancio. "Ya he oído rumores de eso. Me alegro de que mi hijo esté en casa y quiero que siga estando"

"¿Qué hay de tu amigo? ¿Regresó a su casa y se casó?

Calum negó con la cabeza. "No Alasdair. La guerra lo cambió de otra manera. Él perdió la esperanza. Vive en soledad en las islas y creo que hace las paces con el pasado."

"Como un hombre santo", dijo Leila.

"Pero alguien que se niega a comprometerse con una religión", dijo Calum, lo cual fue intrigante. "El servicio con los Templarios le mostró más de su tipo incluso de lo que yo vi, y le enseñó una tolerancia que es envidiable." Él se puso de pie y se dirigió a un baúl al otro lado del salón. Lo abrió y sacó una pequeña alfombra enrollada, luego volvió a su silla. "Alasdair trajo esto a casa con él, un regalo de un hombre que estaba complacido con la solución que Alasdair encontró para una vieja disputa", dijo él, poniéndolo de rodillas. Se lo dio a Eileen para la capilla de Killairic. Aunque ella fue educada en su presencia, se negó a tener una alfombra sarracena en la capilla. Ella dijo que era un insulto a Dios contaminar un lugar santo con algo hecho por un infiel." Calum negó con la cabeza y luego desplegó la alfombra, colocándola en el suelo de piedra entre sus sillas.

Leila contuvo el aliento ante su belleza. Era pequeña y los colores eran ricos. El diseño era intrincado y ella incluso captó un olor a este atrapado en la tela. Ella extendió una mano con admiración y acarició la lana. "Es hermosa", dijo ella con voz ronca.

"Lo es", coincidió Calum. "No creo que pueda haber maldad en un artículo de tanta belleza, hecho con tanto cuidado, y destinado a permitir que alguien honre lo divino." Él se inclinó, enrolló la alfombra y se la ofreció a Leila.

"No puedo aceptar un regalo así."

"¿Por qué no? Apostaría a que lo recibirás bajo tus rodillas cuando digas tus oraciones. Esa es su intención, y ahora, ha encontrado a la persona para usarla mejor." Calum la movió hacia ella. Cógela, Leila. Por favor. Tómala como un regalo de bodas y úsalo con buena salud."

Leila aceptó el regalo con el pecho apretado. Ella tocó su flequillo. "Te lo agradezco."

"Se usa con tanta suavidad que aún podría ser nuevo." Calum asintió con satisfacción. "Me gusta que estuviera aquí, esperándote, como si necesitaras una señal de que esta podría ser tu casa." Él le sonrió. "Inshallah".

Como Dios quiere.

Leila parpadeó para contener las lágrimas inesperadas. Ella no esperaba volver a escuchar árabe, no mientras estuviera en Escocia.

—Inshallah —repitió Leila en voz baja, y le resultó fácil creer que estaba destinada a estar en Killairic. Ella acarició la suavidad de la alfombra e inhaló profundamente el aroma del zoco que aún llevaba.

"Alasdair siempre viene a celebrar la Navidad con nosotros", dijo Calum, tomando un sorbo de vino. "Entonces puedes preguntarle más sobre la alfombra y sus días en Ultramar."

El Yule. Faltan ocho meses. Leila solo podía esperar estar todavía en Killairic.

No. Ella se aseguraría de estar en Killairic para el Yule. Para entonces ella concebiría al hijo de Fergus y seguiría progresando para hacer de ese lugar su hogar. Seguramente los acontecimientos de este día le habían demostrado que se podía hacer.

~

ERA UN VIAJE MISERABLE.

Hacía mal tiempo y la tierra estaba resbaladiza por la lluvia.

Fergus sentía como si todas las fuerzas conspiraran contra él y estaba molesto de que fuera así cuando estaba tan decidido a regresar a casa en Leila. Él quería mostrar su recién descubierto aprecio, pero los elementos lo alejaban de Killairic.

Sus pensamientos estaban consumidos por Leila y lo que había notado ese día sobre Isobel. Él parecía que había entregado su corazón por error, y tenía que reconocer que estaba aliviado de no tener a Isobel como esposa. Esas miradas rápidas habían sido escalofriantes y Fergus se dio cuenta de que compartía la opinión de Leila de que dormiría mejor cuando confiara en todos los que estaban en el solar.

Él se había equivocado.

Sin duda, Fergus había esperado poco del matrimonio antes de emprender el viaje hacia el este. Placer en la cama. Hijos. Alguna medida de compañerismo. Él había asumido que la admiración y el interés que sentía por Isobel era el amor sobre el que cantaban los trovadores. Él había creído que su futura felicidad juntos estaba asegurada. Él había pensado que el asunto era sencillo.

Pero no era tan simple como eso. En su viaje, Fergus había visto a sus amigos y camaradas conmovidos por una pasión y devoción mucho mayores. Él sabía que su futuro había cambiado. Aunque Gaston se había casado por conveniencia con Ysmaine, cuando llegaron a París, todos, excepto esos dos, tenían claro que sus corazones estaban unidos para siempre.

La chispa entre Bartolomé y Anna había sido tangible, si no lo suficientemente caliente como para quemar a un hombre. Fergus no había necesitado una segunda vista para anticipar que se casarían, ya que habían desafiado las expectativas del otro y cumplieron los sueños del otro.

Duncan, era evidente para Fergus, haría cualquier cosa para asegurarse de que su amada Radegunde sonriera. La conquista de la doncella del corazón reacio del guerrero había hecho que el hombre de armas pareciera veinte años más joven.

Incluso Wulfe, un hombre de quien Fergus originalmente creía que no poseía corazón, se había enamorado de Christina y, finalmente, se había ganado su mano en matrimonio y había sido nombrado heredero de su padre.

Parecía que el amor, un amor verdadero y permanente, hacía que el matrimonio fuera mucho más feliz. Sin embargo, tener tal amor entre el esposo y la esposa podría no ser una situación tan común, y ciertamente no se gana sin una cultivación activa. Leila no solo tenía razón al anhelarlo en su matrimonio, sino que ella le ofrecía a Fergus la oportunidad de obtenerlo él mismo.

Ella era honesta. Ella era honorable. Él se comprometería de nuevo con ella y con su matrimonio y se esforzaría por crear el matrimonio que ella deseaba por encima de todo. Si ella deseaba casarse con otro, Fergus la dejaría ir por el bien de su felicidad, pero esa noche, él quería ganarse el amor de Leila para sí mismo.

Él también quería escuchar lo que el rey con la esposa infiel había visto en el jardín.

A pesar de su deseo de apresurarse, su avance era lento. Fergus no podía creer la cantidad de lodo, mucho menos la cantidad que los ríos y arroyos que habían crecido bajo la lluvia de ese día. Él y Hamish volvieron sobre sus pasos una docena de veces para continuar en un terreno más alto si lo hacían alguna vez. A medida que oscurecía y la lluvia se volvía más fría, él comenzó a preguntarse si alguna vez volverían a casa.

Un fuego cálido comenzaba a sonar como el sabor del paraíso.

Cuando el sol se ocultó por debajo del horizonte y desapareció la última luz, Hamish y él instaron a los caballos a seguir adelante. Finalmente llegaron a un lugar donde el agua corría poco profunda y Fergus casi gritó de alivio.

"Dame tus riendas", le dijo a Hamish.

"Por si acaso algo sale mal", asintió el muchacho, luego estornudó fuertemente mientras seguía las instrucciones. "En verdad, mi señor, no puedo recordar un viaje de tal desafío."

"Ni yo"

El chico estornudó de nuevo. "Ni de un frío tan implacable."

"Está muy lejos del calor abrasador de Jerusalén", asintió Fergus mientras Tempest bajaba por la orilla hasta el arroyo. Él dejó que el caballo eligiera su propio camino, porque así era más seguro. Aun así, Tempest se deslizó varias veces en el barro antes de entrar en el agua poco profunda. El caballo negó con la cabeza y resopló, claramente no le gustaba la temperatura del agua. Fergus lo alivió con un toque de su talón.

"Cuando estábamos allí, pensé que nunca volvería a tener frío", dijo Hamish con una sonrisa. "Ahora me pregunto todo lo contrario." El muchacho se agarró al cuello de su caballo, siguiendo la elección de Fergus y confiando en que el par de caballos negociarían con el agua corriente. Había una gran cantidad de piedras en el lecho del río y Tempest procedió con precaución. Parecía tardar mil años en cruzar, pero Fergus sabía que era desde la raíz su propia impaciencia estar en casa.

¿Leila estaría preocupada por él? Él solo podía imaginarlo. Su padre ciertamente lo estaría, aunque creía que Leila tranquilizaría al anciano. Se los imaginó sentados juntos, y a Leila persuadiendo historias de su padre, distrayendo a Calum del paso de las horas. La idea le hizo sonreír a pesar de su malestar.

En la parte más profunda del río, el agua casi llegaba hasta las rodillas del caballo, aunque Fergus habría apostado que esa mañana le llegaba hasta los cascos. Tempest se resistió y resopló, probablemente por el frío del agua, luego, evidentemente alentado por la proximidad de la otra orilla, dio otro paso.

Las rocas que pisó el semental se soltaron y rodaron. Tempest relinchó, sacudiendo la cabeza mientras se asustaba al no encontrar nada debajo de su casco. Sin duda, la oscuridad no ayudaba. El caballo dio un paso atrás antes de que Fergus pudiera calmarlo y el caballo se opuso a la proximidad del trasero del otro caballo a su nariz.

Ella mordió su costado, aparentemente impaciente con su paso. Tempest relinchó en protesta y corrió hacia adelante, saltando a la orilla. Fergus soltó las riendas del caballo tan pronto como se dio cuenta de lo que estaba haciendo el caballo, pero ya era demasiado tarde. El caballo se vio obligado a dar un paso adelante y tropezó a su vez, entrando en el mismo agujero que había creado Tempest. El caballo cayó de rodillas, relinchando de indignación, y Hamish cayó al río con un chapoteo.

Tempest se asustó con el sonido y galopó hacia adelante una docena de pasos. Fergus saltó de la silla y echó las riendas sobre la cabeza del caballo. El caballo, mucho menos desconcertado que el otro caballo, recuperó el equilibrio, cruzó el resto del río y subió a la orilla. Le dio otro mordisco al flanco del caballo, como para regañarlo por su locura. Tempest relinchó y pateó de nuevo, pero no huyó.

Después de todo, había algo de misericordia.

Fergus ya caminaba hacia el río. Agarró a Hamish, que no estaba herido pero estaba luchando por ponerse de pie en el agua fría. La capa y la ropa del muchacho estaban empapadas y pesadas por el peso del agua. Incluso a Fergus le costó un poco ponerlo en pie. Ambos estaban empapados cuando llegaron a la orilla y respiraban con dificultad. El peso de su propia capa de lana mojada hizo que Fergus se sintiera un poco más bajo. Él se quitó una bota y luego la otra, drenándoles el agua, y Hamish hizo lo mismo.

—Un ejercicio inútil —murmuró Fergus, considerando lo mojados que estaban sus botas y pies.

"No necesitaremos un baño cuando lleguemos a Killairic, señor", dijo el muchacho en un intento de humor.

Fergus se rió entre dientes y lo instó hacia los caballos. La pareja permanecía con la cabeza gacha y las orejas dobladas hacia atrás, evidentemente también abatidos por su estado húmedo.

"Al contrario, necesitaremos urgentemente un baño caliente para eliminar este frío." Fergus ayudó al muchacho a subirse a la silla y luego se montó en la suya. "Al menos finalmente estamos en el lado derecho de este maldito río." Él miró a su alrededor, sabiendo que estaban muy cuesta arriba del camino que hubiera preferido, y su corazón se hundió.

"Hay un buen camino, señor, a menos que lo recuerde incorrectamente. Justo ahí a la izquierda."

Para deleite de Fergus, Hamish tenía razón. No era un camino lo suficientemente ancho para que pudieran cabalgar juntos, pero aceleraría su regreso a Killairic. Fergus sabía que todos debían calentarse pronto. "Nuestra fortuna cambia para mejor, Hamish", dijo con alegría. "Vayamos a casa a toda prisa."

"Sí, mi señor."

"Tú delante de mí", instruyó Fergus. Tu caballo muestra buen sentido para que Tempest pueda seguirla. Deja que ella marque su propio ritmo."

Tan pronto como estuvieron en el camino, el caballo levantó la cabeza. Pareció captar el aroma del hogar y de un establo cálido, pues empezó a galopar con determinación. Tempest la siguió, con las fosas nasales dilatadas, y no pasó mucho tiempo antes de que Fergus oliera a fuego.

Los caballos echaron a galopar justo después de que Fergus reconociera la forma de la tierra que rodeaba a Killairic y, para su alivio, la silueta de la torre apareció en la distancia ante ellos. Una luz dorada brillaba desde las ventanas y el humo se elevaba desde el pueblo.

"¡Hogar!" gritó.

"¡Hogar!" hizo eco Hamish y se rió en voz alta mientras galopaban hacia las puertas.

CAPÍTULO 8

El sonido de los cascos de los caballos resonaba con fuerza en la noche. La pareja chapoteaba a través de charcos y arrojaba barro con sus cascos, y Fergus estaba seguro de que nunca había estado tan mojado y sucio en su vida.

Los centinelas dieron un grito de bienvenida cuando se acercaron a las puertas e inmediatamente les abrieron una puerta. Los caballos trotaban, moviendo la cabeza con impaciencia y arrojando agua de lluvia en todas direcciones.

"Temíamos que no regresara esta noche, señor", dijo el portero.

"Llego tarde, sin duda, pero no dejaré que mi esposa y mi padre se preocupen hasta el amanecer." Fergus no necesitó instar a Tempest a trotar hacia los establos, porque el caballo sabía dónde encontrar comida y refugio.

—El herrero le contará una historia de su esposa, señor —gritó alegremente el portero y Fergus miró hacia atrás con curiosidad. Sin embargo, no frenó a Tempest, quien estaba decidido a llegar al establo lo antes posible. El mozo los recibió en la puerta, con la camisola suelta como si se hubiera caído de la cama para cuidar del caballo.

¡Hamish! ¡Aquí, muchacho! —gritó un hombre y Fergus vio que Farquar saludaba a Hamish desde fuera de la herrería.

"Ve entonces, y déjanos secarnos todos lo antes posible", le dijo

Fergus al muchacho. "Les agradezco tu compañía este día. Haré que envíen un guiso caliente de las cocinas para ti y tu tía y tu tío."

"Gracias, mi Señor." Hamish inclinó la cabeza y se dirigió a la herrería.

Fergus vio a Farquar tomar las riendas del caballo y llevarla a la herrería, luego escuchó su rugido de preocupación.

"¡Gran noche!" declaró Stephen mientras guiaba al caballo al medio del establo. ¡Y qué barro! Mi señor, parece que ha atravesado un campo sin labrar. Él despojó a Tempest rápidamente de su silla y manta, dejándolas a un lado y comenzando a frotar al caballo. "Cada artículo empapado incomparablemente. ¡Tardará una semana en secarse! "

"No fue un día ideal para este viaje, sin duda, pero mi obligación se ha cumplido ahora", reconoció Fergus. Con un sonido diminuto, se giró y vislumbró a una mujer que miraba desde las escaleras hacia el desván.

Se parecía a Agnes.

Pero el mozo tenía esposa. ¿Había él imaginado ese rostro en las sombras?

Cuando Fergus miró más de cerca, la doncella se había ido, si es que alguna vez había estado allí en primer lugar. "¿Estás solo esta noche, Stephen?"

El mozo le dio a Fergus una mirada rápida. "Por supuesto señor. Esperé tu regreso antes de irme a casa."

Fergus frunció el ceño, porque sintió una mentira, pero no dijo más. Cogió un cepillo, pero Stephen le indicó que se fuera. Vaya al salón, señor, y caliéntese. Puedo manejar este bastante bien." Tempest sacudió la cabeza y relinchó, como si estuviera de acuerdo, y Fergus se dirigió a las cocinas.

En verdad, él estaba más que concentrado en ver a Leila, aunque había responsabilidades que atender primero. Fergus fue recibido en las cocinas por Xavier, quien lo reprendió por correr tal riesgo con su salud. Él pidió que se enviara una olla de estofado de venado caliente a la casa de la tía y el tío de Hamish.

El muchacho también debería tomar un sorbo de aguardiente, razonó Fergus, y luego continuó hacia el salón. Sonrió al ver a su padre ya Leila sentados junto al fuego, con las cabezas juntas. Su corazón resplandecía porque Leila había hecho lo que él había imaginado y se tranquilizó al ver a su padre a gusto.

Entonces Leila se puso de pie, su alegría clara. "¡Fergus!"

"Dime que no temiste por mí", dijo él, pero ella corrió hacia él, su preocupación más que clara. Él la tomó en sus brazos y la abrazó con fuerza, sintiendo que estaba temblando. "¿No recuerdas que te lo prometí?", Susurró él en su cabello.

"Prometiste que volverías para la cena", lo reprendió ella, apartándose un poco de él. "Que se completó hace horas." Ella bajó la voz a un susurro y él vio su alivio en sus ojos. "Estaba muy preocupada."

"Te agradezco por sentarte con mi padre, para que no pensara en mi demora."

"Él me invitó a unirme a él. Es una delicia." Leila sostuvo su mirada por un momento. "¿Y tu encargo?" preguntó ella con cuidado.

"Mi obligación está cumplida", dijo Fergus con firmeza. "Y estaba muy molesto porque no podía volver a casa y a mi esposa con mayor rapidez."

"Solo deseas saber lo que vio el rey de Samarcanda en el jardín de su hermano", bromeó ella y Fergus se rió.

"Lo hago, de hecho, aunque tenemos otro asunto que atender primero." Él se inclinó y la besó, con la intención de tranquilizarla, y el calor estalló dentro de él cuando ella se rindió a su toque.

"¡Sí, veo el motivo de tu regreso!" bromeó su padre y terminaron su abrazo con desgana. Los ojos de Leila brillaban de alivio, y Fergus resolvió en ese momento pasar la noche mostrándole el alcance de su estima por ella.

Ella tiró de su capa, la desaprobación reemplazó su miedo. Estás mojado hasta la médula, señor. Ella se volvió y aplaudió. "Iain, mi señor debe tomar un baño muy caliente, por favor", dijo ella lentamente, su gaélico perfecto, e Iain asintió con la cabeza.

"Gracias a Dios que todavía tienes una medida de aguardiente", continuó en francés a Fergus. "Alejará el frío."

"Mis pensamientos, exactamente", estuvo de acuerdo él. Están enviando estofado de venado para Hamish, y él también debería tener una medida.

"Por supuesto", estuvo de acuerdo Leila. Ve y siéntate con tu padre junto al fuego. Yo me encargaré de todo."

"Gracias."

Leila sonrió y se apresuró a subir las escaleras a buscar su petaca. Fergus la miró, gustándole tanto su fiabilidad como su practicidad, y luego se unió a su padre. El fuego estaba maravillosamente cálido y, después de abrazar a su padre, extendió las manos hacia el fuego.

"Hay más de una forma en que un hombre puede calentarse", bromeó su padre.

"Pronto tendrás a tu nieto, padre".

"Soy viejo", se quejó su padre afablemente. "Me he ganado el derecho a ser impaciente."

Se rieron entre dientes mientras Leila bajaba las escaleras. Ella le sirvió a Fergus una taza de aguardiente, luego llevó el frasco a las cocinas después de insistir en que Fergus se quedara dónde estaba. Ella organizó todo exactamente como él lo habría hecho, y le gustó que sus pensamientos fueran uno solo.

Él bebió un sorbo del líquido y envió un calor agradable a través de él. De hecho, contuvo el aliento ante el vigor y luego recordó las palabras de Leila.

"¿Qué quiere decir ella con que todavía tengo una medida de aguardiente?" le preguntó a su padre, dándose cuenta tardíamente de lo que ella había dicho. "¿Te has estado dando el gusto?"

"No, yo no." Calum sonrió al ver que Fergus estaba desconcertado. "Según todos los informes, Leila animó a Nellie a caminar de nuevo hoy y se ha ganado el ávido apoyo de Farquar al hacerlo."

"¿Y eso qué tiene que ver con mi aguardiente?"

"Creo que fue parte de la solución."

Fergus frunció los labios. "Dicen que tiene el poder de resucitar a los muertos."

Su padre se burló. "Eso no. Simplemente prueba si un hombre está muerto. Si no puede toser o responder cuando se le echa por la garganta, no tiene sentido gastar más. No, Leila lo usó para limpiar el casco del caballo de arado, por lo que me han dicho.

"Lo usan en medicamentos en el este", recordó Fergus.

—Sí, y ella parece saber mucho de eso. Tu esposa ha estado ocupada este día, hijo mío." Calum asintió con aprobación, bebiendo el último sorbo de vino. Me gusta mucho, Fergus. Podrías haberlo hecho mucho peor."

"De hecho", asintió Fergus.

"¿Cómo le va a Isobel?"

"Está casada y embarazada", respondió Fergus. "Y quizás menos de lo que recordaba que era."

"Quizás menos de lo que querías que fuera." Sus miradas se encontraron por un momento de comprensión. "No te culpes. Yo también pensé que ella tenía más mérito en esos días. No hubo nadie más sorprendido que yo cuando nos enteramos de la boda." Su padre le dio unas palmaditas en el brazo justo cuando reaparecía Leila, y luego dirigió a los muchachos que llevaban baldes de agua humeante al solar. "No sacrifiques la gema en pos del destello, Fergus."

"No, no seré tan tonto," Fergus sonrió y apretó con fuerza la mano de su padre. "Mi padre, como ves, me enseñaste lo que es importante en esta vida."

Calum se rió satisfecho y señaló el solar de arriba. Fergus se rió de sus bromas, pero se levantó y le dio las buenas noches a su padre. Subió las escaleras de tres en tres, decidido a mostrarle a Leila su recién descubierto aprecio por ella y sus encantos.

Fergus tenía algo diferente. Leila notó inmediatamente el brillo en sus ojos y probó el calor en su beso. Ella no podía nombrar la causa, pero le importaba menos la razón del cambio en sí. Él la miraba como si fuera una maravilla, como si fuera la única mujer que deseaba, y su expresión hizo que su corazón latiera con fuerza.

¿Qué había pasado este día? Quizás habían derrotado algún peligro en su viaje, uno que había hecho su regreso aún más dulce. Leila se preguntó si alguna vez él se lo confiaría. Apenas se atrevía a esperar que Isobel hubiera demostrado ser indigna. No, Fergus amaría a una mujer para siempre una vez que su corazón se rindiera.

Leila sentía una curiosidad desesperada, pero se recordó a sí misma con severidad que debía aceptar lo que se le concedía y no codiciar más.

Tener a Fergus concentrado en ella había sido su sueño. Exigir el motivo de su nueva atención podría descartarlo, y Leila no tenía la intención de correr ese riesgo.

Él la siguió al solar mucho antes de lo que había previsto, y los muchachos se apresuraron a llenar la bañera. Un cuenco humeante de estofado y una taza de cerveza habían sido traídos de las cocinas para Fergus y lo esperaban. Leila todavía estaba encendiendo velas y haciendo que las brasas del brasero ardieran con mayor entusiasmo cuando apareció su marido.

Aunque su boca se secó al verlo en la puerta, habló rápidamente. "Me temo que aún no todo está preparado, mi señor".

"¿Dónde está Agnes?"

"Ella estaba demasiado cansada hoy, así que la despedí después de la cena."

"Ella no está en las cocinas."

Leila lanzó una mirada a los muchachos y se fueron con sus cubos vacíos. "No soy su guardián, Fergus."

Él rió. —No, sólo su torturador. Me pareció curioso que hubiera abandonado el salón en una noche como esta."

Quizá duerma en algún rincón.

Fergus se puso serio. "Me pareció verla, en realidad. En los establos."

"¿Verdaderamente?" Leila no entendía eso. "¿Por qué estaría ella allí?"

"No sé. Quizás yo estaba equivocado." Él sonrió de nuevo y se acercó a ella, con la mirada cálida sobre ella. "Ninguno de los dos desea hablar de Agnes", dijo él en voz baja y Leila sonrió.

"Me alegra saber que estamos de acuerdo, mi señor."

"Me debes más de esa historia", le recordó Fergus. "La de la reina en el jardín", agregó. "Pero tendrá que esperar."

"¿De verdad?"

"Por supuesto." Fergus llevó una mano a la mejilla de Leila, su caricia la hizo sentir un cosquilleo. Él dejó que las yemas de los dedos bajaran por su garganta, luego arqueó una ceja cuando encontró el cordón con las dos llaves. "He tenido un buen consejo de que deberíamos cerrar la puerta", susurró él, inclinándose para besarla debajo de la oreja.

Leila cerró los ojos y suspiró de satisfacción ante el toque de sus labios sobre su piel. "Una idea excelente", murmuró de acuerdo.

Fergus deslizó sus dedos por su cabello y ahuecó su nuca, inclinando su rostro hacia él para que su diadema y velo cayeran. A Leila no le importó, porque su boca se cerró sobre la de ella de la manera más satisfactoria. Él profundizó su beso como no lo había hecho en el salón y ella se inclinó contra él, dándole la bienvenida a su toque. Su beso fue débil y ardiente, como si tuviera todo el tiempo del mundo para probarla y persuadir su pasión. Había una nueva demanda en ello y Leila se alegró tremendamente.

Lo que fuera que haya sucedido para causar el cambio.

Cuando Fergus levantó la cabeza, su corazón latía con fuerza y sus ojos brillaban. Ella levantó las yemas de los dedos hasta el pulso de su garganta y él capturó su mano, luego besó su palma, sin romper su mirada. "Mi hermosa esposa", murmuró y el corazón de Leila se aceleró. "Escuché que hiciste una conquista de Farquar el herrero este día."

Ella sonrió al recordarlo. "Estaba más preocupada por Nellie, el caballo arado y su casco herido. Tuve suerte de que las soluciones de mi tío funcionaran tan bien como lo hicieron, pero, por supuesto, la revisaré mañana."

—Podrías dormir hasta tarde mañana —murmuró Fergus, trazando con los labios un camino seductor sobre su mejilla. Leila asintió con la cabeza, sabiendo que era una clara posibilidad si su marido era amoroso.

Fergus levantó el cordón con las llaves sobre la cabeza de Leila, rozó los labios con los de ella y luego cruzó la habitación para cerrar la puerta. Ella echó de menos el calor de su presencia de inmediato, pero la mirada que él le lanzó desde la puerta envió un nuevo fuego a través de ella.

Leila contuvo el aliento, porque el solar se sentía más pequeño e íntimo, simplemente porque la puerta estaba cerrada. "Deberías bañarte antes de que el agua se enfríe", dijo ella, escuchando la tensión en su propia voz.

"Me bañaría contigo."

"Estoy segura de que la bañera no es lo suficientemente grande."

"Estoy segura de que lo es. Eres pequeña, después de todo." Fergus sonrió y sostuvo su mirada mientras se quitaba las botas. Las puso junto a un brasero. Su capa había sido echada sobre un banco en el salón, y

Leila sabía que debería ayudarlo a desvestirse. En cambio, se encontró observando cómo se revelaba cada parte de carne. Su camisa de cuero fue lo primero en quitarse, aunque también estaba oscuro por el agua. Él se desabrochó el cinturón y lo dejó a un lado, luego desenrolló el largo de la tela escocesa mojada. Ella intentó quitársela, incluso mientras admiraba sus piernas, pero Fergus le indicó que se fuera.

"Es demasiado pesada en este estado húmedo", dijo él y lo extendió sobre el piso limpio. A continuación, dejó su camisola a un lado y la escurrió con una mueca antes de dejarla con el abrigo. Leila vio cómo los músculos de sus brazos y hombros se ondulaban mientras se movía, y sintió que se le secaba la boca. Sus braies fueron abandonados entonces y él se quedó desnudo ante ella. Su bronceado se estaba desvaneciendo, notó ella, pero no parecía menos vital que cuando lo conoció por primera vez.

Y no menos atractivo, sin duda.

Él sonrió lentamente y se acercó un paso. "Quería que supieras cuánto te extrañé", murmuró él. "Y qué perspectiva me sostuvo en este día"

"Pensé que te bañarías para alejar el frío."

Fergus se rió entre dientes. "Hay más de una forma de hacerlo."

Había un brillo acechando en sus ojos y ella miró hacia abajo, sonrojándose un poco ante la señal de su entusiasmo por la noche juntos. Entonces él se acercó a ella y le dio un beso en la mejilla mientras desataba los lados de su kirtle con dedos suaves. La prenda fue rápidamente descartada y su camisola después de ella, un pequeño gruñido de placer emitido por Fergus cuando cerró sus manos alrededor de su cintura y la levantó para besarla. Él la abrazó contra su pecho, provocándola y saboreándola, manteniéndola cautiva en su abrazo, y Leila le echó los brazos alrededor del cuello, deseando sólo más. A ella le gustó la sensación del vello de su pecho contra sus senos y la fuerza de su agarre sobre ella. A ella le gustó el nuevo hambre en su beso, y la sensación de su erección contra su vientre.

Ella pensó cuando él dio un paso que iría al baño, pero en cambio, se encontró arrojada sobre las pieles de la cama. Fergus se rió de su sorpresa y luego reclamó uno de sus tobillos. "No puedes bañarte con tus medias", él la reprendió, tirando su zapato. Él dobló y desató la liga con los dientes, sus ojos brillaban y su aliento enviaba deliciosos escalofríos por su muslo. Leila se estremeció mientras él lentamente alisaba la media con una mano. Su palma estaba tibia contra su piel y siguió el curso de la media con una fila de besos.

Él le quitó el otro con la misma atención al detalle y Leila estaba segura de que luego saborearían el baño. En cambio, Fergus se sentó encima de ella, con los hombros entre sus rodillas, y tomó sus manos entre las suyas. Entrelazó sus dedos, sonrió con tal determinación que Leila se maravilló de su intención, luego se inclinó para besar ese lugar más íntimo.

Ella jadeó de placer y sorpresa.

Él se rió entre dientes y luego la acarició con la lengua. Él la provocaba, moviéndose tan lentamente que Leila temió morir de anticipación. Las pieles eran suaves debajo de ella, Fergus era cálido y fuerte encima de ella, y el placer que conjuraba desde lo más profundo de ella era más embriagador que el aguardiente. Ella se escuchó a sí misma gemir de placer como nunca antes lo había hecho, pero él era implacable en su asalto. Él persuadía su pasión de manera constante, haciéndola desearlo más con cada momento que pasaba, asegurándose de que murmurara incoherentemente y se aferrara a sus manos. Pero dos noches en su cama y ella estaba convencida de que ningún hombre la amaría con tanta diligencia como Fergus.

Ella gritó su nombre cuando el placer estalló, cerrando sus piernas alrededor de él y sosteniendo sus manos con tanta fuerza que sus uñas se clavaron en su carne. Su corazón latía aceleradamente como si hubiera corrido una legua, pero Fergus le sonrió, evidentemente tan satisfecho como ella.

"No puedes haber pensado todo el día en hacer eso", acusó ella y él se rió.

"¿Crees que no?" Él besó una de sus palmas y luego colocó su mano sobre su hombro. Hizo lo mismo con el otro, colocándose encima de ella tan lentamente que ella sonrió con anticipación.

—Tal vez pensaste en esto —bromeó ella, luego jadeó cuando él se deslizó dentro de ella.

"Pensé en ambos", admitió Fergus. Él se secó la boca, luego se inclinó para besar su oreja, sosteniendo con cuidado su peso sobre ella. "Pensé en mi esposa gritando mi nombre mientras encontraba su placer", susurró él. "Y planeé la mejor manera de convencerla de que hiciera eso."

"Tu plan tuvo éxito y lo hizo muy bien."

Fergus negó con la cabeza, moviéndose lentamente más profundo. Leila arqueó la espalda para darle la bienvenida. "Creo que es un plan que debería probarse de nuevo para demostrar su mérito", dijo él y ella se rió a pesar de sí misma.

"¿Cuantas veces?"

"Una docena", dijo él, mirándola a los ojos. Él parecía contento y confiado, sus ojos brillaban. Leila pensó en un depredador haciendo su reclamo y estaba más que contenta de ser objeto de sus afectos y atenciones.

Ella sacudió su cabeza. "Eso no será suficiente para medir su confiabilidad", dijo ella solemnemente y fue recompensada por el destello de su sonrisa.

"¿De noche?"

"Quizás todos los días también".

Él se rió entre dientes, luego se movió tan deliberadamente dentro de ella que ella jadeó de placer. Su reacción claramente lo complació porque repitió su movimiento y Leila se permitió gemir. "Me encanta ese sonido, Leila", dijo él, su voz se volvió áspera. "Prometo hacerte gemir todas las noches mientras dure nuestro compromiso."

Leila ignoró la mención del final de su tiempo juntos y en cambio le sonrió. De hecho, ella hacía un buen progreso en captar su atención y en ese momento, solo podía esperar lo mejor. "¿Y si busco un sonido similar de ti?"

"Yo sería muy amable en darte la oportunidad", reconoció él.

Leila se rió. Ella se levantó contra él y lo instó a que se sentara de espaldas, sentándose a horcajadas sobre él. Ella le sonrió mientras se inclinaba para acariciarlo, luego se movió con exquisita lentitud. Logró tres golpes antes de que Fergus cerrara los ojos y gimiera, el sonido parecía provenir de las profundidades de su alma.

Luego la agarró por la cintura, instándola a moverse más rápidamente. Ella se inclinó sobre él, le gustó cómo su fuerza se frotaba contra ella y tomó su rostro entre sus manos. Ella capturó su boca debajo de la suya y lo besó, mostrando el mismo entusiasmo que él en sus besos recientes. Fergus gruñó de placer y Leila sintió que su propia pasión volvía a aumentar. Ella sintió el latido de su corazón contra el suyo y el calor que emanaba de su piel. Ella lo besó como si nunca tuviera otra oportunidad de hacerlo, casi devorándolo mientras él la conducía a la cima del placer de nuevo.

Gritaron al unísono cuando Leila encontró su liberación. Ella se dio cuenta de que estaba temblando a raíz del placer que habían provocado.

Fergus exhaló vacilante y la abrazó, su corazón latía bajo su mejilla y sus dedos se enredaron en su cabello. Leila se sentía atesorada y querida, y apenas podía respirar porque todo parecía salir bien tan pronto.

"Bienvenido a casa, Fergus", susurró ella, y él se rió entre dientes.

"Sí, esta es mi casa", dijo él con satisfacción. Él la besó en la sien, luego se puso de pie y la levantó en sus brazos mientras abandonaba la cama. "Y ahora, ese baño parece una idea muy bienvenida."

"Me temo que se ha enfriado", dijo Leila.

Fergus la apretó contra su pecho y pasó por encima del borde de la bañera con facilidad. "Es perfecto", dijo él, luego se sumergió junto con Leila en el agua. Ella terminó sentada en su regazo, el agua alrededor de sus hombros. Un poco se derramó por el borde de la bañera, pero a Fergus no pareció importarle. Él le sonrió a los ojos mientras reclamaba el paño y el jabón, luego la besó una vez más antes de que se pusieran a lavarse el uno al otro.

Leila estaba encantada de que, a diferencia de la noche anterior, su esposo no se alejara una vez que hubo tenido su satisfacción. De hecho, Fergus le prestaba toda su atención y ella no pudo desear nada más.

"Y AHORA EL CUENTO", invitó Fergus, cuando estaban acurrucados juntos en la gran cama. Él estaba limpio, cansado y cálido. Su esposa estaba acurrucada a su lado y su estómago estaba lleno. No había conocido tal satisfacción en mucho tiempo.

"¿Dónde estábamos?" Preguntó Leila.

Él presionó un beso en la sien de Leila. "Shahzenan había mirado por la ventana para ver a la reina entrar al jardín con sus damas para disfrutar de su placer. La reina había aplaudido y se habían quitado los velos." Él la miró. "Y estaba asombrado..."

Leila sonrió, evidentemente complacida de que él recordara su historia con tanta claridad. "Y se asombró al ver que la mitad de los asistentes eran hombres disfrazados."

Fergus fingió conmoción. "¿No habría ella escondido hombres en su harén?"

"¡Ella lo hizo!" Dijo Leila, riéndose de él alegremente. "Shahzenan estaba aún más conmovido al ver cómo la reina y sus damas disfrutaban del jardín. " Al menos no soy el único que ha sido tan traicionado", se dijo, y se preguntó si debería decírselo a su hermano."

"Por supuesto que debería", dijo Fergus sin dudarlo. "Un hombre debe saber cuándo ha sido engañado." ¿Era este el punto de su historia? ¿Para hacerle saber que Isobel lo había engañado? Si es así, la lección ya se había aprendido, pero aun así, escucharía.

Leila asintió. "Esa noche, después de que los dos reyes cenaron y compartieron historias de la caza, Shahriar volvió a preguntar por el motivo de la tristeza de Shahzenan. Esta vez, Shahzenan confió en él, y los hermanos se compadecieron de la falta de fe de la reina de Shahzenan. "Con mucho gusto, no soy tan desafortunado", declaró Shahriar. Y puedes confiar en la buena conducta de mi reina. Shahzenan frunció el ceño en lugar de estar de acuerdo. Su hermano pidió una explicación y Shahzenan le contó lo que había visto ese día. En verdad, él se sintió aliviado de tener la oportunidad, porque no deseaba tener secretos entre ellos. Shahriar no creyó la historia e insistió en que Shahzenan había malinterpretado lo que había visto. Él defendió a su esposa con más vigor y Shahzenan se ofreció a mostrarle la verdad. Resolvieron un plan para demostrar la culpabilidad o inocencia de la reina: al día siguiente, cabalgarían con el grupo de caza, pero volverían al palacio disfrazados y verían lo que hacía la reina en el jardín."

"¿Quieres enseñarme que todas las mujeres son infieles, Leila?"

"Sólo que la confianza puede estar fuera de lugar", dijo ella, lanzándole una mirada.

Fergus sonrió y le gustó que ella intentara advertirle. "¿Y qué vieron?"

"Y así, los dos hermanos siguieron su plan. Cabalgaron con el grupo de caza, pero luego dieron media vuelta y entraron a la ciudad solos, juntos y disfrazados. Regresaron al ala del palacio construido para Shahzenan y fueron a la misma ventana. Tan pronto como llegaron, la reina apareció en el jardín con sus damas. Como el día anterior, eran veinte en total. Como el día anterior, la reina aplaudió y todos se quitaron el velo. Como el día anterior, se reveló que la mitad del grupo eran hombres disfrazados. La reina se rió e hizo una seña a un hombre, tal como lo había hecho el día anterior, y disfrutó del jardín mientras su marido estaba fuera.

"¿Él la ejecutó, como su hermano había matado a su propia esposa?" ¿Ella esperaba que él se vengara de Isobel con tanta violencia?

"Lo hizo", estuvo de acuerdo Leila. "Llamó a los guardias y condenó a su esposa por su infidelidad. Él los enfrentó a todos en el jardín, por lo que no tuvieron tiempo de ocultar sus hechos. Los guardias mataron a las damas y a los hombres, pero el rey mismo ejecutó a su reina con su propia espada. Él lamentó su pérdida tanto como su traición, porque la había amado por completo, sin adivinar su traición."

Fergus asintió entendiendo eso. "Él se sentía como un tonto"

"Yo apostaría a que sintió así. De hecho, Shahriar no durmió después de que su hermano regresó a su reino. Se esforzó por idear un plan para su propia satisfacción y una noche sin dormir, hizo precisamente eso. Su visir fue convocado a la mañana siguiente y se le informó que Shahriar nunca volvería a ser traicionado por una esposa. Él había decidido casarse con una virgen todos los días, saborearla esa noche y ejecutarla con el amanecer. El visir notó que esto pondría a la gente en su contra, pero el rey insistió en que se haría su voluntad. Shahriar se casó con la primera virgen ese mismo día, pero cualquier esperanza de que pudiera retractarse de su plan se perdió cuando la ejecutaron bajo sus órdenes al amanecer siguiente.

"Seguramente eso no continuó", dijo Fergus, preguntándose por la importancia de esta historia.

Seguramente lo hizo, aunque al visir le resultó realmente preocupante. Ese hombre estaba aún más preocupado cuando no se encontraron más vírgenes en la ciudad, porque el rey se había casado y había matado a todas y cada una. El visir no sabía qué hacer, pero la mayor de sus propias hijas sugirió una solución. Su nombre era Scheherazada y era encantadora e inteligente. Aunque él tenía dos hijas, Scheherazada era la luz de su vida, por lo que él se horrorizó cuando ella se ofreció a casarse con el rey. El visir discutió con su amada hija, porque sabía que él debería ser el obligado a ordenar su ejecución. Sin embargo, ella fue inflexible y, frustrado, él gritó: "¡Tu locura te llevará a la ruina! Me temo que tu destino será como el del burro, que no apreció lo que tenía." Scheherazada preguntó qué le había pasado al burro, por lo que su padre, el visir, le contó la historia."

Fergus sonrió y se recostó para escuchar.

"Una vez, hubo un comerciante que tenía el don de comprender el idioma de todas las criaturas. La única advertencia era que tenía prohibido revelar a otros lo que había oído. El precio por hacer eso era su propia muerte." Leila respiró hondo. "Y así fue que un día, él estaba en sus propios establos, donde tenía un burro y un buey. Él oyó que el buey le decía al burro: « ¡Ojalá tuviera tu buena suerte! Todo lo que se requiere de ti es que lleves a nuestro maestro en viajes cortos y no todos los días. Si él se quedara en casa, tendrías una vida de ocio. Yo, por otro lado, debo trabajar duro, todos y cada uno de los días. Me enganchan al arado al amanecer, me golpean mientras trabajo todo el día, regreso aquí solo cuando cae la noche, me alimentan de frijoles secos y me dejan dormir sobre paja sucia."

"¿Le dio algún consejo el burro?"

"De hecho, lo hizo. El burro reprendió a su compañero y le dio consejos. "Ustedes son usados así porque permiten que sea así. ¡Tienes cuernos! La naturaleza te ha dado los medios para ganarte el respeto, pero no los utilizas. El amo te necesita para labrar los campos. Es razonable que exijas el respeto que te mereces. Cuando te den frijoles, no los comas. Predigo que tu situación cambiará rápidamente si sigues mi consejo". El buey pensó en eso y agradeció al burro su consejo. La pareja luego se quedó en silencio y el comerciante se retiró a su cama."

"Apuesto a que las cosas fueron diferentes al día siguiente", dijo Fergus.

"¡Por supuesto!" estuvo Leila de acuerdo. "El buey estuvo difícil todo el día, como se quejaba el labrador al comerciante. El buey incluso cargó contra el labrador una vez y luego se negó a comer los frijoles que le dieron. El labrador le contó todo esto al comerciante y él se enfadó mucho con la criatura. Sin embargo, el comerciante vio que el buey seguía el consejo que le había dado el burro. Él aconsejó al labrador que dejara el buey en su establo al día siguiente y le diera una mejor comida, porque la bestia podría estar enferma. Él sugirió que el labrador enganchara el burro al arado."

Fergus se rió.

"Y así el burro fue atado al arado y obligado a trabajar duro todo el día. Era golpeado cuando redujo la velocidad. Finalmente regresó al establo cuando estaba oscuro y estaba exhausto. También estaba furioso por haber sido tratado así. El buey, mientras tanto, había descansado todo el día y estaba muy satisfecho con la situación. Esa noche, agradeció al burro sus sugerencias."

"¿Escuchó el comerciante su conversación?" Preguntó Fergus.

"Él lo hizo. Tienes razón. Omití decir que había ido al establo, específicamente para escuchar su intercambio. Él escuchó al buey agradecer al burro. El burro luego le preguntó al buey qué pensaba hacer al día siguiente, y el buey dijo que continuaría haciendo lo que el burro le había indicado. "Te aconsejaría lo contrario", dijo el burro. ` Porque esta noche, escuché al maestro decir que si el buey estaba enfermo, no servía de nada. Él aconsejó al labrador que te enviara al carnicero si no estabas sano por la mañana. " El buey estaba muy complacido de escuchar ese plan y juró que sería robusto y cooperativo por la mañana, como si se hubiera curado completamente de cualquier cosa que le afligiera."

"Un burro inteligente", dijo Fergus.

"No tan inteligente como eso, porque su día de trabajo lo había dejado medio muerto de agotamiento."

"Porque él no apreció su propia buena suerte", dijo Fergus, acercándola un poco más. "Mientras que yo."

La sonrisa de Leila fue brillante. "El comerciante razonó que tanto el buey como el burro habían aprendido sus lecciones, y todo continuó como debería haberlo hecho. El visir, al concluir su relato, volvió a decir que su hija era como el burro y no veía las ventajas de su vida."

"¿Y entonces Shahriar estaba molesto?"

"No, no. Scheherazada no se dejó impresionar por la historia de su padre. De hecho, incluso apeló al propio rey para que la tomara por esposa, y una vez que Shahriar vio su belleza y gracia, tuvo que poseerla. El rey le recordó al visir que si se casaba con Scheherazada, ella sería asesinada por la mañana y juró que si el visir no cumplía con su deber, él mismo lo mataría. El visir lloró, pero Scheherazada se casó con el rey con una sonrisa."

Leila hizo una pausa.

"¿Y?" invitó Fergus.

"Y se casaron y se retiraron a la habitación del rey, y Shahriar poseyó a su nueva esposa con gran placer. Sin embargo, cuando se hubiera quedado dormido, Scheherazada le preguntó si podía ver a su hermana por última vez antes de morir. El rey no pudo negarle tal petición, por lo que la hija menor del visir, Dinarzade, fue llamada a la habitación del rey. Cuando ella llegó y las hermanas se abrazaron, Dinarzade le pidió a Scheherazada que contara una historia. "Porque cuentas historias mejor que nadie que haya conocido, y esta será mi última oportunidad de disfrutar de tu talento." Scheherazada apeló al rey, que estaba intrigado, y luego, con su permiso, comenzó."

Fergus podría haber escuchado a Leila toda la noche. Este Scheherazada no era la única con talento para contar historias.

"Una vez, dijo, había un rico comerciante que emprendió un largo viaje a través del desierto hasta otra ciudad. Él empacó algunos dátiles y agua para su viaje y llegó a su destino sin incidentes. Él concluyó su negocio y luego hizo preparativos similares para su regreso. En el tercer día de su viaje hacia casa, se detuvo a comer y refrescarse. Se comió su ración de dátiles y arrojó las piedras al desierto. Tomó un sorbo de agua, luego se lavó y se arrodilló para rezar. Aún no había terminado sus oraciones cuando un enorme djinn[1] apareció ante él. El djinn tenía una barba blanca y ondulante, rabia en sus ojos, y blandía una espada. ¡Levántate! Rugió. "Porque debo quitarte la vida a cambio de la de mi hijo."

"¿Su hijo?"

El comerciante estaba tan desconcertado como tú, Fergus. Él protestó diciendo que no había matado a nadie, pero el djinn insistió en lo contrario. Él dijo que no conocía al hijo del djinn, por lo que no pudo haberlo matado. El djinn le preguntó si había arrojado piedras de dátiles al desierto, y el comerciante tuvo que admitir que sí. "Una de esas piedras golpeó a mi hijo en el ojo y murió", acusó el djinn. Levántate para que pueda matarte a cambio. El comerciante pidió perdón y suplicó clemencia. Se ofreció a hacer lo que el djinn quisiera a cambio, pero el djinn no aceptaría nada menos que su muerte. El djinn levantó su espada y el comerciante cerró los ojos."

Leila guardó silencio y Fergus le tocó la mano. "¿Pero qué pasó?"

"Ah, Scheherazada vio que el cielo se estaba poniendo rosado, así que dejó de contar. Su hermana le suplicó que continuara, pero ella señaló el sol naciente y dijo que había llegado el momento de ejecutarla. Pero él no puede haber muerto solo en el desierto con un djinn protestó Dinarzade. Scheherazada estuvo de acuerdo en que habría sido injusto y sonrió un poco. "De hecho, la historia es una maravilla de su inteligencia", dijo, bajando la mirada en aceptación de su destino. Lamento que no haya tiempo para contártela. Dinarzade luego apeló al rey y le imploró que dejara vivir a Scheherazada otra noche para que pudieran escuchar el final de la historia. Shahriar estaba igualmente intrigado, así que estuvo de acuerdo."

"Y ella tuvo un indulto. Qué inteligente, "dijo Fergus.

"El visir había estado despierto toda la noche, temeroso del destino de su hija. Para su alivio, el rey nunca dio la orden de ejecución de Scheherazada, pero llevó a cabo sus asuntos ese día como era de costumbre. La pareja volvió a retirarse esa noche a los aposentos del rey, y después de su intimidad, Scheherazada volvió a pedir disfrutar de la compañía de su hermana por última vez. Dinarzade no tuvo que pedir más de la historia, porque el propio Shahriar exigió que Scheherazada terminara la historia del comerciante y el djinn tan pronto como Dinarzade estuviera sentada. Y así continuó, que el djinn había levantado su espada para ejecutar al comerciante cuando el comerciante gritó."

Leila se mordió el labio y volvió a dejar de contar.

Fergus le sonrió. "¿Es esta tu táctica?" preguntó él. "¿Para encantarme con un cuento cada noche?"

"Regresaste de Dunnisbrae", dijo ella.

"Seguramente, ¿no temías lo contrario?" Sin embargo, él vio en sus ojos que había dudado de su regreso. Él tocó su frente con los labios, sabiendo que debía asegurarse de que ella nunca volviera a tener esos miedos. Y, sin embargo, dejas otra historia sin terminar. ¿No puedes esperar que te ejecute al amanecer? Preguntó él, su tono burlón.

Leila se rió. "Espero que no", dijo ella con una sonrisa. "Porque entonces no sabrías cómo el comerciante escapó de la ira de los djinn." Sus ojos brillaron, luego se dio la vuelta, se acurrucó contra él y se durmió.

Fergus sonrió, sabiendo muy bien que las preocupaciones de Leila eran infundadas. Él no era como el burro, porque apreciaba las bendiciones que habían llegado a su mano. Él disponía de la mayor parte de un año para convencer a Leila de que él era el mejor marido para ella. Él se tapó con las mantas y se dispuso a dormir, seguro de que habían empezado muy bien.

VIERNES 29 DE ABRIL DE 1188

DÍA DE SAN HUGO DE CLUNY

CAPÍTULO 9

Fergus soñó con una tormenta de ferocidad poco común. Nubes oscuras cayeron a través del cielo nocturno hacia Killairic, relámpagos brotando de sus vientres cuando el viento se convirtió en una tempestad. Él gritó una advertencia, pero sus palabras fueron arrebatadas, justo cuando el banderín en la cima de la torre de Killairic se soltó.

La nube descendió con furia sobre el torreón, la lluvia martilleaba sobre su techo. El foso se inundó por el ataque y vio a los muchachos y los animales arrastrados. El molino fue inundado y las redes que contenían las anguilas se rompieron. Los edificios y los techos se derrumbaron, y el río que consumía la fortaleza se apoderó de las reservas de grano. Toda la riqueza de Killairic fluía hacia el estuario y no había nada que Fergus pudiera hacer para detenerla. Parecía que él era el único que podía resistir la tormenta.

Los caballos chillaron cuando un rayo golpeó la torre alta y el techo estalló en llamas incluso cuando el sonido del trueno hizo que el suelo temblara bajo sus pies. Él vio el resplandor del fuego descendiendo hacia la torre, sin duda encendiendo las escaleras y los pisos mientras viajaba hacia el corazón del torreón.

Él escuchó los gritos de los atrapados dentro del torreón, atrapados entre el fuego y el agua, pero solo pudo ver la destrucción de todo lo que su padre había construido. Él corrió a través de la aldea, agarrando a un niño u otro, cada uno arrancado de sus manos. Él trató de contener el flujo del agua, pero la corriente furiosa saltó todas las barreras que creaba. Él trató de alcanzar a los del torreón, pero el agua se lo impidió.

¿Dónde estaba Leila?

¿Dónde estaba su padre?

¿Dónde estaba el relicario que había prometido defender?

Era una pesadilla horrible y Fergus sabía en su corazón que esa era la amenaza que había temido desde Jerusalén. La pérdida total de su hogar y su legado, su esposa y su familia, sin importar su propia incapacidad para salvar algo, era su peor temor hecho realidad. Él se sentía impotente y enfurecido por su propia incapacidad para defender lo que más le importaba.

Rugió de furia y volvió a intentar alcanzar la puerta del torreón. Las oscuras y frías aguas lo envolvieron y lo llevaron bajo la superficie. Cuando se levantó chapoteando, lo habían arrastrado río abajo y el agua lo llevaba hacia adelante. Ni siquiera podía tocar el fondo y no podía nadar en el diluvio. Fue arrojado contra algún obstáculo con tal fuerza que le obligaron a respirar, luego tomó un bocado de agua del río. Alguien lo arrastró a la orilla, alguien con un agarre feroz. Él sacudió el agua de sus ojos para encontrar a Isobel inclinada sobre él, sus ojos brillando con triunfo.

"Mío", dijo ella con fuerza, luego abrió la boca. Él vio que su lengua se convertía en un áspid y ella se rió de su horror. Ella hizo un gesto hacia el cielo y otro rayo cayó sobre el distante Killairic, prendiendo fuego a la muralla protectora ante los ojos de Fergus.

"Un hombre sólo puede amar una vez", le dijo ella, sus ojos brillaban de una manera en la que él no confiaba. "Y juraste amarme a mí."

Luego lo besó, su boca cerrándose sobre la de él como si fuera a reclamar su alma. Fergus luchó contra su fuerte agarre y la arrojó a un lado, asombrado de que pudiera haberse equivocado tanto.

"¡Isobel!" gritó él angustiado, deseando poder cambiar el pasado.

Él se despertó, con sudor frío en la espalda y su corazón acelerado, las sábanas apretadas en sus puños.

"Fergus", susurró Leila, sus pequeñas manos sobre sus hombros. Ella lo sacudía. ¡Fergus! Estás a salvo."

Ella tenía razón.

Fergus exhaló. Él estaba en el solar de Killairic, a salvo y cálido, las velas apagadas y los fuegos de los braseros ardiendo. La lluvia repiqueteaba levemente en el techo, la furia de la tormenta anterior había pasado, y él respiró para calmarse.

Y su esposa estaba a su lado, con preocupación en sus ojos. Fergus tomó la mano de Leila y la besó en los nudillos, deseando que su corazón se desacelerara. "Fue sólo un sueño", dijo él con alivio. "Siento haberte despertado."

Leila sonrió y dijo que no era nada. Aún conmovido, Fergus la atrajo hacia su calor y los acurrucó bajo las mantas y las pieles, saboreando la dulce curva de ella contra él. Él recordaba su sueño con perfecta claridad y se preguntó qué significaba. ¿Cómo podía Isobel poner en peligro a Killairic? Ella no era una hechicera y él no pudo disipar la imagen de la serpiente.

Su sueño, o tal vez su ángel de la guarda, le decía que Isobel no era digna de confianza y Fergus sabía que era mejor no ignorar una advertencia como esa.

LEILA NO PUDO DORMIR después del sueño de Fergus. Ella se acostó con él, con el brazo alrededor de su cintura, escuchando cómo su respiración se hacía más lenta.

Isobel.

Él había llamado a Isobel.

Lo que significaba que Leila había esperado demasiado, demasiado pronto. Ella había pensado que Fergus había cambiado su forma de pensar sobre su ex prometida, que su viaje a Dunnisbrae había fortalecido su determinación de hacer que su compromiso fuera un éxito. Ella supuso que Isobel estaba feliz en su matrimonio, o que lo había rechazado, o que algo había ocurrido para desestimar la consideración de Fergus por la otra mujer al volver a verla.

Pero aun así Isobel reclamaba sus sueños.

Quizás su pasión esta noche había sido alimentada por la visión de su amada y no fue motivada por Leila. La idea era inquietante, al igual que la posibilidad de que ella estuviera equivocada en su comprensión de su marido. En la oscuridad de la noche ella sintió que se había casado con un extraño y había arrojado su vida por un camino plagado de incertidumbres.

Dormir era imposible. Leila recordaba cada observación, cada palabra, cada gesto, buscando una solución al enigma de ganarse el corazón de su esposo. ¿Cuál era la raíz del terror de Fergus? ¿Qué perdería a su amada para siempre? Leila no podía soportar pensar en ello y, sin embargo, no podía dejar de pensar en ello. Parecía que sus esfuerzos por ganar aliados en Killairic y hacer un nuevo hogar en este lugar estaban condenados al fracaso, si Fergus no podía ver su valor.

¿Se ganaría ella la lealtad de su padre, de su herrero, de los de su aldea, pero no de su propia atención? Era una posibilidad irrazonable. ¿Y si ella ya estaba embarazada? Leila consideró su futuro y no le importó la vista.

Leila nunca había estado demasiado inclinada a la oración y ciertamente había sido negligente en su rutina en el viaje desde Jerusalén. Pero ella tenía que creer que el regalo de Calum había sido un recordatorio oportuno. Ella continuaría luchando por su deseo y dando pasos para lograrlo, pero necesitaba fuerzas para la batalla.

Cuando el cielo comenzó a aclararse en el este, ella se deslizó de la cama. Se lavó y se vistió, rápidamente y en silencio, luego tomó la pequeña alfombra que Calum le había regalado y había dejado el solar. Ella dudó un momento, luego cerró la puerta detrás de ella, razonando que volvería antes de que Fergus se despertara.

Ella se alegró de su elección, porque vio a Agnes durmiendo en un colchón en las cocinas. Ella continuó hasta el jardín, donde las plantas estaban exuberantes y húmedas después de la lluvia.

Allí había un banco de piedra, alineado con el sol naciente. Leila extendió su pequeña alfombra encima y se arrodilló para rezar. Con todo su corazón, esperaba que su esposo llegara a amarla, aunque esa mañana, parecía que se requeriría un milagro para que eso sucediera.

~

FERGUS SE DESPERTÓ con un golpe en la puerta del solar. Leila se había ido y él estaba solo en la gran cama.

"¿Mi señora?" Agnes dijo desde el otro lado de la puerta. "¿Le gustaría bañarse, mi señora?"

Fergus se levantó de la cama y buscó en su equipaje braies nuevos. "¿Agnes?" preguntó mientras se dirigía a la puerta.

"Sí, mi señor. Lo siento, porque no quise molestarte... "

Fergus probó el pestillo, pero la puerta estaba cerrada.

Por supuesto. Suspiró él y se pasó una mano por el pelo. Mi señora se ha llevado la llave, Agnes. ¿Podrías encontrarla, por favor?

"Por supuesto, mi señor. De inmediato, mi señor."

Fergus se apoyó contra la puerta cuando los pasos de Agnes sonaron en las escaleras. Él apreciaba que Leila protegiera el relicario, pero estaban en casa, no obligados a refugiarse en una posada donde no conocían a ninguno de los demás ocupantes. Aun así, estaba encerrado de forma segura en la tesorería, por lo que había poca necesidad de que el solar también estuviera cerrado.

Sin embargo, él había visto la resolución de Leila y quería que tuviera tiempo para ganar confianza en los que vivían en Killairic. Sin duda, ella ya se estaba ganando corazones esa mañana, mientras él permanecía en la cama. ¿Había conocido alguna vez a una mujer con tanta determinación? Fergus sonrió, sabiendo que no lo había hecho y sintiéndose bendecido de que Leila fuera su esposa. Él le pediría al platero que copiara las llaves ese mismo día y entregaría una al cuidado de su padre.

Leila debería encontrar eso aceptable.

Mientras tanto, él bostezó con fuerza y volvió a la cama. Era demasiado temprano para levantarse después de su paseo del día anterior, por lo que Fergus se escondió debajo de las pieles y las mantas. Él pensó fugazmente en su pesadilla, pero luego olió el aroma del placer de Leila, sonrió y se quedó dormido satisfecho.

Leila.

Cuando terminó sus oraciones, Leila se dio cuenta de que ya no estaba sola.

Se puso de pie y enrolló la pequeña alfombra antes de volverse. Era Murdoch quien estaba apoyado contra la pared del torreón, su mirada brillante y vigilante. Él salió de las sombras y se inclinó, claramente no deseaba sorprenderla.

Pero la sorprendió, lo hizo, porque se dirigió a ella en árabe.

"Buenos días, señorita Leila."

Leila sintió un ataque de añoranza por la casa de su tío que casi la hizo caer de rodillas nuevamente. Ella se enderezó y devolvió el saludo del guerrero, recordándose a sí misma que Killairic ahora sería su hogar.

Ella sofocó sus dudas.

"A riesgo de impertinencia, le sugiero que gire un poco más a la derecha. La Meca está más al sur de lo que parece creer."

Leila parpadeó y luego recordó la historia de Calum. "Usted viajó desde Palestina con el padre de mi señor esposo."

"Lo hice, aunque estuve allí muchos más años que él." Su expresión se iluminó, pero no sonrió exactamente. "El tiempo suficiente para aprender tu lengua".

"La hablas bien."

"Y, sin embargo, me temo que he olvidado mucho. Le ruego me perdone."

Seguro lo haré. Leila intentó regresar al torreón, pero Murdoch dio un paso adelante. Su mirada voló hacia su rostro, aunque encontró su expresión inescrutable.

"En verdad, busqué la oportunidad de hablar contigo."

Leila tuvo un momento para darse cuenta de que estaban solos, que nadie sabía su ubicación y que sabía poco de este hombre antes de que Murdoch se aclarara la garganta y continuara.

"Calum es un buen hombre y un mejor señor", dijo él en voz baja. "Pero su salud no es la que era."

"Yo no pensaría en su desaparición", dijo Leila. "Ha sido bueno conmigo y me agrada mucho."

"Como muchos, sin embargo, vendrá su muerte. Yo tampoco lo deseo, pero quiero que conozcas el desafío que tienes ante ti."

"¿Desafío?" Leila no entendió.

"¿Qué crees que le pasará a Killairic cuando Calum deje este mundo?"

Leila frunció el ceño. "Seguramente es el legado de mi señor esposo..." Se calló cuando Murdoch negó con la cabeza, su mirada inquebrantable.

"El rey le otorgó Killairic a Calum."

Y ahora es suyo, ¿no?

"Es del rey", dijo Murdoch, su expresión intencionada.

"¿Entonces no es el legado de mi marido?"

"Podría serlo o puede que no." El guerrero miró por encima de las colinas hacia el estuario e Inglaterra más allá, con los ojos entrecerrados. "¿Es cierto que Jerusalén ha caído?"

"Saladino lo recuperó, sí".

"¿Y el rey de Inglaterra pediría una cruzada para recuperarlo?"

"También escuchamos ese rumor en Francia e Inglaterra. El rey francés tiene la intención de unirse a él en ese esfuerzo, según todos los informes."

Murdoch asintió. "¿Crees que es probable que un rey que convocó a una cruzada para desalojar a los infieles de Jerusalén confiaría un control sobre sus fronteras...?"

"A un hombre casado con el enemigo", terminó Leila, luego se sentó en el banco. Ella se anudó las manos en el regazo, odiando ser el obstáculo para que Fergus se quedara en casa.

"No lo creo", dijo Murdoch en voz baja.

"Yo tampoco," estuvo de acuerdo Leila.

Ella lo vio mirar más allá de ella hacia el pueblo, su mirada fija en algo allí. Ella se giró en el banco y vio al sacerdote fuera de la capilla, limpiando los escalones de los escombros que debían haberse acumulado allí en la tormenta. La luz del sol pareció tocar la cruz en el techo del edificio mientras observaba al sacerdote y Leila tomó una decisión.

Ella se volvió hacia Murdoch, que parecía estar esperando su decisión. "Nací y crecí en uno de los pueblos reclamados por el rey Godofredo y me entregué al mando del Santo Sepulcro después de su muerte. Más importante aún, crecí en un hogar muy preocupado por la tolerancia. Había cristianos sirviendo en la casa de mi tío."

"Rūm no Franj," supuso Murdoch.

—Sí, sus parientes eran de Constantinopla y Antioquía. La esposa de uno nos contaba historias que eran comunes a ambas religiones, como los Siete Durmientes, a mi prima y a mí. Mi tío estaba muy enamorado de las obras de Abū Alī ibn Sīnā, tanto en materia de medicina como de la naturaleza del alma."

"Aquí lo llaman Avicena. Sus obras son conocidas en algunos círculos."

"Entiendo que sería de ayuda para Fergus si yo cambiara de fe", dijo Leila con cuidado. "Pero no pondría en peligro mi alma inmortal sin comprender plenamente lo que hago." Ella hizo un gesto al sacerdote. "Es poco probable que pueda hablar con este hombre o entenderlo con la suficiente precisión para discutir estos asuntos."

Murdoch hizo una reverencia. "Estaría encantado de ser su sirviente en esto, mi señora. Aunque yo mismo no soy un hombre religioso, creo que podría traducirle."

"Esto es lo que viniste a proponerme", adivinó Leila, al ver que él no estaba sorprendido.

Murdoch asintió y la sonrisa más simple curvó sus labios. "Yo vería asegurada la sucesión de Killairic, mi señora. Es posible que pronto concibas un hijo, lo cual sería bueno, pero no permitiría que se pusiera en riesgo ese detalle."

Leila asintió. "Te doy las gracias, Murdoch. El tuyo es un buen consejo y agradezco que te hayas atrevido a ofrecerlo, aunque no puedo decir cuál será el resultado. Todavía no."

Él se inclinó de nuevo. "Inshallah", dijo y Leila sonrió.

"Inshallah", estuvo de acuerdo ella. Entonces se apresuró a regresar al solar, con la intención de dejar su alfombra allí y saludar a su esposo.

No cabía duda de que Fergus se había casado bien.

Dondequiera que iba ese día en el pueblo, el elogio de su dama estaba en el aire. El herrero, Farquar, se mostró inusualmente exagerado en su admiración y le mostró a Fergus cómo el arado moteado, Nellie, ya había mejorado su paso. Evidentemente, Leila también había estado allí antes que Fergus para verificar su mejora, una circunstancia que impresionó a Farquar tanto como el conocimiento de la dama.

Él hizo que el platero copiara las llaves, y se entretuvo con ese hombre mientras se hacía un molde y se vertía el metal. Él charló con el platero, que siempre había tenido una memoria excelente, y se puso al día sobre los nacimientos, las muertes y los chismes del pueblo. El molinero había muerto después del matrimonio de su hijo y el platero insinuó que el joven estaba abrumado por sus responsabilidades. Su esposa había tenido un hijo y estaba embarazada de nuevo, y el platero notó las demandas de los bebés. Fergus resolvió enviar a Hamish para ayudarlo, con el pretexto de aprender más sobre la molienda del grano.

Luego hizo una visita a Margaret, solo para escuchar más elogios de su esposa. Margaret estaba muy feliz con las agujas y le agradeció su regalo. Margaret y sus hijas estaban ocupadas cosiendo y él se alegró de ver que la tela que había traído a casa se moldeaba de manera tan experta en prendas para Leila. Estuvieron de acuerdo sobre la idoneidad de los colores y cómo realzarían a su esposa, y Margaret le recordó que la anciana partera había muerto en su ausencia.

"Apostaría, mi señor, a que quizás desee encontrar otra antes del invierno", dijo Margaret, manteniendo la mirada fija en su trabajo. Fergus sabía que sentía que estaba hablando fuera de lugar.

"¿Porque mi señora puede concebir?" preguntó él gentilmente.

Margaret asintió. —Es una cosita tan pequeña, mi señor, y muy amable. No vería su bienestar en peligro."

"Yo tampoco"

"Le ruego me disculpe, mi señor, por hablar con tanta osadía, pero los hombres no siempre piensan en estos asuntos."

Tienes razón, Margaret, y tu consejo es bienvenido. ¿Tienes alguna idea de dónde se puede encontrar una partera capacitada?

—Hay dos en Dumfries, mi señor, siendo la menor la hija y aprendiz de la mayor. Podría agradecer la oportunidad de dejar la tutela de su madre."

"Siempre y cuando sepa todo lo que debe."

Margaret se burló. "A los treinta veranos, dudo que aprenda mucho más. Se hubiese casado, mi señor, y tendría una familia propia, pero su prometido murió antes de que se celebraran las nupcias.

Dime su nombre, Margaret, y dónde la pueden encontrar. La buscaré la próxima vez que esté en Dumfries."

"Creo que sería sabio, mi señor. Algunas personas necesitan tiempo para tomar una decisión como esta."

Desde allí, Fergus visitó el molino y admiró a los hijos del hijo del molinero. Preguntó si el joven podía ofrecer alguna tutela a Hamish, como un favor, y la oferta fue aceptada con gratitud. Entonces recogió las llaves terminadas del platero, sintiendo que su mañana había sido bien aprovechada. Fergus regresaba al salón para la comida del mediodía, pensando que debería cazar esa semana para asegurarse de que hubiera suficiente carne, cuando vio a Leila y Murdoch salir juntos de la capilla.

Eran compañeros inesperados, en su opinión, pero Leila sonrió y corrió a su lado. Él se inclinó para besarla, sabiendo que muchos ojos los miraban. "Empiezo mis lecciones con el sacerdote", dijo ella, sus palabras cayeron precipitadamente. "Murdoch ayuda a traducir nociones más sutiles."

"Yo podría ayudarte de la misma manera."

"Pero tienes obligaciones, Fergus", dijo Leila, sonriéndole. "Y Murdoch se ha ofrecido muy amablemente a hacer esto por mí."

"¿Estás seguro de que no es una carga demasiado pesada, Murdoch?" Fergus preguntó al guerrero, a quien habría nombrado el asistente más improbable para cualquier estudio de cuestiones de fe.

Murdoch sonrió y miró a Leila con admiración. "Ayudaría a mi señora a encontrar su equilibrio en esta tierra, señor. No es una tarea sencilla que ha emprendido, y la veré triunfar."

"Es muy apreciado", dijo Fergus, preguntándose si veía demasiado en esta nueva unión. Él no tenía motivos para sospechar de Leila y poco más para dudar de la intención de Murdoch. No le gustaba lo abiertamente que el guerrero admiraba a su esposa.

Aun así, se sentía incómodo, pero no veía una forma elegante de cambiar el arreglo. Leila estaba claramente complacida con eso y no deseaba alterar su entusiasmo. Las cosas serían mucho más simples si ella cambiara de fe, pero sabía que era un asunto delicado. Él se alegró de que ella se hubiera embarcado en la búsqueda de aprender más, y eso sin sus indicaciones, y razonó que la ayuda de Murdoch era un compromiso que él toleraría.

Así como Leila toleraría la duplicación de llaves. Fergus había aprendido de sus padres que el matrimonio se ve desafiado por diferencias de opinión y el truco consiste en negociar un equilibrio entre ambos puntos de vista.

Ella no criticaría su plan.

Llegaron al vestíbulo y encontraron a su padre todavía en su habitación. Enguerrand e Yvan estaban jugando al ajedrez en un rincón mientras Iain preparaba la comida del mediodía.

"Le llevaré las llaves duplicadas a mi padre", le dijo Fergus a Leila, mostrándole que ya estaban sobre un cordón. Él le entregó las originales una vez más, notando cómo sus dedos se cerraban sobre ellas protectoramente. Ella apretó los labios, pero él le sonrió. "Debe haber un segundo juego", susurró él. "Y vi al platero destruir el molde."

Ella asintió de mala gana.

"Mi padre no se las entregará a ningún otro."

Leila asintió de nuevo. "Si él está cansado de nuestra vigilia de anoche, yo podría llevarle una comida."

Fergus le sonrió, apreciando cuánto se preocupaba por su padre. Quizá prefiera eso. Le preguntaré a él." Él la besó de nuevo. "Gracias, Leila", murmuró para sus oídos solamente. "Hacemos un buen comienzo juntos."

El fuego se encendió en sus ojos. "Construiremos un futuro, Fergus", dijo ella con familiar ferocidad. "Un día a la vez."

"Y cada noche habrá otro incremento de un cuento, si me uno a tu cama", bromeó él. Ella se sonrojó un poco pero no lo negó. "Verás con qué facilidad se me enseña a hacer precisamente eso, mi señora", susurró él y ella no pudo ocultar su placer. "Cabalga conmigo este día. Te mostraré la tierra de Killairic y tal vez cacemos un poco."

"Me gustaría mucho eso", dijo ella, su placer era claro.

Enviaré un mensaje a Stephen. Tempest puede tomarse su tiempo libre hoy, y montaremos otros caballos. Algunos de los hombres pueden venir con nosotros. También será bueno comprobar el nivel de los ríos después de esa lluvia y asegurarse de que los puentes estén en buen estado."

~

HAMISH SE SORPRENDIÓ al verse contemplado con una especie de asombro en la aldea de Killairic. La situación era tan diferente a la de antes de su partida que apenas podía creerlo. ¿Era simplemente porque había viajado tan lejos?

Fue su tía quien le dejó claro el motivo, cuando finalmente tuvo la oportunidad de quedarse en casa por un día. El señor Fergus lo había liberado del servicio al día siguiente de su regreso de Dunnisbrae, y Hamish se alegró de ello.

La cabaña de su tío Rodney era más pequeña y oscura de lo que recordaba, y su tía era más regordeta, pero el olor de su estofado de conejo le resultaba dolorosamente familiar. Se le hizo la boca agua como siempre.

"Supongo que has tenido una comida mucho mejor en su viaje", dijo Mhairi cuando estaba sirviendo el estofado en tazones.

"He extrañado tu cocina", confesó Hamish. "A menudo he deseado una comida tan buena como esta."

"Y es una buena cantidad", asintió Rodney. "Hay muchos menos afortunados que nosotros, sin duda." Como era su costumbre, inclinó la cabeza y oraron juntos por un momento.

"El pan es de ayer, me temo", comenzó Mhairi, pero su marido la interrumpió.

"No tienes que disculparte, Mhairi", dijo él. "Nuestras fortunas son las que son y ofrecemos lo mejor de nosotros. Hamish no puede tener ninguna queja." Él arqueó una ceja. "O si lo hace, puede comer en el salón de Killairic."

"No tengo ninguna queja", dijo Hamish rápidamente. "Había noches en las que no teníamos nada para comer y noches en las que lo que teníamos no era agradable."

"¿No era agradable?" Rodney hizo eco con una sonrisa. "El muchacho se ha convertido en diplomático, Mhairi."

Se rieron fácilmente juntos y comieron en silencio durante unos momentos. Los ojos de Mhairi brillaron de placer cuando Hamish pidió un poco más de estofado.

"Debes contarnos tus aventuras", invitó su tío.

"No sé por dónde empezar. Ultramar es muy diferente y, sin embargo, se parece mucho".

"¿Cómo es eso?"

"Hace calor y está seco, polvoriento. La comida es diferente, y luego están todos los idiomas para ser escuchados. El Temple era un refugio, porque era tranquilo y ordenado, y la mayoría hablaba francés."

"Y era un santuario en una tierra desolada", contribuyó Rodney.

Hamish asintió. "Cierto. Siempre me sentí aliviado cuando pasábamos por sus puertas, y dormí bien en ese lugar. Era una fortaleza, sin duda." Él miró lo último de su estofado cuando se dio cuenta. "Ha caído ahora y está en manos de los sarracenos. Ese refugio ya no existe." Tenía la garganta apretada al recordar su afortunado escape, y los hombres que había conocido que tal vez ya no pudieran respirar.

Su tío puso una mano sobre la suya. "Pero estás en casa y seguro aquí, muchacho", dijo con suavidad.

Hamish respiró hondo y asintió.

"Alabado sea", dijo su tía. "Temí por tu supervivencia día y noche, Hamish, y pensé que mi corazón estallaría cuando te vi regresar".

"Es notable que sólo uno de su grupo no regresó", dijo Rodney. "Dado todo el dolor en esa parte del mundo".

Mhairi inhaló y se levantó para limpiar la mesa. "Dudo que alguien extrañe demasiado a Kerr", dijo ella, luego les sirvió cerveza a todos.

"Mhairi..." advirtió su esposo, como Hamish lo recordaba a menudo.

Su tía ignoró la advertencia, que también lo recordaba bien.

"¿No puedo decir la verdad en mi propia casa?" exigió ella. Ese muchacho no era alguien a quien darle la espalda. La verdad es que le temí más que a los sarracenos cuando Hamish se marchó. Como todos los vinculados a Isobel, no se podía confiar en él."

Hamish no dijo nada.

Su tía lo miró fijamente. "Y si alguna vez hubo un alma con menos probabilidades de acudir en ayuda de otros contra un grupo de bandidos, era Kerr."

"¡Mhairi!"

Hamish no tiene que responder. Sé la verdad en mi propio corazón." Mhairi levantó su taza. "Por eso, debemos brindar por la salud del señor Fergus, cuyo corazón es tan bueno que solo ve el mérito en los demás.

Bendícelo por su amabilidad al ocultar cualquier verdad sobre Kerr. No se gana nada al compartir la maldad de un hombre una vez muerto."

Bebieron el brindis en silencio, lo que Hamish supuso era una buena indicación de que todos estaban de acuerdo.

¿Pero una novia sarracena? Ahora, ese no es un asunto que pasará sin ser desafiado." dijo Mhairi una vez que hubo vaciado su taza.

"¿Por qué debería alguien desafiarlo?" Preguntó Hamish. ¿Seguramente el señor Fergus puede tomar a quien quiera por esposa?

"Seguro que puede, pero el rey debe investirlo con el sello cuando el viejo señor muera", dijo Rodney.

"¿De verdad crees que cuando los reyes pidan una cruzada contra los sarracenos, permitirán que un infiel se case con uno de sus señores?" Mhairi negó con la cabeza y volvió a llenar las tazas. "Yo creo que no."

"Pero Leila es buena y amable."

Mhairi frunció los labios. —Parecía bastante agradable en su noche de bodas, pero supongo que cualquier mujer estaría feliz de casarse con el señor Fergus. Tan pequeña." Ella arqueó las cejas. "¡Tan marrón!"

"Se dice que es su puta, pero ¿un hombre la encontraría atractiva?" Preguntó Rodney.

"¡Leila no es una puta!" dijo Hamish acaloradamente. "Ella era nuestra compañera y amiga. Me alegro de que Fergus se haya asegurado de que pudiera permanecer aquí."

Su tía y su tío intercambiaron una mirada.

"Durante un año y un día", señaló Mhairi con suavidad.

"Escuché que Murdoch la está ayudando a tomar lecciones del padre Gregory", dijo Hamish. "Ella desea aprender antes de cambiar su fe."

"No hay nada de malo en eso", reconoció Rodney.

"Confiaría mi vida a Leila", continuó Hamish. "De hecho, lo he hecho."

Mhairi le lanzó una mirada. "¿Aunque sea una infiel?"

"En el Temple, me enseñaron que hay bien y mal en todo tipo, creyente o infiel, y en verdad, hay muchas áreas de creencia común entre nuestras religiones..."

"Por eso los hombres se matan entre sí en Jerusalén", dijo Rodney con ironía.

"En Ultramar, en muchos lugares, personas de diferentes religiones viven juntas en armonía", argumentó Hamish. "Son los caballeros de Francia e Inglaterra los que provocan la guerra allí. Los que viven allí solo se defienden a sí mismos y a su propiedad."

Su tío arqueó las cejas.

Su tía respiró hondo. "¿Y entonces crees que la Ciudad Santa debería ser entregada a los infieles?"

"También lo tienen como lugar de culto. El señor Gaston, el líder de nuestro grupo, trató de negociar la paz. Dijo que ambas afirmaciones tenían mérito y deberían respetarse."

"¿Y los infieles respetaron esto?" El escepticismo de Rodney era claro.

"Lamento decir esto, tío, pero era más probable que lo respetaran que los reyes y caballeros cristianos." Hamish negó con la cabeza. "He visto cosas que me hacen dudar del mérito de mi propia especie."

Hubo un momento de silencio en el que Hamish miró la mesa y sus tíos lo estudiaron. Él sabía que estaba desafiando sus convicciones y era consciente de que nunca antes había hecho eso. Él sintió que se había equivocado, porque ahora era un invitado en su casa, y deseaba poder retractarse de las palabras, aunque todavía las creía. Él no había tenido la intención de ofender.

Finalmente, Rodney se aclaró la garganta. "No eres el único que piensa bien de la dama. Farquar dijo que la dama Leila ha ayudado a la vieja Nellie. Dijo que ella muestra la seguridad de un buen mozo y su cuidado ya marca la diferencia."

Hamish miró hacia arriba. "¿Qué le pasa a Nellie?"

"Está coja y se niega a poner un pie en el suelo. Hemos estado arando los campos sin ella y es un trabajo pesado." Rodney negó con la cabeza. "Sabes cómo Farquar no puede soportar ver sufrir a un caballo y puedo anticipar cómo discutiría con aquellos que sugieren que el tiempo de Nellie debería llegar a su fin. Él estaba muy impresionado por los esfuerzos de la dama Leila ayer."

"Ella tiene talento con los caballos, sin duda", asintió Hamish. "Así fue como la conocimos. Ella vino al templo, disfrazada de muchacho, para ayudar en su cuidado. Era amiga de Bartolomé, el escudero del caballero Gaston que mencioné antes. Él sirvió casi veinte años en el Temple, y Bartolomé fue su escudero todo el tiempo. Resulta que

Bartolomé es el heredero perdido de Haynesdale, y ahora es el señor allí."

"Bueno, bueno, Mhairi, ¡nuestro Hamish ha reunido amigos poderosos en su tiempo libre!"

"¿Y cómo llegó la dama Leila a tu grupo, entonces?" Preguntó Mhairi.

"Su tío la había comprometido con un hombre del que desconfiaba y no quiso escuchar sus protestas. Ella huyó y pidió nuestra protección. El señor Fergus la tomó como su escudero, diciendo que había comprado tanto para la dama Isobel que necesitaba otro escudero. La llamábamos Laurent y no supe que era una dama hasta hace varias semanas."

Rodney se rió de eso. "No es bueno ser un experto en disfrazarse, muchacho".

"Ella defendió las pertenencias de mi señor y su bienestar más de una vez", dijo Hamish con ferocidad. "Confiaría tanto en Leila como en el señor Fergus, en cualquier situación."

"Bueno, hay un respaldo para ti, Mhairi", dijo Rodney. "Y uno potente también. El muchacho ha encontrado su voz en su viaje, sin duda."

"Una naturaleza honorable está muy bien, y realmente me alegra saber de ella", dijo Mhairi. "Pero todavía habrá problemas por su fe, en eso puedes confiar."

Su tío asintió sabiamente. "Killairic es próspero y el señor Calum está envejecido. Será mejor que nos preparemos para el asalto."

A Hamish no le gustó este pronóstico y sabía que sus sentimientos se mostraban, ya que su tío le dio un codazo. "¿Qué pasa, muchacho?"

"Había pensado que todo era diferente aquí. Pensé que veníamos a casa en paz."

"Quizás ese sea un rasgo que los hombres tienen en común, el deseo de cualquier cosa que pertenezca a otro. Hemos visto nuestra parte de la guerra y el robo en su ausencia." Rodney era filosófico. Sin embargo, me alegra saber que mi señor Fergus se ha casado con una buena mujer. Eso es reconfortante, sea cual sea su fe."

"Sí, porque podría haberse casado con la dama Isobel." Mhairi hizo una mueca.

"Mhairi..."

Mhairi señaló a su marido con un dedo. No hemos visto lo último de esa, no desde que llegó el señor Fergus a casa, sano y guapo, además de con riquezas. Apostaría a que el viejo Stewart MacEwan no se ve tan atractivo esta noche."

Hamish supuso por lo que había presenciado el día anterior que su tía tenía razón.

"Recuerden mis palabras, ella tratará de encontrar una manera de volver al afecto del señor Fergus. Espero que esta vez él sea más sabio sobre la verdad de su naturaleza."

"¿Cuál es la verdad de su naturaleza, tía?"

"Mhairi..."

UNA VEZ MÁS, Mhairi ignoró la advertencia de su esposo. "Ella es una que ve solo en su propio beneficio. Se casó con Stewart porque él la admiraba y le ofrecía un hogar. En su ausencia, el señor Fergus perdió su atractivo para esa. Es una medida de su naturaleza que no haya podido cumplir una promesa y que su amor era tan débil que no pudo sostenerlo mientras esperaba su regreso. Y ahora querrá saltar de uno a otro, porque su cónyuge es mayor y quizás más severo. No, no hemos visto lo último de ella."

"Mhairi, ves sombras en cada esquina."

"Por lo general, porque están ahí. Será esa pequeña sirvienta la que ayude en el asunto, sin duda.

"¿Qué sirvienta?" Preguntó Hamish, aunque ya suponía que su tía debía referirse a Agnes. La bonita Agnes, que le sonreía con tanta dulzura y cuya atención hacía que su corazón latiera con fuerza.

"La que viene de Dunnisbrae, la que tiene el rostro hermoso y el corazón oscuro."

"Agnes", contribuyó Rodney. "La huérfana."

"Que está cortada con la misma tela que la dama Isobel, sin duda. No es de extrañar que no pudieran permanecer en el mismo salón y no es coincidencia que ella viniera de Dunnisbrae a Killairic, supuestamente en busca de trabajo. No, ella vino a buscar al señor Fergus y su lealtad es hacia Dunnisbrae, si no hacia ella misma. Sin duda, el señor Fergus tiene honestamente bondad de corazón, ya que su padre la comparte." Mhairi le dio a Hamish una mirada dura. "No te dejes engañar por esa con sus faldas crispadas, muchacho."

—Claro que no, tía —dijo Hamish con firmeza, aunque casi había sido tan engañado—. "Dime qué más hay de nuevo en el pueblo."

"Bueno", dijo Rodney, su actitud se volvió expansiva a medida que volvían a temas de mayor comodidad para él. "Gavin en el molino de allí, finalmente se casó con la joven Inge. Ambos padres tomaron una determinación no pequeña, dado que ella estaba en las islas, pero están felices, sin duda."

"Ella le ha dado dos pares de gemelos en cuatro años", contribuyó Mhairi. "Y nunca viste niños tan hermosos."

"Crees que todos los niños son hermosos, tía", bromeó Hamish y la pareja mayor se rió.

Su tía se inclinó hacia él con ojos brillantes. Te diré esto, Hamish. Nunca habrá un bebé más hermoso que el primero que engendras."

Hamish encontró su cuello calentándose. "Soy demasiado joven para casarme, tía".

"¡Tonterías! Has estado en todo el ancho de la cristiandad, servido con los Templarios y comprometido con el señor Fergus. Tu futuro es tan seguro como siempre." Su tía arqueó una ceja y Hamish asintió con la cabeza.

Él no había pensado en casarse, todavía no, aunque había pensado en la intimidad con Agnes. Quizás algún día encontraría una mujer de mérito, tal como habían hecho los caballeros en su grupo. Como mínimo, él ayudaría a Leila a encontrar aliados en Killairic, ya que defender a una dama era lo que debía hacer un hombre de cualquier nivel.

Hamish sonrió porque lo había aprendido de su tío, mucho antes de viajar a Ultramar.

CAPÍTULO 10

gnes no era de las que dejaban pasar una oportunidad.

Ella sabía que el tiempo era esencial.

La puta de Fergus estaba claramente decidida a ganarse la buena voluntad de los de Killairic y hacerlo con prisa. A Agnes le asombraba que la infiel hubiera progresado tanto en un solo día; al final del compromiso, tal vez no sería posible deshacerse de ella.

Ya se estaba volviendo imposible evitar el sonido de algún tonto cantando las alabanzas de la dama Leila. El señor Fergus era el peor de todos: parecía estar enamorado de ella desde su regreso la noche anterior, su mirada la seguía a cada paso. El viejo señor escasamente mostraba menos estima. Agnes no podía entender que aceptaran a una mujer de piel tan oscura. Por los sonidos que se habían transmitido desde el solar la noche anterior, el señor Fergus mostraba un gran entusiasmo por la tarea de engendrar un hijo.

Agnes sabía que podía ocuparse del placer de su señor mejor que cualquier puta infiel. Se le había ocurrido una idea y había ido creciendo en atractivo. ¿Y si Agnes reemplazara a la puta en el afecto del joven señor? ¿Y si ella tuviera el hijo que heredaría Killairic? Al anciano ya le agradaba, y ella hacía todo lo posible por alimentar su afecto. Cuando tenía un momento libre de las órdenes de la bruja, se ocupaba de su comodidad. Ella sabía lo que le gustaba. Un dulce de las cocinas por la tarde. Una taza tibia de leche de cabra por la noche. Un poco de ayuda en las escaleras y un comentario coqueto sobre su vigor. Agnes lo sabía todo.

También sabía que la puta no se quitaba el cordón del cuello con las llaves. Esto era molesto y le daba a Agnes un desafío. ¿Qué habían puesto en la tesorería? ¿Podría ella usar su conocimiento para deshacerse de la puta? Agnes tenía que expulsar a la puta pronto si quería hacerlo y estaba convencida de que el artículo en la alforja de Duncan ayudaría en esa misión.

Podría ser robado y culparían a la puta.

Al día siguiente de su regreso de Dunnisbrae, el señor Fergus hizo que le hicieran un segundo juego de llaves. Él pudo haber escuchado el deseo de Agnes y ella tuvo que ocultar su alegría por la noticia. Cuando él subió las escaleras para darle el recién hecho juego a su padre, se hizo el plan de Agnes.

Solo dos juegos de llaves, y nadie culparía al viejo señor por la pérdida de cualquier artículo de su propio tesoro.

Agnes esperó hasta que se sirvió la comida del mediodía y la ramera ayudara al viejo señor con su estofado. Ella esperó hasta que el señor Fergus y su puta se marcharon, esperó hasta que no pudo oír más los cascos y luego esperó un poco más.

Ella llamó a la puerta de la habitación del anciano señor, aunque estaba abierta. Él estaba dormitando y las llaves brillaban en el cordón alrededor de su cuello. Ella estuvo tentada pero esperó el momento adecuado.

"¡Agnes!" dijo él, empujándose a sí mismo a una posición más sentada.

"Pensé que sus rodillas podrían estar molestándolo, mi señor", dijo ella con recato. "A menudo es así después de la lluvia."

"Y así es en este día. Es amable de tu parte preguntar, Agnes.

—Déjeme que les frote un poco de linimento, mi señor. Siempre te da alivio."

"¡Gracias, Agnes!"

"¿Le gustaría una taza de leche tibia también? Parece un día para quedarse en la cama, especialmente después de una noche tan tarde."

"Ciertamente, ciertamente. Eres considerada, Agnes." Él le sonrió y ella hizo una reverencia, bajando las escaleras a toda prisa para recoger linimento y leche. Sus palmas estaban húmedas porque estaba en el umbral de la oportunidad, pero no se atrevía a delatarse.

Ella deseaba tener un poco de valeriana para poner en la leche, pero ya no había comadrona en Killairic. La cabaña de la primera se había dejado intacta después de su muerte, pero Agnes no podía haber identificado la hierba correcta por sí misma. Ella sabía que era mejor no adivinar. La anciana partera no se lo habría concedido, porque también había desconfiado de Agnes.

Cuando Agnes le hubiera dado un hijo a Fergus, los aldeanos sabrían que era mejor no despreciarla.

Ella regresó con el viejo señor con el linimento y la leche. Él le agradeció efusivamente. Ella lo ayudó a sentarse en su silla, colocada a la luz del sol junto a la ventana, y lo envolvió con pieles. Luego se arrodilló ante él y le frotó las rodillas con su linimento favorito, esforzándose por parecer fascinada mientras él le contaba las mismas historias que le había contado cientos de veces. Ella exclamó en todos los lugares correctos y lo animó, mirándolo sorbiendo la leche tibia.

"Seguramente, no tenía que abandonar el solar, mi señor", dijo ella. Estoy segura de que al señor Fergus le gustaría que se sintiera cómodo.

Me gusta la vista desde aquí, Agnes, y esta habitación es más acogedora. Aquí el viento disminuye." Él echó la cabeza hacia atrás y bostezó con fuerza. Ella vio el cordón alrededor de su cuello y miró hacia abajo como desinteresada. "Revuelve las brasas del brasero, por favor, Agnes."

"Por supuesto, mi señor. ¿Quieres más leche?

"No, pero te agradezco." Él bostezó, sin duda porque la habitación estaba muy caliente, y luego la despidió. Déjame dormir, Agnes, pero no dejes que me pierda la cena. Dile a Iain que debo despertarme cuando Fergus y Leila regresen, porque me quiero enterar de su día.

—Por supuesto, mi señor —asintió Agnes, pero ya él tenía los párpados caídos. Ella esperó, observando y escuchando, todavía frotando sus rodillas pero con cada vez menos fuerza. El viejo señor se durmió profundamente, con la cabeza gacha y las manos flojas. Agnes esperó un poco más, sin atreverse apenas a respirar.

Ella escuchó a Xavier e Iain discutiendo en las cocinas. Ella sabía que los Templarios jugaban al ajedrez en el salón. Nadie subía las escaleras. Los sonidos del pueblo parecían remotos.

El señor Calum empezó a roncar.

Agnes contuvo la respiración mientras se levantaba. Ella esperó, luego se acercó a su hombro. Ella extendió la mano y lentamente apartó el nudo del cordón de su piel. Ella ni siquiera se atrevió a respirar. Él murmuró para sí mismo en sueños y ella se quedó paralizada, esperando hasta que sus ronquidos comenzaran de nuevo.

Lentamente, con cuidado, desató el nudo. Las llaves cayeron en su palma con un suave tintineo y ella contuvo el aliento, temiendo que la atraparan.

Pero el señor Calum siguió durmiendo.

Agnes dejó el cordón alrededor de su cuello. Ella se retiró con cuidado, cerró la puerta detrás de ella y se detuvo a escuchar mientras estaba de pie en las escaleras. Nadie estaba cerca.

Esa era su oportunidad.

Ella se apresuró a subir las escaleras en silencio, abriendo la puerta del solar tan silenciosamente como pudo. Ella suspiró aliviada de que la llave funcionara y luego se metió dentro.

Cerró la puerta silenciosamente detrás de ella y luego volvió a bloquearla para que no la descubrieran en el peor momento. Su corazón estaba acelerado. Ella cruzó el solar, evitando las tablas del suelo que crujían. Le temblaban un poco las manos cuando abrió el tesoro y temió que hubieran movido la alforja.

Pero estaba allí, en el suelo, justo al otro lado de la puerta, tal como había estado desde el regreso del señor Fergus. También había cofres con monedas y uno con documentos, pero esa era la bolsa que intrigaba a Agnes.

Ella escuchó, pero no había indicios de que alguien subiera al solar o la buscara. Se agachó, abrió las hebillas y echó hacia atrás la solapa. Había un paquete envuelto dentro de la bolsa. Olía levemente a estiércol, lo que la sorprendió, pero lo sacó de la bolsa y lo llevó a la ventana.

Agnes dejó el paquete sobre la mesa debajo de la ventana y estudió la forma en que estaba envuelto. Ella tomó nota cuidadosamente de los detalles para poder devolverlo con la apariencia de que no había sido tocado. Luego abrió el paquete. Había una gran cantidad de tela envuelta alrededor de lo que había dentro, como si fuera frágil. Era redonda y de buen tamaño. Agnes pensó que sentía metal y no podía encontrarle sentido.

Hasta que quitó el último trozo de tela y la luz del sol cayó sobre el relicario dorado que tenía en las manos. La boca de Agnes se abrió de asombro. El tesoro era de oro, oro reluciente y tachonado de gemas, marcado con inscripciones y cruces.

Agnes no podía leer la inscripción, pero sabía que se trataba de un tesoro, un tesoro sin precio. Ella trazó una cruz grabada en la superficie con la yema de un dedo tembloroso. Eso explicaba la presencia de los Templarios. Ellos custodiaban esa maravilla y aún estaban en la fortaleza. Ella se lamió los labios, preguntándose cuál era la mejor manera de utilizar este tesoro para ver desacreditada a la puta.

La respuesta era clara. Por supuesto, una infiel no consideraría sagrado un objeto así. Una infiel podría robarlo, quizás para financiar su viaje a casa. Agnes sonrió. Ella robaría el relicario y lo haría parecer como si la puta se lo hubiera llevado. El señor Fergus desafiaría a la puta, ella negaría que hubiera hecho algo mal, como era de esperar, y la echaría.

Dejando su cama fría y su padre todavía necesitando un heredero.

El esquema era simple, pero impecable.

Quizás Agnes sería recompensada por restaurar el tesoro, cuando todo pareciera perdido.

Ciertamente, ella podía concederle al señor Fergus todo lo que necesitaba.

Agnes sacó el relicario de sus envoltorios protectores y lo envolvió en una de las sucias camisas de la puta. Ella dejó la alforja abierta en la tesorería y colocó el envoltorio en la bolsa, pero desordenado. Parecía como si alguien se hubiera apresurado a apoderarse de él y no le hubiese importado que su ausencia fuera obvia.

Bien satisfecha consigo misma, Agnes volvió a cerrar la puerta del tesoro. Se aseguró de que no hubiera señales de su presencia, luego se fue y cerró la puerta desde afuera del solar. Ella abrazaba el tesoro mientras bajaba las escaleras, rezando para que no la vieran.

El cubo de las aguas residuales estaba fuera de la puerta del anciano. Estaba vacío, pero solo Agnes lo sabía. Ella puso el paquete en el cubo, volvió a poner la tapa y luego respiró hondo. Se metió en la habitación del anciano, donde él todavía roncaba, y volvió a colocar las llaves en el cordón. Sus manos todavía estaban temblando, pero su emoción aumentó a medida que se acercaba al éxito. Ella volvió a anudar el cordón, conteniendo la respiración todo el tiempo, y trabajó tanto el cordón como el nudo debajo de su camisola. Cuando estuvo segura de que dormía sin interrupciones, salió lentamente de la cámara.

El cubo estaba tal como lo había dejado. Agnes lo cargó para bajar las escaleras.

Iain había entrado en el pasillo. Ella le sonrió, notando que un Templario estaba jugando al ajedrez con Murdoch mientras el otro miraba. El segundo habló mientras gesticulaba hacia la mesa, aparentemente dando un consejo, y Murdoch resopló.

Desdeñándolo, sin duda.

"El señor Calum está dormido pero desea que lo despierten para la cena", le dijo a Iain y el mayordomo asintió.

Su mirada bajó al cubo con el ceño fruncido. "Mi señor no suele evacuar a esta hora del día."

"Y no lo hizo", dijo Agnes, inventando una mentira. Pero olvidé que debía tomar su balde esta mañana. Lo siento."

Iain fue severo. —Ocúpate de no volver a cometer semejante descuido, Agnes. Su señoría no debería tener que soportar el olor ni un momento más de lo necesario, y el salón debe mantenerse limpio, a petición de su señoría.

"Por supuesto, Iain. Me disculpo nuevamente." Agnes hizo una reverencia, se disculpó y dijo lo que fuera necesario para convencer al viejo entrometido de que mirara para otro lado. Finalmente, pudo salir del salón. Dio pasos mesurados hacia el arroyo en el lado más alejado de la torre donde se vertían las aguas residuales.

Sin embargo, en lugar de vaciar el cubo, lo dejó en el suelo. Ella miró hacia atrás pero no vio a nadie. Levantó la tapa y se apoderó del tesoro. Agnes saltó el muro y cruzó el arroyo, agarrando su premio. Corrió en busca de un escondite que conocía bien.

El relicario estaría a salvo allí hasta que pudiera dárselo al señor Stewart.

¿Qué tan pronto podría convencer ella a alguien de que buscara el relicario para asegurarse de que la puta fuera condenada por su pérdida? Agnes no estaba segura de quién sabía sobre el tesoro y dudaba que el señor Fergus escuchara una palabra contra la infiel en su cama.

Ella tendría que mirar, escuchar y buscar su oportunidad.

El señor Calum podría brindarle la oportunidad que buscaba.

HABÍA SIDO un buen día y le daba a Leila muchas esperanzas para el futuro. Fergus y ella habían recorrido el perímetro de Killairic y él le había mostrado la recompensa de la propiedad que llamaba su hogar. A ella le había impresionado mucho la belleza de Killairic y más el afecto de Fergus por la gente y la tierra.

Aún mejor, habían hablado de los del pueblo y ella había visto su talento para asumir la responsabilidad sin entrometerse. Ellos hablaron de la mejor manera de ayudar al hijo del molinero, y él había compartido su plan para enviar a Hamish a ayudar.

Le había hablado de la partera que había fallecido en su ausencia y había hablado con ella sobre la búsqueda de un nuevo sanador para el pueblo. Habían discutido la posibilidad de tentar a una para que se mudara de Dumfries y qué incentivo podría encontrar atractivo para tal mujer.

A Leila le gustó que Fergus se preocupara no solo por su propio bienestar, en caso de que concibiera, sino también por el de las otras mujeres del pueblo. Habían acordado que Radegunde podría poner a prueba el conocimiento de quien quisieran, porque Fergus esperaba que ella pasara por Killairic con Duncan o en su viaje en otoño.

Hablaron de Hamish y su futuro, la posibilidad de que entrenara para sus espuelas en Haynesdale, y estuvieron de acuerdo en que el muchacho podría estar feliz con la oportunidad. Fergus también decidió discutir eso con Hamish.

Su conversación era fácil y amigable, y a ella le gustaban las miradas que Fergus le dirigía. Él pidió su consejo sobre la administración de la propia fortaleza, y consideraron quién debería acompañarlos en el viaje a Iona.

El sol se estaba poniendo cuando regresaron al pueblo. Farquar les hizo señas para que compartieran el progreso de Nellie y parecía que la yegua estaría lo suficientemente bien como para tirar del arado en una semana o dos. El sacerdote sonrió y los saludó con la mano, y Leila accedió a reunirse con él a la mañana siguiente para recibir más lecciones.

Todo salía bien.

Calum bajaba las escaleras cuando Leila y Fergus subieron al solar. Estaban enlodados por el viaje y ambos tenían la intención de cambiarse de ropa para la cena. Fergus cambió de rumbo y acompañó a su padre al salón, asegurándose con tacto de que el anciano no se cayera, mientras Leila continuaba hacia el solar.

Ella estaba abriendo la puerta cuando olió estiércol.

Había cruzado el umbral cuando olió a Agnes. La muchacha no estaba tan limpia como Leila hubiera preferido en una criada, pero sabía que era mejor no dar ese único consejo. Y realmente, no era del todo malo para Agnes tener un olor distinto, ya que Leila no confiaba en ella.

Agnes olía a sudor y un poco a placer sexual, así como a cebolla. Sin duda, había pelado verduras para Xavier antes de su cambio de puesto, aunque Leila se preguntaba quién podría ser el amante de la muchacha. Era algo repugnante que se hubiera lavado tan poco en dos días.

Leila pensó al principio que el olor de la muchacha se remontaba más temprano en el día, pero era más fuerte en medio del sol.

Era aún más fuerte junto a la ventana con el baúl debajo.

¿Agnes había estado en el solar en su ausencia?

¿Pero cómo?

Había más llaves, como en Châmont-sur-Maine.

Leila sintió frío.

Entonces vio que la camisola sucia que le había dejado a la muchacha para que la lavara se había ido, aunque la otra ropa no. El abrigo de Fergus todavía estaba extendido para secarse y su camisola del día anterior no se había movido.

Ella miraba con el ceño fruncido la puerta del tesoro cuando Fergus entró en el solar.

"¿Qué está mal?" preguntó él de inmediato y ella le indicó que debía cerrar la puerta. Él la cerró antes de acercarse a su lado, sus ojos brillaban con curiosidad.

"Hay otra llave", dijo Leila en voz baja. Agnes ha estado en esta habitación en nuestra ausencia.

"¿Cómo puedes saberlo?"

Leila se tocó la nariz y Fergus asintió.

"¿Sola?"

"Si no, su compañero está más limpio que ella."

Ambos miraron la puerta del tesoro como uno solo.

Fergus extendió la mano mientras Leila tiraba del cordón con las llaves sobre su cuello. Ella le entregó las llaves, temerosa de lo que él encontraría y, sin embargo, tenía una curiosa convicción de ello. Él abrió la puerta de la tesorería mientras su corazón latía con miedo y supo de inmediato que su sospecha había sido correcta. Su postura cambió, sus hombros cayeron, luego la miró, sus labios formaron una línea dura.

"Se ha ido", dijo él en voz baja.

"Como mi camisola."

Fergus asintió. "Quienquiera que lo tomó pretendía que parecieras ser el ladrón."

Leila lo miró, preguntándose qué decidiría. Él cerró la puerta y volvió a pasar la llave, luego se acercó a ella. Sus ojos estaban oscuros, su expresión solemne. "Me quedaré con las llaves ahora, ya que eso pondrá dudas sobre cualquier acusación."

Leila asintió con la cabeza, sintiendo que su posición era precaria.

Fergus le pasó el brazo por los hombros y la atrajo hacia sí. "No parezcas tan asustada. Sé que has defendido el tesoro con tu vida. Conozco tu inocencia. Pero, ¿qué plan tiene nuestro ladrón? Agnes todavía está en el pasillo, así que si tienes razón...

"Yo tengo razón. Conozco su olor."

"Entonces no ha ido muy lejos para ocultarlo. Eso significa que se puede encontrar." Fergus sonrió a Leila. "No digamos nada y dejemos que ella provoque la exhibición del relicario. Debe haber algún plan para revelar su supuesto robo."

"Y podemos encontrar el tesoro antes de eso", concluyó Leila.

"Le pediré a Hamish que siga a Agnes para ver si puede encontrarlo, pero no confiaremos en nadie más." Fergus arqueó las cejas. "Ciertamente no a nuestros invitados, los Templarios".

Ciertamente no.

~

LEILA ESTABA CLARAMENTE CONMOCIONADA por el robo del relicario. De hecho, a Fergus también le preocupaba, pero se esforzaba por parecer más seguro de lo que se sentía para tranquilizar a su esposa. Él supuso que Leila temía que la culparan y no dudaba de que tuviera razón.

Primero tenía que encontrar el relicario.

Él habló con Hamish después de la cena, y se dirigió a la casa de Rodney para hablar con el chico en confianza. Hamish estaba encantado de que le confiaran la responsabilidad de vigilar a Agnes y Fergus sabía que el muchacho haría todo lo necesario para ayudar a Leila. Su lealtad era indiscutible. Fergus decidió esperar unos días antes de enviar a Hamish a ayudar al molinero, y en cambio le preguntó qué pensaba Hamish de viajar a Haynesdale para entrenar para sus espuelas.

El grito de alegría de Hamish atrajo a Rodney y Mhairi y ofreció un disfraz adecuado para la misión de Fergus.

"Fue idea de Leila", dijo Fergus. "Ella fue quien adivinó tus ambiciones."

Los ojos de Hamish brillaron y su tía y su tío estaban muy agradecidos.

Fergus regresó al salón para encontrar a Leila riendo con Calum junto al fuego. Agnes estaba limpiando la mesa sin entusiasmo y él se preguntó dónde podría haber escondido el relicario. Él recordó la visión que creyó haber tenido de ella en los establos y decidió mirar allí a la mañana siguiente.

Sin embargo, a esa hora no quería nada más que la compañía de su esposa.

Y a decir verdad, quería darle una sorpresa a Agnes.

Fergus captó la mirada de Leila y le sonrió, contento de que ella le devolviera una cálida sonrisa. Él sacó las llaves de su bolso y las dejó columpiarse en su cordón, captando la luz. Agnes lo miró fijamente. "¿Tienes las llaves, mi señor?"

—Sí, Agnes. Después de que mi señora me encerró en el solar el otro día, juré que no volvería a ocurrir."

La muchacha se sonrojó y balbuceó una respuesta incoherente, luego miró a Leila antes de regresar a su limpieza. Fergus pensó que ella no merecía menos, porque para él estaba claro que ella tenía la intención de dejar que Leila fuera culpada de la pérdida del relicario.

Después de todo, la desconfianza de Leila era merecida.

Él solo podía esperar que Agnes llevara pronto a Hamish a su escondite.

Mientras tanto, Leila hablaba con su padre, quien se puso de pie y la pareja cruzó el salón hacia Fergus.

"No tendrás una protesta de mi parte cuando llames a tu esposa a la cama", bromeó su padre y subieron las escaleras juntos. Calum se retiró, Iain fue a ayudarlo y Fergus acompañó a Leila al solar. "Ya que tengo las llaves", dijo él. Serviré como tu sirviente esta noche.

Leila sonrió. "Apostaría a que deseas una bendición de mi parte por tus problemas"

"Por supuesto. He esperado todo el día para saber si el comerciante escapó de los djinn o no."

Ella se rió en voz alta. "Podrías haberme preguntado durante nuestro viaje."

"Podría haberlo hecho, pero nuestra plática fue muy animada."

Entraron en el solar y Fergus cerró la puerta detrás de ellos, incluso mientras Leila encendía algunas de las velas. La habitación estaba fría y Fergus encendió los braseros y luego corrió las cortinas alrededor de la cama.

"Si recuerdas, el djinn había levantado su espada, con la intención de decapitar al desafortunado comerciante", dijo Leila mientras se sentaba en el borde de la cama. Ella se quitó los zapatos y comenzó a desatarse los cordones de su kirtle.

Fergus se despojó de su propio atuendo apresuradamente y luego se acercó desnudo a la cama.

Ella le dedicó una mirada y una sonrisa. "Hace frío para tanto entusiasmo", dijo ella.

Fergus se rió. "Entonces date prisa, mujer, y caliéntame".

Leila volvió a reír y Fergus la ayudó con sus medias. Él la convenció para que se quitara el kirtle y la camisola, luego la tiró debajo de la colcha y las pieles.

Ella se lamió los labios, le brillaban los ojos y continuó la historia. "Justo antes de que el djinn diera su golpe, el comerciante gritó. Le pidió al djinn que retrasara su ejecución, para poder regresar a casa y despedirse de su familia. El djinn no estaba dispuesto a hacer eso, pero el comerciante notó que aún no había hecho un testamento y que sus asuntos debían dejarse en orden. Le rogó al djinn que le dejara ver que su propiedad fuera dividida y que su familia se mantenía, y juró regresar cuando todo estuviera hecho. El djinn se mostró escéptico de que el comerciante regresara, pero juró que regresaría en exactamente un año y un día, al mismo lugar, para aceptar su destino. Estuvieron de acuerdo y el djinn desapareció."

Fergus no dejó de notar que el término era el mismo que el de su intercambio de votos.

"El comerciante corrió hacia su casa, tanto contento de haber escapado de un destino terrible como temeroso de su futuro. Él sabía que no podía romper su palabra, pero no estaba listo para morir. Su familia lo recibió con gran alegría, pero su esposa notó que él no compartía su estado de ánimo jubiloso. Marido y mujer estaban muy enamorados y se conocían muy bien... "

"Todas las parejas en tus historias están muy enamoradas", señaló Fergus, incluso cuando su mano se deslizó del pecho de Leila a su estómago.

Leila sonrió. "¿Por qué las historias no deberían reflejar el más ideal de los matrimonios?"

"Supongo que el comerciante le confió la verdad a su esposa." Él sostuvo su mirada mientras sus dedos se deslizaban cada vez más abajo y sonrió cuando ella se sonrojó un poco. Él la tocó suavemente y ella jadeó, luego separó los muslos para recibir su caricia.

"¡Por supuesto!" dijo ella, su voz un poco más ronca de lo habitual. "Y estaba muy angustiada, aunque tampoco podía encontrar una solución. El comerciante entonces comenzó a arreglar sus asuntos. Hizo su testamento y pagó sus deudas. Dejó a sus esclavos en libertad y dividió su propiedad entre sus hijos. Nombró tutores para aquellos que eran jóvenes y vio a sus hijas elegibles casarse bien. Había mucho que hacer, pero para él, el día en que tenía que partir para acudir a su cita con los djinn llegó demasiado pronto. Su esposa deseaba acompañarlo pero él no podía soportar que ella lo viera tan abatido. Él la abrazó y se despidió, con el corazón apesadumbrado al saber que no volvería."

"Consideremos por un momento cómo pudieron haber pasado juntos esa última noche", dijo Fergus, luego se inclinó y besó a Leila.

Ella suspiró, enrollando sus manos en su cabello y se arqueó contra él, su lengua se deslizó entre sus dientes para burlarse de él. "Así, creo yo", susurró cuando él le dio una oportunidad, luego lo agarró por la nuca para bajar su cabeza de nuevo. "Ya que debieron haber creído que nunca se volverían a ver."

Fergus le dio un beso largo y lento. "¿Pero lo hicieron?" Él besó su oreja, su garganta y el hueco de su hombro.

Leila suspiró. "No puedo contarte el final de la historia antes que la mitad."

"Llego a pensar que esta historia no tiene fin", se quejó él y ella se rió. La acarició lentamente y cualquier respuesta murió en sus labios. Ella susurró su nombre y a Fergus le gustó mucho el sonido sin aliento. "Sí, ella debió rogarle que la complaciera", dijo él y Leila hizo lo mismo. "Ella debe haber tratado de convencerlo de que se quedara."

"Pero ninguna mujer de mérito querría realmente convencer al hombre que ama de que rompa su palabra", protestó Leila. Ella rodó de repente sobre Fergus, y él estaba contento de ser su cautivo. Las mantas se cayeron y la luz de las velas y los braseros hizo que su piel pareciera aún más dorada de lo que era. "Quizás ella lo sujetó y le quitó el placer", susurró ella con los ojos brillantes.

"Quizás él se rindió voluntariamente a ella", respondió Fergus. "Porque no quería nada más que verla deleitarse."

"Quizás no desees realmente escuchar la historia."

"Quizás yo estaría satisfecho primero", respondió Fergus. Leila se rió, luego se arrodilló sobre él y él se sorprendió al darse cuenta de lo preparada que estaba para darle la bienvenida. Él tenía la intención de complacerla primero, pero ella se sentó sobre él, el dulce calor de ella lo mareó. Ella se movió lentamente, lanzando un hechizo propio, y Fergus supo que nunca deseaba liberarse de este encantamiento.

"Apostaría a que no durmieron nada esa noche", murmuró él y ella sonrió. "Después de todo, creían que era su última noche juntos."

"¿Es posible amar más de una o dos veces por noche?" preguntó Leila y Fergus sonrió.

"Sí", dijo él, tirando de ella hacia abajo para un beso completo. "Deja que te enseñe."

～

FERGUS LA SEDUJO tres veces antes de que apagaran las velas para dormir. Cuando el solar estuvo oscuro, salvo por las brasas del brasero, él le dio un apretón a Leila. "No te duermas antes de decirme el destino del comerciante", gruñó él y ella sonrió en la oscuridad.

"Bueno, después de una dulce despedida de su esposa, salió de su casa para cumplir su palabra con el djinn."

"Por supuesto que lo hizo, porque era un hombre de honor."

"Por supuesto. Por eso su esposa lo amaba tanto," asintió Leila. "El comerciante llegó al lugar designado y se sentó a esperar la llegada del djinn. Mientras estaba sentado solo, vio a un anciano que aparecía a la vista, conduciendo una cierva. El anciano se detuvo sorprendido al notar al comerciante. Advirtió al comerciante de inmediato que abandonara el área, porque dijo que estaba infestada de genios malvados y un lugar peligroso para descansar. El comerciante confesó que era demasiado tarde y le contó su historia al anciano. El anciano se lamentó con él y admiró su honor por cumplir su palabra. Él preguntó si podía quedarse para presenciar la reunión del comerciante con el djinn. El comerciante pensó que el anciano podría informar a su familia de su destino, así que aceptó."

"Parece un arreglo sensato", murmuró Fergus.

"Los dos se sentaron juntos hasta que vieron una enorme nube de polvo levantarse en la distancia. Se arremolinó en una columna alta y giró hacia el lugar justo delante de ellos. El genio de la barba blanca apareció en medio del polvo e hizo una seña de apoderarse del comerciante. -¡Espera! -Gritó el anciano de la cierva. Él se arrojó a los pies del djinn y le suplicó que mostrara misericordia al comerciante. "Él ha cumplido su juramento y demuestra tener más valor que la mayoría." El djinn estuvo de acuerdo con eso, pero se negó a renunciar a su derecho a quitarle la vida al comerciante en represalia por la pérdida de su propio hijo."

Leila levantó un dedo. "Pero el anciano señaló a la cierva y le preguntó al djinn por qué pensaba que la tenía con él. El djinn no sabía por qué un hombre tendría una cierva, y el comerciante rápidamente vio que el anciano había captado la atención del djinn. `` Te contaré la historia", ofreció el anciano. "Si consideras liberar a este comerciante si encuentra que mi historia es maravillosa." El djinn consideró esa oferta, luego aceptó y se sentó a escuchar."

Fergus se rió entre dientes. "Otro cuento anidado en el cuento. Te digo que esta saga no tiene fin."

Leila lo ignoró. "El anciano entonces comenzó su relato. Él confió que la cierva no era realmente una cierva, que era su esposa y que estaba encantada. El djinn estaba claramente intrigado por ese detalle y le rogó al anciano que se explicara. Él confesó que se había casado con su esposa cuando era muy joven y que se había enamorado profundamente de ella."

"Más parejas amorosas", bromeó Fergus y Leila sonrió antes de continuar.

"Estuvieron casados durante treinta años sin que ella tuviera un hijo, lo que les produjo un dolor considerable a ambos. Debido a que él necesitaba un heredero, el anciano compró una esclava y ella pronto le dio un hijo, tal como había esperado. El muchacho era inteligente y apuesto, y el anciano estaba contento de tener un heredero. Su esposa, sin embargo, estaba descontenta por sus celos y temía que su esposo prefiriera a la esclava antes que a ella. Sin embargo, ocultó bien sus miedos, tan bien que el anciano no se dio cuenta de ellos. Cuando el niño cumplió diez veranos, el anciano se vio obligado a emprender un viaje y dejar atrás a su familia. Él sabía que estaría fuera por un año. Dejó tanto a la esclava como al hijo bajo la custodia de su esposa, suplicándole que cuidara de ambos, y luego se fue."

"Supongo que todo salió mal", dijo Fergus. "Creo que quieres darme una lección sobre las mujeres despreciadas y sus celos."

Leila no respondió a eso. Ella no había considerado lo bien que estos cuentos reflejaban la verdad que estaban viviendo. "La esposa había pasado esos años estudiando las artes de la magia. Poco después de que el anciano partiera en su viaje, ella lanzó un hechizo sobre el hijo, convirtiéndolo en un ternero. Le dio la criatura al mayordomo, como si la hubiera comprado en el mercado. Sin embargo, sus celos no fueron satisfechos por eso. A continuación, convirtió a la esclava en una vaca, que también entregó al cuidado del mayordomo. Cuando el anciano finalmente regresó a casa, su esposa fingió estar arrepentida. Ella le dijo que su esclava había muerto y que su hijo había desaparecido. El anciano estaba muy preocupado por esto, porque no solo no tenía heredero, sino que había amado tanto a la esclava como al hijo."

"Una mentirosa, aunque era amada", murmuró Fergus. "Que interesante."

Sin embargo, él conocía su deber y pidió una celebración por su regreso. En ese lugar y tiempo, era costumbre sacrificar una vaca para tal festín, y la esposa se aseguró de que la esclava encantada fuera la vaca elegida. El anciano mismo iba a hacer el sacrificio, pero la vaca lloró al verlo y emitió un sonido de tristeza. Él encontró esto tan curioso que no pudo dar el golpe mortal. Su esposa lo reprendió por sus extravagancias y lo intentó de nuevo, pero nuevamente no pudo completar el acto. Su esposa tenía mucho que decir sobre eso y la vergüenza que sobrevendría a la casa si a los invitados no se les diera carne. El anciano le pidió a su mayordomo que realizara el sacrificio. Se hizo, pero la vaca no tenía suficiente carne para el banquete cuando fue desollada y preparada. Aunque parecía gorda, la verdad es que no lo estaba."

"No todo es lo que parece", señaló Fergus.

"La esposa insistió en que necesitaban más carne y ordenó al mayordomo que trajera el becerro que era el hijo encantado. Este ternero también actuó de manera muy extraña, llorando ante el anciano y poniendo su cabeza sobre los pies del anciano. Él pensó que también significaba suplicarle que lo perdonara y de nuevo descubrió que no podía dar el golpe. Una vez más, su esposa lo reprendió, pero el anciano no se dejó convencer. Él le pidió al cocinero que agregara platos para los invitados que no tenían carne y envió al ternero de regreso a los establos. La esposa estaba lívida y, finalmente, acordó que el mayordomo podía matar al ternero al día siguiente."

Fergus estaba dibujando pequeños círculos sobre su vientre, pero Leila continuó, a pesar de la distracción que él le ofrecía. "Cuando el mayordomo llevó al ternero de regreso a los establos, su hija estaba allí. Ella se rió al ver el ternero y luego se echó a llorar. Él pensó que esta era una reacción muy curiosa, así que le pidió que se explicara. La hija tenía alguna habilidad con la magia y le dijo a su padre que el ternero era el hijo encantado del amo que acababa de regresar, así como la vaca que había sido sacrificada había sido la esclava encantada que era la madre del hijo. Ella nombró a la esposa como la responsable de los hechizos, y el mayordomo estaba tan asombrado que inmediatamente se lo contó al maestro. El maestro vino al establo y le pidió a la niña que lo contara ella misma. Él lloró porque su fiel esclava y madre de su hijo había sido asesinada."

"Porque había sido engañado", dijo Fergus.

"Luego le preguntó a la hija si podía romper el hechizo sobre su hijo. Ella dijo que lo haría, pero a cambio, ella deseaba casarse con el hijo y que su hechicería requería que la esposa fuera castigada por su acto. El maestro aceptó gustosamente. Luego, la hija tomó un balde de agua y murmuró algunas palabras que ni el maestro ni el mayordomo pudieron oír, luego arrojó el agua sobre el ternero. El hijo recuperó su forma habitual y abrazó a su padre con alegría. Él se declaró complacido de casarse con la hija del mayordomo, y hubo mucha alegría. Sin embargo, antes de intercambiar sus votos, la hija lanzó un hechizo sobre la esposa, convirtiéndola en la cierva. "Han pasado muchos años desde estos hechos y mi hijo quedó viudo", concluyó el anciano. "Dejó nuestra casa para viajar con sus hijos y hace mucho que no tengo noticias de ellos. Me fui yo mismo para buscarlo, y pensé que era apropiado llevarme a mi esposa conmigo. "El anciano sonrió al djinn y el comerciante miró con esperanza. `` ¿No crees que esta es una historia muy notable? " El djinn asintió con la cabeza, agradeció al anciano por compartir su historia y dio una palmada al ciervo. Él perdonó al comerciante y luego desapareció en un remolino de polvo blanco. El comerciante estaba muy agradecido y abrazó al anciano, invitándolo a viajar a casa con él y disfrutar de la hospitalidad de su familia, porque se alegrarían de que regresara."

"Al menos un cuento termina", señaló Fergus.

"El rey, Shahriar, aplaudió la conclusión del relato de Scheherazada, pero Dinarzade negó con la cabeza. " Fue un buen cuento", le dijo a su hermana. Pero no es mi favorito de los que cuentas tan bien. ¿No crees, mi señor rey, que la historia del pescador y el djinn es mejor? " Shahriar se vio obligado a admitir que no conocía la historia del pescador y el djinn y suplicó a su nueva esposa que la contara. Sin embargo, Scheherazada hizo un gesto hacia el rosa en el cielo matutino y se disculpó porque no habría tiempo suficiente para compartir la historia antes de que la ejecutaran. El rey se tocó la barba, considerando el asunto, luego le prometió a Dinarzade que su hermana podría vivir otro día, aunque solo fuera para compartir la historia del pescador y el djinn."

Fergus se rió. "Apuesto a que no se contó en una sola noche", dijo él.

"No podría estropear la historia admitiendo tal detalle", dijo Leila, luego bostezó. "¿No deseas dormir esta noche?"

"¿Cuánto tiempo Scheherazada engañó al rey con sus historias?"

"La historia se llama Hazar Afsan, o las mil historias. Scheherazada entretuvo al rey durante mil una noches, hasta que él no pudo soportar estar sin ella. En algunas versiones ya tienen un hijo, mientras que en otras tienen dos."

"¿Y cuál es tu plan al contarme esta historia?"

"Para tentarte a volver a esta cama cada noche."

"No necesito más tentación que tú, Leila", dijo Fergus, besándola más profundamente.

Leila se tranquilizó, aunque deseaba aún más. Ella solo tenía trescientas sesenta y tres noches para ganarse el corazón de Fergus, pero sus palabras la hicieron atreverse a esperar que pudiera tener éxito.

MARTES 3 DE MAYO DE 1188

DÍA DE SANTIAGO EL MENOR

CAPÍTULO 11

*H*abía vuelto a suceder.

Leila se despertó en la noche por la agitación de Fergus. Como todas las noches hasta ese momento, se habían amado dulcemente y después ella le había contado más sobre la historia de Scheherazada. Como había sucedido una vez antes, él había gritado el nombre de Isobel en la oscuridad.

En esta ocasión, él se apartó de ella cuando ella lo hubiera consolado. Su gesto dejó a Leila despierta y llena de pavor. ¿Su gesto revelaba la verdad de su corazón? Ella no podía decirlo.

Ella se levantó temprano y rezó sus oraciones en el jardín, esforzándose por no pensar tanto en el asunto. Como todos los días hasta entonces, fue a su lección con el sacerdote después, con Murdoch a su lado. Cuando ella regresó al salón, Fergus estaba desayunando con su padre. Su humor era bueno y ella se preguntó si él siquiera recordaba su sueño de Isobel.

O si a él le gustaba soñar tanto con ella.

La idea era como un cuchillo retorcido en una herida y se sumaba a la sensación de descontento de Leila. A ella le irritaba que Hamish aún no hubiera encontrado el relicario y comenzó a temer que se perdiera para siempre. ¿Y si Agnes lo hubiera enviado lejos de alguna manera?

Fergus había enviado a Hamish al hijo del molinero después de dos días de que el muchacho vigilara a Agnes, porque parecía que la muchacha comenzaba a sospechar. Ella había desafiado a Hamish sobre su interés en ella después de la misa del domingo, por lo que Fergus le había pedido a Hamish que fuera más sutil.

La falta de decisión preocupaba a Leila más que nada. Ella temía que el relicario se alejara cada vez más de Killairic y le preocupaban las repercusiones de su pérdida. Ese podría ser el significado de la sensación de fatalidad de Fergus. Ella no tenía ninguna duda de que, como infiel, sería culpada por la pérdida del relicario, sin importar lo que Fergus dijera en su defensa. Los templarios no sentían mayor cariño por las mujeres que por los musulmanes. Ella quería resolver el acertijo, guardar el relicario donde pertenecía y deshacerse de la intrigante Agnes, y deseaba hacerlo de inmediato. Fergus tenía más paciencia que ella.

Leila forzó una sonrisa cuando Fergus le entregó la llave del solar y luego continuó subiendo las escaleras para guardar la alfombra. Murdoch permaneció en el salón.

Ella abrió las persianas de las ventanas antes de salir del solar, porque el viento soplaba fuerte esta mañana y el sol ya calentaba el aire de la manera más agradable. Ella respiró hondo el aroma del crecimiento y la vegetación, luego fue a la última ventana. Esa miraba en dirección opuesta a la aldea, al norte y al oeste del torreón, y ella no estaba segura de si debía abrirla. El viento procedente de esta dirección solía ser frío, aunque supuso que podría ofrecer algún alivio en verano.

Leila estaba ansiosa por volver a sentir el calor del sol. Ella acababa de mover la contraventana un poco más cuando vio un movimiento en el bosque de abajo. Algún instinto la animó a quedarse paralizada y mirar.

Era Agnes. Llevaba un cubo de basura, presumiblemente para tirarlo al río en el lado tranquilo de la torre. Leila se sorprendió al descubrir que la muchacha estaba realizando su trabajo de manera oportuna, pero quizás Iain la había reprendido. Ella estaba a punto de abrir completamente la persiana cuando Agnes hizo la cosa más curiosa. Ella dejó el cubo en la orilla del río y luego miró hacia el torreón.

Como si temiera ser observada.

Leila no podía imaginar por qué la muchacha tuviera miedo de que la vieran tirando desperdicios, que era una de sus tareas. Ella permaneció inmóvil y miró.

Aparentemente tranquilizada, Agnes abandonó el cubo. Cruzó el río sobre varias piedras y luego saltó a la orilla opuesta. Leila sólo pudo verla corriendo por el bosque, porque los árboles se estaban volviendo frondosos y ocultaban a Agnes de la vista.

Ella esperó, observando y contando constantemente. Llegó a ochenta y dos antes de que reapareciera la doncella.

Agnes no llevaba nada, aunque, de nuevo, echó un vistazo al torreón. ¿Había estado comprobando su tesoro?

Leila tenía la intención de averiguarlo. Ella salió apresuradamente del solar, lo cerró rápidamente y bajó corriendo las escaleras para que pareciera que había estado allí todo el tiempo cuando Agnes regresó al vestíbulo. Ella ocupó su lugar junto a Fergus, quien le dirigió una mirada inquisitiva. Ella le sonrió y tomó su pedazo de pan a medio comer, fingiendo que era suyo justo cuando Agnes apareció en la puerta.

La muchacha pareció comprobar que todos estaban presentes antes de continuar subiendo las escaleras con el cubo vacío.

"Creo que visitó su premio", murmuró Leila a Fergus.

"Por supuesto." Él le quitó el pan con una sonrisa y le dio otro, además de un panal de miel.

"La vi desde la ventana. Fue a vaciar las aguas residuales, pero dejó el balde. Cruzó el río y corrió hacia el bosque. Conté hasta ochenta y seis antes de que regresara."

"¿A qué velocidad?"

"La velocidad de mi corazón." Leila tocó su ritmo en su muslo, su mano oculta a la vista, y él asintió.

"Hablaré con Hamish", dijo. "Pongamos fin a esto." La besó en la frente y la dejó en la mesa.

Leila desayunó tranquilamente, esperando contra toda esperanza que Hamish encontrara el relicario. Ella se dio cuenta de que deseaba aún más que se mostrara a Agnes por lo que era. La muchacha reapareció al pie de las escaleras en busca de una escoba y Leila la ignoró, hablando en cambio a Calum, como si estuviera más tranquila de lo que se sentía.

Se estaba gestando una tormenta, sin duda, y solo podía esperar poder burlar a la doncella.

~

HAMISH HABÍA UTILIZADO los días transcurridos desde la asignación del señor Fergus para hacer preparativos para volver a ocultar el relicario una vez que lo encontraran. Su plan le dio un gran orgullo recordando cómo Ysmaine había sustituido el premio en su viaje, había ideado un medio para hacer lo mismo. Él encontró un bloque de madera en la carpintería de tamaño y forma adecuados, luego compró medio saco de cebada al molinero. Esto último lo dejó escondido debajo de su propia cama en la casa de su tía y su tío.

Sin embargo, era irritante que no hubiera podido encontrar el relicario. Él se había enterado de que Agnes pasaba muchas noches con el mozo en los establos cuando la esposa de Stephen lo esperaba en casa. Él había aprendido que Agnes estaba inclinada a charlar en lugar de hacer su trabajo. Por lo menos, no se hacía ilusiones sobre su naturaleza y pensó que ella tenía más en común con la dama Isobel de lo que se esperaba.

De hecho, él tenía a la esposa del molinero, Inge, en mayor estima que Agnes o Isobel. Ella le recordaba a la dama Ysmaine, a Radegunde y a Leila. Él sabía qué clase de mujer tomaría por esposa cuando llegara el momento.

Cuando el señor Fergus le contó la observación de Leila, Hamish compartió su plan con su caballero.

"Eso es inteligente", dijo Fergus con aprobación. "Ahora, veamos si podemos recuperar el tesoro."

Hamish se puso en camino para encontrar el lugar donde Agnes arrojaba los desechos, llevando un saco con el bloque de madera. Se detuvo frente a las cocinas del torreón y rápidamente distinguió un camino que conducía por la parte trasera del torreón. Él sabía que las aguas residuales se vertían en este lado del salón, pero nunca había ido a hacerlo él mismo. Los de la casa de sus tíos eran arrojados río abajo del pueblo, al igual que los de los establos.

Hamish era sigiloso porque temía ser espiado donde no pertenecía.

Él encontró el lugar en cuestión (no se podía confundir el olor) y miró hacia arriba. Efectivamente, podía ver una sola ventana en lo alto de la torre del torreón, aunque las persianas estaban cerradas sobre ella. Había piedras en espacios razonables en el agua, y las usó para cruzar el río, necesitando dar un último salto a la otra orilla. Afortunadamente, no estaba tan enlodado como antes y sus botas no dejaron ninguna huella visible.

Él echó a correr, contando al ritmo que Fergus había compartido con él, y siguiendo lo que parecía ser un camino. Él se detuvo a los treinta y cinco, deteniéndose para mirar a su alrededor. Había una huella en la tierra delante de él y parecía fresca. También parecía ser del tamaño adecuado para el pie de Agnes y era profunda como si ella hubiera golpeado el suelo con fuerza. La siguiente huella estaba en un intervalo largo, como si hubiera estado corriendo. Hamish caminó por la maleza a un lado de su camino, asegurándose de que sus propias botas no dejaran marcas.

El sendero de Agnes terminaba en un gran árbol viejo. Estaba partido y carbonizado, como si hubiera sido alcanzado por un rayo años antes. Solo una parte de él se estaba volviendo frondoso y había un hueco dentro de su tronco.

Hamish consideró la situación durante unos momentos, porque no deseaba dejar ningún indicio de su presencia. Él encontró una rama de un árbol de hoja perenne, recordando cómo Duncan había escondido su camino en Haynesdale, y había colocado ramas en el hueco del árbol para amortiguar sus pasos.

Una vez allí, alcanzó el espacio oscuro y sonrió cuando sintió una forma redonda familiar. El relicario estaba envuelto en una camisola. Hamish notó la forma en que estaba empaquetado y su posición, luego reemplazó cuidadosamente el relicario con el bloque de madera.

Se aseguró de que no hubiera ningún indicio de que él había estado allí y regresó al pueblo por otra ruta. Una vez en la cabaña de su tía, recuperó el saco de cebada y hundió el relicario en el grano para que no se viera.

Luego lo llevó a la cocina de su tía.

"¿Y qué tienes ahí, muchacho?"

A Hamish no le gustaba contar una ficción a sus tíos, pero en esta situación, no había otra opción. Fergus había insistido en el secreto. "Tenía un encargo del señor Fergus que tenía que cumplirse a toda velocidad."

¿Es por eso que te buscó tan temprano? ¿Y qué tarea te concedería en este día?

Hamish dejó el saco sobre la mesa y bajó la voz, consciente de que tanto tío como tía escuchaban con avidez. "El señor ha tenido un sueño."

"Sí, nació en el caul", reconoció Mhairi. "¿Un sueño de qué? ¿Y cómo puede involucrarte? "

"Él soñó con la hambruna que llegaba a Killairic, porque las cosechas fallaban con la lluvia."

"Ha sido una primavera húmeda, sin duda."

Hamish palmeó el saco. "Entonces, me pidió que escondiera un saco de cebada en algún lugar seguro y no se lo dijera a nadie. Tuve que ir al molino a buscarlo, porque él insistió mucho en que se hiciera hoy."

"¿En secreto?" Repitió Mhairi.

"Cuando hay hambre, se roban semillas, Mhairi, y tú lo sabes tan bien como yo", contribuyó Rodney. "Guárdalo en tu almacén. Nadie sabrá que está ahí, excepto nosotros tres, y nadie puede robarlo cuando tienes la única llave."

"Esa es una buena idea, tío." Hamish se sintió aliviado de que estuviera cerrado con llave.

"Confío en que sea buena cebada y no mojada por la lluvia", dijo Mhairi entonces y él temió que tirara el saco. "Se logra poco salvando un grano que se va a pudrir."

"El muchacho ha aprendido un par de cosas, Mhairi."

Su tía no se tranquilizó con esto. Ella apoyó las manos en las caderas y Hamish desató la parte superior del saco, contento de haber empujado el relicario tanto hacia abajo. Su corazón casi se detuvo cuando Mhairi empujó su mano hacia el grano.

Ella sacó un puñado de cebada y lo dejó deslizarse entre sus dedos con satisfacción. Hamish pensó que sus rodillas podrían fallar.

"Está bueno y seco", anunció ella con un asentimiento, luego sacó la llave de su cinturón. "Ven entonces y ciérralo. No cuestionaremos el capricho del señor, no cuando busca garantizar el bienestar de todos."

"No se desperdiciará, incluso si se equivoca", dijo Rodney.

"Así es", asintió su esposa. "Aunque es posible que haya guisado cebada tres veces al día después de la cosecha, dado el tamaño de ese saco." Se rieron juntos mientras el saco era guardado y Hamish se sintió aliviado cuando terminó.

"Debo decirle que la tarea está cumplida", dijo él.

"De hecho, debes", asintió Rodney. "Un señor debe saber en quién puede confiar."

"Por supuesto, él puede confiar en nuestro Hamish", dijo Mhairi, sonriendo y se fue. "Qué buen muchacho es", le oyó decir Hamish. "¿Crees que el señor Fergus realmente lo entrenará para el título de caballero?"

"Si el señor ve suficiente promesa en nuestro Hamish, lo hará", dijo Rodney, guiñando un ojo a Hamish. "No tengo ninguna duda de que asegurará el futuro del muchacho de una forma u otra. Es un hombre de mérito en ese sentido." Él hizo un gesto a Hamish. "Ahora, ve y demuéstrale que se puede confiar en ti."

Hamish no necesitó más estímulo para hacer precisamente eso.

EL ROBO no se había descubierto y Agnes se impacientaba. ¿Qué tipo de persona no verificó la seguridad de su tesoro? ¿Especialmente un tesoro de tal valor como este? Ella había estado dos veces en su escondite para confirmar que no lo habían movido.

Demostró una confianza en el mundo que Agnes no compartía.

Ella era escéptica de todos los que la rodeaban. Ella incluso había pensado que Hamish podría haberla estado siguiendo hasta la misa del domingo, pero su interés había demostrado ser más personal. Una vez que ella comentó sobre su aparente enamoramiento y se burló de él por su juventud, él abandonó su búsqueda.

Agnes no podía entender por qué los Templarios no querían ver el tesoro que ella asumía que defendían, sino que jugaban al ajedrez como si no hubiera nada más que hacer.

Era hora de que ella provocara la curiosidad de alguien e impulsara una búsqueda.

Los Templarios volvían a jugar al ajedrez en el salón esa tarde, mientras que el señor y su puta habían ido al jardín con Iain y el hombre de Dumfries que construiría el palomar. Agnes se quedó para barrer el salón, lo que hacía sin entusiasmo. El viejo señor estaba mirando el juego de ajedrez y dormitando un poco junto al fuego. Murdoch se había unido al grupo en los jardines.

Esta era su oportunidad.

Agnes se acercó a la mesa donde los caballeros se inclinaban sobre su juego. Ellos hablaban poco y normalmente en francés, pero ella sabía que el más alto entendía el gaélico. Enguerrand era su nombre y tenía una gran nariz ganchuda y una mirada penetrante.

Él la fulminó con la mirada cuando ella se acercó a él. "¿Debes hacer eso ahora?" demandó él. "Estamos en nuestro tiempo libre."

"Me han dicho que lo haga, señor, y debo seguir las órdenes de mi señora".

Enguerrand le hizo un comentario a su compañero, quien sonrió y luego volvió a su juego. El viejo señor se movió y le habló. "Espero que pronto haya asuntos de mayor interés que atender que un piso sucio, Agnes."

"¿De verdad, mi señor?"

Su sonrisa se ensanchó. "Quizás Fergus compartirá pronto las noticias de un bebé."

Agnes se mordió el labio, pensando en la abominación de un hijo moreno heredero de Killairic. Ella también pensó que era mejor no comentar sobre el entusiasmo del señor Fergus por su esposa cada noche. "Espero que las noticias sean las que espera, mi señor, y que se entreguen tan pronto como lo desee."

Su mirada aterrizó sobre ella, su expresión sabia. "No es malo ser diferente, Agnes", dijo él con suavidad y ella se sorprendió de que él tuviera alguna inclinación por sus pensamientos. "Aprenderás que hay bien en toda raza. Leila tiene un buen corazón, y eso es lo más importante de todo."

"Por supuesto, mi señor." Agnes respiró hondo y se atrevió a decir más. "Solo espero que su confianza y generosidad sean devueltas de la misma manera, señor." Ella estaba orgullosa de haber dejado que un poco de duda coloreara su tono. En su opinión, había sido perfectamente dicho, y supo que tenía razón cuando Enguerrand volvió un poco la cabeza para escucharla.

La mirada del viejo señor se iluminó. "¿Qué quieres decir, Agnes?" preguntó.

"Nada, mi señor. Simplemente me pareció curioso que la dama tuviera la llave del tesoro a su llegada y no mi señor Fergus.

El viejo señor toqueteó las llaves del cordón que colgaba de su cuello. "¿de verdad?"

"Así es, mi señor. El señor Fergus es tu hijo y heredero también, mientras que la dama Leila acaba de llegar. Ella se dio cuenta de que Enguerrand la miraba de cerca y se encogió de hombros. "Ojalá yo tuviera tu capacidad de confianza, mi señor. Pero entonces, no me corresponde a mí saber qué se guarda en tu tesoro. Quizás haya poco de valor allí." Ella sonrió y asintió con la cabeza, volviendo a barrer. Su corazón latía con fuerza y esperaba que se actuara en consecuencia con su insinuación.

Agnes no se iba a decepcionar.

Enguerrand hizo una fuerte demanda en francés, pero el anciano señor negó con la cabeza. Él cerró la mano sobre las llaves del cordón y la resolución iluminó sus ojos.

Por supuesto, él defendería a la infiel.

Pero los Templarios no estaban tan inclinados a confiar como su anfitrión.

El segundo murmuró algo, pero Enguerrand le respondió, diciendo algo rápido en francés. Agnes supuso que uno de ellos pagaría si el tesoro desaparecía, probablemente Enguerrand.

"¿Qué has visto?" —le preguntó a Agnes, con sus modales tan feroces que ella no tuvo que fingir que le tenía miedo.

Ella se apartó apresuradamente. "Nada, señor. Solo me pregunto, aunque no me corresponde a mí hacerlo."

Ambos Templarios se pusieron de pie al unísono, moviéndose tan abruptamente que las piezas de ajedrez cayeron. Enguerrand apretó los puños. "¿Qué has visto, muchacha?" repitió él.

"No me atrevo a hacer una acusación falsa", dijo Agnes, bajando la mirada como si fuera recatada. "Aunque me pareció muy extraño que mi señora saliera de su habitación con tanta prisa esa mañana, con un paquete que no pude ver. Era natural preguntarse qué podría ser."

El viejo señor respiró hondo.

"¿Un paquete?" repitió Enguerrand.

Agnes describió una forma con sus manos, aproximadamente del tamaño del relicario. "Parecía ser ropa de cama sucia, pero no podía ser." Ella se esforzó por parecer desconcertada sobre lo que podría ser.

"¿Por qué no?"

"Mi señora no tendría tanto atuendo hasta que Margaret completara sus nuevos kirtles. Y, si no era más que lavandería, señor, ¿por qué guardar el secreto sobre su retirada del solar?

El Templario contuvo el aliento. "¿Qué mañana?" demandó él.

La que siguió a que mi señor intercambió votos. Yo había completado mi trabajo en el solar y estaba sacando los desechos, señor." Era notable lo fácil que era inventar una mentira y hacerla creer. Agnes se emocionó por su fácil triunfo.

"Ese fue el día en que Fergus cabalgó hasta Dunnisbrae", murmuró el templario.

"Antes de que hiciera las segundas llaves", señaló Agnes y el viejo señor la miró con dureza.

El otro templario dijo algo sobre "sarraceno", que era perfecto, en opinión de Agnes. El viejo señor se opuso al comentario, que indicaba que no había sido amable, y discutieron brevemente en francés. Agnes volvió a barrer, esperando el resultado que deseaba.

"¿A dónde fue?" Enguerrand le preguntó a Agnes, sus ojos centelleantes.

"Lamento, señor, no saberlo." Agnes miró a Enguerrand directamente a los ojos. "Tenía deberes que atender y no tenía la libertad de seguir a mi señora." Ella inclinó la cabeza. "Tampoco mostraría tanta falta de respeto como para interrogarla, señor".

"Tú la interrogas ahora", señaló el viejo señor.

"Y con razón", susurró Enguerrand. Él estudió a Agnes durante un largo momento, luego apretó los labios. Se volvió hacia el viejo señor e hizo una demanda. El anciano señor parecía molesto por cualquier cosa que Enguerrand le pidiera y no abandonó el agarre de las llaves. La pareja intercambió algunas palabras duras en francés, y era evidente que el viejo señor defendería a la infiel hasta el final.

Enguerrand le gritó una orden a su camarada y luego salió del salón. El templario puso rumbo al jardín y Agnes reanudó su barrido, contenta con el resultado de unas pocas palabras bien elegidas.

"Agnes, Agnes", murmuró el viejo señor, su tono de reprensión. "¿Qué has hecho?"

"¿Yo, mi señor? Nada en absoluto." Agnes sostuvo su mirada, esforzándose por parecer tan inocente como podría ser. "El señor Fergus dice que es mejor decir siempre la verdad, señor."

"Así es", dijo el viejo señor, luego apretó los labios. Él jugaba con las llaves, con expresión preocupada, y Agnes dejó que se preocupara por el destino de la infiel.

Ella obtendría lo que se merecía, en opinión de Agnes, y pronto el señor Fergus necesitaría otra esposa. El señor Stewart no había llegado a las puertas, ni había enviado a Nolan para averiguar lo que sabía, por lo que evidentemente no tenía ni el ingenio ni el deseo de responder a su mensaje. Muy tonto. Agnes había pagado su deuda con el señor Stewart, en su opinión, y por lo tanto estaba liberada de cualquier obligación.

En cualquier caso, le gustaba mucho más el aspecto del señor Fergus que el del señor Stewart. Que la dama Isobel se quedara con su marido. Agnes había elegido otro mejor.

Ella apenas podía mantener el paso firme mientras barría el suelo, porque la anticipación hacía latir su corazón. Pero una apariencia de inocencia y honestidad era clave para el éxito de su plan.

Agnes incluso se las arregló para parecer sorprendida cuando el señor Fergus y Enguerrand aparecieron en el salón y se apresuraron a pasar junto a ella hacia las escaleras. Ella tropezó un poco y el señor Fergus la agarró del codo, asegurándose de que había recuperado el equilibrio, antes de que él cargara hacia el solar con el Templario, el segundo detrás de ellos.

Ella sonrió, complacida por su atención, y sintió el peso de la mirada evaluadora del viejo señor sobre ella. Importaba poco lo que él pensara de ella ahora.

De hecho, su opinión podría no ser importante por mucho más

tiempo. El señor Calum era anciano y débil. Si él defendía demasiado a la puta infiel, Agnes podría verse obligada a acelerar su desaparición.

Después de todo, sería en pos de una buena causa.

EN CIERTO MODO, Leila se alegró de que se revelara la verdad.

Enguerrand e Yvan aparecieron de repente en el jardín, y Enguerrand estaba decidido a interrumpir la discusión sobre el palomar. Fergus le apretó la mano y se llevó a los Templarios a un lado. Mientras tanto, Iain acompañó al albañil hasta las puertas, finalizando el arreglo para la construcción del palomar.

"¡Debo ver el tesoro que se nos confía!" declaró Enguerrand, sin hacer ningún esfuerzo por mantener la voz baja. "Debo verificar su seguridad." Todos escucharon claramente la demanda del Templario de que se les diera la llave del tesoro, ya que tanto Iain como el albañil miraron hacia atrás desde el otro extremo del jardín.

Murdoch cruzó los brazos sobre el pecho y miró.

Leila esperaba que no todos entendieran francés.

Ella temía lo contrario.

Los hombres conferenciaron más tranquilamente por un momento. Luego, Enguerrand regresó al torreón con Fergus y ella supo que subirían las escaleras, abrirían ambas puertas y encontrarían que faltaba el relicario.

Y ella sería culpada.

Alabado sea que Hamish hubiera encontrado el relicario y garantizado su seguridad.

Ella se hundió en ese banco de piedra, sintiendo la necesidad de rezar de todos modos.

¿Y si Agnes hubiera adivinado la ubicación y la hubiera vuelto a robar?

"¿Qué pasa, mi señora?" Murdoch preguntó desde su lado, pero Leila no respondió. En ese momento, ella no estaba segura de en quién confiar plenamente y decidió no confiar en nadie. Ella tenía la intención de ser una buena esposa para Fergus, porque lo amaba, pero cuando los gritos de indignación surgieron del interior del salón,

Leila se dio cuenta de que ser una buena esposa podría no ser suficiente.

Cuando le prohibieron subir al solar, temió lo peor. Ella regresó al banco de piedra y se recordó a sí misma que debía confiar en Fergus en este asunto.

Pero no se podía ocultar el hecho de que Leila se sentía muy sola.

FERGUS ODIABA TENER que permitir que Leila pareciera culpable para mantener el relicario a salvo. Enguerrand estaba furioso por la aparente pérdida, pero probablemente más preocupado por su propio estatus. Por eso Fergus no le había confiado.

Él tenía una persistente sensación de malestar esta mañana, como si la nube oscura se acercara. Él temía haber dicho algo mientras dormía, porque Leila se había sentido menos feliz esa mañana de lo que era normalmente.

¿Podría ser que algo más que el relicario estuviera en peligro?

En el solar, Enguerrand se enfureció por la locura de dejar que Fergus se hiciera cargo del tesoro y arrojó odio hacia los sarracenos y las mujeres que le pusieron los dientes a Fergus de punta.

"Ella no lo robó", dijo él finalmente. "Piensa en lo que estás diciendo."

"¡Por supuesto, ella lo robó!" Enguerrand se enfureció. "¡Una reliquia invaluable robada cuando un sarraceno tenía la única llave de su escondite! ¿Qué más pudo haber pasado?

"Mi padre también tiene una llave."

"De su propio tesoro. ¿Cómo podría no hacerlo? Enguerrand señaló a Fergus con un dedo. "Y no tenía llave el día que viajaste a Dunnisbrae."

"¿Qué tiene eso que ver con eso?"

"¡Ese es el día en que fue robado!"

"¿Cómo lo sabes?"

"Porque hubo un testigo", insistió Enguerrand.

Pregúntale al testigo quién lo tomó.

"Ella... esa persona no lo dirá." Enguerrand caminó a lo ancho del solar. Tu padre no lo tomó, ese anciano. ¿Por qué lo robaría? ¡Ya estaba en su poder! "

"¿Y por qué Leila lo robaría, después de haberlo defendido de los ladrones desde Jerusalén?"

"Ella tenía un plan. Todos tienen planes... "

"¿Por qué ella querría robarlo?"

Enguerrand se volvió hacia él con ojos centelleantes.

"Santa Eufemia no es sagrada en su tradición. La reliquia no tiene poder para ella. Ella quería venderlo —siseó el Templario. "Era por el dinero que deseaba tenerla."

"Entonces, ¿por qué no lo habría robado en Venecia o en París, donde tal tesoro podría venderse más fácilmente?" argumentó Fergus. "No hay compradores con carteras gordas en Galloway en busca de reliquias, y si las hubiera, no se las compraría a una mujer sarracena." Él sacudió la cabeza. "No hay ninguna razón para que mi esposa se haya llevado el relicario."

Sin embargo, lo hizo. ¡Ella tenía las llaves! "Enguerrand chasqueó los dedos. " ¡Quizás ella tenía la intención de extorsionarnos!"

"No tienes dinero", señaló Fergus. "Juraste pobreza y castidad."

"Pero la orden es rica sin comparación", dijo el Templario con furia. "Ese debe ser su plan. ¡Convoca a tu esposa infiel y exige su precio! "

"¿No has considerado que alguien más podría haber deseado manchar la reputación de Leila haciendo parecer que ella se lo ha llevado?"

"Ella es una infiel", dijo Enguerrand. "¿Qué reputación tiene ella que defender?"

A Fergus le resultó difícil controlar la paciencia. "Sin embargo, ella es mi esposa y tiene algo de autoridad a fuerza de eso."

"¿A quién le importaría?"

"Tengo una idea, pero me gustaría estar seguro." Fergus arqueó una ceja. "¿Qué hay de tu testigo?"

"Me importa poco la traición en tu casa. Me preocupo más por la reliquia que se me ha confiado." Enguerrand golpeó una mesa con el puño. "¿Dónde está el tesoro?"

Fergus escuchó un golpe en la puerta. La abrió para encontrar a su padre en la puerta, con expresión sombría. Él hizo un gesto para que ese hombre entrara y luego volvió a cerrar la puerta.

"¿Qué falta en la tesorería?" preguntó su padre y Enguerrand se sobresaltó. "Es evidente por los comentarios de Agnes en el salón que esperabas que algún premio estuviera asegurado aquí, y tu expresión ahora revela que falta. ¿Qué era?"

Enguerrand no dijo nada.

"El relicario de Santa Eufemia", le dijo Fergus a su padre. "Se nos confió en el Templo de Jerusalén, y se me encargó que lo trajera aquí para su custodia."

"¡Sin embargo, no está seguro!" Enguerrand dijo.

"¡Ah!" Dijo Calum, tomando asiento y asintiendo con la cabeza a Enguerrand e Yvan. "Ahora entiendo su presencia en el grupo."

"Por el contrario, el relicario está bastante seguro", dijo Fergus, ante el asombro de los caballeros y el interés de su padre. "Descubrimos el robo poco después de que ocurriera, y luego el escondite del tesoro. El relicario se ha trasladado a una nueva ubicación".

"¿Dónde?" Preguntó Enguerrand.

"Es más seguro si nadie más lo sabe." Fergus se inclinó ante su padre. "Le pido disculpas, Padre, por no haber confiado antes en usted..."

"No importa, muchacho", dijo ese hombre con calma. "Un secreto está mejor defendido si pocos lo conocen."

"Esto es indignante..." farfulló Enguerrand, pero padre e hijo lo ignoraron.

"La muchacha lo provocó para que lo buscara", dijo Calum. "Y conocía sus dimensiones." Él levantó la mirada hacia la de Fergus. "Lo que significa que ella conocía tu secreto."

"Sí. Creemos que ella lo robó el día que le mostré a Leila la propiedad."

"Pero ella dijo que vio a su dama con él el día anterior", declaró Yvan.

"Una mentira. Leila tenía la única llave del tesoro ese día."

"Hasta que le pediste al platero que los copiara y me diste un juego", dijo Calum.

"Y cuando regresamos de ese paseo, Leila olió a la muchacha en el solar."

Su padre se rió entre dientes. "¡Sarracenos y sus narices afiladas!"

"¿Pero cómo puede ser eso?" Preguntó Enguerrand. "Si tú y tu padre tenían las llaves únicas, entonces solo ustedes podrías haber ingresado al solar y al tesoro."

Calum lo señaló con un dedo. "Pero el nudo en el cordón de las mías se volvió a atar ese día, porque era diferente cuando me desperté de mi siesta. Me pregunté en ese momento, pero no vi ninguna razón por la que debería ser así hasta ahora."

"Pero aun así, cualquier alma podría haberlo tomado..."

"La muchacha estuvo particularmente atenta ese día. También me pregunté eso en ese momento, pero me contenté con dejar que ella me sirviera."

"Ella quería la llave", concluyó Fergus.

"Por desgracia, no es mi atención lo que ella codicia", dijo Calum.

Fergus no entendió. "¿Qué quieres decir?"

Apostaría a que tiene un plan para mejorar su posición, expulsando a Leila de su matrimonio y ocupando la vacante ella misma.

"¿Qué locura es esa?" exigió Fergus.

Su padre se rió entre dientes. La he visto observarte cuando cree que nadie la observa. Esa nunca planeó trabajar en todos sus días, y si te casas con una sarracena, ¿por qué no te casarías con una campesina?

Fergus maldijo. Enguerrand parecía conmocionado e Yvan escondió una sonrisa detrás de su mano. Calum parecía muy satisfecho de sí mismo. "¿Y cuál es tu plan ahora?"

"Fingiremos caer en su estratagema", dijo Fergus. "Enguerrand e Yvan pueden registrar el solar y nos aseguraremos de que se crea que Leila es culpable para que Agnes revele la plenitud de su plan..."

Su padre levantó una mano para silenciarlo. "Tengo una idea mejor, una que no desacreditará a tu esposa en lo más mínimo."

"Me alegraría escucharla", dijo Fergus, y el hombre mayor bajó la voz a un susurro. Los Templarios y Fergus se acercaron para escuchar su sugerencia, que era una gran mejora, de hecho.

CALUM SABÍA que iba a disfrutar de esta hazaña. Agnes lo había engañado y él no era un hombre para dejar pasar tal insulto. Que ella tuviera la intención de desacreditar a Leila, la dama a la que servía y la esposa del señor, era una violación de todo lo que Calum apreciaba. A la muchacha intrigante se le enseñaría una lección y pronto.

Él tenía una apuesta con Fergus de que Agnes huiría y él tenía la intención de ganarla.

"¡Debe estar aquí!" rugió Enguerrand desde el solar sobre él, luego, audiblemente, tiró un cofre abierto.

"Mi esposa es inocente", gritó Fergus. Hubo un gran sonido de refriega en la habitación del señor, uno lo suficientemente fuerte como para llamar la atención de todos en el salón. Los muebles estaban volcados y Calum no tenía ninguna duda de que el contenido de los distintos cofres estaba esparcido. Él bajó las escaleras hasta el salón, fingiendo que la tarea era más difícil de lo que era.

Por supuesto, había un pequeño grupo de almas esperándolo al pie de las escaleras. Iain estaba allí, pero Calum levantó una mano para evitar que subiera al solar. "Me gustaría tomar una taza de leche caliente, Iain, por favor", dijo él con firmeza. "Dama Leila, tu esposo desea hablar contigo a solas."

Leila asintió y subió las escaleras rápidamente.

Agnes sonrió, dándose la vuelta para ocultar su expresión mientras volvía a barrer.

Enguerrand e Yvan pasaron junto a él, exigiendo ruidosamente un registro en toda la fortaleza. "¡A la herrería!" gritó Enguerrand. ¡Debe haberlo escondido allí!

En verdad, iban a dirigirse hacia el escondite de Agnes para asegurarse de que ella no pudiera recuperar lo que creía que era la reliquia.

Enguerrand se detuvo en el umbral del vestíbulo y se volvió, fijando su mirada en Agnes. "¡Tú!" gritó y la muchacha miró hacia arriba. "Ni siquiera pienses en salir de este salón antes de que vuelva a hablar contigo."

"Por supuesto, señor." Agnes hizo una reverencia, su satisfacción con eso era muy clara. Evidentemente, ella pensaba que tendría la oportunidad de condenar a Leila, pero Calum la ayudaría a ver lo contrario.

Calum regresó a su asiento abandonado y se sentó pesadamente, pasándose una mano por los ojos como si estuviera más cansado de lo que estaba. Él observó las piezas de ajedrez en el suelo y se inclinó con dolorosa lentitud para recoger un peón, atrayéndola hacia él como un pez en un sedal.

"Mi señor, déjeme ayudarlo en eso", dijo Agnes, volviéndolo a su asiento antes de inclinarse para recoger las piezas errantes. En verdad, si ella fuera tan obediente como ella quería que él creyera, ya las habría recogido.

Calum resopló. Ella olía a cebollas.

"Gracias, Agnes", dijo, como si estuviera exhausto sin comparación. "Te extrañaré, sin duda."

"¿Extrañarme, mi señor?" Ella le sonrió. "¿Por qué me extrañarías? No tengo planes de dejar Killairic. Es una buena fortaleza."

"Me temo que no he podido defenderte en este asunto." Calum negó con la cabeza. "Es sumamente injusto, pero esos asuntos suelen serlo." Él suspiró.

"¿Qué es injusto, mi señor? ¿Qué asunto?"

—La cuestión del premio Templario perdido, por supuesto —admitió Calum con pesadez—. "Tenías razón al contarles lo que viste, pero no están dispuestos a razonar. Enguerrand tiene la convicción de que la dama Leila debe haber tenido un cómplice."

"¿Pero por qué?"

"¿De qué otra manera podría ella vender el premio, sabiendo tan poco de Escocia y del gaélico?" Calum negó con la cabeza. "No, por su forma de pensar, ella trabajó con otro para asegurar su éxito. Buscan a ese cómplice ahora."

Agnes palideció y se lamió los labios. "¿Seguramente ella pudo haber conocido a alguien en su viaje al norte?"

Pero alguien debe haber escondido el tesoro para ella. ¿De qué otra manera podría ella cumplir con sus obligaciones de ese día, además de esconder el tesoro? Y dadas sus actividades del día, debe haber sido alguien dentro del salón."

"¿Debe haber sido, señor?"

"¡Por supuesto!" Él marcó los eventos en sus dedos, viendo crecer el miedo de la muchacha. "En su primera mañana aquí, la señorita Leila desayunó temprano en esta misma mesa, con Duncan. Iain los vio a ambos, porque me dijo de su despedida cuando me levanté."

Quizá ella se lo dio a Duncan.

"No, Iain dijo que Xavier empacó provisiones para él y que Duncan no se llevó nada más del salón."

Agnes se sentó.

"Iain también me dijo que la dama Leila estuvo posteriormente con Xavier en las cocinas, revisando inventarios y haciendo planes. Luego fue a la herrería, donde ayudó a la pobre Nellie, y todo el pueblo lo supo. La lluvia era tal que no podría haber ido más lejos sin estar en un estado más asqueroso. Luego nos sentamos los dos juntos, aquí junto al fuego, esperando a Fergus." Calum negó con la cabeza. "No, si ella es la culpable, tenía un cómplice, y puedes estar seguro de que el cómplice será el que cargue con el peso de la culpa."

"¿Qué es esto?" gritó la muchacha.

"¡Mi hijo no escuchará críticas a su esposa! Él la cree inocente. No, Agnes, la única persona que podría haberla ayudado en este salón, según el razonamiento de Enguerrand, eres tú, y apuesto a que él no se quedará callado hasta que te vea torturada y juzgada por el crimen."

La muchacha se puso de pie. "¿Yo, señor?"

Tú, Agnes. No hay otra persona que pudiera haber ayudado tanto a la dama Leila." Él sostuvo su mirada por un momento, dejándola ver su convicción. "Temo por ti, Agnes, por eso te cuento esto." Él bajó la voz a un susurro. "¿Hay algún lugar donde puedas encontrar refugio? Porque una vez que los Templarios regresen al salón, tu destino estará sellado, e incluso yo no podré hablar por ti."

Agnes inspeccionó el salón, sin pánico. "Dunnisbrae", susurró ella. "Mi hermano está allí."

"Entonces huye, Agnes", le aconsejó Calum. "Huye ahora mientras haya una oportunidad. No durará mucho, así que no te demores."

"No lo haré, mi señor. ¡Gracias por esto!" Ella le besó la mano y salió rápidamente del salón. Calum se recostó en su silla, sin dudar que ella hubiera echado a correr tan pronto como se perdió de vista.

Él se preguntó cuánto robaría ella al marcharse y no pudo evitar pensar que cualquier pérdida valía el precio de deshacerse de Agnes y sus planes.

~

LEILA NO PODÍA CREER que Fergus hubiera convencido a los templarios para que se pusieran de su lado. Ella se quedó junto a él junto a la ventana del solar, la misma desde la que había visto a Agnes visitar su premio.

Fergus estaba en la ventana opuesta, ambos asegurándose de permanecer fuera de la luz. "Mi padre ha hecho lo que sugirió. Ella está corriendo a los establos."

"Pero ella no tiene caballo."

Hamish cree que Stephen es su amante.

Eso explicaría el olor de la muchacha. Leila se agarró al alféizar y miró. Vislumbró a Enguerrand y a Yvan. La pareja se había separado en el bosque y su cota de malla había brillado brevemente a la luz del sol. Ella supuso que ambos se habían cerrado las capas porque ya no podía verlos. No hubo movimiento abajo en absoluto.

Fergus murmuró una maldición. "Y entonces ella roba uno de mis caballos", murmuró él. "Supongo que no debería sorprenderme."

Leila se volvió hacia él cuando el sonido de los cascos resonó en el pueblo. "¿Volverá ella a Dunnisbrae?" preguntó ella y él se encogió de hombros.

"No me importa a dónde vaya, siempre que el relicario permanezca seguro y nos deshagamos de ella." Él vino al lado de Leila y miraron juntos. Muy pronto, Agnes y un caballo aparecieron a la vista. Había llegado tan rápido que no podría haberse detenido en la cabaña de los tíos de Hamish, incluso si hubiera adivinado la nueva ubicación del relicario. Ella vaciló en el punto donde el camino se curvaba hacia el bosque.

"Dejémosla seguir su camino", murmuró Fergus. "A donde sea que vaya." Entonces se asomó a la ventana y la señaló. "¡Allí!" gritó. "¡Ahí está el ladrón!"

Hubo un estruendo y un grito en las paredes, pero los Templarios no se revelaron. Agnes hizo girar al caballo y le dio los talones, urgiéndolo a galopar. Ella huyó por el camino que conducía a Galloway y Leila nunca se había alegrado tanto de ver la espalda de otro.

Fergus volvió a estrecharla entre sus brazos y la abrazó con fuerza. "¿Te buscamos otra doncella?"

Leila sonrió. "No hasta que la sombra que sientes se haya dispersado. ¿Se ha ido?"

Fergus hizo una mueca y negó con la cabeza. Quizá mañana.

Pero quizás no. Leila se aferró con fuerza a sus manos, más que contenta de que él confiara en ella y con la esperanza de que sobrevivieran a cualquier amenaza que él sintiera.

¿Su milagro se cernía sobre ellos para siempre?

¿Era causado por su presencia a su lado?

¿Y si solo su partida dejaría a Killairic a salvo?

MIÉRCOLES 4 DE MAYO DE 1188

DÍA DE LA VIRGEN SANTA WALBURGA

CAPÍTULO 12

Châmont-sur-Maine

El mensajero asumió que lo verían rápidamente.

Él no tenía certeza de cuán protector podría ser un ex templario con su propiedad, y tampoco deseaba ser asesinado antes de entregar su mensaje. El mensajero desmontó mientras aún estaba bajo la cubierta protectora del bosque y examinó la aldea y la fortaleza. Era tarde y las puertas del pueblo seguían abiertas.

Para asegurarse de que no lo consideraran una amenaza, sacó a su caballo del bosque y caminó el último trecho hasta la aldea. Él supo el momento en que lo vieron y no se sorprendió al ver a dos centinelas armados entrar por la abertura de la puerta. Él no desenvainó ningún arma y no hizo ningún movimiento rápido, sino que continuó caminando con paso firme hacia sus vigilantes figuras. Su caballo, una yegua fina y veloz, sacudió la cabeza, contenta de caminar a su lado después de su largo viaje.

El mensajero se detuvo fuera de las puertas, sabiendo que estaba dentro del alcance de cualquier arquero, y extendió la misiva en su mano enguantada. Él habló en francés, sabiendo que su acento lo delataría como extranjero, pero claro, su atuendo probablemente ya lo había hecho.

"Tengo un mensaje de Ultramar para el señor Gaston de Châmont-sur-Maine", gritó.

Los centinelas intercambiaron una mirada y luego uno dio un paso adelante. "¿Del Temple?"

El mensajero negó con la cabeza. "El Temple ha caído", dijo él, porque era un hecho. Su elección de palabras no revelaba su propia alianza. "Este mensaje es de un hombre que pide la ayuda del señor Gaston."

El centinela le ofreció la mano. "Dame el mensaje y lo entregaré. Puedes esperar aquí cualquier respuesta."

"No." El mensajero se llevó la misiva al pecho, la rodeó con la mano y dio un paso atrás. "Juré ponerlo en su mano yo mismo." Él estaba al tanto de los campesinos que se habían reunido para ver el intercambio y se preguntó qué se susurraban entre ellos. El dialecto local le resultaba casi incomprensible y temía que al entrar en la aldea, si lo invitaban a hacerlo, podría caer en una trampa. Un hilo de sudor frío se deslizó por su espalda, pero se mantuvo firme.

Los centinelas hablaron en silencio, pero solo por un momento. "Dejarás aquí tu caballo y tu espada, y Raoul te acompañará hasta la puerta del torreón. Será decisión del señor Gaston recibirte o no.

El mensajero se inclinó, con un nudo en la garganta. "Les agradezco esta cortesía", dijo, esperando que todo fuera como parecía. ¿Moriría él de repente y tan lejos de casa? Esperaba que no, pero había pocas opciones. Tenía que entregar la misiva. Dejó a su yegua con el centinela silencioso y entregó su espada antes de seguir al primero. Nunca miró hacia atrás, porque sabía que la postura de un hombre podía decidir su destino. Se sintió incómodo al cruzar el puente hacia la torre del homenaje, pero solo echó un vistazo a su imponente altura.

Al cruzar el umbral de la fortaleza, oró para que el señor Gaston fuera un hombre tan reflexivo como se decía que era, y que su propia vida no terminara ese día.

GASTON SE SORPRENDIÓ, como rara vez lo hacía.

No conocía al hombre que estaba frente a él, pero conocía a los de su clase. El visitante había visto unos cincuenta veranos y había trabajado duro durante la mayor parte de esos años. Era robusto e indudablemente fuerte, un hombre de rostro arrugado y modales sombríos que revelaban su oficio como guerrero. Él se había quitado los guantes y se los había metido en el cinturón, y Gaston vio su historia en sus manos. El atuendo del visitante era sencillo, sus botas y guantes resistentes y gastados. Su armadura era reparada pero en buen estado. Viajaba sin un escudero, y un bronceado ligero reveló que últimamente había estado en climas más cálidos. Tenía los ojos entrecerrados y los labios delgados, y Gaston reconoció que era un hombre que había hecho lo que debía hacerse.

Gaston recordó a Duncan y a docenas de otros hombres que se ganaban el camino con sus espadas. Él se alegró de que los centinelas hubieran tomado la espada de este, pero estaba seguro de que este hombre llevaba varios cuchillos más.

Él sería rápido en su uso.

Gaston miró al mensajero a los ojos cuando ese hombre se acercó. El mensajero se arrodilló y le ofreció un pergamino adornado con un sello que Gaston no reconoció. La escritura que Gaston pudo ver era árabe.

"¿Quién te envió?" Preguntó Gaston en árabe. Su discurso fue menos fluido que en Ultramar, pero sabía que lo entendían.

La mirada del hombre se movió con sorpresa. "Un amigo para mí y un extraño para ti", respondió él. "El mensaje proporciona la introducción."

Consciente de la posibilidad de veneno, Gaston se puso los guantes. Aceptó el pergamino y se retiró a la ventana. Lo giró a la luz del sol, sin encontrar nada inusual en él. ¿Quién le enviaría un mensaje? El gasto de enviar al mensajero a tal distancia habría sido considerable, y Gaston no podía pensar en qué atractivo para él merecería el costo.

Rompió el sello y abrió la misiva, desplegándola con cuidado. No contenía polvo ni ninguna otra sorpresa desagradable, solo unas pocas líneas de escritura árabe.

Comenzaba con cumplidos sobre su reputación de honor y confiabilidad, luego continuaba con un ruego de que dirigiera al mensajero a Leila binte Qadir lufti al-Ramm, si Gaston conocía su ubicación, o que enviara el mensajero a alguien que supiera su paradero. En el caso de que Gaston no conociera a Leila o su ubicación, el remitente solicitaba que esa información fuera enviada como respuesta.

Ese debía ser el nombre completo de Leila, la muchacha que se había disfrazado de escudero Laurent y había dejado Jerusalén bajo la protección del pequeño grupo de Gaston. Él pasó la yema del dedo por la firma. "Hakim ben Yasir lufi al-Ramm", leyó, luego miró de nuevo al mensajero.

Ese hombre inclinó la cabeza. "Él me envió."

"¿Conoces el contenido de esta misiva?"

El mensajero sonrió un poco. "He tenido tiempo de pensar en ello", admitió él. Él intentó meter la mano debajo del tabardo, pero Gaston se aclaró la garganta y él se quedó helado. Uno de los hombres de Gaston dio un paso adelante y el mensajero levantó las manos. "Hay un segundo pergamino en una bolsa que cuelga de mi cuello", dijo en un francés vacilante.

El hombre de Gaston recuperó el pergamino y se lo llevó a Gaston.

Estaba dirigido a "Pequeña flor" con una pequeña ilustración de una flor al lado de las palabras.

Gaston levantó la mirada hacia el mensajero.

"Su sobrina", dijo ese hombre. "Ella desapareció y él cree que sabes dónde está. Quiere encontrarla."

¿Con qué propósito? Gaston no sabía exactamente por qué Leila estaba decidida a dejar Ultramar. No había sido consciente de su género cuando ella se unió a su grupo disfrazada, pero realmente, su elección indicaba cierta desesperación. ¿Las intenciones del tío quedarían claras en su misiva? ¿O intentaría engañar a Leila para animarla a regresar? Gaston consideró la pregunta solo por un momento antes de romper el sello del mensaje a Leila.

El mensajero jadeó, pero Gaston lo ignoró. Vio de un vistazo que ese mensaje era mucho más largo y le tomaría tiempo comprenderlo completamente. "Asegúrense de que el visitante sea alimentado y que se le ofrezca un refrigerio en el salón", ordenó. "Tendré una respuesta para él en breve."

Él dirigió a su senescal[1] una mirada dura y supo que el mensajero estaría protegido y evitaría que viera demasiado el interior de la fortaleza. Él subió las escaleras hasta el solar donde se podría buscar el consejo de su señora.

Radegunde, recordó Gaston, había sido amiga de Leila. Quizás la doncella de su esposa entendería más esa misiva que él. Sin duda, ella sabría más sobre el motivo de Leila para huir de su casa. Ahora él no pondría en peligro a Leila, pero el cariño y la pequeña flor le hicieron preguntarse si la echaban de menos.

No estaba dentro de Gaston ser cruel, y sentía el peso de la responsabilidad de tomar la decisión correcta para la fugitiva sarracena.

Él solo deseaba tomar la decisión correcta.

VIERNES 20 DE MAYO DE 1188

DÍA DE SAN ETHELBERT, DE EAST ANGLIA Y SAN ALUCIN DE YORK

CAPÍTULO 13

Fergus se despertó abruptamente, su corazón latía demasiado rápido. Él se sentía agitado y amenazado, pero se sintió aliviado al encontrarse en el solar. Estaba solo en la cama y se sentó rápidamente, preguntándose dónde estaba Leila. Ella lo estaba mirando desde una distancia corta, sus cejas juntas por la preocupación. Ella ya estaba vestida, y él se sorprendió de eso, porque todavía era lo suficientemente temprano para que hubiera sombras en los rincones.

Había vuelto a tener la pesadilla. Él lo sabía.

¿Qué había dicho en sueños?

"¿Algo anda mal?" preguntó él.

"¿Por qué sueñas con ella?" Preguntó Leila, mostrando su inclinación habitual a ser franca.

"¿Con quién?"

Con Isobel, por supuesto. Gritas su nombre en la noche."

"¿Lo hago?" Fergus sabía que había experimentado la pesadilla de Isobel tres veces, pero había elegido no hablar con Leila al respecto. Él no quería que ella temiera por su futuro en Killairic y se había guardado los detalles para sí mismo, pero vio esa mañana que tal vez no tuviera otra opción.

En cierto modo, era un alivio.

"Lo haces." Leila comenzó a caminar a lo ancho del solar. "Tienes placer conmigo, luego la llamas." Ella le dedicó una mirada ardiente. "Es muy inquietante."

Fergus se levantó y se pasó una mano por el pelo. Antes de que pudiera encontrar una manera de explicarse, Leila continuó. "No esperaba que el amor floreciera entre nosotros rápidamente, especialmente cuando tu corazón ya estaba entregado. Pero espero algún esfuerzo de tu parte, Fergus, y tal vez soy una tonta, pero preferiría la fidelidad.

"No he estado con ninguna mujer más que tú, y así será hasta el final de nuestro compromiso. Te di mi palabra."

Ella extendió una mano y él se sintió intrigado de que ella fuera tan apasionada. "Entonces, ¿por qué gritas su nombre con tanta angustia? Es como si tu corazón fuera desdichado." Su voz se volvió ronca. "Si deseas tanto estar con ella, entonces debemos separarnos y debes ir con ella. No me interpondré en el camino de tu felicidad, Fergus. Ve y quédate con tu amada."

Fergus se sorprendió. "¿Sugieres que nos separemos por un sueño?"

Ella se giró para enfrentarlo. "Es en los sueños que no podemos ocultar nuestros verdaderos deseos."

"¿Qué pasa con las pesadillas?"

Leila frunció el ceño, claramente sin entender sus palabras.

Fergus cruzó el piso hacia ella y la tomó por los hombros con las manos. Ella estaba temblando y nuevamente, él se sorprendió por la intensidad de sus sentimientos. Sin embargo, por otro lado, ella había arriesgado mucho y dependía de él. Él la miró a los ojos, esperando que ella creyera la verdad. "Estoy obsesionado por Isobel, pero no de la forma en que crees", explicó él. "Se me ha aparecido en una pesadilla recurrente, una en la que veo a Killairic destruida debido a sus esfuerzos."

"¿Qué esfuerzos?"

"No sé. Es un sueño, por lo que tiene poco sentido."

"Tu ángel te está advirtiendo", dijo Leila y Fergus asintió.

"Como lo ha hecho mi esposa antes. La lengua de Isobel es una serpiente en este sueño, y Killairic se consume en llamas. Yo no puedo encontrarte." Él escuchó que su voz bajaba más cuando el terror de su sueño lo asaltó a la luz del día. Su voz estaba ronca cuando continuó. "No puedo protegerte y Killairic está perdido." Él se estremeció involuntariamente, consciente de que ella lo observaba de cerca. "Todo está perdido y es devastador."

Leila se apoyó contra su pecho y sus brazos se deslizaron alrededor de su cintura. "Puede que no signifique eso. Podría ser simbólico. Si es así, el sueño podría significar muchas cosas."

"Podría", reconoció él, acercándola.

"Podría significar que Isobel miente."

"Esa fue mi primera idea. Las serpientes son a menudo un símbolo de engaño."

"O de curación", sugirió Leila. "Quizás sus palabras revelarán una oscura verdad que debes enfrentarte".

"Quizás. Yo debería habértelo dicho," admitió él, luego besó su sien. " No quería preocuparte por lo que podría ser un capricho".

"Te dije antes que si no haces caso a tu ángel de la guarda, puede que te abandone", le reprendió ella, luego se apartó de su abrazo para mirarlo. Ella vio una preocupación inesperada en su expresión. "¿Qué pasa si tu sueño te advierte que podrías perder a Killairic por mi culpa?"

"¿Qué? ¡Eso es una tontería! "

"¿Lo es?" Preguntó Leila, abandonándolo para volver a caminar. "Murdoch dice que Killairic debe ser otorgado por el rey, en el caso de la muerte de tu padre."

"Sí, pero hay tradición..."

Leila lo miró a los ojos con tono urgente. "¿Qué rey llamará a la guerra en un momento y luego otorgará una propiedad a un hombre que está casado con el enemigo?"

A Fergus le hubiera gustado creer que el rey haría una excepción por él, pero vio de inmediato que Leila no compartía su opinión. "Por eso hablas con el sacerdote."

Ella asintió. "Pediré ser bautizada en Iona. Creo que será mejor que haya muchos testigos de mi elección, y también que este asunto se resuelva más temprano que tarde. Tu padre, tanto como yo lo aprecio, se debilita."

Fergus se sintió honrado por su elección. "¿Estás segura, Leila?"

Ella levantó la barbilla, luciendo feroz. "Prometí ser la mejor esposa que pudiera ser, Fergus. Difícilmente sería apropiado que perdieras tu legado por mi culpa."

Él le sonrió, acortando la distancia entre ellos para tomar su barbilla en su mano. "¿Y qué te doy, Leila, que merece esas opciones de tu parte?"

"Una casa", respondió ella de inmediato. "Un santuario." suspiró ella. "¿Qué pasa con el tesoro? ¿Crees que todavía está seguro donde está escondido? "

"Lo creo. Sospecho que está más seguro allí que en la tesorería."

"Debemos encontrar un lugar mejor para él, un lugar permanente", dijo Leila, su preocupación era clara. "¿Crees que Agnes fue a Dunnisbrae?"

Fergus frunció los labios. "Quizás. Ella huyó en esa dirección, pero Enguerrand se volvió una vez que pensó que era poco probable que regresara a Killairic. Es probable que él tenga razón en que su destino exacto es de poca importancia."

Era evidente que Leila no compartía su convicción. "Ella me causará problemas, no importa a dónde vaya", dijo en voz baja.

Incluso si ella le cuenta a Stewart lo del relicario, él tendría el ingenio para mostrarse escéptico ante cualquier historia que pudiera contar Agnes. Ella vino de allí, lo que me da a entender que podría haber sido expulsada."

"Porque él conocía su naturaleza", murmuró Leila, pareciendo estar un poco tranquilizada.

Fergus sonrió. "Necesitamos encontrar un lugar mejor para el tesoro. Enguerrand e Yvan no se irán hasta que estén convencidos de que está seguro."

Quizá haya un obispo en Iona para que lo cuide.

"Quizás los Templarios no aprobarían eso." Fergus frunció el ceño. Me preguntaba si deberíamos emprender un viaje a Edimburgo, supuestamente para que puedas conocer a los parientes de mi madre. Hay casas de los templarios cerca de allí, y tal vez el premio encuentre refugio con ellas."

"Otro viaje", dijo Leila. "Yo vería desterrado tu sueño antes de que nos vayamos. ¿Todavía sientes esa amenaza?

Él asintió. "Se vuelve más siniestro cada día."

"Esto no es tranquilizador."

Fergus solo pudo estar de acuerdo. "Quizás Gaston envíe un mensaje pronto de cualquier plan para el tesoro."

Leila asintió. "Seguramente Duncan se detendrá aquí cuando viaje para recuperar a Radegunde o después de casarse con ella."

Fergus esperaba que el guerrero lograra hacer ambas cosas. "Hasta ahora no te he dado un refugio, Leila."

"Pero me has dado un hogar." Ella levantó un dedo. "Con un palomar".

"Los pájaros deberían llegar pronto."

Leila sonrió un poco. "Y entonces quizás me des un niño con ojos azules."

Fergus deslizó los dedos por debajo de su velo, acariciando la suavidad de su piel, porque una vez más se sintió sobrecogido por la pequeña leona que había tomado por esposa. "¿Debes ir corriendo al salón?" murmuró él, luego se inclinó y tocó los labios de ella. Leila suspiró y se apoyó contra él, sus pequeñas manos aterrizaron en su pecho. "Me esforzaría en crear ese niño si mi señora se demora un poco más."

Ella levantó su boca hacia la de él, su rendición tan dulce y caliente como siempre. Ella era tan confiada. Ella daba mucho. Ella planeaba su éxito y trataba de eliminar todos los obstáculos. Esa mañana, Fergus se aseguraría de que Leila comprendiera que ninguna otra mujer se entrometía en sus pensamientos cuando estaba con ella.

Maldita Isobel por incluso haberle dado una duda a su leal esposa.

Isobel no se sorprendió cuando finalmente sangró.

De hecho, ella se había sentido aliviada, incluso triunfante. Una vez más, había obligado a su cuerpo a apoyar sus propios deseos. En secreto, se había golpeado la barriga contra los muebles y había rezado por la liberación de su desgracia. Ella se había esforzado demasiado y le había impresionado que un bebé pudiera ser tan difícil de desalojar incluso siendo tan reciente.

Ella odiaba el embarazo, el estómago incómodo, el bulto en su figura y el malestar físico que resultaba de la creciente carga. Ella se había sentido torpe y poco atractiva mientras estaba embarazada de Gavin, aunque sabía que era su deber hacerlo. Su disgusto no había sido nada comparado con el parto real de su hijo, que había sido un infierno de aparente eternidad. Isobel estaba decidida a no volver a soportar tal tormento.

Stewart debería haberse contentado con un hijo. Gavin era un chico tan robusto que no había posibilidad de que se perdiera por una enfermedad. Isobel había cumplido con su deber, en su opinión, pero en este asunto, como en todos los demás, Stewart estaba ansioso por más. Isobel no podía apartar a su marido legal de la cama ni negarle la deuda matrimonial, pero no tenía intención de destruir su vida —y arriesgarla — al tener un hijo tras otro.

Ella había pensado que podría soportar uno más, pero el regreso de Fergus había descartado esa idea.

Y el tiempo era esencial. No podía pasar mucho tiempo antes de que un hombre como Fergus encontrara una novia dispuesta y adecuada, pero Isobel no podía atraerlo con el bebé de Stewart en su vientre. Sus tácticas exitosas anteriormente no habían funcionado lo suficientemente rápido, pero Isobel no se había asustado.

Desesperada, había consumido hierbas que, según se decía, expulsaban a los bebés del útero. Eso se sintió atrevido y audaz y una parte de ella temía haber ido demasiado lejos, pero todo terminó como Isobel deseaba. Cuando ese bebé abandonó su útero, al igual que el anterior, lloró por las apariencias, pero en su corazón, Isobel se alegraba.

Mucho.

Stewart lo estuvo significativamente menos.

Él se enfureció por la injusticia. Estaba de mal genio con todas las almas de Dunnisbrae y era imposible complacerlo en cualquier asunto. Él le gritaba y podría haberla golpeado, si no hubiera deseado desesperadamente otro hijo.

Su codicia era la salvación de Isobel.

Solo pasaron unos días antes de que se uniera a su cama y sus esfuerzos comenzaran de nuevo. Cada noche, mientras él empujaba sobre ella en busca de su placer, Isobel lo odiaba un poco más. Cada mañana, cuando despertaba al sentir su mano entre sus muslos, mantenía los ojos cerrados y lo despreciaba. Stewart pensó que ella no se había dado cuenta de que la linda doncella volvía a trabajar en el salón, la que Isobel no había visto en años, la que estaba tan dispuesta a hacer lo que Stewart le exigiera. Isobel había visto y odiado a Stewart aún más por darle la bienvenida a una puta.

Ella sabía que no habría odiado tanto a Stewart si Fergus no hubiera regresado. Si Fergus no hubiera sido tan hermoso o tan rico, ella podría haber aceptado la verdad de su matrimonio más fácilmente. Ella sabía que Fergus era amable pero firme, un hombre justo y un buen amante. Isobel sabía que su vida mejoraría enormemente con Fergus como cónyuge en lugar de Stewart.

Especialmente si se aseguraba de que nunca volviera a concebir.

Ella nunca olvidaría la forma y el olor de esa hierba, sin duda.

El plan de Isobel estaba hecho. Ella dejaría a Stewart y se pondría a merced de Fergus. Ella le contaría una historia, una en la que él creería, y se saldría con la suya. Se quedaba solo una semana en Dunnisbrae después de la pérdida de su hijo, solo una semana para asegurarse de poder soportar el viaje a Killairic.

Ella temía ser descubierta a cada momento, pero Stewart, dolido por la pérdida de otro hijo, no estaba atento a los que pasaba. De todos modos, Isobel apenas durmió la noche antes de su partida planeada. Ella revisó sus preparativos sin cesar, segura de que Stewart de alguna manera frustraría su plan.

Pero, en esa mañana elegida, Stewart hizo precisamente lo que ella había previsto. Se despertó con su habitual erección matutina. Se dio la vuelta y la usó para su placer, gruñendo como un cerdo en celo, indiferente a si ella misma estaba despierta. Su ira hervía a fuego lento junto con su sensación de que se haría justicia. Sus manos la recorrieron, e Isobel odiaba que este fuera el grado de su aprecio por ella. Ella le había traído un matrimonio y le había dado un hijo, pero Stewart siempre quería más.

El odio de Isobel se agudizaba. Incluso mientras su esposo trabajaba por su liberación, ella buscó debajo de la cama y recuperó una de las agujas que Fergus le había dado, escondiéndola en su mano. Stewart encontró su placer con un grito, luego se derrumbó sobre su espalda, jadeando mientras sus ojos se cerraban de nuevo.

Aún era temprano. Los aldeanos apenas comenzaban a moverse. Por lo general, él dormía una hora, tal vez más, después de hacer sus necesidades.

Este día sería diferente.

Isobel se dio la vuelta y miró a su esposo, a la plata de su barba y su cabello, a las líneas de su rostro y la dura línea de su boca. Ella lo veía por el duro guerrero que era, el hombre mayor al que sobreviviría. No había ternura en su corazón en ese momento por ese hombre. Ella sólo veía lo que le había costado, lo que se había llevado, cómo la había utilizado para su propio beneficio.

Ella solo veía que él era menos hombre que Fergus y lo odió por eso.

La mano de Stewart se deslizó de su cadera mientras él dormitaba y su boca se aflojó. Ella esperó, mirando, con el corazón acelerado, hasta que su respiración se hizo más lenta.

Él nunca olvidaría ese día, sin duda.

Isobel se humedeció los labios y reforzó su determinación.

Ella levantó la aguja con su punta afilada.

Y se la clavó en el ojo con todas sus fuerzas.

Ella habría hecho lo mismo con la otra, pero Stewart rugió de dolor y la agarró de la muñeca. Ella lo mordió para que él la soltara y luego sacó la aguja. Él la agarró, pero ella le dio una patada en la ingle y salió de la cama tropezando. Él se abalanzó sobre ella y maldijo, con una mano sobre el ojo sangrante y la otra en la entrepierna.

Su hombre ya había subido corriendo las escaleras y había abierto la puerta. "¿Qué está mal?" —preguntó, con la mirada fija entre Stewart e Isobel.

"No sé. Le di la bienvenida como siempre, pero luego gritó."

"¡Perra!" Stewart gritó. "¡Perra engañosa y malvada!"

Ella bajó la voz a un susurro. "Quizás un ataque o furia", le dijo al camarada de Stewart. Ella bajó la mirada con recato. "Lamento que no haya encontrado su placer".

"¡Ah!" dijo el guardia.

Stewart empezó a maldecir con más vehemencia. Tropezaba con la habitación, la sangre le corría por la mejilla desde debajo del puño, y trató de agarrar a Isobel.

"Él terminaría lo que quedaba sin hacer", susurró ella mientras él rugía.

Su guardia maldijo con asombro. "¡La sangre corre de sus ojos!"

"¡Dios en el cielo! ¿Qué se ha hecho a sí mismo? Isobel susurró con fingido horror. "¡Traeré a la vieja Helga del pueblo!"

"¡Hazlo!" insistió el guardia. "Date prisa, mi señora." Luego se movió para agarrar a Stewart y guiarlo por la fuerza de regreso a la cama. "Mi señor, debe estar quieto."

"Agarra a esa bruja..."

"Mi señor, le ruego que se preocupe por su propio bienestar..."

Isobel corrió, pero no corrió hacia Helga en el pueblo. Corrió escaleras abajo y agarró a Gavin, cargando al niño dormido. Le escupió a la muchacha, Agnes, cuando esa puta podría haberla hecho tropezar y empujarla a un lado. ¡Stewart era bienvenido a sus encantos!

Isobel huyó a los establos y al establo del caballo que había ensillado la noche anterior, después de que el mozo se había retirado. Todos sus preparativos estaban hechos. Se puso el kirtle que había dejado allí y las botas. Cogió la alforja llena que había dejado en el establo y luego arrojó la capa doblada a su lado. Ella saltó a la silla, escondió a su hijo debajo de la capa y lo sostuvo firmemente contra su costado.

"Silencio, Gavin", dijo ella y él obedeció, rizando su calor contra ella y cerrando los ojos. Ella corrió con el caballo hacia la puerta. "¡Mi marido está herido!" gritó a los centinelas. "¡Debo buscar ayuda a toda prisa!"

Los guardias abrieron el rastrillo, por tontos que fueran, e Isobel salió al galope de Dunnisbrae a toda velocidad. Ella respiró con una preciosa libertad, sin importarle cuánto había dejado atrás. Fergus le compraría más prendas y Killairic era mucho más próspero de lo que Dunnisbrae se había convertido. Su padre había dicho a menudo que la buena fortuna no se debe reclamar ni esperar. El sonido de la rabia de Stewart le llegó incluso a la distancia e Isobel se estremeció.

Ella se había deshecho de él, para siempre.

"¿Madre?" Gavin susurró. "¿Qué le pasa a mi padre?"

"Nada más de lo que se merece."

"Entonces, ¿por qué nos vamos?"

Isobel besó la parte superior de la cabeza de su hijo. Ella lo amaba más esa mañana de lo que lo había hecho hasta ahora, porque él era la clave del éxito de su plan. "Viajamos a Killairic."

"¿Pero por qué?"

"Para encontrarme con algunos amigos, Gavin."

"Pero padre..."

"Solo está enojado esta mañana. Estará bien para cuando desayune."

"Pero..."

"Silencio, Gavin. Todo estará bien." Isobel tocó los flancos del caballo con sus talones, sonriendo ante la perspectiva de éxito.

Después de todo, era el único resultado posible con un plan tan infalible como ese.

A ÚLTIMA HORA de la tarde, Fergus notó cierta agitación en las puertas del pueblo. Una mujer gritaba y parecía como si hubiera llegado un caballo. Era inusual que un caballo llegara solo, especialmente montado por una mujer, y Fergus se dirigió a las puertas para investigar. El centinela discutía con la mujer y, aunque Fergus no podía discernir sus palabras, temió reconocer la voz de la mujer.

¿Su enfado con Isobel la había convocado a Killairic? Parecía eso. Él temía que Leila pudiera imaginarse que era así. Él aceleró el paso, esperando estar equivocado.

Él no lo estaba. Era Isobel. Llevaba una capa pesada y una túnica sencilla y su voz se elevaba con ira. Ella llevaba el pelo suelto y sus modales eran imperiosos.

"Por supuesto, el señor Fergus me verá", insistió ella. Debes acompañarme al salón. Debo hablar con él de inmediato... "

"Entonces haz lo que quieras", invitó Fergus, sabiendo que se mostraba su enfado. ¿Cómo se interpretaría su llegada a sus puertas sola? Él dudaba que Stewart lo aprobara y sospechaba que el hombre podría culparlo por la elección de Isobel. Fergus no necesitaba nuevas fricciones con Stewart, sin duda. Leila podría estar preocupada, dada su propia pesadilla. "Debe haber una buena razón para que hayas cabalgado hasta aquí sin escolta".

El alivio iluminó los rasgos de Isobel. ¡Fergus! ¡Stewart tuvo un ataque esta mañana y temí por mi vida! "Un murmullo atravesó el grupo de los que se habían reunido con curiosidad y Fergus se preguntó si Isobel había deseado comenzar la historia. Ella saltó de la silla y se estiró para bajar a su hijo al suelo. El niño parecía inseguro, y con razón. "Temí por mí y por Gavin y huí, sabiendo que nos ofrecerías refugio."

Ofrecer refugio a la esposa de otro hombre, especialmente a la esposa de un guerrero como Stewart, era un asunto arriesgado. Fergus no se había dado cuenta de que Isobel lo había envuelto en sus problemas y él se preguntó si pensaba convertirlo en un hábito.

Ahora él detendría la inclinación.

Fergus cruzó los brazos sobre el pecho. "¿Un ataque?" repitió él. "Eso no suena a Stewart. Pensaba que era un hombre templado. ¿Estás segura de que no lo provocaste?

Si Stewart no había amenazado a Isobel antes de este día, Fergus apostó a que se omitía algún detalle de su historia. Su rápida mirada desviada a su consulta confirmó sus sospechas.

Era extraño que después de cuatro años de diferencia, la encontrara mucho menos atractiva de lo que había sido antes. De hecho, Fergus se preguntó cómo él había echado de menos las rápidas expresiones de Isobel, las que intentaba ocultar, las que revelaban que sus palabras podrían no ser la plenitud de la verdad. Incluso sin la advertencia de su sueño, desconfiaba de ella.

¿Qué había hecho ella esa mañana?

"¿Templado?" repitió ella con una risa. "Él es duro más allá de lo creíble, incluso cruel." Ella se lanzó hacia Fergus con una súplica en los ojos. "Estaba desesperada, Fergus, hasta tu regreso. Yo sabía que si dejaba a Stewart, apoyarías nuestro compromiso. Casémonos hoy mismo para que pueda tener un santuario en Killairic. Tienes sacerdote, ¿no es así?

Fergus frunció el ceño y dio un paso atrás, liberándose de su abrazo. "¿Qué locura es esta, Isobel? Estás casada con Stewart... "

"¡Lo he dejado!"

"Intercambiaste tus votos ante un obispo. Has dado a luz a su hijo." Él hizo un gesto hacia el niño, que simplemente miró. Él parecía pálido, en opinión de Fergus, y necesitaba una comida caliente. "¿Has comido este día?"

"No, por supuesto que no. ¡Huí por mi vida! "

Fergus examinó al grupo reunido y vio al herrero. Farquar, ¿podrías llevar a Gavin a las cocinas, por favor? Dile a Xavier que el niño no ha comido en todo el día.

"Ciertamente, mi señor."

Curiosamente, Gavin no buscó la aprobación de su madre, sino que simplemente siguió las instrucciones. Sin duda, el niño se estaba muriendo de hambre.

"¿Qué locura es esta, Isobel, de que no te aseguras de que el niño sea alimentado?" le preguntó Fergus.

La expresión de Isobel se volvió maliciosa y se aferró a su brazo. Fergus, debemos hablar en privado. Hay muchas cosas que no sabes."

"Sé todo lo que necesito saber", corrigió Fergus. "Decidiste olvidar nuestro compromiso y casarte con Stewart. Lo que está hecho no se puede deshacer."

"Tú concluirías de manera diferente, si supieras toda la verdad", dijo Isobel, su tono desafiante.

"Lo dudo mucho. Tengo una esposa, Isobel, y no dejaré a Leila a un lado para satisfacer mejor tu conveniencia."

"¿Una esposa?" Isobel se burló. "¿Es así como llamas a una infiel que te encuentra en la cama?"

"Tenemos un compromiso."

"Un intercambio de votos no es un vínculo firme, Fergus, y lo sabes bien."

"Mi palabra es mi vínculo, y se la he dado a Leila."

Ella levantó la barbilla, sus ojos centellearon. "Me la diste a mí primero."

"Y la ignoraste, liberándome así de cualquier compromiso contigo." Fergus suspiró. Vete a casa, Isobel. Vete a casa con Dunnisbrae. Haz las paces con Stewart por lo que sea que hayas hecho y conténtate con tu suerte."

La furia brilló en sus ojos antes de que bajara la mirada. "Contenta", murmuró ella tan suavemente que solo Fergus podría haberla escuchado. "¿Por qué debería contentarme con menos de lo que mi padre eligió para mí?"

Fergus se inclinó hacia ella. "Porque ya elegiste abandonar su voluntad."

Isobel se humedeció los labios, miró a los aldeanos y luego puso la mano sobre el pecho de Fergus. Ten piedad, Fergus. He viajado todo este camino para hablar contigo. ¿No me escucharás y me ofrecerás una medida de hospitalidad?

Fergus no señaló que su esposo no les había ofrecido a él y a Hamish tal cortesía. Era demasiado tarde para que ella regresara a Dunnisbrae antes de que oscureciera, y él no tendría la culpa de ningún crimen que le ocurriera en la oscuridad. Gavin tenía que comer, y supuso que también tendría que ofrecerle una comida a Isobel.

Ella podría viajar a Dunnisbrae por la mañana.

Él se volvió y señaló. "La cabaña de la partera está vacía. Tú y el niño pueden dormir allí esta noche. Te daré la bienvenida a la mesa para la cena." Fergus sabía que mostraba su falta de entusiasmo, pero se sorprendió por la rabia que brilló brevemente en sus ojos.

Entonces Isobel se rió, como si él estuviera haciendo una broma, pero no había alegría en sus ojos. "¿Una cabaña? Fergus, ¡te burlas de mí! Me quedaré en la propia fortaleza, por supuesto, como corresponde a mi derecho de nacimiento..."

"No hay lugar", dijo Fergus, interrumpiéndola. "Y no sería apropiado que durmieras en el salón con guerreros."

El tono de Isobel era dulce, demasiado dulce. "Según recuerdo, hay dos habitaciones en el torreón de Killairic",

"Una ocupada por mi esposa y yo, y la otra por mi padre." Fergus sostuvo su mirada. "No voy a expulsar a ninguno de los dos por un vecino que llega sin invitación."

Isobel inhaló bruscamente pero inclinó la cabeza tan rápidamente que solo Fergus adivinó su ira. "Como desee, mi señor", dijo ella con una dulzura que tuvo que fingir. "Espero verte en la mesa."

Fergus regresó al salón, sabiendo que había hecho el mejor arreglo posible pero desconfiando de la intención de Isobel de todos modos. Él no podía descartar el recuerdo de su sueño o el hecho de que su pavor se había redoblado cuando Isobel entró por las puertas de Killairic.

A PESAR de que Fergus le había advertido sobre su invitada, Leila se sorprendió cuando entró al salón y encontró a Isobel allí.

La belleza alta y esbelta con cabello dorado no podía ser otra que la ex prometida de Fergus. Ella le hablaba a un niño, tan rubio como ella, con una expresión tan dulce y serena que a Leila le recordó a una Madonna que había vislumbrado en una iglesia en su viaje hacia el norte. Ella pensó que podría haber sido en la capilla junto al cementerio donde habían enterrado a Kerr.

Ella desconfiaba de la otra mujer y le disgustaba que hubiese llegado a las puertas de Killairic sin previo aviso ni invitación. Incluso sin la advertencia del sueño de Fergus, a Leila no le había gustado la facilidad con que Isobel podía enfurecer a Fergus. Ella todavía tenía un poder sobre él, y uno que Leila hubiera preferido ver desaparecido.

Isobel miró a Leila y su sonrisa fue fría. Luego cruzó con gracia el salón. Leila notó que la otra mujer era casi tan alta como Fergus y ella se sintió en desventaja. La forma en que Isobel saludó a Leila fue tal que ella misma podría haber sido la dama de la fortaleza, lo que solo aumentó la determinación de Leila de conquistar el gaélico. Leila estaba segura de que sus sospechas sobre las malas intenciones de la otra mujer eran correctas, pero de todos modos sonrió cortésmente.

"Debe ser muy extraño para ti en Escocia, Leila", dijo Isobel, omitiendo cualquier forma de dirección. Leila sabía que no era un accidente. Ella hablaba lentamente, evidentemente decidida a que la entendieran. "La sarracena perdida de Fergus, tan lejos de casa".

"La esposa de Fergus", respondió Leila. "En su nuevo hogar".

Isobel se rió, como si sintiera lástima. "Pero entendí que solo hiciste un intercambio de votos."

"Seguramente la promesa de un hombre como Fergus tiene mérito."

Isobel negó con la cabeza. Seguro que los hombres son iguales en todo el mundo, Leila, especialmente en lo que respecta a su placer. Fergus se comprometió conmigo antes de partir hacia el este. Dudo que él fuera casto."

"Creo que lo fue."

Isobel se rió de nuevo. "Demuestra solo que crees en las mentiras de los hombres mientras yo he aprendido la lección. Nunca debí haberle entregado mi virginidad a Fergus, pero hace cuatro años, todavía confiaba."

Leila supuso que no debería haberse sorprendido de que una pareja de prometidos hubiera tenido intimidad, especialmente antes de que uno de ellos partiera en un largo viaje. Ella no sabía qué decir, pero Isobel le dio pocas oportunidades.

Ella dirigió una sonrisa de adoración a su hijo. "Gavin se parece tanto a su padre, ¿no es así?"

"No podría decirlo", admitió Leila con cierta confusión. "No he conocido a Stewart MacEwan."

Isobel se rió alegremente de eso, como si Leila bromeara con ella. "Debes verlo, Leila", dijo ella en tono confidencial. Sus ojos brillaron. "Debes saberlo."

Si Isobel quería dar a entender que Gavin era el hijo de Fergus, Leila esperaría a que ella lo dijera en voz alta. Ella sostuvo la mirada de la otra mujer, desafiándola bastante a hacerlo.

Isobel lo hizo. "Gavin tiene tres años y tres meses de edad", susurró ella, con los ojos brillantes. "Me casé por el bien del hijo de Fergus. Yo estaba encinta y no tenía defensor. Hasta que Fergus regresó a Killairic. Dejé Stewart esta mañana por el bien de Gavin. Un hijo debe ser criado por su padre de sangre y ningún otro. ¿No estás de acuerdo en que sería mejor? "

"No para mí", dijo Leila, refiriéndose tanto a la idea de que Gavin permaneciera en Killairic como a su propia infancia en la casa de su tío.

Los labios de Isobel se torcieron. "No, el único camino mejor para ti sería tu regreso inmediato a las tierras de tu propia especie." Fergus apareció en la base de las escaleras e Isobel continuó en un susurro rápido. "Nunca serás aceptada como uno de nosotros. Tu insistencia en quedarte solo puede destruir a Fergus y la consideración que otros le tienen aquí. Sé que él actúa con honor: dale la oportunidad de hacer eso por su propio hijo. Si te preocupas por él, seguramente te preocupas por su bienestar."

Isobel era una víbora sin duda, una víbora que arrojaba veneno con la misma palabra. Leila no respondió, pero se acercó a Fergus para preguntarle algunos detalles sobre la comida. Él la miró y la preocupación iluminó sus ojos al percibir que ella estaba perturbada. Su mirada se dirigió a Isobel mientras sus labios se apretaban.

"Siéntate entre mi padre y yo", dijo él secamente y Leila asintió con la cabeza.

Calum bajó las escaleras en ese momento, sus rasgos se iluminaron al verla, y Leila lo escoltó hasta la mesa. El anciano le dedicó a su invitada solo un saludo rápido, luego continuó hablando en francés con Leila mientras ocupaba su lugar.

No pasó por alto la advertencia en los ojos de la otra mujer y supo que ese asunto aún no se había resuelto. En opinión de Leila, Isobel no podía dejar Killairic lo suficientemente pronto.

~

EL ATRACTIVO de Isobel estaba disminuyendo tan rápidamente que Fergus no podía imaginar que jamás hubiera visto ningún mérito en ella. Cuando él se hubo cambiado y bajado al vestíbulo, supo de un vistazo que Leila estaba molesta. Sus rasgos estaban serenos y sus modales tranquilos, sus pensamientos estaban tan ocultos que él sabía que algo había salido mal.

Isobel parecía complacida consigo misma, lo que significaba que le había dicho algo a su esposa. Fergus dudaba que hubiera sido verdad, pero apenas pudo descubrir la verdad cuando el grupo se sentó a cenar. Él besó a Leila como si hubieran estado separados por más tiempo de lo que había sido el caso y sintió un pequeño temblor en su respuesta. Él esperaba que su toque la tranquilizara y mantuvo la mano en la parte posterior de su cintura. Él se sentó entre las dos mujeres, seguro de que eso simplificaría las cosas. Él también invitó a Murdoch a sentarse junto a su padre, para que los dos guerreros pudieran compartir un plato mientras él compartía con Leila.

Isobel se lo tomó de mal humor, pues claramente creía que lo compartiría con Fergus en lugar de con su hijo.

De todos modos, el plan de Fergus fue infructuoso. Isobel se apretó contra él y le habló sin cesar. Él pensaba que ella apenas había respirado hondo, por miedo a que él pudiera mirar a su esposa. Él sabía que ella hablaba en gaélico rápido, lleno de dialectos, deliberadamente para que Leila no pudiera seguir sus palabras. Ella decía poco de importancia, simplemente le recordaba algún evento en su pasado compartido o hablaba de algún amigo en común, pero claramente tenía la intención de demostrar que compartían una historia que Leila no compartía.

Leila ignoró a Isobel y volvió su atención a Calum. Por mucho que Fergus admirara su gracia y sus buenos modales, no le gustaba que Isobel insultara a Leila en su casa. Sin embargo, él no pudo pronunciar más que una palabra y su temperamento aumentó constantemente durante la comida.

En el momento en que lanzaron las sobras a los perros, él estaba furioso con Isobel.

Cuando ella le suplicó que la acompañara a la cabaña de la partera, para que no se perdiera en el camino, Fergus cedió a su pedido de inmediato. Él tenía más que suficiente para decirle a su ex prometida.

Él rogó la indulgencia de Leila, notando cómo ella escaneó sus rasgos antes de asentir, luego agarró el codo de Isobel y la hizo marchar fuera del salón. El niño corría detrás de ellos.

"¡Fergus!" dijo Isobel con placer. "No tenía ni idea de que estuvieras tan concentrado en estar a solas conmigo."

"¿De qué otra manera debería castigarte por tu rudeza?" demandó él. ¿Qué te aflige para insultar a mi esposa en nuestro salón? ¿Qué te hace creer que puedes tocarme como amante en presencia de mi esposa?

Isobel le sonrió tímidamente. "¿Prefieres que espere hasta que estemos solos?"

Preferiría que recordaras que eres la esposa de Stewart.

"¡Stewart!" Isobel hizo un gesto de desdén, incluso cuando llegaron a la puerta de la cabaña de la partera. Fergus abrió la puerta, la instó a entrar y dejó la puerta abierta mientras encendía una linterna. Isobel arrugó la nariz ante la sencillez del lugar, pero a Fergus no le importaba su placer.

El niño se sintió menos insultado que su madre. De hecho, ya estaba mirando el colchón con tanto anhelo que Fergus supuso que estaba exhausto.

Fergus señaló el colchón con ropa de cama limpia. "Estarás lo suficientemente cómoda aquí hasta tu partida por la mañana. Hay aceite en la linterna y no necesitarás un fuego en una noche tan suave. Te darán pan para desayunar en las cocinas." Él inclinó la cabeza y se inclinó levemente. "Te deseo un buen viaje a Dunnisbrae, porque dudo que te vuelva a ver."

La consternación de Isobel fue clara. "¿No puedes creer que dejaré Killairic por Dunnisbrae?"

"Por supuesto que lo harás, y lo harás antes del mediodía del día siguiente." Fergus sonrió levemente. "No quiero que te quedes sin refugio cuando caiga la noche y es un viaje largo." Él saludó con la cabeza a Gavin y luego se volvió para marcharse.

Isobel lo persiguió, agarrándole la manga. ¡Fergus! ¡Dejé a Stewart para venir a ti! No tengo ningún plan de volver a Dunnisbrae y, de verdad, es posible que Stewart no me reciba de vuelta."

"Él es tu esposo. Por supuesto, agradecerá tu regreso."

La expresión de Isobel fue astuta por un momento, luego volvió a llamarlo, luciendo femenina y vulnerable. Pero él me golpea, Fergus. No puedo soportar quedarme con él."

Fergus miró al niño, que estaba escuchando visiblemente. "Entonces debes apelar al rey por santuario y al obispo para que anulen tu matrimonio."

"Pensé que me ayudarías."

"Te equivocaste."

La ira hervía a fuego lento en su mirada, pero a Fergus no le importaba. Él salió de la cabaña, haciendo una pausa para volverse y encontrarse con la furia en los ojos de Isobel. "Incluso si me inclinara a ayudar a una vieja amiga, tu mala educación con mi esposa desde tu llegada mataría ese impulso. Adiós, Isobel."

"¡Adiós!" repitió ella con indignación. "¿Tu esposa?" Ella se abalanzó sobre él y lo detuvo, sus palabras cayeron en un torrente furioso. "El hecho de que tengas una puta sarracena en tu cama no significa que tus obligaciones conmigo hayan terminado. Estábamos comprometidos, Fergus.

Y elegiste casarte con otro. Ese es un medio eficaz para poner fin a un compromiso." Él se soltó de su agarre. "Buen provecho para ti, Isobel. No seas tan tonta como para volver sin tu marido."

"¿Y qué hay de mi hijo?" lloró ella. "¿Qué hay de nuestro hijo?"

Fergus se volvió para mirarla confundido.

Isobel sonrió. "Oh, sí, Gavin es nuestro hijo, Fergus. Él es tu hijo."

"Nos acostamos juntos, pero una vez..."

"Y fue suficiente, sin duda. ¡La prueba me acompañó este día! "

"Gavin es el hijo de Stewart. Veo a su padre en él."

"¡Estás engañado!" replicó Isobel. "Tuvimos intimidad. Yo concebí. ¡Te habías ido! ¿Qué iba a hacer yo, una mujer con el vientre redondeado pero sin marido? Mi padre se habría indignado. Yo seduje a Stewart y me aseguré de que nos descubrieran, luego mi padre insistió en el matrimonio. Le dije a Stewart que había dado a luz a su hijo y él me creyó." Ella estaba triunfante, lo que decía mucho de su naturaleza. Fergus no podía creer que una persona de mérito se enorgulleciera tanto de un engaño de tal magnitud.

Ella también estaba mintiendo.

Pero te casaste con Stewart tres meses después de mi partida. ¿Seguramente él notó que el niño nació tres meses antes de tiempo? Preguntó él en voz baja, sabiendo que este no era el menor problema con su historia.

El niño miró con los ojos muy abiertos, claramente sin saber qué pensar. Fergus esperaba no que no lo entendiera todo.

"Mentí, por la seguridad de los dos", dijo Isobel. "Fui con mi prima en las islas y di a luz al niño allí. Él nació en Yule. Me quedé durante el invierno, luego regresé a Dunnisbrae y le dije a Stewart que el niño era más joven de lo que es." Ella se burló. "Él no sabía nada sobre los bebés y su tamaño, y confió en mí."

Fergus pensó que eso decía más bien de Stewart que de Isobel. "Si esta historia es cierta o es otra mentira, importa poco. Gavin no puede ser mi hijo."

"¡Yo digo que lo es!"

"Y mientes, Isobel", dijo Fergus, su sueño recurrente al frente de sus pensamientos. "Todos los niños de mi familia nacen con el pelo rojo." Él miró al niño que bostezaba, incluso cuando los labios de Isobel se abrieron con consternación. Stewart es tu padre, Gavin. Nunca lo dudes."

"Sí, señor."

¡Fergus! Incluso si eso es cierto, no puedes obligarme a regresar a Dunnisbrae... "

"Puedo y lo haré. Adiós, Isobel." Fergus salió de la cabaña entonces, ignorando la forma en que ella gritaba detrás de él, y regresó a la fortaleza con determinación. Le dijo a Stephen que ensillara el caballo de

Isobel cuando amaneciera. Él habló con Xavier sobre la mañana, asegurándose de que se entendiera que Isobel y Gavin podrían desayunar en las cocinas.

Enguerrand e Yvan estaban inclinados sobre su tablero de ajedrez y su padre hablaba con Murdoch. Fergus les deseó a todos una buena noche y subió las escaleras al solar, a Leila, y a un malentendido que había que arreglar.

SÁBADO 21 DE MAYO DE 1188

DÍA DE SANTA ELENA

CAPÍTULO 14

Isobel estaba indignada.

Ella estaba acostumbrada a salirse con la suya y a asegurarse por todos los medios necesarios. ¿Cómo se atrevía Fergus a elegir a su pequeña infiel en lugar de ella? ¿Cómo se atrevía Fergus a insistir en que ella mentía sobre Gavin?

¿Y cómo se atrevía él a enviarla de regreso a Dunnisbrae? Stewart nunca la había golpeado, pero ella temía que él pudiera hacerlo o después de los eventos de este día. Ella no podía regresar a la fortaleza que había sido propiedad de su padre.

¡Era injusto!

Ella tenía que obligar a Fergus a que la dejara permanecer en Killairic. Él no podía ser tan indiferente a su destino como quería hacerla creer. Ella solo necesitaba unos días más para desgastar su resistencia y ganar su único deseo.

¿Pero cómo? Él se había ido y ella se había quedado en esa cabaña estéril por la noche, con solo su hijo como compañía. Incluso se le habían negado las comodidades del salón, y esa burla aumentó su indignación.

Isobel caminaba alrededor de la pequeña cabaña en un círculo cerrado, pensando furiosamente mientras Gavin la miraba con incertidumbre. ¿Cómo podría ella arreglarlo todo? Fue entonces cuando notó la variedad de plantas secas que colgaban de las vigas del techo. Eran marrones y polvorientos, pero la vista le recordó que esa había sido la cabaña de la partera.

¡Hierbas! Habían sido clave para el éxito de la primera parte de su plan.

Isobel abrió el armario que estaba en una esquina y rebuscó en su contenido. Ella se enfermaría. Ingeriría alguna hierba o raíz que le vaciaría el estómago. Estaría pálida y débil, y Fergus no podría expulsarla. De hecho, él podría insistir en que la trasladaran al salón. Si él hacía que su puta la atendiera, ella podría decirle más mentiras a la otra mujer, tal vez incluso animarla a que se fuera por su propia voluntad.

Sí, era el plan perfecto.

Su debilidad radicaba en el conocimiento limitado de Isobel sobre hierbas y plantas curativas. Ella olió las diversas hojas, pero dudaba que alguna fuera lo suficientemente fuerte. No pudo encontrar la que había usado unas semanas antes. Ella necesitaba una raíz, porque ahí era donde se concentraba la potencia de la planta. Encontró dos diferentes, almacenadas por separado y con un cuidado que indicaba su poder. Las olió a ambos y eligió el rizoma más grande en lugar del que tenía el aroma más intenso. Luego se giró para encontrarse con la mirada de Gavin.

"Corre al torreón", le ordenó. Dile al señor Fergus que estoy enferma.

"Pero no lo estás, madre".

"Sí, Gavin. Lo estoy." Isobel mordió la raíz y la masticó, haciendo una mueca ante su sabor amargo. Se las arregló para tragar ese bocado y dar otro bocado antes de que la convulsión se apoderara de ella, apenas dándole tiempo para darse cuenta de que había cometido un terrible error.

Leila estaba sentada en el borde de la cama, con las tripas revueltas. ¿Podría ser verdad? ¿Podría ser Gavin el hijo de Fergus? Ella sabía que él había sido casto en Ultramar, o incluso desde que dejara Killairic, pero ¿y antes de eso? ¿Se había celebrado su compromiso con Isobel de la manera más terrenal? Bien pudo haber sido.

¿Cuáles serían las consecuencias para ella si Fergus reconocía a Gavin como su hijo? Leila dudaba que su posición fuera segura, incluso si le diera un hijo a Fergus, porque el de ella sería el más joven y, por lo tanto, no el heredero.

Ella se levantó de la cama para caminar, inquieta en su incertidumbre. Ella sentía la situación con más intensidad porque sus propios cursos se retrasaban una semana. ¿Era simplemente el cambio de dieta y situación, o había concebido?

Si Fergus agradecía el regreso de Isobel y reconocía a Gavin como su propia sangre, Leila dudaba que incluso se le permitiera permanecer en Killairic. ¿A dónde iría, especialmente si tuviera un bebé en el vientre?

Haynesdale, decidió ella, y le gustó la idea tan pronto como se le ocurrió. Bartolomé había sido su amigo durante muchos años. Él y Anna le darían refugio. Sí, ella viajaría a Haynesdale. Le llevaría menos de una semana y estaba segura de que podría manejar el viaje sin incidentes. Quizás Murdoch la escoltaría...

"¿Qué dijo ella?" exigió Fergus detrás de ella.

Leila se giró y lo encontró de pie en la puerta, esperando en el umbral como si no estuviera seguro de su reacción.

Ella tomó aliento. "Que el niño es tuyo."

Fergus negó con la cabeza y entró en la habitación, cerrando la puerta detrás de él. "Las mismas tonterías que ella me dijo a mí." Él se acercó directamente a ella y le tomó las manos entre las suyas. Su mirada era penetrante. "Sabes que es mentira, ¿no?"

Leila negó con la cabeza. "No. Es posible que hayas tenido intimidad con ella antes de tu partida. No puedo culparte por eso."

"La tuve, ante su insistencia, aunque derramé mi semilla en la ropa de cama por preocupación por este mismo resultado."

"Eso es apenas una garantía."

Fergus sonrió y se tiró del cabello. "El rojo no se puede disfrazar, Leila. Todos los niños de la familia de mi madre nacen con el pelo rojo. El mío era casi tan brillante como el de Hamish cuando era niño."

"¿Cada uno de ellos?"

"Todos y cada uno." Fergus le sonrió. "Gavin no es mi hijo. No puede ser. Esta historia de él naciendo nueve meses después de mi partida suena como una mentira, inventada porque Isobel encuentra a Killairic más atractivo que Dunnisbrae. Tampoco creo que Stewart pueda ser engañado tan fácilmente en un asunto así. Me temo que Duncan vio su verdad, que ella piensa únicamente en su propia comodidad y no en la de los demás."

"Lo siento por el niño."

"Como yo lo hago." Fergus suspiró y se quitó las botas. "Ella no le dio consideración al hecho de que él estaba allí, que él podía escuchar sus palabras. Cuando llegaron, ella no pensó en su malestar o en su hambre." Él sacudió la cabeza. "Su desinterés por el bienestar de su propio hijo es muy preocupante." Él se desabrochó el cinturón y desenrolló su abrigo, otorgándole una sonrisa que la calentó hasta los dedos de los pies. "Lamento sus palabras de este día, Leila, pero al menos se irá por la mañana".

"Dudo que su reclamo sea descartado tan fácilmente", no pudo evitar decir Leila. Fergus le dirigió una mirada inquisitiva. "Me pregunto qué le dijo a Stewart cuando se fue. ¿Le dará la bienvenida a Dunnisbrae?

"Si no lo hace, ha sido obra de ella." Él se quitó la camisola y fue a abrazarla. Su caricia fue bienvenida y su toque cálido. Él tocó su sien con los labios de esa manera suave que despertaba el calor dentro de Leila y la atrajo contra sí mismo. Le clavó los dedos en el pelo y le echó la cabeza hacia atrás, sonriéndole. "Las cosas podrían haber ido mucho más mal esta noche", murmuró él. "Sin embargo, derrotamos su plan porque trabajamos juntos."

"¿Me preguntas si pienso darte la bienvenida a la cama esta noche, mi señor?" Leila preguntó con una sonrisa.

"Sí, mi señora."

"Siempre eres bienvenido en mi cama, Fergus."

Y tú, Leila, siempre eres bienvenida en la mía. Fergus se inclinó para capturar sus labios con los suyos y Leila se estiró hasta la punta de los pies para darle la bienvenida. Justo antes de que sus labios se tocaran, alguien golpeó la puerta del solar.

"¡Mi señor!" dijo Murdoch con su familiar gruñido. "Mi señor, debes venir. ¡Es la dama Isobel!

"No toleraré ninguna interrupción de ella", dijo Fergus con firmeza y no abandonó su agarre sobre Leila.

Pero, señor, ella envió al niño a decirle que estaba enferma. Parece muy molesto."

"Dios en el cielo", susurró Fergus. "¿No hay límite para su desprecio por el niño?"

Ambos se apoderaron de sus capas y botas. Fergus corrió escaleras abajo, pidiendo ayuda, y Leila lo siguió lo más rápido que pudo, preguntándose qué había hecho Isobel.

Quizás el presagio de la pesadilla de Fergus no se había borrado, después de todo.

~

ISOBEL NO ESTABA ENFERMA: estaba muerta.

Fergus y Leila entraron en la cabaña, seguidos de cerca por Murdoch y los Templarios. Gavin fue mantenido en la puerta por los caballeros, pero Fergus sabía que ya él había visto lo peor. Fergus se agachó junto al cuerpo de Isobel, notando su mueca y la contorsión de su postura. Él se preguntó si ella había tomado una decisión que la condujo a una muerte tan dolorosa.

Leila estaba en la pared del fondo, examinando las hierbas de la partera. Fergus no recordaba que hubieran estado tan desordenados cuando él había estado antes en la cabaña.

Había algo en la mano de Isobel. Él le desenrolló los dedos para revelar la raíz allí. Claramente, ella había mordido una parte. Leila se inclinó para olerla y luego miró a Fergus.

"¿Sabes lo que es?" preguntó.

Creo que el olor me resulta familiar. Hizo un gesto y Fergus olfateó la raíz él mismo, luego se sentó de nuevo sobre sus talones.

"¿Acónito?" supuso él.

Leila asintió. "Eso creo."

"Qué extraño que ella y Kerr fueran derribados por la misma toxina."

"No es tan extraño, porque es un veneno de gran reputación y crece en la mayoría de los climas." Leila miró alrededor de la cabaña. "Apostaría a que todos los sanadores de toda la cristiandad y hasta China tienen el acónito entre su colección".

"¿Por qué Isobel se suicidaría? ¿Y por qué de una manera tan dolorosa? Fergus negó con la cabeza. "No puedo entenderlo. No parecía tan preocupada cuando la dejé."

"¿Cuál era su estado de ánimo?"

"Estaba enojada porque negué su deseo de permanecer en el salón y porque me negué a reconocer a Gavin como mi hijo. Su argumento había sido denegado." Él levantó la mirada hacia la de su esposa. "Hubiera esperado que ella me hiciera daño a mí, o incluso a ti, pero no a ella misma."

Leila se mordió el labio mientras pensaba. "¿Ella aprendió sobre el uso de hierbas?"

"No cuando dejé estas tierras, pero han pasado cuatro años. No sería la primera mujer en interesarse por las artes curativas después de tener un hijo."

"No, ella no lo haría." Leila parecía escéptica y Fergus pensó que era poco probable que Isobel hubiera mostrado la paciencia para estudiar cualquier arte. Él no pudo pensar en una manera de decir eso sin hablar mal de los muertos, pero siempre había encontrado que su atención era efímera.

Con la excepción de su interés por él.

A menos que su interés en él hubiera sido de corta duración y luego renaciera a su regreso. Él frunció el ceño, no le gustaba la muerte de Isobel a pesar de que la había encontrado molesta. A Fergus le pareció que ni siquiera su disputa era motivo para que ella deseara morir.

"Deberías preguntarle al niño qué hizo al final", le aconsejó Leila en voz baja.

Fergus la miró a los ojos. "Crees que lo sabes."

"Simplemente supongo." Su esposa se enderezó, sus pensamientos ocultos para él una vez más. Fergus se preguntó en ese momento qué haría falta para que Leila se abriera a él por completo. Él deseó saberlo, porque lo haría. "El niño puede saber más de lo que se da cuenta", agregó ella con suavidad.

"La llevaré a Dunnisbrae a primera hora de la mañana", Fergus se puso de pie mientras hablaba con los Templarios. Él escuchó a Leila inhalar rápidamente, pero desvió la mirada. —Hay que enterrarla con sus parientes, Leila. Seguro que lo ves así. Dunnisbrae era propiedad de su padre y de su padre antes que él. Su hermano también está enterrado allí."

"Por supuesto. Debes mostrar toda consideración a la dama Isobel."

Había una nota curiosa en el tono de Leila. ¿Estaba ella celosa? Fergus esperaba que así fuera, porque le alegraría ver que su relación se profundizaba más allá del afecto en amor. Él no podía ver sus rasgos, porque estaba cubriendo el rostro de Isobel con una capa. Él deseó que hubiera tiempo para discutir todos los detalles con ella, pero eso tendría que esperar hasta su regreso.

En ese momento, había obligaciones por cumplir. Él se dirigió a los Templarios. Partimos hacia Dunnisbrae al amanecer. Asegúrense de que nadie entre en la cabaña hasta entonces."

"Sí, mi señor", coincidió Yvan.

"¿Nosotros?" repitió Enguerrand, con la mirada fija en Leila. Ella se puso un poco más erguida pero fingió no haber notado su comentario. "Debo quedarme en Killairic. Como seguramente puede adivinar, esta interrupción de la rutina ofrece oportunidades."

Fergus suspiró. Entonces debes quedarte, por supuesto, Enguerrand.

Leila volvía a ser inescrutable y había retrocedido hacia las sombras para mirar y escuchar. Fergus cambió a gaélico para dirigirse al niño, asegurándose de bloquear la vista del cadáver. "Gavin, ¿puedes decirme si tu madre dijo algo después de mi partida?" preguntó él. Gavin tragó saliva y su mirada se aferró al cuerpo de su madre. Él parecía haberse quedado mudo. Fergus lo guió fuera de la cabaña y se agachó ante él allí, repitiendo su pregunta.

"Ella me dijo que corriera al torreón y les dijera que estaba enferma", dijo Gavin. "Pero ella no estaba enferma. Yo se lo dije y ella dijo que estaba equivocado. Ella se la comió." Su rostro se arrugó mientras luchaba contra las lágrimas. "Entonces ella estuvo enferma."

"¿La raíz en su mano?"

El niño asintió.

Fergus recordaba bastante bien la velocidad con la que el acónito hacía su mortal tarea. "¿Dónde la consiguió?"

"Ella olió las hierbas después de que te fuiste y las encontró allí."

"¿Tu madre era sanadora?"

El niño negó con la cabeza, sus ojos muy abiertos. —No, señor. Es Helga en Dunnisbrae quien atiende a los enfermos."

"¿Tu madre nombró la raíz que comió?"

El niño volvió a negar con la cabeza.

¿Era posible que Isobel hubiera elegido una raíz por capricho y tuviera la desgracia de elegir la más tóxica? ¿O había tenido ella la intención de destruir la felicidad de Fergus porque él la había rechazado? Él no podía decirlo, pero la sombra del sueño parecía muy oscura en este momento. Él envió al niño a las cocinas con Murdoch, porque sabía que allí lo tratarían con cuidado. Fergus se quedó fuera de la cabaña, considerando su rumbo, luego Leila se unió a él. Él le contó lo que había dicho el niño.

Leila asintió. "¿Estaba lo suficientemente enojada como para suicidarse y causarte problemas?"

"¿Quién puede decir?"

"No la conocía, pero no me pareció una mujer que soportara de buena gana tal tormento. Había otras hierbas que hubieran sido más amables."

"¿Qué más había?"

"Estaba la leche de amapolas, que me sorprendió. Lo conozco bien desde casa. Ofrece una muerte suave. Uno duerme profundamente y, con la dosis suficiente, nunca se despierta."

"Ella podría no haberlo sabido". Fergus asintió. "Le preguntaré a Helga, la sanadora de Dunnisbrae, cuando lleve el cuerpo de Isobel a casa."

Leila frunció el ceño. ¿Estás seguro de que debes llevarla tú mismo?

"Preferiría no hacerlo, pero temo que Stewart se sienta insultado si hago lo contrario."

"Sospecho que puede ser insultado de cualquier manera", dijo Leila, su manera pragmática. "Su esposa está muerta, después de que ella huyó hacia ti."

"Y después que le llevé un rico regalo." Fergus hizo una mueca. "Debería haber seguido tu consejo, Leila, y haber olvidado el regalo. Me temo que animó a Isobel a creer que entre nosotros era posible más de lo que podía ser. Solo pensé en ser amable y mostrarle el respeto para hablarle de Kerr yo mismo. Después de todo, estaba bajo mi protección."

Leila asintió. Eres amable, Fergus, pero hay otros que no lo son. Entiendo por qué llevarías a la dama Isobel a casa, pero temo por tu recepción. ¿Llevarás contigo a tantos hombres como puedas como escolta?

"¿Crees que Stewart me atacará?" Fergus consideró lo que sabía de su vecino y tuvo que admitir que era una posibilidad. Esta vez seguiré tu consejo, Leila, aunque espero que te equivoques. Me llevaré a Yvan y Murdoch conmigo, así como a Hamish."

Los labios de Leila se tensaron pero no dijo más.

"Dime", instó Fergus.

"Sé que crees que es prudente mostrar tanta cortesía a tu ex prometida." Los ojos oscuros de Leila brillaron. "Pero no puede sorprenderte si hay quienes me imaginan como tu puta y poco más."

"¿Qué te dijo Isobel?"

"Que un intercambio de votos se adaptaba a la conveniencia de un hombre, tal como sospechaba." Leila negó con la cabeza. "No estoy segura de poder hacer un hogar aquí, Fergus, aunque tal vez simplemente estoy cansada en este momento." Ella se dio la vuelta y él sintió que ella le ocultaba algún detalle. Luego ella habló y él supuso que era tímida. Quizás deberías quedarte en el salón esta noche. Mis cursos han comenzado y no puedo darte la bienvenida a la cama."

Fergus pensó que compartir la cama era más que los esfuerzos para crear un hijo, pero se contuvo las palabras. Él pensó que Leila parecía más pequeña de lo que solía ser. Más frágil y necesitada de su protección.

"Lo siento."

"Como yo", dijo ella en voz baja.

¿Había encontrado Leila otro hombre que pudiera reclamar su corazón? Fergus esperaba que no fuera así, pero había notado cuánto tiempo pasaba con Murdoch.

¿Pediría ella una liberación de su intercambio de votos ahora que no había posibilidad de que un niño los uniera? Fergus esperaba que no, pero sintió su retirada y deseó hablar con ella.

Sin embargo, él no rechazaría su solicitud.

Si amaba a otro, él la soltaría para que pudiera ser feliz.

Fergus estaba molesto porque tenía deberes que atender al día siguiente y decidió hacer todo lo necesario para escuchar todas sus dudas y temores a su regreso.

"Como desees", cedió él, esperando que su acuerdo complaciera a Leila, pero ella no dio ninguna indicación de sus pensamientos. "Saldremos antes del amanecer y regresaremos lo más rápido posible. Rezo para que sea poco después del mediodía."

Leila asintió, pero su preocupación era clara. "¿Ves la sombra todavía?"

"Sí", admitió Fergus, aunque no le dijo que se había vuelto mucho más oscura. Ambos guardarían sus secretos, aunque él lamentaba el cambio. Pero no se lo cuentes a mi padre. Espero que se disipe cuando Isobel esté en casa para siempre."

—Yo también, Fergus —murmuró Leila. "Yo también."

Él reclamó su mano en la suya y besó sus dedos, sosteniendo su mirada. "Cuando regrese, Leila, debemos hablar de nuestro presente y nuestro futuro. Debes contarme tus esperanzas y temores, y juro que veré que todo evolucione como deseas."

Ella lo miró a los ojos durante un largo momento, pero él no pudo adivinar sus pensamientos. "Sí, lo harás", asintió ella en voz baja. "Porque eres un hombre que cumple su promesa, sin importar el costo."

"¿Me hablarás de tu casa en Jerusalén?" Preguntó Fergus, no queriendo pasar la noche separados. Leila le lanzó una mirada que la hizo parecer vulnerable. "Tú nunca lo haces. No quería generar recuerdos tristes, pero me gustaría saberlo."

Leila consideró esto por un momento, luego asintió. "Si lo deseas, mi señor."

"Iré a ti después de haber arreglado todo para la mañana."

Ella negó con la cabeza con una resolución que él reconoció. "Necesitarás descansar antes de partir. Te lo contaré después de que regreses."

Era un desaire y uno que dolía.

Con un asentimiento, Leila se volvió y lo dejó allí. Fergus la vio irse, su mirada se aferró a su pequeña figura, incapaz de luchar contra la sensación de que algo precioso se le escapaba entre los dedos.

Leila no durmió.

No fue solo porque le había mentido a Fergus. Ella sintió como si su relato sobre sus cursos plantara una estaca entre ellos, el comienzo de una barrera que rápidamente podría convertirse en un muro infranqueable.

Ella se sentía como si se hubiera equivocado al comenzar la construcción de ese obstáculo.

Por otro lado, ella se había cansado de su persistente consideración por la bella Isobel. Incluso en la muerte, la otra mujer llamaba su atención y su tiempo. Leila sospechaba que Fergus no entendía lo difícil que había sido para ella tratar de hacer aliados en una tierra extraña, con costumbres desconocidas, donde la gente hablaba un idioma que ella no dominaba. Ella echaba de menos tener un amigo o un confidente, y aunque había esperado que pudiera ser Fergus, parecía que en la cama que tenían una unión perfecta.

El hecho era que ella habría hecho tanto como ya había hecho y más, simplemente por la promesa de ganarse su corazón. Su determinación vacilaba porque empezó a temer que el corazón de él nunca más sería suyo para entregarlo.

Isobel había muerto con él firmemente en sus manos.

Ella sabía por Radegunde que Duncan había tardado veinte años en atreverse a amar de nuevo después de la muerte de su amada. Leila sabía que no tenía tanta paciencia.

¿Deseaba demasiado, demasiado rápido? ¿Era ella demasiado impaciente? Quizás sus diligentes intentos de ser la esposa que Fergus necesitaba no eran suficientes para conquistarlo de verdad.

Quizás nunca podrían serlo.

Después de todo, ella nunca sería alta, hermosa o rubia. Sí, mientras Leila miraba el dosel sobre su cabeza, sus dudas se duplicaban y redoblaban de nuevo. ¿Debería ella decirle que había concebido? Ella no sabía. Ni siquiera ella misma estaba segura. Ella temía que entonces Fergus hiciera un matrimonio de verdad, pero por el bien de la legitimidad del niño, no por afecto por ella.

Y ella estaría atrapada en esa tierra, atrapada con un hombre que siempre anhelaba a otra, atrapada entre extraños.

Sola.

No era propio de Leila ser indecisa, pero cuando se trataba del asunto de Fergus, estaba desgarrada. ¿Podría él llegar a amarla alguna vez? Ella no estaba interesada en las medias tintas y no necesitaba su compromiso total de inmediato; lo que sí necesitaba era esperanza. Ella quería que su esposo fuera Fergus y que Fergus la amara tan completamente como ella lo amaba a él. Ella quería que sus hijos fueran concebidos con amor y criados en un hogar amoroso. Ella lo quería todo de él y estaba dispuesta a entregarse por completo. Pero aunque había progresado con otros en Killairic, sentía que Fergus todavía la consideraba una camarada.

¿Era cierto que todos los bebés de su familia tenían el pelo rojo? ¿O Fergus había negado a Gavin para evitar una confrontación con Stewart? Leila deseaba saberlo. ¿Podría haber más en el asunto que eso? Bien podría haber una costumbre que ella ignoraba.

Ella se dio la vuelta, molesta con sus interminables preguntas.

¿Fergus le había mentido sobre la importancia del intercambio de votos? Leila dudaba eso, pero después de las palabras de Isobel, se preguntó. Era probable que la otra mujer hubiera tenido la intención de causar problemas, pero eso no significaba que sus palabras no fueran verdaderas.

Leila exhaló con fuerza. La verdad era que ella estaba dispuesta a aceptar menos para ella, con la esperanza de que el futuro le trajera más, pero no estaba dispuesta a comprometer el futuro de su hijo. Ella podría ser la segunda mejor, una sustituta de la muerta Isobel, pero su hijo no sería segundo después de Gavin. Ella dejaría Killairic, Escocia y Fergus antes de dejar que su hijo creciera con la convicción de que no era lo suficientemente bueno.

La posibilidad de que hubiera concebido cambió todo para ella.

¿Eso era egoísta? ¿Hacía una elección demasiado emocional? Los pensamientos de Leila daban vueltas y sabía que era porque no tenía ancla, ni amigo, nadie que escuchara sus peores miedos y los disipara, ya fuera con risa o con sentido práctico. No tenía a nadie en quien confiar, nadie en quien confiar plenamente, nadie que le dijera cuando estaba equivocada.

Ella ansiaba volver a ver a Aziza, hablar con ella sólo una vez, expresar sus preocupaciones y hacer que su prima se riera de ella, y luego ayudarla a ver la solución.

El corazón de Leila se apretó y cerró los ojos para evitar las lágrimas no deseadas, negándose a recordar su despedida de Aziza. En su lugar, ella pensaría en la vida de su prima este día.

Todavía estaba oscuro aquí, pero el primer tinte del sol estaba en el horizonte. Ya sería de mañana en casa y Leila imaginó a su prima allí. Aziza estaría en la cocina, donde el sol brillaba intensamente por la mañana, calentando la habitación. El tío de Leila estaría en la herrería adyacente, saludando a sus vecinos y encendiendo el fuego en su fragua. Se oía el sonido de los caballos que llevaban a la herrería, y los de los establos alimentados por los dos muchachos que trabajaban para su tío.

Karayan le estaría diciendo a la mujer que ayudaba en la casa qué hacer, aunque Noura conocía bastante bien su trabajo. Noura pondría los ojos en blanco ante su patrón incluso mientras obedecía. Aziza y Noura ya habrían comenzado a preparar el pan y la casa se llenaría con su aroma. Aziza jugaba con su hijo, Kamal, a la luz del sol, y Noura pararía sus tareas para admirar al bebé a intervalos tan frecuentes que Karayan la regañaría por su pereza. Ellos discutían, tan familiarizados como una pareja casada, aunque en realidad no lo estaban.

Leila sonrió, capaz de visualizar perfectamente la casa.

Kamal era un bebé recién nacido cuando Leila le tocó la suave frente con los labios a modo de despedida, la oscura maraña de su cabello de bebé le hizo cosquillas en la cara. Él se había reído de ella, sus ojos oscuros muy abiertos, sin entender que se separaban para siempre.

Kamal ya estaría gateando, regordete con los buenos cuidados de Aziza, fuerte y alto para su edad. Él había sido un bebé alto, e incluso entonces, los primos habían acordado que Kamal se pareciera a su padre, Husain.

Un hombre apuesto y trabajador, Husain hablaba con suavidad y era amable, además de honorable. Sus ojos brillaban cuando entraba en presencia de Aziza, y la prima de Leila siempre sonreía al ver a su esposo. El amor entre ellos había sido tan fuerte desde el principio que estaba claro que estaban hechos el uno para el otro.

¿Cuánto habría crecido Kamal ahora? ¿Cuánto más plata había en el cabello de Noura? ¿Aziza había vuelto a concebir? ¿Qué hay de Husain? ¿Estaba prosperando su negocio? Él había querido poner su prensa de aceitunas en la casa, un tema de gran controversia con el tío de Leila, aunque Hakim comprendía bien la necesidad de vigilar el oficio. Ella se preguntó si esos dos habían encontrado una solución. Aziza había insistido en que no se mudaría de la casa de su padre a la suya. Quizás Hakim había construido esa pequeña adición en la parte trasera de las cocinas, como Karayan había sugerido tranquilamente una noche como compromiso.

Si tan solo Hakim hubiera podido elegir a un hombre tan bueno para Leila como lo había elegido para su propia hija.

Si tan solo los sueños de las primas de criar a sus hijos juntos se hubieran hecho realidad.

Pero no era así, y Leila no lamentaría lo que no podría ser suyo. Ella era más práctica que eso. Mientras el sol iluminaba el cielo, ella pensó en el burro del cuento y sonrió. Ella recordó todo lo bueno de su vida, en lugar de insistir en la falta. Estaba comprometida con Fergus, un hombre bueno y honorable que la trataba bien y ella vivía en su casa. Ella se recordó a sí misma que el herrero pensaba bien de ella, al igual que Hamish y Murdoch. Ella, Hamish y Fergus se habían asegurado la seguridad del relicario y Calum era amable con ella. Ella llevaba en Escocia apenas un mes.

En lugar de tranquilizarla, ese hecho la hizo darse cuenta de que solo podría tener once meses más con Fergus como su esposo.

Aun así, no sabía si contarle lo del niño. Después de todo, ella podría estar equivocada y no aumentaría sus esperanzas. Tal vez debería esperar hasta que no haya sangrado por segunda vez, para estar segura.

Se sentía como un engaño, otro puesto en esa barrera, aunque era una omisión y no una mentira. Aun así, parecía como si se estuvieran partiendo en dos para notar la diferencia.

Leila escuchó caballos y se levantó de la cama, se paró junto a la ventana pero asegurándose de que la persiana la ocultaba. Ella contuvo el aliento cuando Fergus miró hacia arriba mientras montaba Tempest.

Ella temió que verlo siempre tendría el poder de conmoverla. Ella observó mientras hacían sus preparativos.

El pequeño grupo atravesó las puertas justo cuando el sol se deslizaba por el horizonte. Fergus montaba a Tempest, Hamish montaba un caballo, Yvan montaba su caballoy Murdoch montaba otro caballo. Un tercer caballo tiraba de un carro con un bulto envuelto en la parte de atrás, y Gavin estaba sentado junto al aldeano que iba en el carro. ¿Era el joven molinero? Leila pensaba eso, pero no estaba segura.

Leila observó al grupo hasta que se perdió de vista, todavía atrapada por la indecisión. Luego negó con la cabeza y decidió actuar en lugar de preocuparse. Se bañó en el agua fría de la noche anterior y luego se vistió. Ella recogió su pequeña alfombra, esperando que el día terminara con más promesas de las que había comenzado.

Debería hacerlo, porque Fergus regresaría.

ERA TARDE en la mañana cuando Fergus y su grupo llegaron a Dunnisbrae.

Stewart llegó él mismo a las puertas para recibirlos. Él estaba vestido para la batalla, como parecía ser su costumbre, y ahora tenía un parche sobre el ojo derecho. Su expresión era sombría. "¿Dónde está ella?" —preguntó, luego su mirada se posó en el bulto del carro y palideció.

Fergus supo entonces que Stewart se había preocupado por Isobel.

Gavin saltó del carro tan pronto como se detuvo y corrió hacia su padre, quien lo levantó de inmediato. Está muerta, padre. ¡Ella murió!"

"¿Qué es esto?" demandó Stewart. "¿Dónde? ¿Cuándo?" Él se acercó al costado del carro, sostuvo la cabeza del niño contra su hombro y luego movió un dedo. El hijo del molinero retiró el sudario para poder ver el rostro de Isobel y la mandíbula de Stewart se apretó. Él se persignó y dio un paso atrás, obviamente conmocionado.

"Ella fue a Killairic ayer", dijo Fergus, eligiendo sus palabras con cuidado. "Dijo que habían tenido un desacuerdo, pero le pedí que regresara a casa para resolver el asunto contigo. Era demasiado tarde para completar el viaje antes de que cayera la noche, por lo que debía dormir en una cabaña vacía en el pueblo y luego partir esta mañana.

"¿No en el salón?" demandó Stewart.

"No en el salón", confirmó Fergus.

El otro hombre hizo una mueca. "Lo que sea que la mató no fue amable."

"Se comió una raíz", dijo Gavin.

"¿Qué tipo de raíz?" Preguntó Stewart y el niño se encogió de hombros.

"Creo que fue acónito", dijo Fergus. "Mi pregunta es si ella conocía las plantas curativas. ¿Se equivocó ella al elegir esa o la eligió con un propósito?

"¿Infieres que mi esposa pecó y se quitó la vida por elección? ¡Cómo te atreves a decir eso! "La voz de Stewart se elevó. " ¡Por supuesto, se equivocó! ¿Qué tipo de cabaña ocupaba para que tal raíz estuviera allí?

"Era la morada de la ex sanadora de Killairic, y la única vacía", dijo Fergus con creciente impaciencia. "Intenté darle refugio, nada más, Stewart, y asegurarme de que no estuviera montando durante la noche, cuando una enfermedad podría sobrevenirla."

Stewart respiró hondo y dio un paso atrás. "Por supuesto, Fergus. Te pido perdón por mis duras palabras." Él se pasó una mano por la cabeza y parecía casi perdido. "Esta es una sorpresa muy desagradable."

Aunque Fergus pudo apreciar el sentimiento, parecía muy extraño que Stewart lo hubiera expresado. Ese hombre no había mostrado tal sensibilidad o tacto en el pasado, pero él se atrevió a esperar que hubiera un cambio. Estaba claro que estaba angustiado por la pérdida de Isobel, lo que indicaba que la había amado. Quizás había más en su vecino de lo que había vislumbrado en el pasado. Ante el gesto de Stewart, el grupo de Fergus atravesó las puertas, donde los aldeanos acudieron a sus puertas para ver su paso.

"Mi señora Isobel está muerta", gritó Stewart y la historia se repitió, la noticia se extendió por el pueblo. "Les pido a todos que la nombren en sus oraciones. La enterrarán mañana." Indicó a Fergus la capilla que tenía delante. "Llevémosla allí, para que se enciendan las velas de la vigilia. ¡Llamen al sacerdote! "gritó y un muchacho corrió a cumplir sus órdenes.

El pequeño grupo siguió su dirección y desmontó ante la capilla. El hijo del molinero detuvo el carro y Hamish lo ayudó a levantar a Isobel. Todos guardaron silencio y los aldeanos se persignaron solemnemente. Juntos, Hamish y el hijo del molinero trasladaron a Isobel a una tabla. Murdoch e Yvan los ayudaron a llevarla a la oscuridad de la capilla. Fergus los siguió por respeto.

La capilla no tenía ventanas y solo había un rayo de luz de la puerta abierta para iluminar el interior. El único mueble en su interior era la mesa que servía de altar. La copa y el plato debían de estar bajo llave, porque la mesa estaba vacía. Hacía frío dentro de la capilla y el suelo era de tierra aplastada. Estaban bajando el cadáver de Isobel ante el altar cuando la capilla se sumió en una oscuridad repentina.

Los cinco se asombraron y giraron. Sin duda, ambos creían, como Fergus, que la puerta se había cerrado por el aire. Entonces Fergus oyó caer una barra y supo lo contrario. Él trato de alcanzar la puerta, pero en el momento que llegó a ella, era demasiado tarde. La pesada puerta de madera había sido asegurada desde afuera, y él no podía abrirla.

¡Stewart! ¡Abre la puerta!

¡Nunca! -Dijo ese hombre, su tono muy característico-. Has tomado lo que era mío, Fergus. Ahora tomaré lo que es tuyo para ver cumplida mi venganza.

"¡Stewart!" rugió Fergus, pero se dio cuenta de que el otro hombre se había alejado. Stewart gritó pidiendo caballos y Fergus escuchó a Tempest relinchar de miedo. Hubo un sonido de cascos acelerados, luego la voz de Stewart nuevamente.

"¡Cabalgamos para asaltar y apoderarnos de Killairic!" Gritó él y Fergus escuchó el traqueteo de armas y caballos, así como los golpes de las botas de los soldados. "Mi señora se vengará de aquellos que la vieron muerta, y que la Dama de Killairic esté preparada para darme la bienvenida." Él rió. —Tómate tu tiempo libre este día, Fergus. Tendré una historia de conquista para compartir contigo a mi regreso."

¡Leila!

"¡Stewart!" Fergus gritó y sacudió la puerta. La golpeó, en vano, e incluso con la ayuda de los demás, no pudo forzarla para abrirlo. "Matará a Leila para ajustar cuentas", susurró él. "Y la he dejado indefensa."

Su padre protegería a Leila, pero apenas estaba en sus mayores fuerzas. Fergus no podía estar seguro de que Enguerrand la defendiera, dadas las persistentes sospechas de ese hombre de que Leila había robado el relicario.

Fergus se volvió hacia los demás en señal de apelación, incluso cuando el sonido de las fuerzas de Stewart cabalgando llegó a sus oídos.

Deben haberse estado preparando para hacerlo antes de la llegada de Fergus.

Stewart debió haber llegado a la conclusión de que Isobel había ido a Killairic y ya había planeado su asalto. Si él no hubiera hecho la noble acción y no hubiera llevado a Isobel a su casa para que descansara, habría estado en Killairic para defenderla.

¿Agnes había participado en eso?

"¡Debemos escapar de esta capilla a toda prisa!" Sus ojos se habían acostumbrado a la oscuridad, pero podía ver que había pocas cosas en la capilla que pudieran usar a su favor.

"Debemos ayudar a Leila", asintió Hamish.

"Pero las paredes son resistentes y la puerta está atrancada", dijo Murdoch.

"No hay ni una sola ventana", coincidió Yvan. "Sólo un agujero de palomar en el techo".

Todos inclinaron la cabeza hacia atrás para considerar el agujero de palomar que Yvan había notado. Estaba cubierto, porque no era Whitsunday, pero le dio a Fergus una idea.

"Y nada de esto puede usarse para golpear la puerta", asintió Murdoch. "Estamos atrapados," El hijo del molinero pareció temeroso ante eso y miró hacia la envuelta Isobel.

"Pero es todo madera", dijo Fergus y los demás se volvieron hacia él. "Debemos destapar el agujero de palomar y luego encender un fuego. El humo escapará mientras hacemos un agujero en las paredes para ayudarnos a escapar."

Yvan y el hijo del molinero movieron la mesa para que estuviera debajo de la abertura cubierta. Murdoch se paró encima de ella y luego ayudó a Hamish a subirse a sus hombros. Las yemas de los dedos del muchacho rozaron la parte inferior del techo y Fergus temió que fuera demasiado bajo. Pero Hamish saltó un poco y logró empujar la tapa para que se desprendiera. La luz del sol entraba por el agujero y la sensación de triunfo era tangible.

"¿Quién tiene una piedra?" exigió Fergus.

El hijo del molinero sonrió y sacó una piedra de su bolso. "Nunca me quedo sin una, mi señor."

Fergus sonrió a su vez y aceptó la piedra, luego eligió una esquina para comenzar su fuego. "A la derecha del altar", decidió. "Está orientado al sur y será el más seco. También el más alejado del pueblo. Es posible que los que se queden no lo noten tan pronto."

Hamish tomó su cuchillo y comenzó a hacer ranuras del interior de las paredes. El hijo del molinero miró, luego hizo lo mismo. El templario hizo una mueca, luego llevó su cuchillo a las patas de la mesa que servía de altar. Murdoch se unió a la tarea. En unos momentos, Fergus tenía un montón de leña contra esa esquina. Cuando el pedernal chispeó y la leña se encendía, él esperaba que llegaran a Killairic a tiempo.

CAPÍTULO 15

Era mediodía y Leila estaba en el solar, esperando algún indicio del regreso de Fergus. Él no fue el único que sentía un presagio de fatalidad en este día.

Sin embargo, el horizonte permanecía tranquilo y desprovisto de jinetes. Ella se apartó de la ventana y se ocupó de ordenar la habitación.

Quizás ella había mirado demasiado pronto.

Quizás necesitaba una tarea que la ocupara.

"¡Hay humo!" alguien gritó desde fuera del salón y Leila corrió hacia la ventana para mirar. Eso era cierto. Una fina columna de humo oscuro se elevaba por el suroeste, aunque a una distancia considerable.

¿Era en Dunnisbrae?

¿Fergus había encendido el fuego o estaba en peligro?

Ella se agarró al alféizar y observó cómo el humo aumentaba de volumen, hasta que se elevó hacia el cielo en una oscura columna que la aterrorizó.

Ella estaba más aterrorizada por el movimiento en las colinas distantes. Se acercaba la nube oscura de un grupo, todos a caballo. Cabalgaban apresuradamente, el polvo se levantaba detrás de ellos y Leila no creía que su apariencia fuera una buena señal.

"¡Miren!" Ella corrió hasta la cima de las escaleras y llamó a Enguerrand. "¡Se acerca un grupo!"

298

Él se apresuró a subir las escaleras y su expresión se tornó sombría cuando los miró. "Cabalgan hasta Killairic. ¿Este grupo es de Dunnisbrae?

"No podría decirlo."

"No creo que Fergus esté entre ellos", dijo el Templario. "Yo reconocería su caballo."

"Y el de Yvan".

"No hay un caballero entre ellos."

"Pero aún pueden hacer daño."

"Por supuesto." Enguerrand se apartó de ella y bajó las escaleras de un salto. Leila lo escuchó gritar órdenes para cerrar las puertas y ver el salón defendido, pero ella estaba pensando en el sueño de Fergus.

¿Seguramente Killairic no sería quemado en su ausencia?

Enguerrand regresó a su lado y permanecieron juntos en un silencio breve, viendo cómo se acercaba el grupo. Leila contuvo el aliento cuando vio a los dos jinetes que se habían adelantado a los demás. Una muchacha conducía en un caballo, con el pelo oscuro suelto detrás de ella.

"Agnes", susurró ella.

El hombre que la seguía montaba un caballo más grande y pesado, y la luz del sol destellaba en su armadura. "Y supongo que el señor Stewart", agregó el Templario.

Leila miró su curso y adivinó su destino. "Quieren recuperar el relicario de su escondite", dijo ella y supo que el caballero estaba de acuerdo. Ella presionó la llave del solar en su mano. "Debo evitar que continúen hasta la fortaleza."

El caballero frunció el ceño. "Pero no puedes ir sola. Y debo quedarme para liderar la defensa de la fortaleza en ausencia de Fergus".

"Debo irme", insistió Leila. "Si él busca vengar a su esposa, solo mi muerte será suficiente."

"¡Mi señora!" rugió Enguerrand, pero Leila ya estaba corriendo escaleras abajo. Si el precio de salvar a Killairic fuera su vida, con mucho gusto ella lo pagaría.

Por Fergus y su futura felicidad era lo único que importaba ahora.

~

AGNES ESTABA segura del éxito de su nuevo plan.

El Señor Stewart no se había mostrado interesado en las noticias que ella llevaba de Killairic, aunque le había permitido quedarse en Dunnisbrae con Nolan. Agnes se había desesperado por recuperar el tesoro y ponerlo en uso, pero la huida de la dama Isobel lo había cambiado todo. El señor Stewart había reunido a sus tropas todo el día y había tomado medidas para atacar a Killairic de inmediato y recuperar a su esposa e hijo.

Él había escuchado su relato sobre el relicario la noche anterior, aunque encontró poco mérito en su sugerencia de negociar con Killairic sin asestar un golpe. El hombre anhelaba venganza y solo el derramamiento de sangre sería suficiente.

Ese impulso se había multiplicado visiblemente cuando el cadáver de la dama Isobel fue llevado a Dunnisbrae. Ella estaba entre la multitud de aldeanos cuando llegó Fergus y se agachó para evitar ser reconocida. ¿La dama Isobel muerta? Era un crimen más para poner a los pies de la puta. Ella se emocionó cuando Stewart encerró a todos los que llegaban de Killairic en la capilla, insistiendo en que se hiciera justicia.

Su búsqueda de venganza había comenzado en Dunnisbrae.

Y sin Fergus para defenderla, la infiel finalmente obtendría el destino que se merecía.

El destino de Agnes también tenía que mejorar. Lo supo cuando Stewart la convocó para que se dirigiera a Killairic con el anfitrión, para que pudiera señalar mejor la ubicación del tesoro. Nolan había ensillado el caballo que le había robado a Killairic con la ayuda de Stephen, sin duda adivinando de antemano la intención de su señor.

Stewart reclamaría tanto el tesoro como Killairic, y él estaba sin esposa. La recompensa obvia para conceder a Agnes era convertirla en su dama de todo.

Cabalgaron duro esa mañana, empujando a los caballos hacia Killairic. Agnes sonrió cuando Stewart le rugió para que lo llevara al premio, y ella se apartó del grupo, y le gustó ser parte de un gran plan. Nolan le saludó con la mano y la harapienta compañía continuó hacia Killairic. Ellos rodearían la torre, por orden de Stewart, pero permanecerían fuera del alcance de los que estaban en las murallas.

"¡Es aquí!" le dijo ella a Stewart, reduciendo la velocidad de su caballo justo dentro del trozo de bosque y deslizándose de la silla. Ella condujo a Stewart hacia su escondite. Las botas del guerrero dejaban profundas huellas en el suelo, pero ya no importaba. Agnes ya no necesitaría el santuario y su premio sería trasladado ese mismo día.

Ella llegó al árbol hueco y metió la mano en su interior, con el corazón en la boca. Sonrió cuando sus dedos rozaron la suave tela de la camisola y sintió la mayor parte del relicario.

"¿Y qué es de nuevo?" Preguntó Stewart.

"No sé. Es de oro y está cubierto de letras, así como de grandes gemas", dijo Agnes, sosteniendo el paquete en sus brazos. "Lo llamaron relicario."

"Una reliquia sagrada y un tesoro entonces", dijo él, con los ojos brillantes.

"Uno incomparable", asintió Agnes y le ofreció el paquete.

Stewart no tomó la carga, solo apartó la tela, dejando el peso de la mano de Agnes. Él desveló el premio apresuradamente y luego frunció el ceño. Agnes sintió que se le abría la boca, porque sostenía un trozo de madera redondeado.

Ella lo miró fijamente, incapaz de explicar cómo el oro se había convertido en madera.

Antes de que ella pudiera hablar, Stewart la golpeó. El dorso de su mano enguantada aterrizó con tanta fuerza en su mejilla que Agnes se tambaleó hacia atrás. Ella dejó caer la madera y se apresuró a recogerla, aun sabiendo que no tenía ningún valor.

—Muchacha estúpida —gruñó Stewart y pateó la madera a un lado. Él volvió a levantar la mano y Agnes se encogió de miedo. "Pensar que te creí, una campesina mentirosa, engañosa..."

"Pero estaba aquí. Era de oro. Era hermoso." Agnes tartamudeó de manera incoherente, incluso cuando se dio cuenta de por qué la puta no había sido castigada. "¡Ella lo tomó!" gritó ella, justo antes de que Stewart la golpeara de nuevo.

"Como si fuera a creer otra mentira", gruñó y escupió sobre ella, luego se volvió para volver a su caballo.

"Deberías", dijo una mujer en un gaélico con mucho acento. "Porque, esta vez, Agnes dice la verdad."

¡La puta! Agnes se giró para mirar y encontró a la puta parada en las sombras del bosque, más cerca del río. Sus brazos estaban cruzados sobre su pecho y su expresión era cautelosa.

Stewart dio un paso hacia ella. "¿Quién eres tú?"

—Ella es la puta sarracena a la que el señor Fergus se comprometió —afirmó Agnes.

Stewart sonrió un poco mientras la miraba. "Puedo ver porque. Aunque es morena, tiene un encanto. Quizás la tenga a ella a continuación." Él dio un paso hacia la infiel y ella entrecerró los ojos.

"Debes hablar despacio", dijo Agnes. "Ella apenas habla gaélico."

"¿Y qué verdad dice Agnes?" Preguntó Stewart, haciendo precisamente eso.

"Agnes robó el tesoro", dijo la puta. "Yo se lo robé." Ella sonrió, luciendo astuta y confiada a la vista de Agnes. "Si lo deseas, debemos negociar."

"No necesito negociar con una infiel", gruñó Stewart y agarró a la puta del brazo. Era evidente que era demasiado pequeña para defenderse de él, porque tropezó y no pudo liberarse de su agarre. Él la arrojó al suelo y se paró sobre ella, con una pose amenazadora. Cuando ella le dedicó sólo una mirada mordaz, él agarró un puñado de su cabello y la hizo caer de rodillas. "Aquí está mi oferta, infiel." Stewart mordió las palabras lentamente. "Me entregarás el tesoro ahora y tal vez te deje vivir."

Ella abrió los labios, sin duda para negociar, pero él la golpeó con tanta fuerza en la cara que ella cayó al suelo, atónita.

"Entiende que no estoy dispuesto a dejar que Fergus se quede con su placer cuando me ha costado el mío", sonrió Stewart con frialdad. "Entrega el tesoro y podría dejarte vivir."

La puta lo miró, evaluación en sus ojos oscuros. "Ella dijo que Gavin era el hijo de Fergus."

"¡Él no es!" rugió Stewart y la golpeó de nuevo. Su labio estaba hinchado al igual que un ojo. Agnes se alegró de la extensión limitada de sus propias heridas. Sin embargo, la infiel no cedió, sino que escupió a Stewart con desdén. Él volvió a agarrar el pelo de la puta y la obligó a ponerse de pie. Puede que necesite una puta, pero primero veamos qué tan bien me complaces. Dámelo. "

"No está aquí", dijo ella, su actitud aún desafiante.

"¡Entonces llévame!" Él la arrojó delante de sí mismo con tal fuerza que ella apenas se mantuvo firme, luego se volvió hacia Agnes. "No imagines que te quedarás atrás para contarle a otro de esto. Monta tu caballo. La puta cabalgará conmigo, para asegurarme de que recuerde mejor dónde dejó el tesoro." Sus ojos se redujeron a rendijas. Me seguirás y harás lo que te diga, o te daré caza, Agnes. Te arrepentirás de tu elección, pero no por mucho tiempo."

Agnes tragó y asintió con la cabeza, porque Stewart la asustaba mucho. Ella no habría sido la infiel por ningún precio en este momento, pero también tuvo el ingenio para asegurarse de no atraer su ira.

Era sólo cuestión de tiempo antes de que se hartara de la puta. Agnes no sería la siguiente.

De hecho, su plan para convertirse en la esposa de Stewart mostraba un defecto decidido ahora que ella había presenciado su verdad.

Lo que ella tenía que hacer ese día era sobrevivir.

ENGUERRAND PERMANECIÓ escondido en el bosque hasta que el sonido de la partida de Stewart se desvaneció. A él no le gustaba dejar la defensa de la fortaleza al cuidado del anciano señor, pero su obligación principal era con el Temple y, por tanto, con sus tesoros.

Ya no podía adivinar si Leila realmente conocía la ubicación del relicario, pero él estaba encargado de defenderlo. Él los seguiría, a distancia, e intervendría para poseerlo, si fuera posible.

También dejaría un rastro que Yvan y Fergus sabrían seguir.

Y si Stewart se esforzaba por matar a la dama Leila, Enguerrand intervendría para garantizar que el secreto de la ubicación del relicario no se perdiera para siempre.

SUS CABALLOS SE HABÍAN IDO.

Fergus maldijo con un salvajismo que claramente asombró a sus compañeros, pero a él no le importaba su opinión. Ellos habían pateado la parte trasera de la capilla después de iniciar el fuego, y su repentina aparición había asustado a los pocos que quedaban. Varios aldeanos intentaban apagar el fuego en la capilla, pero a Fergus no le importaba si todo Dunnisbrae ardía. No había ni un solo caballo en la aldea de Dunnisbrae. De hecho, no había un hombre en el pueblo ni en el torreón. Stewart había reunido un ejército de campesinos y trabajadores, pero si estaban lo suficientemente concentrados en su premio, Fergus sabía que podrían ganar.

Killairic, después de todo, estaba débilmente defendido en su ausencia.

Las pocas mujeres que quedaban allí se retiraron apresuradamente a sus chozas. Fergus agarró la manga de una mujer que evidentemente estaba aterrorizada por su intención.

"¿Qué hay de los caballos?" demandó él "¿El señor se los llevó a todos?"

Ella asintió con la cabeza y él la soltó con una maldición, luego caminó hacia las puertas. La única señal del grupo de asalto de Stewart era una nube de polvo en la distancia.

"Nunca llegaremos a Killairic a tiempo para ayudar a nadie", dijo sombríamente Yvan a su lado.

Claramente, este había sido el plan de Stewart.

Frustrado, Fergus llamó a Tempest con un silbido.

"Silencio", dijo Hamish, abatido a su lado.

Fergus exhaló un suspiro y comenzó a caminar. Sus largas zancadas lo llevaron por delante de los demás y el hijo del molinero los seguía a todos. Él volvió a silbar, con menos expectativas de éxito.

Se enderezó cuando hubo un relincho en respuesta.

Para asombro de Fergus, Tempest apareció a medio galope, arrastrando las riendas y dando un paso alto. El caballo estaba agitado y luchando contra las riendas, pero se acercó a Fergus.

"Apuesto a que tiró a quien fuera lo suficientemente tonto como para intentar montarlo", dijo Hamish, con un tono mucho más brillante.

"Apuesto a que lo hizo", dijo Fergus. Él tardó unos momentos en acomodar al caballo lo suficiente como para poder subirse a la silla, y para entonces, el caballo de Yvan también había aparecido. Ese caballo estaba igual de asustado y tenía la marca sangrante de un látigo en la grupa. Los labios de Yvan se tensaron y Fergus supuso que si alguna vez él supiera quién había golpeado a su caballo con tanta furia salvaje, bien podría devolverle el favor.

Los demás caballos no aparecieron y Fergus solo pudo concluir que se los había llevado el grupo de Stewart. Él estaba dividido entre defender a los demás y cabalgar en ayuda de Leila, pero Murdoch se burló de él. "¡Ve, muchacho!" gritó. "Podemos regresar a tiempo para escuchar tu triunfo."

"Ellos pueden defenderse mejor que tu esposa", murmuró Yvan, y Fergus no estaba tan seguro de que el Templario tuviera razón.

"Leila es más ingeniosa de lo que crees", dijo él, pero le dio a Tempest sus talones y corrió hacia Killairic.

Si Leila hubiera sido lastimada, él se aseguraría de que Stewart lamentara ese día para siempre.

LEILA NO TENÍA un buen plan más allá de obligar a Stewart a dejar Killairic. Él no había llevado su compañía con ellos, aunque ella hubiera preferido lo contrario, y él se inclinaba a ser rudo, lo que ella admiraba aún menos. Leila había sido empujada al caballo delante de Stewart y él la mantenía cautiva allí. Él olía a humo de leña, carne y sudor, una combinación que hizo que su estómago se revolviera ante tal proximidad. Agnes cabalgaba con ellos, mientras que los que apoyaban a Stewart permanecían alrededor de los muros de Killairic.

Leila dudaba que tuvieran que esperar mucho tiempo hasta que Stewart diera la orden de atacar.

Ella esperaba que algún alma viera su situación desde la torre, pero no confiaba en eso. Todos estarían ocupados, siguiendo la orden de Enguerrand de defender tanto la aldea como la fortaleza. El humo que ella había visto a lo lejos se había disipado, por lo que el fuego debió extinguirse. Ella se preguntó dónde habría estado, pero sabía que tenía preocupaciones más inmediatas.

Cuando Stewart habría girado su caballo hacia las puertas de Killairic, Leila negó con la cabeza con firmeza. Ella dirigió a Stewart lejos de Killairic y hacia el estuario, recordando el día en que Fergus le había mostrado los límites de la propiedad. Allí había habido un muro de piedra, uno antiguo que se había derrumbado en algunos lugares. Fergus había hablado de ocuparse de su reparación una vez sembradas las cosechas. Ella insistiría en que el relicario estaba escondido allí y fingiría haber olvidado el lugar exacto. Solo podría ser mejor demorarse más, aunque no tenía ningún plan para el momento inevitable en que Stewart se diera cuenta de que ella estaba mintiendo.

"Pero debe estar en el salón o en el pueblo", insistió Agnes, y Leila se sintió muy satisfecha al fingir que no podía entender a la muchacha. "¡Tesoro!" gritó Agnes. "¡Llévanos allí!"

"¡Tesoro!" asintió Leila y señaló colina abajo. "Oculto", dijo, luego asintió. "A salvo."

Agnes hizo una mueca. "Pensé que estaba seguro."

Leila se rió, deleitada en irritar a la muchacha. Ella sacudió su cabeza. "Ahora a salvo."

Agnes la miró furiosa y Leila volvió a reír.

"Suficiente", rugió Stewart. "Guíame hacia él".

Leila señaló en dirección opuesta a Killairic y él golpeó el costado de su caballo. La bestia se alejó al galope del torreón, seguida por el caballo.

Les tomó una hora llegar al muro que Leila recordaba, luego ella insistió en caminar junto a la pared derrumbada mientras fingía buscar el lugar. Ella tocaba piedras distintivas y dio la impresión de estar contando, luego miró más de un hueco en el muro, primero con esperanza y luego con decepción. La impaciencia de Stewart aumentaba con cada ubicación falsa, pero el sol avanzaba constantemente por el cielo mientras Leila lo detenía.

"No está tan seguro si no puedes encontrarlo", espetó Agnes.

Leila levantó un dedo como si reconociera el lugar y se apresuró a una profunda brecha en la pared. Ella se subió al hueco y movió varias piedras como si obstruyeran su acceso. Ella fingió no poder mover una más grande y sacudió la cabeza con irritación. Stewart maldijo y desmontó, arrojando las riendas mientras caminaba hacia su lado. Él movió la piedra con un gruñido y miró por debajo. No había nada más que una pequeña serpiente que se deslizó por la hierba.

Él agarró a Leila del brazo y la puso de puntillas. "Mientes", dijo él, sin duda hablando lentamente para asegurarse de que ella entendiera. "El tesoro no está aquí."

Leila escuchó el sonido de cascos corriendo.

Un caballo.

Acercándose rápido.

Ella pudo adivinar cuál era. Ella sostuvo la mirada de Stewart y sonrió.

Sus ojos brillaron en advertencia, luego la volvió a golpear. Su ojo ya estaba hinchado pero esta vez, su anillo cortó la piel. Leila gritó y cayó, tropezando con las piedras sueltas del muro.

"Tomaré lo que es de él. Me vengaré —murmuró él, levantando su cota de malla y desatando sus calzas. Leila se echó hacia atrás pero él pisó el dobladillo de su falda y la atrapó. Leila intentó rasgar la tela sin éxito.

"¡Dios en el cielo!" Agnes gritó con evidente horror. "¡No puedes emparejarte con una asquerosa infiel!"

"Tomaré todo lo que ella pueda darme." Stewart se quitó las calzas, su mirada fija en Leila. Su intención no necesitaba traducción. La tela de su kirtle finalmente se rasgó y Leila intentó huir, pero Stewart la agarró por la muñeca y la mantuvo cautiva. Su muñeca estaba magullada y ella se inclinó para morderlo, pero fue golpeada de nuevo. Ella cayó de la pared a la hierba del lado de Killairic y supo que su tobillo se había torcido en la caída.

Ella no podía correr.

Y Stewart lo sabía. Él sonrió mientras saltaba de la pared y caminaba hacia ella. Leila se apresuró a retroceder, sabiendo que estaba condenada. Los cascos se habían silenciado, lo que significaba que ella se había equivocado.

Él la mataría y nadie intervendría.

Stewart se inclinó sobre Leila y ella instintivamente ahuecó su vientre con una mano, dándose cuenta demasiado tarde de lo que le había comunicado.

Porque Stewart sonrió con frialdad. "Levántate, puta", dijo él con malicia. "Tomaré algo más de Fergus este día." Él volvió a atar sus calzas y Leila se puso de pie, temiendo su intención. Ella tuvo que pararse sobre un pie, capaz de apoyarse solo con la punta del pie del herido.

"Eres una puta, nada más que eso", dijo Stewart, hablando lenta y deliberadamente. "Él te ha protegido por el bien de su hijo, pero una vez que se haya ido, te tratará como el despojo que eres." Él escupió. "¡Puta!" él le recordó.

La resistencia aumentó en Leila, pero no tuvo oportunidad de discutir, porque Stewart levantó el puño y la golpeó en el vientre. Leila dio un paso hacia atrás ante la fuerza del impacto, luego escuchó un silbido. Ella se asombró de que Stewart no la hubiera golpeado más fuerte de lo que lo hizo, luego ella vio la sangre, el cuchillo en su garganta y la amplia mirada de sus ojos. Él cayó encima de ella, su peso la llevó al suelo y su sangre caliente fluyó sobre ella. Leila gritó y oyó alejarse al galope del caballo de Agnes. Ella fue inundada por el sucio olor de Stewart, inmovilizada bajo su peso y rápidamente cubierta con su sangre. Ella entró en pánico como rara vez lo hacía, pero no pudo hacer ninguna diferencia en su situación, lo que la aterrorizó.

Hasta que el peso de Stewart se apartó bruscamente y Fergus la levantó en sus brazos. Leila cayó sobre él y lloró de alivio, aunque sus rasgos podrían haber estado tallados en piedra. Él estaba furioso y ella podía sentir el zumbido de la ira en su interior, pero no tuvo la audacia de preguntarle qué había provocado precisamente su respuesta.

Ella no podía ser solo una puta para él, ¿verdad?

Pero entonces, ¿por qué Fergus no le había confiado la ubicación del relicario?

Ella no podría ser valiosa solo para el hijo que daría a luz, ¿verdad?

No era propio de Leila tener dudas, pero las tenía en abundancia en ese momento. De hecho, ella quería llorar, lo que no era característico de ella en lo más mínimo. Ella cerró los ojos, odiando su propia debilidad y se rindió al dolor que Stewart le había infligido.

¿Moriría su hijo?

¿Su hijo viviría pero quedaría dañado para siempre?

Una lágrima se deslizó por debajo de sus pestañas y Leila oró en silencio, incluso cuando temía que todo sería como sería.

Inshallah.

~

FERGUS ENVIÓ A ENGUERRAND TRAS AGNES, porque no tenía ningún deseo de dejar a Leila. Ella parecía estar rota como nunca antes, sin su habitual fuerza de voluntad. Él temía que muriera de dolor, si no de sus heridas.

Que Leila hubiera sido golpeada con tanta fuerza lo enfureció más allá de cualquier enojo que hubiera sentido antes. Su rostro hinchado, la mejilla cortada, la visión de Stewart golpeándola en el vientre, enfermaba a Fergus sin comparación.

Ella había intentado alejar al villano de Killairic y había pagado un alto precio por defender su propiedad.

Él sintió que le había fallado, aunque ella no hizo tal acusación.

Él envolvió a Leila en su capa y la colocó suavemente en la silla de Tempest. Ella se sentó allí sin hablar mientras él e Yvan arrojaban el cadáver de Stewart sobre la propia silla de ese hombre. A Fergus le hubiera gustado haber dejado el cuerpo de Stewart para ser profanado por depredadores, pero sabía que verlo dispersaría al ejército invasor de Dunnisbrae.

Que se lleven al villano a casa para ser enterrado junto a su infiel esposa.

Él alejó al caballo del muro y luego vio que Enguerrand regresaba con Agnes. La criada tenía las manos atadas y estaba atada a la silla de su caballo. Ella maldecía con suficiente furia para hacer sonrojar a cualquier hombre.

"Ella me mordió", dijo Enguerrand con disgusto, mostrando la marca de sus dientes en su antebrazo.

—Te haría más que eso —murmuró Agnes, continuando con su ataque mientras Fergus montaba en su caballo y abrazaba a Leila. Ella no habló, ni siquiera pronunció su nombre, y no lo miró a los ojos.

Ellos regresaron lentamente a Killairic, porque Fergus no deseaba mover demasiado a Leila. Él sabía que ella tenía que estar gravemente herida. Cuando llegaron al grupo que rodeaba la fortaleza, fue tal como había anticipado Fergus. Un vistazo de Stewart y sus filas desapareció de las puertas, horror en sus expresiones.

"¡Traigan un carro!" gritó Fergus. Traigan un carro y lleven estos despojos a Dunnisbrae para que los entierren. No quiero que nuestro cementerio sea contaminado por alguien tan perverso como este."

Las miradas pasaron de Stewart a Leila, cubierta de sangre y claramente magullada. La gente se persignó y Fergus no esperó a ver cumplida su palabra. Cabalgó hasta el patio y desmontó. El mozo se apresuró a llevarse a Tempest. El herrero se acercó a mirar a Leila con el ceño fruncido. Margaret salió de su choza para ver qué pasaba y la tía de Hamish se unió a ella.

"Pobre cordero", dijo Mhairi.

"Ella deseará un baño", dijo Fergus. ¡Iain! ¿Puedes ver que se lleve agua caliente al solar? "

"Ya se está calentando, mi señor", respondió ese hombre. Su mirada voló hacia Agnes.

"Está demasiado sucia para que la limpien jamás", escupió esa muchacha.

"Agnes será colocada en el calabozo. La próxima vez que haya un tribunal, será juzgada por conspirar contra el señor y sus parientes, y por robo."

"¡El calabozo! esa muchacha hizo eco con horror. " Hay ratas allí."

"De hecho, las ratas son lo de menos." Fergus le dirigió una mirada fría incluso cuando levantó a Leila en sus brazos. "te ruego que me perdones ahora, ya que puede pasar al menos un mes antes de que tengamos un tribunal. Hay mucho más por hacer." Entró en el salón mientras Agnes maldecía a él y a todos los de su especie.

"¡Leila!" exclamó su padre, poniéndose de pie. Ella le dedicó al hombre mayor una sonrisa cansada, lo que solo hizo que Fergus deseara aún más que ella le otorgara una similar.

"Leila se quedará con el solar por ahora, padre", dijo él. "¿Podrías asegurarte de que todos los que viajan conmigo hoy tengan la hospitalidad del salón?"

"¡Por supuesto por supuesto!"

"Creo que Margaret y Mhairi podrían estar encantadas de ayudar a Leila en su baño." Fergus la abrazó un poco más fuerte. "¿Si eso es aceptable, Leila? Necesitarás a alguien que se ocupe de tus heridas." Ella asintió con la cabeza, pero aún no dijo nada. Él sintió que a ella no le importaba especialmente, lo que le preocupó profundamente. Él se dirigió a las escaleras y luego recordó otro detalle.

"Asegúrate de que Gavin sea enviado aquí desde Dunnisbrae", le dijo a su padre, sintiendo que Leila se tensaba un poco. Él razonó que ella estaba sufriendo y se apresuró a ir al solar. "Quizás el sanador de Dumfries pueda ser persuadido para que venga a Killairic más temprano que tarde", grito y apenas escuchó el asentimiento de su padre.

~

LEILA SE HUNDIÓ en el agua caliente del baño, contenta de deshacerse de la sangre de Stewart y el fango de este día. Le dolía el tobillo. Su mejilla estaba cortada. Tenía la cara amoratada y el ojo cerrado por la hinchazón.

Pero ella no había sangrado.

Al menos no todavía.

Margaret y Mhairi se hablaban en voz baja, y su presencia era inesperadamente relajante. Había amabilidad en sus voces y en sus ojos, y fueron gentiles cuando la ayudaron a salir del baño y finalmente a la cama. Era la hora de la cena y Leila podía oír actividad en el salón de abajo. Ella solo quería dormir, olvidar, curar y tal vez soñar.

Ella no escuchó a las dos mujeres irse, y no escuchó a Fergus entrar al solar mucho después. Ella no escuchó su suspiro ni sintió el beso que le dio en la mejilla, la que no estaba magullada. Ella no sintió su peso mientras se sentaba en el borde de la cama, ni el peso de su mirada mientras la observaba durante toda la noche.

Ella ni siquiera sabía que él había estado allí, porque cuando despertó, Leila estaba sola.

Tal como temía que siempre sería.

Fergus ni siquiera había venido para el siguiente paso de la historia de Scheherazada.

Y él había convocado a Gavin para que viviera en Killairic.

La combinación era descorazonadora. Ella había tratado de ganarse su corazón y había fallado. Aunque él había dicho que Gavin no era su hijo y que no amaba a Isobel, sus acciones hablaban más fuerte que sus palabras. Como Duncan, su corazón estaba perdido y lo estaría por más de lo que quedaba de su año y un día.

Leila miró al techo, eligiendo su rumbo.

Ella se quedaría, hasta que supiera el destino de Radegunde, hasta que su amiga se detuviera en Killairic. Ella anticipó que sería antes de septiembre. Si Leila llevaba al bebé de Fergus, ella le daría a él el bebé. Si no lo hacía, o si perdía al niño ahora, ya no lo recibiría en la cama. Inshallah. Si no hubiera ningún niño ahora, ella no se esforzaría por tener uno.

Ella continuaría actuando como su esposa y completaría su plan con las palomas, pero no habría más cuentos.

No más intimidad.

Cuando llegara Radegunde, Leila aceptaría la oferta de Duncan de una casa. Se había tomado la decisión, pero el momento se basaba únicamente en la presencia de un niño en su útero.

De cualquier manera, Killairic no sería su hogar.

Leila se dio la vuelta y hundió la cara en las sábanas, permitiéndose llorar como nunca antes. Ella lo había intentado, pero había fallado, y sabía que era mejor no dar más cuando no había esperanzas de éxito.

"HA RESULTADO HERIDA", dijo Calum en el pasillo de abajo, pero Fergus negó con la cabeza.

"Es más que eso. Lo presiento. "

Su padre negó con la cabeza. "La han golpeado", le recordó a Fergus. "Y sin duda estaba asustada. Déjala dormir y todo irá mejor por la mañana."

Fergus negó con la cabeza y tamborileó con los dedos sobre la mesa. "No me parece."

"Podrías estar equivocado, muchacho".

"Así no es Leila", insistió Fergus. "Ella no está de mal humor y no llora. Ella comparte sus pensamientos y es honesta sobre todo." Él se encogió de hombros. "Siento que ella se ha escondido de mí, que hay un obstáculo entre nosotros."

Él no le dijo a su padre que a pesar de que su pesadilla de Isobel casi se había hecho realidad, su sensación de muerte inminente no había desaparecido. Era inquietante y él estaba cansado. Él quería que todo se resolviera y felizmente. Él quería que Leila decidiera quedarse, tanto si quería bautizarse como si no. Él quería escuchar más de sus historias. Él quería hacerle el amor.

Sobre todo, él quería que ella abriera los ojos y mirara completamente a los suyos.

Pero él intuyó que ella no deseaba su compañía esa noche y temía que la infeliz situación durara.

"Entonces hay algunos detalles que no desea compartir", dijo su padre con facilidad.

"Algo cambió hoy", dijo Fergus, sacudiendo la cabeza. "Stewart le dijo algo, o Agnes, algo que cambió su forma de pensar." Él suspiró. "Espero que el sanador venga a toda prisa. Los moretones en su rostro deben doler."

"Ella es más fuerte de lo que imaginas, Fergus. Ella se curará."

Pero Leila había elegido y Fergus lo sabía. ¿Fue porque él la había dejado indefensa ese día? Él temía haberle fallado y él sabía que ella nunca lo acusaría directamente.

Pero si ella no confiaba en él, ¿cómo podría tranquilizarla?

Él haría eso con sus acciones, decidió Fergus. Él haría todo lo posible para hacerle saber a Leila que era bienvenida y que él no deseaba que se fuera.

Porque no lo deseaba, y el vigor de su convicción lo sorprendió. Hacía mucho que admiraba a Leila, pero mientras Fergus estaba sentado en el pasillo con su padre, se dio cuenta de que la amaba. Él amaba a Leila como nunca había amado a Isobel, y la perspectiva de perderla, incluso de que le negaran su compañía, era devastadora.

Sin embargo, él no la mantendría cautiva en Killairic, no si ella deseaba estar en otro lugar. Él quería que ella tuviera lo que quisiera, fuera lo que fuera.

Quienquiera que fuera.

"No iremos a Iona", le dijo a su padre. "Porque temo que ella no sea lo suficientemente fuerte para hacer el viaje, y no apresuraré su conversión."

"Déjala elegir en su propio tiempo", estuvo de acuerdo Calum. "Eso es más amable." Le dio una palmada en el hombro a Fergus. "Enviemos a Murdoch. Él puede recopilar las nuevas que se escuchen allí."

Fergus asintió con la cabeza, más interesado en cómo podría recuperar la confianza y la buena voluntad de su esposa.

Si ella deseaba tiempo, él se lo daría. Quedaban once meses de su compromiso y, aunque él estaba impaciente por ver que los asuntos se resolvieran entre ellos, le daría a Leila todo el tiempo que necesitara, con la esperanza de que ella decidiera quedarse.

SÁBADO 4 DE JUNIO DE 1188

DÍA DE SAN OPTATO

CAPÍTULO 16

Fergus estaba frustrado cuando apareció el jinete.

Leila había seguido recluida y Fergus no podía dudar de que había una nueva reserva entre ellos. Él había intentado hablar con ella varias veces, pero ella solo decía que necesitaba descansar. Él sentía su preocupación pero no podía persuadirla para que la compartiera con él. Si alguna vez ella había sido misteriosa, ahora lo era más. Él sentía que todo estaba en juego, aunque eso tenía poco sentido, y le disgustaba que la fácil camaradería que una vez había existido entre ellos hubiera desaparecido.

¿Qué le había dicho Stewart? Ella no quería hablar de eso.

Fergus dormía todas las noches en el salón, una cortesía para su esposa que lo hacía consciente de cuánto extrañaba su compañía. Era más que las historias que le ella le había contado. Su sensación de fatalidad persistía, aunque no podía explicarlo. Killairic estaba a salvo. Su padre estaba bien. No había peligro que pudiera discernir. Gavin parecía feliz de estar ayudando al hijo del molinero, y Fergus esperaba que hubiera noticias de un pariente que se llevara al niño cuando Murdoch regresara de Iona.

Leila le había hablado de su hogar en Jerusalén, a petición suya, pero él intuyó que la historia era escasa, como si no quisiera confiar en él. Él sintió que le habían dicho la versión que cualquier extraño podría escuchar. Él se ofreció a ayudarla a aprender más gaélico y su aceptación no fue tan entusiasta. Ella estaba segura de que tenía asuntos más importantes que atender. Él le pidió que le enseñara árabe y ella objetó.

Murdoch había ido a Iona en su lugar, como estaba planeado, y Fergus pensó que había tomado la decisión correcta en eso, al menos. Él sabía que Leila había dejado sus lecciones con el sacerdote, aunque todavía iba a la herrería todos los días. Él no tenía ningún deseo de obligarla a convertirse, aunque se preguntaba por qué había abandonado el plan cuando había estado tan concentrada en él.

Debía significar que reconsideraba su plan de quedarse.

Los pájaros habían llegado de Carlisle y se había completado el palomar. Leila los tomó bajo su cuidado y les prestaba mucha atención, pero no dijo nada de que fueran su regalo nupcial. Él había visitado el palomar por invitación de ella y trató de compartir su placer por los huevos puestos.

No pudo, porque su sonrisa no llegaba a sus ojos.

Fergus se paseaba frustrado cuando fue llamado por el centinela de guardia. Él estudió la figura que se acercaba, preguntándose por su llegada. El caballo tenía la delicada gracia de los caballos criados por los árabes, lo que inquietó a Fergus. Tales bestias eran poco comunes incluso en París y prácticamente desconocidas en Escocia. Algo en el tabardo del jinete y su atuendo hizo que Fergus recordara el polvo y el sol de Ultramar, y se preguntó por este recién llegado que no llevaba insignia.

Él no podía pensar en ningún incidente que impulsara a un hombre a perseguirlo desde Palestina.

¿Seguramente Leila no esperaba que la persiguieran? ¿Era la llegada de este hombre lo que ella esperaba?

Fergus no podía esperar a que el hombre llegara a las puertas. Él salió a su encuentro en el camino, mucho más allá de las puertas. El viento soplaba y Fergus sabía que llovería por la noche. Él supuso que este hombre sería su invitado, aunque se resistió a eso.

El recién llegado vestía a la manera francesa, pero su atuendo no le parecía muy adecuado, como si imitara un estilo que había visto pero que él mismo estuviera acostumbrado a vestirse de otra manera. Su piel estaba bronceada y sus ojos eran verdes, sus rasgos marcados y su mirada aguda.

El hombre lo miró con recelo, luego desmontó, su mirada se posó en el anillo de sello en el dedo de Fergus. "Busco a Fergus de Killairic", dijo, su francés lento y con acento.

"Y lo has encontrado", respondió Fergus, apoyando las manos en las caderas. Él supuso que no se veía muy acogedor y no le importaba. "¿Por qué me buscas?"

El hombre levantó las manos. "Traigo una misiva. Fue leída primero por Gaston de Châmont-sur-Maine, porque fue él quien me dirigió aquí."

Fergus frunció el ceño sorprendido. ¿Gaston había enviado al hombre aquí? "¿Dónde está?"

"En una bolsa debajo de mi abrigo".

"¿De dónde eres?"

"Jerusalén."

Fergus asintió comprendiendo, aunque estaba desconcertado. Él no podía imaginar por qué Gaston habría dado direcciones a alguien y pensó en la seguridad del relicario. Él sacó su espada de su funda, pensando que tenía sentido ser cauteloso, aunque no sintió ninguna amenaza por parte del visitante. "Muévete lentamente. Si me engañas en esto, será tu último acto de vida."

El hombre asintió. Metió una mano debajo de su tabardo y luego sacó una bolsa de cuero de debajo de su ropa. La abrió lentamente para revelar un pergamino enrollado. Cuando lo sacó de la bolsa, Fergus vio que su sello original se había roto. Fergus no reconoció esa marca, pero había una nueva de cera roja con la insignia de Gaston al lado.

Él no mentía sobre Gaston, al menos.

Fergus frunció el ceño ante la escritura, que le resultaba familiar pero también ilegible. "Esto no puede ser para mí. No leo árabe."

"Está dirigido a Leila binte Qadir lufti al-Ramm y es un mensaje de su tío. El señor Gaston dio a entender que quizás tú conozcas su ubicación. Tengo el encargo de entregarle esto con mi propia mano, así que agradecería tu ayuda."

Fergus vaciló. ¿Era del tío que había arreglado el matrimonio de Leila? Él dudaba que cualquier otro familiar se hubiera molestado en enviar un mensaje hasta ahora. ¿Podría ser una buena noticia? ¿O era una amenaza? ¿Podría ser un engaño, destinado a atraerla contra su propio mejor juicio?

¿Qué debía hacer? Él quería proteger a Leila, pero aceptar la misiva revelaría que conocía su ubicación, o incluso indicaría que estaba escondida ahí en Killairic. Por otro lado, no quería negarle ningún contacto con su familia.

"Karayan", dijo Leila detrás de él, y Fergus se dio cuenta de que no solo lo había seguido sino que había reconocido al visitante. Él se dio la vuelta para verla acercarse rápidamente, luego se volvió y vio que el mensajero había caído sobre una rodilla.

"¿Cómo es que estás aquí, tan lejos de casa?" le preguntó al hombre en francés, luego cambió al árabe. Fergus supuso que ella había dicho lo mismo y vio cómo los rasgos endurecidos del mensajero se fundían en una sonrisa afectuosa.

Él le respondió y ella dudó solo un momento antes de arrancar el pergamino de sus ásperas manos. Ella frunció el ceño al ver el sello de Gaston, luego se encontró con la mirada de Fergus. "¿Gaston le dio direcciones?"

"Aparentemente sí." Él la vio pensar en esto por un momento, su mirada se detuvo en el sello roto.

Luego ella asintió enérgicamente y Fergus se alegró incluso de este breve vistazo de sus modales anteriores. "¿Puedo solicitar que se le muestre hospitalidad a Karayan?" preguntó ella. "Leeré este mensaje. Él tiene que esperar una respuesta y yo le daré una por la mañana. Él será un invitado en Killairic solo por una noche y solo si lo encuentras aceptable."

Karayan miró entre los dos, claramente intentando adivinar su significado.

Fergus la miró, incapaz de adivinar sus pensamientos cuando hablaba con tal propósito. ¿Había ella esperado al mensaje o al mensajero? ¿Conocía ella el contenido de la misiva? Él tenía la sensación de que ella ya había elegido su respuesta, lo que no tenía sentido.

También comprendió que ella no estaba dispuesta a confiar en él.

"Él es conocido por ti, así que, por supuesto, es bienvenido en nuestra casa", dijo Fergus, notando cómo su mirada se dirigió rápidamente a la suya cuando dijo 'nuestra'. "Sin embargo, debo pedirle que entregue su caballo y todas sus armas." Él ni siquiera podía pensar en la partida de Leila con ese hombre, pero tampoco podía imaginar por qué más había él llegado tan lejos.

Pero si era el deseo de su corazón volver a Ultramar, él no la detendría.

No importaba lo que le costara.

Leila habló rápidamente con el mensajero, quien asintió. En las puertas, comenzó a despojarse de sus armas. Fergus hizo una seña a un par de guardias, uno de los cuales tomó la custodia del caballo mientras el otro aceptaba las armas del mensajero.

"Ella tendrá frío", gritó Leila detrás del que se llevó el caballo. "Por favor, póngala en el compartimento del lado izquierdo, porque hace más calor, y busca una manta para ella."

"Sí, mi señora."

Ella habló de nuevo rápidamente y el mensajero negó con la cabeza. Ella miró a Fergus, agarrando con fuerza el pergamino. "Ninguno de los dos tiene ninguna enfermedad, pero sospecho que ambos tienen más hambre de lo que prefieren admitir."

"Ambos tendrán nuestra mejor hospitalidad." Él sostuvo su mirada durante un largo momento. "Eres una dama aquí, después de todo."

Ella sonrió entonces, las lágrimas brillaron en sus ojos mientras cerraba ambas manos alrededor del pergamino. "Gracias, Fergus", dijo ella en voz baja, luego se volvió y caminó hacia los jardines con deter-minación, con la cabeza gacha.

Ella parecía tan infeliz que el corazón de Fergus se apretó con fuerza.

Y fue en ese momento, mientras la veía alejarse, cuando Fergus real-mente se dio cuenta de la amenaza que había sentido durante tanto tiempo. El peligro que tenía ante sí era el riesgo de perder a Leila. Ella podría partir con este mensajero, por cualquier mensaje que él le hubiera traído o a pesar de ello, y Fergus nunca la volvería a ver.

Él no podía soportar la idea.

Sin embargo, al mismo tiempo, si dejar Escocia le devolvía la sonrisa, él no obstaculizaría su partida. Él amaba a Leila, pero la amaba lo suficiente como para desear su felicidad más que cualquier otra cosa.

Su tristeza últimamente había sido casi insoportable. Si ella deseaba tanto volver a casa, él no se interpondría en su camino.

"Leila binte Qadir lufti al-Ramm", dijo Karayan con satisfacción y asintió una vez.

"La elección será suya", informó Fergus al otro hombre en francés. "Y la defenderé con todo el poder que pueda reunir."

Él sostuvo la mirada del mensajero, esperando hasta que ese hombre asintió comprendiendo y estando de acuerdo. Luego indicó el salón. "Ven. Nuestra comida es sencilla pero abundante. Eres bienvenido en Killairic, Karayan. Espero que nuestra hospitalidad le agrade."

El hombre mayor hizo una reverencia. "No puede dejar de hacerlo." Él se llevó el puño al pecho. "Me alegra ver bien a Leila. Todo lo demás son simplemente más bendiciones."

Era en contra de todas las expectativas.

Una misiva de su tío.

Leila se sentó en el banco de piedra junto al palomar y escuchó el arrullo de los pájaros. Ella acarició el pergamino y no pudo tragarse el nudo en la garganta. Ella reconoció la letra de su tío y no podía negar la pequeña flor que siempre dibujaba después de su nombre. Ella pasó la yema del dedo por la tinta, sonriendo un poco en memoria de su protección. Dejando a un lado el matrimonio concertado, él siempre había sido amable con ella.

Hakim no tenía que acogerla. No se le había pedido que la criara junto a su propia hija. Él había sido un buen padre.

Ella dudó en abrir la misiva, en romper ese sello, porque temía su contenido. ¿Estaba bien Aziza? ¿Qué hay del pequeño Kamal? ¿Seguramente su huida no había causado repercusiones en su familia? Leila no estaba segura de qué noticias le traía Karayan, y no quería sorprenderse si la hacían llorar. Ella respiró hondo, luego rompió el sello de Gaston, sabiendo que el caballero debió estar convencido del mérito tanto del mensaje como del mensajero para haber confesado su ubicación.

Leila tragó y luego desplegó el pergamino. Había una mancha oscura en un lado, del tamaño de la huella del pulgar de su tío, y se inclinó para olerla, sonriendo un poco ante el familiar aroma a ceniza. Ella podía cerrar los ojos y volver a ver la herrería, el sol ardiente en el techo, el olor a acero, fuego y cuero.

Leila trató de leer la misiva lentamente, queriendo saborear ese regalo inesperado, pero su mirada bailó sobre el mensaje. Cuando se sintió aliviada de que no trajera malas noticias, la volvió a leer.

Mi querida Leila, flor amada y bendición de nuestra casa.

Esta misiva lleva tanto una disculpa como una súplica, y espero que te encuentres bien. De hecho, soy codicioso con mis deseos. No solo quisiera que mi mensaje llegara a tus manos, sino que estés lo suficientemente bien para leerlo. Quiero que tu corazón siga abierto a mis palabras a pesar de nuestro desacuerdo. Quiero que Karayan te encuentre rápidamente y que también regrese conmigo con un mensaje tuyo, si no contigo misma a su lado. Deseo mucho, quizás más de lo que me corresponde, pero no puedo dejar de desear de todos modos.

Temo por tu destino y por mi parte al expulsarte de la seguridad de mi hogar. No puedo culparte por tomar tu decisión, dada mi negativa a considerar tu punto de vista sobre Ahmed. Sólo puedo esperar que el precio que te hayas visto obligado a pagar por huir con los franceses no haya sido demasiado alto. Conozco a muchos de estos hombres, más de lo que me gustaría saber, aunque en verdad, pocos hombres se mostrarán honorables cuando una joven belleza suplique su ayuda. Me temo que puedes haber pagado por tu escape de la manera más antigua.

Por eso te escribo, no solo para disculparme, sino para recordarte que eres como mi propia hija. Ahora eres bienvenida en mi casa, como siempre, y eres bienvenida independientemente de lo que hayas hecho o te hayan hecho. Quizás pienses que me avergonzarías si regresaras sin casarse y con un hijo engendrado por un francés. Puede que no creas ninguna protesta que pueda hacer en mi propia defensa, así que te contaré esta, una historia que prueba la intención de mi corazón.

Hace muchos años, tu madre vino a verme cuando supo que tenía un hijo engendrado por un francés. Era un guerrero que defendía el derecho de los franceses a nuestra aldea, al-Ramm. Él tomó mucho más de lo que tenía dere-cho, aunque no supe a tiempo su maldad. De hecho, pensaba que era un hombre de honor. Era el azul de sus ojos, tan firmes, lo que me engañó haciéndome confiar cuando no debería haberlo hecho. Este hombre abandonó a tu madre después de tomar su inocencia y plantar su semilla. Ella siempre defendió su mérito, pero él se apoderó de lo que no debería haber tocado y no dejó provisión para mi hermana o su bebé.

Para ti.

Esa no es la elección del hombre de honor que yo creía que era.

Le di la bienvenida a mi hermana a mi casa y me negué a verla avergonzada. Ella te parió y murió en la entrega de ti, dejándote sola en el mundo. Creo que su corazón estaba roto, porque se desvaneció durante su embarazo cuando debería haber florecido. Después de su muerte, inventamos una historia de que su esposo había muerto en la batalla y que ella había quedado viuda. Esta fue la verdadera razón por la que dejamos al-Ramm y vinimos a Jerusalén, para que pocos cuestionaran la historia. Es cierto que hubo redadas y que el pueblo era menos seguro que antes, pero empezamos de nuevo a darte una vida. Te vi criada en mi casa como si fueras mi propia hija, y el secreto se mantuvo entre tu tía y yo. Estábamos decididos a hacer el bien del mal y a brindarte la educación que mereces. Compré una nueva tienda, encontré nuevos clientes y establecí mi nombre nuevamente, e hicimos una nueva vida en Jerusalén. No fue fácil de hacer, pero no me arrepiento.

Ahora tu tía se ha ido, he perdido su sabiduría y yo soy el único guardián del secreto. Te debo, Leila, decirte la verdad sobre tu ascendencia antes de que no quede nadie que lo sepa. Eres medio francesa y, aunque sé el nombre de tu padre, juré antes de tu nacimiento que nunca volvería a cruzar mis labios. Espero que esté muerto, negado por su propia familia, en justicia por lo que le hizo a la madre de su propia hija. Rezo para que no te conociera, porque entonces su corazón se oscurecería y seguiría siendo tu padre.

Luego huiste, y temí que mi plan para mantener el pasado en secreto te hubiera conducido al peligro. Sólo podrías haber escapado con los franceses, y espero que mi error no te haya puesto en peligro. Espero que no hayas pagado un precio demasiado alto.

Así que envío a Karayan en tu búsqueda, aunque hubiera preferido ir yo mismo. Como Rūm, si no francés, es más probable que pase sin notarse que yo. Rezo a diario para que te encuentre y agradezco a Alá que un hombre de tal valor y dedicación sirva a nuestra familia.

Si el destino de tu madre ha sido el tuyo, no temas mi ira. Eres la hija de mi hermana, la sangre de mi corazón, tan querida para mí como si fueras mi propia hija. Yo quisiera volver a escuchar tu risa. Ver tu sonrisa. Yo quisiera saber que estarías bien y a salvo. Aziza cree que puedes hacer cualquier cosa y quizás su fe esté justificada. Pero sé demasiado de hombres, florcita, y temo que estés sola, empobrecida y encinta. Temo una repetición del pasado.

Deja que te ayude.

Déjame ofrecerte un refugio.

Por favor envía un mensaje con Karayan para que me perdones por creer en el matrimonio que organicé. Por favor envía un mensaje de que estás bien, o mejor aún, regresa a casa bajo la protección de Karayan. Sabes que se puede confiar en él. Aziza te extraña. Todos te extrañamos, pero sobre todo, queremos que estés bien y feliz. Por favor avísame que es así.

LEILA PARPADEÓ para contener las lágrimas y apretó la misiva. Ella se quedó mirando sin ver el jardín que había llegado a amar tan bien. Las abejas trabajaban en las flores y las palomas arrullaban sobre sus nidos. Las colinas rodaban ante ella hasta el estuario, que brillaba a la luz del atardecer. El cielo estaba teñido de oro y rojo mientras el sol se ponía y algunas nubes se estaban acumulando en lo alto. Las primeras gotas de lluvia comenzaron a caer, haciendo que el aire pareciera como si estuviera lleno de plata. Leila no se movió, simplemente se metió la misiva en la manga para protegerla. A ella le encantaba estar en Killairic, y si Fergus se hubiera sentido inclinado a entregarle su corazón, ella se habría quedado feliz.

Tal como estaban las cosas, la oferta de su tío no estaba libre de atractivo. Leila podría volver a todo lo que conocía y a todos los que amaba. Ella podría jugar con el bebé de Aziza y tal vez encontrar un marido para darle sus propios hijos. Era tentador volver a la vida que había conocido, aunque Leila sabía que había cambiado y que siempre podía haber un anhelo en su corazón por lo que había dejado atrás.

O a quien había dejado.

Su padre había sido Francés. Ella deseó saber más sobre él, luego deseó que su naturaleza no hubiera sido como la había descrito su tío. Ella supuso que había estado en dos lugares incluso antes de salir de Jerusalén.

Mitad francesa.

Mitad cristiana.

¿Era por eso que esta tierra le atraía tanto? ¿Era por eso que había tenido la sensación desde el principio de que podía construir un hogar aquí, con el ímpetu adecuado?

Pero ella no tenía ese ímpetu. Fergus había dicho que él no amaba a Isobel, pero el hijo de Isobel estaba en casa en ese salón. ¿Gavin sería nombrado heredero de Killairic porque su linaje era puro?

Aun así, ella estaba desgarrada. Ella no había sangrado, pero era demasiado pronto para saber si faltaría a sus cursos por segunda vez.

Si ella tuviera un hijo, ¿nacería sano después del golpe de Stewart?

Si ella tuviera un hijo, ¿sería mejor la vida para su hijo en Jerusalén que aquí?

¿Era importante que Fergus hubiera decidido que no viajarían juntos a Iona, cuando habían decidido que ella se bautizaría allí?

Leila no lo sabía y odiaba esta nueva indecisión en sí misma. Ella volvió a leer la misiva, protegiéndola de la lluvia, luego la enrolló con cuidado y se la metió de nuevo en la manga. Con el corazón en la garganta, se puso de pie y se volvió para regresar al salón. Ella descubriría lo que estaba sucediendo en Palestina por Karayan. Eso no haría una diferencia en su elección, pero la recopilación de información solo podría ser sensata.

Leila se dio cuenta de que Fergus la estaba mirando desde el umbral de la cocina. Ella bajó la mirada, sintiéndose como si la hubieran atrapado y se ruborizó. ¿Cuánto tiempo la había estado mirando? Sus entrañas se apretaron y se preguntó qué estaría pensando.

Ella dio un paso al lado de él, su corazón latía con fuerza, pero Fergus puso una mano sobre su brazo. "¿Son malas noticias?"

Leila negó con la cabeza. "Mi tío se disculpa y me invita a casa."

Ella sintió que Fergus se ponía rígido. "A casa", repitió él y Leila asintió.

Ella no tenía palabras y parecía que Fergus tampoco las tenía. Ella se liberó del peso de su mano y se tragó el nudo en la garganta. Ella no se lo pondría difícil. Él había sido amable. "Yo quisiera hablar con Karayan y me enteraría de lo que ha cambiado", dijo ella, y continuó hacia el salón.

Fergus no la persiguió, aunque sintió su mirada sobre ella.

Consciente de que el padre de Fergus estaba observando su progreso, ella fue a sentarse junto a Karayan.

Él le sonrió, su mirada escrutadora. "¿Las noticias son buenas?"

"¿No la leíste?"

"Me estaba prohibido hacerlo. Di mi promesa."

Leila colocó su mano sobre la de él y sonrió. Eres un buen hombre, Karayan. Gracias por emprender este viaje. Debe haber sido largo y difícil."

Él se encogió de hombros. "Tú misma estás aquí, así que sabes cuan largo es." Una vez más, él la miró y ella supo que le haría una pregunta.

"Hace casi un año que salí de Jerusalén", dijo Leila, hablando antes de que Karayan pudiera hacerlo. "Cuéntame qué ha pasado allí."

Él exhaló y se sentó, tamborileando con los dedos sobre la mesa mientras pensaba. "Mucho", murmuró. "No estoy seguro de por dónde empezar."

"Jerusalén fue sitiada", sugirió Leila y eso resultó ser todo el estímulo que Karayan necesitaba.

~

Fergus no sabía qué hacer.

Él no quería interferir, pero ansiaba saber qué mensaje le habían traído a Leila desde Ultramar. Él estaba ferozmente celoso de que ella se sentara con Karayan y hablara con él, que aparentemente ignoraba a todos los demás en el salón. Su risa y el rápido sonido de su árabe le hicieron darse cuenta de lo mucho que ella había dejado atrás, de lo mucho que había sacrificado para comprometerse con él.

¿Demasiado? Fergus sospechaba que podría ser así.

Él se sentó con su padre, pero no escuchó las palabras de su padre. Comió, pero no probó su comida. Consultó con quienes acudieron a buscar su consejo —sobre la cosecha, los pastos, los tribunales, la comida del día siguiente—, pero no pudo haberle dicho a nadie los asuntos que se habían discutido cuando todos se fueron. Él bebió un sorbo de cerveza, pero no la probó, y miró a Leila con un hambre que no se había dado cuenta de que poseía.

—Díselo —le aconsejó su padre en voz baja, cuando Leila se despidió del mensajero. Ella se puso de pie y el mensajero se arrodilló, y a Fergus le encantaba lo delicada y hermosa que era. "Se va por la mañana", continuó Calum. "¿No deberías asegurarte de haber presentado todos los argumentos posibles a su favor?"

"Yo querría que ella tomara la decisión que garantizara su propia felicidad."

Calum arqueó una ceja. "Creo que lo que aún no le has dicho podría afectar el resultado...

"¿Cómo sabes lo que aún no le he dicho?"

Su padre sonrió. "Ella duda, aunque apostaría que ella es por naturaleza decisiva. Esto indica que ella espera más de lo que sabe, y solo hay un detalle que podría cambiarlo todo si ella lo supiera." Él asintió. "Me pregunto si ella está embarazada."

Fergus sabía que se mostraba su sorpresa.

"Eso cambia mucho", dijo Calum sabiamente. "Tu madre estaba más inclinada a llorar cuando estaba encinta de lo que era su naturaleza. Quizás Leila esté más inclinada a dudar de lo que es habitual."

"¿Dudar? Pero, ¿de qué puede dudar?

"Lo que ella no sabe, por supuesto. El futuro." Calum le dio a Fergus una mirada feroz. Dile, mientras puedas.

"¿Y si te equivocas?"

"Ella se irá de todos modos, y nunca la volverás a ver. Si me equivoco, habrás arriesgado muy poco al final." Él asintió. "Si tengo razón y no sigues mi consejo, habrás perdido todo cuando podrías haberlo reclamado."

Fergus se levantó ante esa advertencia y caminó al lado de Leila, tocándole el codo con la punta de los dedos. Ella lo miró, sus ojos oscuros llenos de preguntas, y él sonrió a pesar de la confusión en su interior. "Sé que tomaste una decisión", dijo él con voz ronca. "Y yo no lo impediría." Él tragó. "Pero hay un detalle que te diría antes de que elijas."

"¿Solo uno?" preguntó ella y él asintió.

"Sólo hay un detalle de importancia que no te he confesado." Él hizo un gesto. "¿Caminarás conmigo por el jardín?"

Leila asintió con la cabeza y lo siguió, su ritmo rápido hizo que él se preguntara si quería ver su impulso calmado y olvidado. Llegaron al jardín y el aire era dulce con el aroma de la fruta madura. La lluvia era más como una niebla, aunque a Leila no pareció importarle. Ellos caminaron hacia el palomar terminado, y se oyó el arrullo de los pájaros dentro.

Ella no lo incitó, lo que Fergus se negó a tomar como una mala señal. "Dijiste que tu tío te invitó a regresar a Jerusalén", dijo él.

"Sí."

"Y lo llamaste hogar."

Ella lo miró y luego desvió la mirada.

"Yo tenía la esperanza de que Killairic se convirtiera en tu hogar."

"¿Lo hiciste?" su voz era tan suave como un susurro, pero él escuchó el temblor en sus palabras.

"Si regresar a Jerusalén es tu deseo, no impediré tu partida, no con la escolta de este hombre que claramente conoces." Fergus bajó la voz. "Aunque me ofrecí antes para llevarte allí."

"No podrías haberlo dicho en serio, aunque fue amablemente ofrecido", dijo ella. Entonces estabas comprometido con Isobel.

"Quien mostró el valor de su promesa con suficiente claridad." Fergus se pasó una mano por el pelo y frunció el ceño. "¿Confías en este hombre?"

"Karayan es un Rūm que ha servido a mi tío desde que tengo memoria. Es un sirviente, pero ha vivido con la familia tanto tiempo que podría ser parte de ella."

"¡Ah! Aquel a quien Iain te recordaba —adivinó Fergus y ella asintió.

"Es un buen hombre, un hombre leal, y si viajara con él, me defendería con su vida."

"¿Y lo harás?"

"No estoy segura."

"Debes extrañar a tu prima."

"Lo hago." Leila sonrió con tristeza. "Me gustaría volver a comer aceitunas e higos. Me gustaría ver al hijo de mi prima. Me encantaría sentarme con Aziza y hablar de todo y de nada". Ella guardó silencio y frunció el ceño.

"¿Pero?"

"Pero una vez allí, echaré de menos aquí. Amo la generosidad de

Escocia y la belleza de Killairic. Me gusta la niebla en el viento y el verde brillante de las colinas. Extrañaría la vista desde la ventana del solar si no pudiera abrir una contraventana y volver a verla." Ella levantó una mano. "Extrañaría este jardín, la herrería y la oportunidad de ver a mis palomas criar a sus polluelos."

"Pero no puedes tener ambos."

Ella negó con la cabeza y una lágrima se soltó. Cayó centelleante y se perdió en el suelo. "No. Y en ausencia de lo único que haría de cualquiera de los lugares un hogar, me veo obligada a elegir, aunque ninguno de los lugares será suficiente."

"¿Qué cosa?"

Ella lo miró, sus ojos brillaban. "Solo hay una cosa que hace de cualquier lugar un hogar, Fergus. Killairic es tu hogar porque lo amas tanto, porque amas a tu padre, porque ha reclamado un pedazo de tu corazón."

"¿Y Jerusalén no es así para ti?"

Ella sacudió su cabeza. "No retiene mi corazón." Ella tragó. "Nadie allí lo hace, y sé que nadie allí nunca lo hará."

"¿Cómo puedes saber algo así? ¿Puedes ver el futuro?"

Leila se rió un poco, emitiendo un sonido entre dientes. "No necesito ver el futuro para saber que mi corazón ya está reclamado, que ha sido reclamado durante mucho tiempo. La pregunta es ¿qué hago ya que no me devuelven el reclamo? ¿Me quedo en un lugar, con la persona que tiene mi corazón pero no me ama? ¿O regreso a otro lugar, solo para que se me niegue siquiera un vistazo de él? ¿Qué es más amable? ¿Qué es más cruel?

Quien era la persona, Fergus quería saber, pero no se atrevía a preguntar. ¿Seguramente no Murdoch? "¿Qué te haría feliz?" preguntó en su lugar.

"Nada", dijo con firmeza. "Y entonces me pregunto si importa dónde estoy. También podría ser útil si no puedo ser feliz. Mi prima está casada y tiene un hijo. Mi tío es viudo y no tiene nadie que le cuide la casa. Mi prima hace eso ahora, pero si tiene más hijos, quizás yo sea de más ayuda allí."

Ella se alejó de él, con la tristeza en la caída de sus hombros, y él no pudo soportar verla tan infeliz. —Quizá tengamos más en común de lo que pensaba, Fergus. Quizás a ti también se te niega la compañía de tu amada."

"Así será, si ella regresa a Ultramar", se atrevió a decir él.

Leila se volvió hacia él con los ojos muy abiertos. Él vio una grata chispa de esperanza en sus ojos y se atrevió a animarse. "¿Cómo es eso? Amas a Isobel. Ella ha muerto con tu corazón en su poder con tanta seguridad como la esposa de Duncan murió con el suyo.

Fergus negó con la cabeza. "Yo pensaba que amaba a Isobel. Estuve convencido de ello durante cuatro años, pero la verdad es que me encantaba la noción de Isobel. En mis sueños, ella cambió para convertirse en una mujer a la que admiraba mucho más de memoria que de verdad."

"Pero gritaste su nombre mientras dormías."

"Cuando soñé que me costaba Killairic."

Leila cruzó los brazos sobre el pecho. "Proteges a su hijo como si fuera tuyo. Ella dijo que era tuyo."

Fergus negó con la cabeza. "Y te dije que no podía ser así. El niño debe ser criado por alguien y ya no hay nadie en Dunnisbrae. Le he pedido a Murdoch que busque a los parientes de Isobel y Stewart en Iona. Cuando regrese, espero que traiga noticias de que uno de ellos se llevará al niño."

"No me dijiste esto."

Fergus arqueó una ceja. "No has estado consultando conmigo."

Leila se sonrojó y bajó la mirada.

"Y cuando traté de hablar contigo, mantuviste nuestras conversaciones breves y formales." Fergus dio un paso hacia ella. "Temía que estas últimas semanas Isobel me hubiera costado algo más importante que Killairic." Él respiró hondo cuando Leila no respondió. "Temí que Isobel hubiera destruido cualquier posibilidad de que me amaras."

"¡Imposible!" Dijo Leila, sus ojos brillando con bienvenida y vigor familiar. "Ella nunca podría haber hecho eso, no importa cuántas mentiras me dijera."

Fergus sonrió aliviado y luego tomó la mano de Leila entre la suya. "Te amo, Leila. ¿Te quedarás en Killairic e intercambiarás votos matrimoniales conmigo ante un sacerdote? Quisiera que fueras mi esposa legal, porque lo que Dios ha juntado, nadie lo separará."

Sus rasgos se iluminaron con una alegría que no podía disfrazar. "¡Fergus!" Leila lloró y él la atrapó en un fuerte abrazo. Ella se estiró y lo besó con la pasión que él había extrañado.

"No has dado una respuesta", bromeó él y ella se rió de él. "¿Es porque no quieres ser bautizada?"

"Me bautizaré y me casaré contigo", dijo ella con determinación. Con mucho gusto seré tu esposa, Fergus. Si me amas, esa es la única razón por la que necesito quedarme. Killairic será mi hogar en verdad."

Él la besó con satisfacción, amando cómo ella se rendía a su toque con tanto entusiasmo. Empezó a llover con mayor vigor, aunque Fergus optó por ignorarlo por el placer del beso de su dama. Cuando se separaron, sin aliento, él la protegió de la lluvia mientras regresaban al torreón, luego miró fijamente a sus ojos brillantes.

"Cuando decidiste no ir a Iona pensé que no querías que me bautizara", dijo ella.

"No quería que te obligaran a hacer un largo viaje después del abuso de Stewart. Pensé que necesitabas descansar."

Su sonrisa de respuesta fue gloriosa. Sin embargo, es una lástima, ya que tu padre dijo que Iona era un buen lugar para bautizarse.

"Pero sería más apropiado que te bautizaras aquí", respondió Fergus. ¿Qué hay de mañana? Podemos visitar el relicario y tener la bendición de Santa Eufemia en nuestro matrimonio."

"¿Lo revelarías?"

"No, no llamaría la atención. Quizás tengamos una bendición del grano mañana."

Leila se rió.

"Pero el hecho es que Karayan me siguió hasta la morada de Gaston y de allí hasta aquí", señaló Fergus. "Eso significa que cualquier otra alma podría hacer lo mismo. Llevaremos a cabo la bendición del relicario, luego se le debe encontrar un hogar más seguro".

"¿Pero dónde?"

Fergus sonrió.

"Si el relicario va a permanecer oculto más tiempo del que ha estado hasta ahora, tengo una idea. Enviaré una misiva a Gaston con Karayan y buscaré su consejo."

"¿Qué idea es esta?"

"¿Recuerdas cómo Ysmaine escondió la reliquia en nuestro viaje?"

"¡Por supuesto!"

"Todavía no he recibido noticias de Duncan, pero parece que si Radegunde se une a él en el aniversario de su matrimonio, podría hacer lo mismo."

Los ojos de Leila se iluminaron. "Ella estaría encantada de hacerlo. La conozco bien."

"Y estaría seguro dondequiera que establezcan su morada, porque nadie habló de Duncan como miembro del grupo."

"Eso es muy inteligente", dijo Leila y le dio otro beso. "Quieres enseñarme el precio de no tener ninguna discusión contigo", bromeó ella. "Me cuentas tantas cosas interesantes este día."

Fergus le puso la yema de un dedo en los labios. "Sí, y hay más."

Leila se rió. "¿Qué más tramas?"

"Únicamente asegurar la felicidad de mi esposa."

"Creo que has hecho eso."

"No para mi propia satisfacción. Tengo una sugerencia para ti, una que Karayan puede llevar al este."

Leila lo miró con los ojos brillantes de curiosidad. "¿Qué tipo de sugerencia?"

"¿Qué pasaría si hiciéramos un arreglo con tu prima y su esposo, para encontrarnos con ellos en un lugar y hora designados?"

"¿Cuándo y dónde?"

"Alguna ciudad donde los extranjeros y los sarracenos puedan encontrarse, entre aquí y Jerusalén".

"Venecia, tal vez, o Constantinopla", sugirió Leila, su emoción clara. "Pero ella tiene un hijo pequeño. Ella no puede dejarlo y no lo hará."

"Espero que nosotros pronto también tengamos un hijo pequeño."

Leila se sonrojó de una manera muy agradable. "No estoy segura", confesó ella en voz baja y Fergus quiso levantarla en sus brazos y protegerla de cada soplo de viento.

"¿Verdaderamente?"

"Me perdí mis cursos una vez", susurró ella. "Pero luego Stewart me golpeó en el vientre." La ira recorrió a Fergus ante la importancia de la elección del otro hombre. Leila frunció el ceño. "Sé tan poco de estos asuntos y no tengo a nadie a quien preguntar..."

"Entonces agregaré algo a esa misiva a Gaston y me aseguraré de que Radegunde venga aquí con toda prisa",

Leila le sonrió. "Gracias." Ella le pasó la mano por el pecho. "Espero que haya más de un hijo, Fergus."

—Yo también. Podríamos elegir una fecha, quizás dentro de diez años, y acordaremos que estaremos todos en la ciudad seleccionada. Podrías ver a Aziza y hablar con ella a tu antojo y compartir tus noticias."

¡Fergus! ¡Me alegraría mucho tener tal oportunidad! "Leila se mordió el labio. " ¿De verdad crees que se podría hacer?"

"Cualquier acto puede realizarse si la gente tiene el suficiente deseo de hacerlo." Fergus la miró, sabiendo él que movería las estrellas y la luna para verla feliz. Un viaje al este era un pequeño esfuerzo en comparación. Él solo tenía que ver la determinación que había mostrado ella al hacer una nueva vida para sí misma.

"¿Y harías este viaje por mí?"

"No podría hacer menos", dijo él, sonriéndole. "Te dije antes que te llevaría al este a tu pedido."

"Y así lo hiciste. Me gusta más este plan, viajar juntos y ambos volver a Killairic."

—Has entregado todo lo que conoces para estar conmigo, Leila. Daré cualquier cosa para verte feliz." La atrapó cerca una vez más. "Incluso te habría dejado partir con Karayan, para no verte nunca más, si eso te hubiera dado alegría."

¡Fergus! Yo solo puedo ser verdaderamente feliz contigo."

Volvió a encontrarla en su abrazo, situación que le sentaba muy bien. "Y yo solo puedo ser feliz contigo, aunque no es necesario que sea en Killairic."

"Por supuesto, debemos estar aquí", reprendió Leila, con los ojos bailando. "No puedo imaginar un lugar más perfecto."

"Y yo no puedo imaginar una esposa más perfecta", concluyó Fergus, capturando sus labios bajo los suyos una vez más. Su corazón tronó cuando ella se puso de puntillas y le devolvió el beso con el calor tentador que él había asociado durante mucho tiempo con ella.

Él casi había perdido el tesoro de su corazón, pero Fergus nunca volvería a ponerla en peligro.

VIERNES 26 DE AGOSTO DE 1188

DÍA DE SAN ZEPHRYINUS Y SAN BREGWIN DE CANTERBURY

"¡*E*llos llegan!" gritó Leila cuando vio que el grupo se acercaba a Killairic. Esa mañana se había quedado en el solar, simplemente para vigilar el camino. "¡Fergus, ahí llegan!" gritó ella de nuevo desde lo alto de las escaleras. Ella se las arregló para bajar solo tres antes de que él estuviera frente a ella, después de haber subido corriendo las escaleras desde el salón.

"No te apresures en las escaleras", dijo él con severidad, luego la tomó en sus brazos para llevarla al gran salón.

"Te preocupas demasiado", lo reprendió ella.

"Le preguntaremos a Radegunde sobre eso", respondió él, luego le dio un beso rápido. Leila no había sangrado ni una vez desde que había llegado a Killairic. Su barriga se estaba redondeando de modo que más que Margaret había notado el cambio, esa mujer había comentado el cambio cuando le puso la nueva falda roja de Leila con su fino bordado. Leila se sintió como una reina cuando se lo puso y se sintió sana con el niño. Calum estaba encantado con la promesa de un bebé, pero Leila quería las conclusiones de Radegunde antes de sentirse cómoda.

Ha habido mucha actividad en Killairic durante el verano. Un primo lejano de Isobel había regresado de Iona con Murdoch y había llevado a Gavin de regreso a las islas para que lo criaran con sus parientes. Su familia tenía varios hijos y Gavin había estado encantado de ir con su pariente. Gavin había aprendido mucho mientras ayudaba al molinero, lo que también impresionó a su pariente. La cosecha estaba lista y era abundante. De hecho, Killairic parecía un paraíso además de un hogar.

Bartolomé había enviado un mensaje de que tenía una misiva de Duncan y que Gaston e Ysmaine escoltarían a Radegunde hacia el norte para reunirse con Duncan. Ellos tenían la intención de detenerse en Killairic y Leila estaba ansiosa por volver a ver a su amiga.

Dada la avalancha de mensajes que se habían intercambiado durante el verano, ella anticipó que su plan con las palomas sería bien recibido. Ella también estaba emocionada por la perspectiva de compartir eso.

Los caballeros templarios, Enguerrand e Yvan, habían regresado a París, después de escoltar a Karayan de regreso a Châmont-sur-Maine. Sólo bajo protesta, Enguerrand accedió a fingir que la reliquia que tenía bajo su custodia se había perdido, y Leila esperaba que Gaston, con su experiencia en la diplomacia, hubiera sido más persuasivo. Fergus pensó que el caballero escribiría al Maestro del Temple en París para asegurarse que no creyeran que los dos caballeros habían fallado en su deber. Él esperaba que el grupo trajera noticias del plan del Gran Maestre para el relicario.

Bartolomé y Anna habían llegado a Killairic el día anterior y ya estaban en el patio cuando Leila y Fergus llegaron. Gaston gritó desde las puertas, saludando desde su caballo, y Fergus gritó una bienvenida a cambio. Leila deseó ser más alta y poder ver mejor entre la multitud de aldeanos que venían a saludar a los recién llegados.

Ysmaine siguió a su marido a través de las puertas en un caballo propio. El hermano de Radegunde, Michel, estaba en el pequeño grupo, lo que sorprendió a Leila, entonces ella vio a Radegunde y le dio la bienvenida a gritos. Ella corrió y las dos se encontraron en medio del pueblo, abrazándose cada una con fuerza.

Entonces Radegunde se apartó con los ojos muy abiertos. "¡Estás embarazada!" declaró luego abrazó a Leila de nuevo, pero con más suavidad. "¿Desde cuándo? Debes contarme todo."

Leila sonrió, anticipando el tipo de discusión que tanto se había perdido. "Desde finales de abril, creo. Fergus y yo intercambiamos votos tan pronto como llegamos."

"¿Y cuándo termina tu año y un día?"

Leila sonrió. "Importa poco, porque nos casamos en junio."

Radegunde la felicitó y luego la besó en las mejillas sucesivamente. Leila miró hacia arriba para encontrar a Gaston sonriéndoles a las dos.

"No se lo dije", susurró él con un guiño. "Aunque Karayan me lo dijo."

Radegunde jadeó de indignación y la dama Ysmaine se rió entre dientes. ¡Gaston! ¡Qué cruel!"

"¿Cómo es una sorpresa de bienvenida desagradable?" ese hombre protestó. "Es la noticia de Leila y debería ser suya para compartir." Él sacudió un dedo. "Si ella hubiera enviado una misiva a Radegunde, eso sería otro asunto."

"Pido disculpas por no haberlo hecho", dijo Leila, pero Radegunde no estaba angustiada. "¿Y cómo puedes hablar de sorpresas, cuando has planeado una para Duncan?"

Radegunde sonrió y se sonrojó, su anticipación a su reunión era clara. "¿Cómo estaba cuando lo viste por última vez?"

"Echándote de menos." Leila tomó la mano de su amiga. Ven al jardín conmigo. Tengo una sorpresa para todos ustedes.

"¿Antes incluso de tomar una taza de cerveza?" dijo Bartolomé.

"No estamos tan lejos de Dumfries, que es sin duda el lugar donde se detuvieron para pasar la noche", señaló Fergus, con los ojos brillando hacia Leila. Él conocía su plan, por supuesto, porque la había ayudado a asegurarse de que todo estuviera listo.

"Fergus tiene razón en eso", reconoció Gaston. "Y confieso tener curiosidad."

Una vez en el jardín, todos se volvieron naturalmente hacia el palomar. Era como si adivinaran su importancia, aunque todavía no sabían por qué estaban allí. "Ayer vi que criabas pájaros", dijo Bartolomé. "¿Pichones?"

"Palomas", corrigió Leila, tomando a una de las adultas del palomar en sus manos.

"¡Ah!" —dijo Gaston y sonrió, evidencia de que había adivinado.

La dama Ysmaine miró de su marido a Leila, claramente desconcertada. "¿Hay alguna razón para eso?"

"Apuesto a que son palomas mensajeras", dijo Gaston.

Leila asintió. "Lo son. Y tengo la intención de darles a cada uno un par en apareamiento."

"¿Pero por qué?" preguntó Anna, luciendo como si lo último que deseara fuera un par de pájaros.

"Leila tiene la intención de compartir algo de sabiduría del este con nosotros", dijo Gaston.

Los demás la miraron confundidos.

"Nos tomó algo de tiempo descubrir cómo los sarracenos sabían de nuestras acciones militares, y lo hacían más rápido de lo que cualquier hombre podía cabalgar para contarles," dijo Gaston. Él tomó el pájaro de las manos de Leila con suavidad y luego le mostró la pata a su esposa. Leila le había atado un cordón rojo. "¿Rojo para Killairic?" preguntó él y ella asintió.

"No lo entiendo, Gaston", dijo Ysmaine y los demás estuvieron de acuerdo. El ex templario asintió con la cabeza hacia Leila.

"La paloma mensajera se distingue por el hecho de que siempre regresará al lugar donde nació. La distancia no parece importar. No fallan en esta maravilla, por lo que se utilizan para enviar mensajes en Palestina y Siria."

"¿Cómo puede ser?" Preguntó Bartolomé. "Si sueltas este pájaro, ¿no volverá al palomar de allí?"

—Sí, lo hará —asintió Leila. Ella mostró las cestas que Fergus había ordenado hacer. "Pero si te la doy junto con su compañera y te los llevas a Haynesdale contigo, cuando lo sueltes, volverá aquí."

"Y puedes atar un mensaje a su pata cuando lo hagas", agregó Fergus.

"Y los nacidos en Haynesdale regresarán de aquí para allá", dijo Leila. "Entonces, pensé que podríamos criar palomas mensajeras en todas nuestras moradas y atar cordones a sus patas para indicar dónde nacieron. Cuando nos visitemos, podemos traer los pájaros."

"Y mientras tanto", concluyó Fergus. "Podemos enviarnos mensajes entre nosotros según sea necesario." Él le sonrió a Radegunde. "Puedes enviarnos un mensaje cuando te reúnas con Duncan."

"Te ayudaré a escribir la misiva", dijo Ysmaine gentilmente a su doncella, lo que complació a Radegunde.

"Es un plan ingenioso sin comparación", dijo Gaston con satisfacción, acariciando el pecho del ave antes de devolverla al cuidado de Leila. "Solo piensa en cómo podríamos haber hablado sobre Karayan antes de que le revelara tu ubicación." Él bajó la voz. "Hice bien en eso, ¿no es así?"

"Sí, y gracias", dijo Leila. Los demás se habían puesto a hablar, discutiendo cómo podrían albergar a los pájaros y cuántos necesitarían para criar. "Lleven dos pares cada uno cuando se vaya", dijo Leila. Dos para Haynesdale y dos para Radegunde para llevar el norte. Tengo más crías y enviaré dos parejas más a Haynesdale para que puedas llevar una pareja a Châmont-sur-Maine a tu regreso, así como una pareja para Altesburg."

"Elegiremos un color para cada propiedad", dijo Fergus. "Y podremos compartir novedades."

"Esta es una idea maravillosa", dijo Bartolomé y todos felicitaron a Leila por la idea.

Gaston levantó una mano. Debo decirte que acabamos de recibir noticias de Wulfe. Christina dio a luz hijos gemelos a finales de mayo. Sus nombres son Bertrand y Konrad. Él esperó hasta que prosperaran para enviar noticias de las buenas nuevas."

"Gemelos", murmuró Radegunde con un movimiento de cabeza. "Pueden ser muy frágiles."

Gaston sonrió. "Siento que Wulfe es un padre protector."

"Te refieres a Ulric y Juliana", corrigió Ysmaine y Gaston negó con la cabeza.

"Siempre serán Wulfe y Christina para mí."

"Para mí también", coincidió Bartolomé y los demás se rieron. Ni Bartolomé ni Fergus sabían de los nacimientos, por lo que se comprometieron a enviar felicitaciones. Leila también se alegró de escuchar la noticia. Ella se alegraba de que Wulfe hubiera encontrado tanto el amor como el hogar que deseaba, tal como ella lo había hecho.

Fergus le guiñó un ojo y reclamó su mano. "Ahora, vengan al salón y conozcan a mi padre", dijo él, llevándolos de regreso al interior. "Deseo escuchar más sobre esta misiva que han recibido de Duncan y sus planes para este viaje."

"¿Vamos al solar?" Radegunde le preguntó a Leila en un susurro. "Quisiera calmar tus miedos con toda prisa."

"¡Gracias!" dijo Leila y abrazó a su amiga una vez más. Ella atrapó la mirada de Fergus y asintió. —Tal vez deberías mantenerte ceñida con la capa —le aconsejó ella a Radegunde en voz baja. "Ya que parecerás estar en un estado similar cuando nos unamos a los demás en el salón."

"Lo había olvidado", dijo Radegunde, luego sonrió. "Tu sugerencia fue muy inteligente."

"Fueron tú y la dama Ysmaine quienes pensaron en ello primero", respondió Leila, mientras las dos amigas subían juntas al solar. Los demás habían ido al salón, pero Fergus se quedó al pie de la escalera.

"¡No tan rápido!" gritó él y Leila sonrió.

"Él se preocupa mucho", le susurró ella a Radegunde.

"Porque él te ama", respondió esa doncella. "Y no hay mejor destino para ninguno de nosotras que ese."

JUEVES 22 DE DICIEMBRE DE 1188

DÍA DEL MÁRTIR SAN ISCHYRION

EPÍLOGO

*L*eila estaba ansiosa por su primera celebración del Yule. A ella le gustaba el ambiente festivo que se había apoderado tanto del pueblo como del salón de Killairic. El aire era fresco, pero no tanto durante las horas del día, y ella tenía a Fergus para mantenerla caliente todas las noches. Su vientre se había vuelto más redondo y la nueva partera de Dumfries se declaró satisfecha con el progreso del embarazo de Leila. Radegunde le había aconsejado que no se preocupara y ella trató de no hacerlo. Esperaban al niño en el nuevo año, aunque ya todo estaba preparado.

Leila caminaba un poco más despacio y se cansaba un poco más rápido, pero esos eran precios pequeños a pagar cuando sabía que el bebé, niño o niña, haría tan felices a su esposo y a su padre. Ella todavía temía que el salvajismo de Stewart pudiera haber dejado una marca, pero la partera le aseguró que el bebé era vigoroso y aparentemente sano. ¿Tendría el bebé los ojos azules, como había predicho Fergus una vez? Ella no podía imaginar cómo el bebé tendría el pelo rojo, pero Leila estaba ansiosa por saberlo con certeza.

Desde la partida de Karayan, Fergus había regresado al solar para dormir todas las noches. Hacían el amor o se abrazaban y ella continuó contándole los cuentos de Scheherazada. Leila no podía imaginar una mayor satisfacción que vivir al lado de ese hombre.

Ella salía de la capilla después de discutir los arreglos para la víspera de Navidad y regresaba al salón cuando notó que el visitante entraba por las puertas del pueblo. Era mayor y vestía de manera cálida pero sencilla. De hecho, parecía haber caminado, porque no tenía caballo, sino solo un gran y pesado bastón. Él miró hacia arriba cuando ella pasó y Leila le sonrió, asumiendo que era un amigo o pariente de alguien en el pueblo. Sin duda, a ella se lo presentarían durante las festividades. En ese momento, ella llegaba tarde a la comida del mediodía.

En lugar de sonreír a cambio, su boca se abrió y palideció. "¿Saffirah?" susurró él, su tono incrédulo.

Leila se detuvo y miró al recién llegado, desconcertada por su saludo. ¿Cómo podía él saber el nombre de su madre?

"¿Disculpe?" dijo ella, pensando que debió haberlo escuchado incorrectamente.

Él se disculpó mientras se acercaba, su mirada recorrió su rostro como si no pudiera creer lo que veía. "Lo siento, mi señora, mis ojos deben engañarme. Me recuerdas mucho a una dama que una vez conocí, pero ahora ella sería muchos años mayor que tú. Su sonrisa fue triste. "Ha sido un largo tiempo."

"¿Una mujer llamada Saffirah?" dijo Leila con cuidado. "No sabía que había aquí alguna llamado así."

"Ella no estaba aquí." El hombre se pasó una mano por la frente y de repente pareció fatigado. "Tantos años", susurró él, luego pareció recuperarse. Inclinó la cabeza. "Soy Alasdair Campbell, el camarada de Calum. Espero que él esté lo suficientemente sano como para saludar a un viejo amigo." Su mirada se agudizó y ella notó el vívido azul de sus ojos. "A menos que me equivoque, estás lejos de casa",

Leila no le devolvió la sonrisa. ¿Podría ser? Su corazón palpitó. Ella no podía soportar pensar que el extranjero que había roto el corazón de su madre estuviera ahora a su lado, pronunciando el nombre de su madre con tanta facilidad. —No, señor, estoy en casa. El hijo de Calum, Fergus, es mi marido y ahora él es señor de Killairic."

"¡Ah!" dijo Alasdair. "Y así los detalles se juntan. Fergus debió regresar de Ultramar, y Calum esperaba su aparición la última Yule."

"Nuestro grupo llegó en la primavera, señor".

Alasdair asintió con aprobación. "Él está casado, entonces, y bien casado, apuesto." Él señaló su vientre. "Porque no pasará mucho tiempo antes de que nazca tu hijo."

Ella tenía que preguntar. "Entonces eres el camarada que viajó a Jerusalén con Calum", dijo ella, recordando cada palabra de la misiva de su tío. Parecía poco probable que este hombre bondadoso utilizara a una mujer como Hakim había declarado que el caballero había maltratado a su madre.

Quizás él se había arrepentido de sus costumbres anteriores.

"Lo soy, aunque me quedé allí más tiempo que él."

"¿Por qué?" Su pregunta fue demasiado aguda y Leila lo sabía.

"Yo estaba enamorado", dijo Alasdair. "Supongo que no hay motivo para ocultarlo. Me asignaron un puesto en una de las aldeas concedidas por el rey Godofredo al cuidado del Santo Sepulcro... "

"Al-Ramm", dijo Leila, con el corazón en la garganta.

Alasdair la miró fijamente. "¿Cómo pudiste adivinar eso?"

"Primero le pediría que continúe con su relato, señor".

Sus rasgos se suavizaron. "Al-Ramm. Ahí es donde conocí a mi Saffirah. Ella era la hermana del herrero de allí y tenía talento para la administración de hierbas. Tanto ella como su hermano admiraban el trabajo de Ibn Sīnā, ella por la búsqueda de la curación en las personas y él por la curación de los caballos."

"¿Estuviste en su casa?"

"No, nunca. Me sentí impresionado por el afecto por Saffirah cuando nos conocimos y me asombró que mi admiración regresara. Nos conocimos en secreto, solo para hablar, aunque me habría casado con ella en un santiamén. Ella insistió en que tal unión no podría sobrevivir, y realmente, veíamos el odio entre nuestras razas todos los días. Ella me habló de su familia, como yo le hablé de la mía, así que sabía mucho de Hakim, aunque solo lo conocí brevemente." Él tragó saliva y negó con la cabeza. "Llegó el día en que me liberaron de mi puesto y enviaron a otro hombre a ocupar mi lugar. Yo me hubiera quedado. Ella me dijo que me fuera." Su voz se volvió ronca. "Yo podría haber desafiado su orden si no la hubiera amado tanto."

Esa era una versión muy diferente de la historia que su tío había compartido con Leila y ella esperaba que fuera verdad. Ella no pudo encontrar ningún indicio en los modales de Alasdair de que él la engañaba y se preguntó si había sido otro extranjero el que había violado a su madre.

"¿Y nunca fueron íntimo, a pesar de este amor?" ella se atrevió a preguntar.

Él sonrió, tomándola del codo por los escalones del torreón. "Entonces, bien podría preguntarse, porque la pasión se toma a menudo como la expresión completa del amor. Yo estaba preocupado por su futuro, si tuviéramos intimidad, porque si no nos casáramos, no habría deseado que ella se avergonzara. Mucho menos que se quedara con un hijo. Fui incondicional, hasta nuestra última noche juntos. Estábamos más enamorados de lo que habíamos estado hasta entonces, porque sabíamos que nunca volveríamos a vernos." Él frunció el ceño. "Yo era débil, aunque ella insistió en que nos uniéramos. Fue maravilloso. Tan perfecto como ella."

Él pareció estar abrumado por un largo momento, pero finalmente se aclaró la garganta. "Odiaba tener que irme. Ella prácticamente me echó. Le rogué que me enviara un mensaje si me necesitaba, pero lloró y besó mis mejillas, diciéndome que su corazón era mío para siempre pero que no deberíamos volver a vernos. He orado durante muchos años para que ella encontrara buena fortuna, que se casara con un buen hombre, que tuviera muchos hijos y una larga vida." Él suspiró y Leila vio cuánto le dolía. "Nunca lo sabré."

Alasdair habría continuado hasta el salón, pero Leila le puso una mano en el brazo para detenerlo. "Hay una razón por la que me parezco a la Saffirah que tanto amabas", dijo ella en voz baja. "Y puedo decirte que ella tuvo un bebé, una hija."

Él la miró, horrorizado. "Ella se casó, entonces..."

—No, no lo hizo. Ella le dijo a su hermano que había sido abandonada por su amante, sin duda para ganarse su misericordia. Él la llevó a su casa, pero ella murió al dar a luz a su hija."

Alasdair se santiguó, obviamente golpeado por el dolor.

"Hakim nos trasladó a todos a Jerusalén. Me crió junto con su propia hija y me llamó su pequeña flor."

Alasdair estaba claramente asombrado. "Saffirah", susurró.

"Ella nunca se casó", dijo Leila con una sonrisa. "Ella le dijo a Hakim que mi padre mantendría su corazón para siempre, pero nunca me dijeron el nombre de ese hombre."

Sus miradas se cruzaron y sostuvieron, tanta alegría y esperanza en los ojos de Alasdair que Leila apenas podía respirar. "No me dijiste tu nombre, florecilla".

Leila. Leila binte Qadir lufti al-Ramm".

Leila. Dama Leila." Alasdair se secó una lágrima y luego se inclinó sobre su mano. Le besó los nudillos y ella lo sintió temblar. "Y así se muestra la misericordia de Dios a un anciano en sus años de invierno. Te deseo toda la alegría, hija mía."

"Y tardo en ofrecerte hospitalidad, mi padre", dijo ella con una sonrisa. Ven, entra en el salón, porque Calum se alegrará de estas noticias.

"Quizás no", reconoció Alasdair con una carcajada. "Porque él verá mucho más de mí ahora, y tendrá competencia para adorar a ese niño que llevas."

Se rieron juntos y entraron al salón cogidos del brazo, el corazón de Leila lleno de la inesperada alegría que había traído la llegada del hombre mayor. Fergus levantó la vista de una discusión con su padre y le sonrió, la vista de su amado hizo que Leila sintiera que ella era realmente afortunada.

Luego sintió una contracción, un doloroso tirón en el útero y contuvo el aliento. Alasdair la agarró del brazo para estabilizarla y Fergus corrió a su lado. Pasaron solo unos momentos antes de que sintiera el dolor de nuevo, y agarró la manga de Fergus. "Creo, señor, que puede haber un bebé en el salón para el Yule", dijo ella, tratando de hacer una broma.

Los ojos de Fergus se iluminaron y la tomó en sus brazos, llevándola al solar mientras llamaba a gritos a la partera.

"No llegará tan rápido", le reprendió Leila, pero Fergus no la prestó atención.

"El bebé vendrá cuando quiera, pero estaremos preparados", dijo él con determinación. "Y si hay tanto tiempo, puedes decirme cómo hiciste sonreír al viejo Alasdair."

Para cuando a Leila se le rompió el agua y llegó la partera, ella había hecho precisamente eso y ella no podía dejar de ver cómo la historia satisfizo a su esposo.

Su grito ante la siguiente poderosa contracción, sin embargo, no lo hizo.

~

FUE TAL COMO él lo había soñado.

Fergus estaba sentado en el solar a altas horas de la noche, sosteniendo el pequeño milagro que era su hijo. El parto de Leila había sido breve y feroz, y aunque la partera le había advertido que podía ser así, la terrible experiencia lo había aterrorizado. En verdad, él no podría haberlo soportado mucho más y se maravilló de su fuerza.

Ella dormía mientras él mecía al bebé y él se alegró de que estuvieran una vez más solos en el solar. Las velas ardían lentamente y las brasas brillaban en los braseros. Las contraventanas estaban bien cerradas para protegerse del frío de la noche, aunque a Fergus le había gustado que la noche fuera despejada y el cielo lleno de estrellas. El torreón se había quedado en silencio a esa hora, sobre todo después de la emoción de la llegada del heredero.

El bebé se movió y se inquietó un poco, y Leila pareció sentirlo. Ella se despertó casi en el mismo momento y se sentó. Su cabello había crecido más este año y se derramaba sobre sus hombros, aunque su sonrisa era tan cálida como siempre. "Déjame intentar darle leche de nuevo", dijo ella y levantó las manos.

"Es tan pequeño", dijo Fergus mientras depositaba la preciosa carga en los brazos de Leila. Ella sonrió y acurrucó al bebé cerca, ofreciéndole su pecho.

Fergus sonrió al ver el cabello castaño oscuro del bebé. El color solo había sido discernible una vez que su cabello se secó, pero demostró que el pronóstico de Fergus era cierto. La piel del niño era de un dorado pálido, más clara que la de Leila y más oscura que la de Fergus. Él observó, preguntándose cuántos otros rasgos notaría en los próximos años, en los que el niño tomaría un poco de Leila y un poco de él para abrirse camino.

El bebé atrapó el pezón con la boca y lo chupó con tal vigor que Leila contuvo el aliento, luego sonrió a Fergus.

"Y él es fuerte. Yo tenía tanto miedo de que Stewart lo hubiera dañado."

"Él es perfecto." Fergus se sentó a su lado y le rodeó los hombros con el brazo. Este era el plan que había imaginado hacía tanto tiempo, Leila amamantando a un niño. El niño abrió los ojos y eran de un azul claro, de un tono tan vivo como los de Alasdair. "¿Qué abuelo crees que está más orgulloso?"

Leila se rió. "Es imposible decirlo." Sus ojos brillaban, como si estuvieran iluminados por estrellas de la forma que él encontraba más tentadora. "Sin embargo, creo que su padre es el más enamorado de todos."

"Aunque sólo sea porque su esposa está sana", dijo Fergus y la besó en la frente. "Veo cómo te hace feliz."

Leila asintió. "Lo adoraría incluso si no necesitaras un heredero. Deberíamos tener otro."

"Y una hija", asintió Fergus. "Me gustaría ver si ella también se parece a Saffirah." Entonces se puso serio. "Ojalá ella hubiera estado aquí para ver tu alegría, y también tu prima".

"Aziza lo verá en Venecia, cuando nos encontremos, y estoy segura de que Karayan se ha visto obligado a hablarle de Killairic una y otra vez." Leila sonrió. "En cuanto a mi madre, sentí su presencia este día, como si quisiera ayudarme."

"¿Un ángel de la guarda en tu hombro?"

"Uno amoroso", dijo Leila, con voz ronca. "Que nunca será olvidado."

Fergus la abrazó con fuerza y le secó las lágrimas. "Tengo un regalo para ti en esta Yule, pero te lo daré ahora, cuando estamos a solas."

"Es un poco pronto para ese tipo de regalo, esposo", bromeó Leila.

Fergus se rió entre dientes y recuperó el paquete. Mientras ella sostenía a su hijo, tuvo que desenvolverlo para ella. Era el salterio que había comprado, sin tener una idea clara en ese momento de por qué. "No estaba destinado a Isobel", dijo él antes de que ella pudiera preguntar. "Yo sabía que ella no lo valoraría. Pero me pareció muy bonito y pude imaginarlo en las delicadas manos de una dama mientras rezaba."

Leila le sonrió. "¿Alguna mano en particular?"

"Estas", dijo él y se llevó una a los labios. Luego besó a Leila y se sentaron en silencio, admirando a su hijo mientras dormitaba. Fergus no podía imaginar una forma mejor de pasar la noche. "Necesita un nombre, este hijo nuestro", le murmuró finalmente a Leila y se sintió aliviado cuando ella volvió a sonreír.

"Debes tener un apellido para otorgarle nombre."

"Mi familia le otorgará mucho, incluida la tradición de que su madre elija su nombre."

"¿Verdaderamente?"

"Verdaderamente. La decisión es tuya."

Leila miró al niño, su dedo acariciando su mejilla. "Entonces lo nombraría por sus ángeles de la guarda, sus abuelos tanto por sangre como por honor."

"Uno a la izquierda y otro a la derecha." Fergus sonrió, porque pensó que era un tributo perfecto. "¿En qué orden?"

Leila lo consideró y luego eligió. "Alasdair Calum Hakim", dijo ella. "Suena mejor de esa manera."

"Y así será", asintió Fergus y volvió a besar a su esposa. La sombra de la fatalidad se había disipado, el futuro estaba asegurado y él era más feliz de lo que jamás había imaginado que sería.

Y todo era porque Leila se había casado con él. Él pasaría el resto de sus días y noches asegurándose de que ella nunca se arrepintiera de su elección.

Él pasaría el resto de su vida asegurándose de que Killairic fuera el hogar que ella estaba decidida a hacer suyo. "¿Estás demasiado cansada para contarme una historia, Leila?" preguntó él mientras se acomodaba en la cama junto a ella. "Creo que anoche me estabas contando un cuento de tres manzanas."

"De hecho, lo hacía", asintió Leila, luego le sonrió. "¿Y qué harás cuando llegue al final de los cuentos de Scheherazada?"

"¿Qué hizo Shahriar?"

"Él confesó que ella se había ganado su corazón y su admiración, y revocó su ley para ejecutar a su reina por la mañana. Él le pidió que fuera su reina de verdad y ella estuvo de acuerdo." Los ojos de Leila bailaron. "Creo que vivieron felices para siempre."

"Pero ya eres mi dama y mi esposa, porque mi corazón y mi admiración han sido conquistados", dijo Fergus, fingiendo considerar eso como un rompecabezas. "Tal vez, podrías volver a empezar por el principio y contar los cuentos de Scheherazada a nuestros hijos. Alasdair tendrá la edad suficiente para escuchar después de otras ochocientas noches más o menos."

Leila se rió con una alegría que hizo sonreír a Fergus. Creo que eso podría garantizar que todos vivamos felices para siempre", dijo ella, y Fergus no pudo discutir con eso.

NOTAS

CAPÍTULO 1

1. **Cuir bouilli** O **cuir-bouilli** (kweer-abucheo-YEE, pronunciación en francés: /kɥiʁ bu ʲji/: [kɥiʁ buʲji]), significando cuero hervido, pero a menudo dejado en francés, era un material histórico para varios usos comunes en las Edades Medias y Periodo Moderno Temprano. Era cuero que había sido tratado de modo que fuera duro y rígido, así como capaz de tener decoración hecha con moldes

CAPÍTULO 3

1. Es una plataforma que se utiliza para agrupar, apilar, almacenar, manipular y transportar mercaderías embaladas

CAPÍTULO 4

1. Mayordomo mayor de una casa real

CAPÍTULO 5

1. Era una prenda en forma de pantalón usada por varios pueblos en la Antigüedad y la Edad Media, en Centroeuropa y característico de la indumentaria de los galos. Se sujetaban a la cintura con un cordón y se usaban bien cortos -que llegaban hasta la rodilla- o largos (más frecuentes en las tribus que vivían más al norte)

CAPÍTULO 7

1. Bolsa en donde se pone alimento para los caballos y se cuelga de su cuello para que se alimenten.

CAPÍTULO 8

1. Es un genio o espíritu de la mitología árabe

CAPÍTULO 12

1. Es un gran funcionario de palacio. El cargo de senescal existía en la mayor parte de las cortes reales o principados medievales de la Europa Occidental.

ACERCA DEL AUTOR

Claire Delacroix vendió su primer libro, un romance medieval, en 1992. Desde entonces, ha publicado más de setenta novelas en una amplia variedad de subgéneros, que incluyen romance histórico, romance contemporáneo, romance paranormal, romance de fantasía, romance de viaje en el tiempo, ficción femenina, paranormal adulto joveny fantasía con elementos románticos. Ha publicado bajo los nombres de Claire Delacroix, Claire Cross y Deborah Cooke. The Beauty, parte de su exitosa serie de romances históricos Bride Quest, fue su primer título en aparecer en la Lista de libros más vendidos del New York Times. Sus libros aparecen habitualmente en otras listas de bestsellers y han ganado numerosos premios. En 2009, fue escritora residente en la Biblioteca Pública de Toronto, la primera vez que la biblioteca organiza una residencia centrada en el género romántico. En 2012, tuvo el honor de recibir el premio Mentor del año de Romance Writers of America.

Actualmente, escribe romances contemporáneos y romances paranormales bajo el nombre de Deborah Cooke. También escribe romances medievales como Claire Delacroix. Vive en Canadá con su esposo y su familia, además de muchos proyectos de tejido sin terminar.

http://delacroix.net
http://deborahcooke.com

OTRAS OBRAS DE CLAIRE DELACROIX

Los campeones de Santa Eufemia:

La novia del caballero de las Cruzadas

El corazón del caballero de las Cruzadas

El beso del caballero de las Cruzadas

El juramento del caballero de las Cruzadas

~